AF300883

Als Kind war die US-amerikanische *New-York-Times-*, *USA-Today-* und *Publishers-Weekly*-Bestsellerautorin **Katie MacAlister** eine Leseratte. Einmal in der Woche ging sie in die Bibliothek, um anschließend ihre Zeit im Bann der ausgeliehenen Bücher zu verbringen. Auf die Idee, selbst Romane zu schreiben, kam sie allerdings erst, als sie einen Softwareratgeber verfassen musste und sich dabei mit der Trockenheit des Stoffes quälte. Seither hat Katie MacAlister sich auf Romane spezialisiert, die sowohl im Heute als auch in der Vergangenheit spielen können. Besonders ihre paranormalen Romanzen, in denen Vampire die Hauptrolle spielen, oder die *Dragon*-Reihe sind inzwischen weltweit bekannt. Ihr Zuhause teilt sie sich mit einer Katze und zwei Hunden.

Katie MacAlister

Verliebt in London

Erstausgabe Februar 2003
Überarbeitete Neuausgabe Oktober 2020

© 2020 dp DIGITAL PUBLISHERS GmbH

Made in Stuttgart with ♥
Alle Rechte vorbehalten

Chaos Queen

ISBN 978-3-96087-391-7
E-Book-ISBN 978-3-96817-251-4

Copyright © Februar 2003 by Katie MacAlister.
Alle Rechte vorbehalten.
Titel des englischen Originals: *Improper English*
By arrangement with 3 Seas Literary Agency.
Dieses Werk wurde vermittelt durch die Langenbuch & Weiß
Literaturagentur, Hamburg/Berlin.

Copyright © Juli 2019, dp Verlag, ein Imprint der dp DIGITAL
PUBLISHERS GmbH Dies ist eine überarbeitete Neuausgabe des
bereits Juli 2019 bei dp Verlag, ein Imprint der dp DIGITAL
PUBLISHERS GmbH erschienenen Titels
Liebe lieber britisch (ISBN: 978-3-96087-792-9).

Übersetzt von: Dorothee Scheuch
Covergestaltung: Rose & Chili Design
Umschlaggestaltung: ARTC.ore
Unter Verwendung von Abbildungen von
depositphotos.com: © kio777
shutterstock.com: © WAYHOME studio
Korrektorat: Klaudia Szabo
Satz: dp DIGITAL PUBLISHERS
Druck und Bindung: Books on Demand GmbH, Norderstedt

Sie würden dieses Buch jetzt nicht in Ihren Händen halten ohne die Unterstützung und den Zuspruch der besten Agentin der Welt, Michelle Grajkowski. Mein fabelhafter Kritiker, Vance Briceland, wirkte seine Magie, indem er – mit gefährlich lustigen Anmerkungen – alles markierte, was ihm nicht ganz richtig erschien. Meine unsterbliche Verbundenheit und mein tiefer Dank gelten meiner Familie und meinen Freunden für ihre Geduld und ihr Verständnis, immer wenn ich ihnen sagte, dass ich mit Schreiben beschäftigt war und deshalb nicht das Geschirr abwaschen konnte.

Hinweis der Autorin

Chaos Queen entstand am Anfang meiner Schriftstellerkarriere, und seit seiner Veröffentlichung im Jahr 2003 war mir klar, dass es ein Buch ist, das die Leser entweder sehr mögen oder auf das sie sehr gut verzichten können. Diese Gefühle sind, glaube ich, der Heldin des Buches, Alix Freemar geschuldet.

Meine Abneigung gegen vollkommene Charaktere ist bekannt, aber nie habe ich einen Charakter geschrieben, der so fehlerhaft war wie der der armen Alix. Ich stattete sie mit jedem schlechten Zug und jeder Unsicherheit aus, die mir einfielen, mäßigte meine Gemeinheit aber, indem ich ihr einen schelmischen Humor gab und ein feines Verständnis für den Helden. Das heißt nicht, dass ich ihr nicht mehrmals gern auf den Kopf gehauen hätte, während ich das Buch schrieb – sie macht Fehler, und zwar viele davon, aber unter all diesen Fehlern verbirgt sich eine warme, großherzige, liebevolle Frau, die bereit ist alles dafür zu tun, um bei dem Mann zu sein, den sie liebt.

Als ich die Rechte an diesem Buch zurückerhielt, dachte ich ernsthaft darüber nach, es zu überarbeiten und Alix ein bisschen weniger fehlerhaft zu machen, aber nach einigen Überlegungen legte ich dieses Projekt auf Eis. Lieben Sie es, tolerieren Sie es oder kommen Sie wunderbar mit ihrem Leben klar, ohne es noch mal zu lesen – *Chaos Queen* ist, was es ist.

Ich hoffe, Sie amüsieren sich mit der Geschichte von Alix und Alex!

Katie MacAlister
September 2012

Kapitel Eins

Lady Rowena schnappte beim Anblick von Lord Raouls majestätischem, purpur behelmten Krieger der Liebe vor Entsetzen nach Luft.

„Gütiger Gott", keuchte sie, einer Ohnmacht nahe. Ihre Augen weiteten sich, als der Krieger vorwärts schnellte und seine mächtige Lanze vor ihr schwenkte. „Wie wollt Ihr dieses mächtige Schwert in meine kleine und bisher noch unberührte seidene Scheide bekommen?"

„Genau so", knurrte Raoul, und er warf sich auf sie und tauchte tief, tief, oh so tief in ihre Tiefen ein, entriss ihr das wertvollste Juwel der Weiblichkeit und entlockte ihr einen Schrei des Vergnügens, als er seine Liebeslanze in ihr versenkte.

„Also, was meinst du?"

Ich konnte die Stille fast greifen.

„Komm schon, Isabella, du hast gesagt, du würdest mir hiermit helfen. Was meinst du dazu? Du kannst ehrlich sein, du wirst meine Gefühle schon nicht verletzen."

„Nun …"

„Es ist sehr lebendig, oder?"

„Ja …"

„Magst du die Symbolik? Ich habe versucht, es anschaulich zu gestalten." Ich angelte mir die Teetasse und umschloss ihren kleinen runden Bauch. Er war kalt. Mist. Ich erhob mich von meinem Sitzkissen und tappte barfuß in das Kämmerchen, das als Küche galt.

„Ja, es ist sehr lebendig …"

„Und wie du siehst, habe ich sie im ersten Kapitel schon im Bett. *Sex sells*, weißt du, und ich habe mit einem großen Knall angefangen. Ha ha, ein Knall, verstehst du?" Ich kicherte vor mich hin, während ich den Wasserkocher anstellte.

„Ähm …"

„Also, was meinst du nun? Findest du es gut?" Ich ging zurück und stand schließlich vor der jungen Frau, die sich auf der Weidenrécamiere fläzte. Isabella nagte an ihrer Unterlippe und sah ein wenig unbehaglich aus, obwohl sie auf dem bequemsten Möbelstück in der Wohnung lag. „Alix …"

„Ja?"

„Es ist furchtbar."

Ich runzelte die Stirn. Furchtbar? Meine Geschichte? „Sicher ist es doch nicht *so* schlimm, oder?"

Isabella zog eine Grimasse und wedelte mit ihrer schlanken Hand mit den rosa lackierten Nägeln auf eine beiläufige Art und Weise in meine Richtung, als würde sie eine unwichtige Mücke erschlagen.

„Es tut mir leid, Liebling, aber das ist es. Es ist einfach nur furchtbar. Grässlich. Abgedroschen und abscheulich brutal."

„Brutal? Es ist nicht brutal, es ist erotisch! Das ist ein Unterschied."

Sie schüttelte den Kopf, ihr Haar ein glänzender Vorhang aus Silberblond, das in meinem Herz meinen eigenen dunklen Haaren geschuldet den heftigsten Neid erweckte, und erhob sich in eine sitzende Position. Sie klopfte auf den Stapel der Manuskriptseiten, der auf dem kleinen Weidentisch neben der Récamiere lag. „Das ist nicht erotisch, es ist gleichbedeutend mit Vergewaltigung. Da sind keine Gefühle im Spiel, bei keinem der beiden Charaktere, kein Vorspiel, keine Zuneigung, nur ein Mann, der sich nimmt, was er kann.“

„Oh.“ Ich spürte, wie mein Gesichtsausdruck gemeinsam mit meinen Gefühlen in den Keller rauschte, aber sofort sah ich wieder einen Weg nach oben. Immerhin sagte Isabella von sich selbst, dass sie keine Romane las, und vielleicht würde sie einen guten nicht einmal erkennen, wenn er ihr in den Hintern biss. Trotzdem war es wichtig, dass ich das hier auf Anhieb verstand – ich hatte nicht viel Zeit, mich damit zu befassen. „Mochtest du Lady Rowena nicht? Oder den schneidigen Lord Raoul? Was kann man an ihm nicht mögen?“

„Ich mochte keinen von beiden. Nein, das stimmt nicht. Ich mochte Rowena. Und ich schätze, Raoul ist vielversprechend.“ Sie wedelte erneut mit der Hand und zuckte leicht mit den Schultern, während ich meinen Fuß um einen dreibeinigen Hocker wand, ihn zu mir heranzog und mich vorsichtig darauf setzte. Ich hatte Erfahrung mit diesem Hocker gesammelt in den zehn Tagen, in denen ich in der Wohnung wohnte, und begegnete ihm nun mit dem nötigen Respekt. Mehr als einmal war ich unvorsichtig gewesen, mit dem Resultat, dass der Hocker mich abgeworfen hatte und ich grausame Brandverletzungen von diesem grässlich kratzigen, orangefarbenen Polyesterteppichboden davongetragen hatte.

„Ehrlich, Alix, es sind nicht die Personen, es ist deine Art zu schreiben."

Ich setzte mich auf und griff nach der Platte mit den Zitronenkeksen, von denen Isabella sich gerade einen nehmen wollte. Das war jetzt wirklich ein bisschen viel! „Was stimmt nicht mit meiner Art zu schreiben?"

„Na ja, sie ist ein bisschen ... purpur."

„Purpur!"

„Ja, purpur. Überzogen. Niemand nennt einen Schwanz einen purpur behelmten Krieger der Liebe."

Ich wurde ein bisschen rot. „Na ja, ich nenne es auch nicht ... du weißt schon."

„Was?"

„Du weißt schon. Wie du es genannt hast. Das Sch-Wort."

„Schwanz?"

„Ja."

„Wie nennst du es?"

„Ich verwende beschönigende Umschreibungen", sagte ich mit großer Würde und erlaubte Isabella, sich genau einen Zitronenkeks zu nehmen. Es waren meine Lieblingskekse, und sie waren sehr teuer. Aber sie war meine Vermieterin und sie hatte freiwillig angeboten, mir ihre Meinung zu meinem Werk mitzuteilen. Manchmal waren Opfer eben unvermeidlich. „Trotzdem möchte ich letztendlich Schriftstellerin werden. Ich denke, ich werde eben eher auf der überschwänglichen Seite stehen, um genau zu sein."

Isabella schürzte die Lippen und legte einen eleganten Finger auf deren rosige Fülle. Als ich ihren perfekten Mund in ihrem perfekten Gesicht auf ihrem perfekten Körper anschaute, sog ich meine Unterlippe ein und knabberte die Hautfetzen ab, die sie zierten. Währenddessen notierte ich mir in Gedanken, herauszufinden, ob die staatliche Krankenversicherung für Amerikaner auf Besuch plastische Chirurgie abdeckte.

„Euphemismen wie *Liebeslanze* und irgendetwas mit einem Helm sind passé, Alix. Ich schlage vor, du versuchst etwas weniger Blumiges.“

„Blumig, ja?“ Sie nickte. Ich dachte darüber nach. „Wie wäre es, wenn ich die erste Zeile wie folgt ändere: *Lady Rowena schnappte beim Anblick von Lord Raouls pulsierender Männlichkeit nach Luft …*“

„Nein“, sagte Isabella entschieden und schüttelte den Kopf. Ihre Pagenfrisur wippte nachdrücklich. „Kein Pulsieren. Nichts sollte pulsieren. Es klingt, als wäre etwas krank. Denk dir etwas anderes aus.“

„Mmm … Lümmel und Schniedel?“

Sie hob eine perfekt geformte hellblonde Augenbraue. „Ich denke nicht.“

„Ähm … Fleischpeitsche?“

„Wirklich, Alix, das ist nicht dein Ernst.“

„Wie wär's mit Ständer? Ständer ist gut. Ich mag Ständer. Ständer hört sich männlich und kräftig an und nicht im Mindesten krank.“

„Nein“, sagte sie gedehnt, nachdem sie einen Moment überlegt hatte. „Das ist zu plump. Wenn du meinen Rat hören willst …“

„Was ist mit Gemächt?“

„Was?“

„Zu altertümlich?“

„Definitiv.“

„Wie wär's mit Streitaxt?“

Sie schauderte leicht. „Zu gewalttätig. Wieso musst du um den heißen Brei herumreden? Wenn du nicht Schwanz sagen willst, dann sag eben *Glied*.“

„Glied“, spottete ich. „Glied! Wie prosaisch. Glied.“

Sie schaute auf die schmale Golduhr an ihrem filigranen Handgelenk. Ich gab meinen Protest auf und ging zum nächsten Thema über, denn ich hielt es für besser, die wirklich wichtigen Dinge zu klären. Wenn ich eins gelernt hatte, dann war es, sich nicht über Kleinigkeiten den Kopf zu zerbrechen.

„Na schön, damit wir endlich weiterkommen, ich nehme Glied. Jetzt zur nächsten Szene ...“

„Weißt du, Schätzchen, ganz ehrlich, ich glaube du bist ein bisschen überfordert mit dem Projekt. Du hast selbst gesagt, dass du noch nie etwas geschrieben hast, und nun gleich mit einem Roman zu beginnen scheint mir ein wenig ...“

„Gewagt?“

Sie seufzte. „Ambitioniert. Alix, ich glaube, du solltest deinen Plan noch einmal überdenken. Sicher würde deine Mutter es verstehen, wenn du zu dem Schluss kämst, dass es für dich einfach zu viel ist, um es in drei Monaten zu bewältigen. Warum genießt du nicht einfach deinen Urlaub, anstatt die ganze Zeit zu schreiben? Du könntest herumreisen, nach Europa fahren, dir den Rest Englands ansehen ...“ Sie schwieg, als ich eine ungezogene Grimasse schnitt.

„Ich denke, du hast meine Mutter anhand des Geldes, das sie für die Wohnung überwiesen hat, nicht besonders gut kennengelernt, aber ich kann dir sagen, dass unsere Vereinbarung in Stein gemeißelt ist. Und es sind keine Änderungen erlaubt: Sie bezahlt diese recht teure Wohnung für zwei Monate, und ich schreibe ein Buch. So einfach ist das. Wenn ich es nicht schaffe ...“ Mein Mund wurde trocken angesichts der Alternative. „Nun, ich möchte lieber nicht daran denken. Wenn ich das Buch beende, kann ich leben wie Gott in Frankreich. Mom hat zugestimmt, dass ich ein Jahr mietfrei in der Wohnung über ihrer Garage wohnen kann, um mich als Schriftstellerin zu etablieren. Danach ist meine weitere Zukunft verhandelbar.“

Träge griff sie nach dem roten Lackfächer, der auf dem Beistelltisch neben dem Teetablett lag. Ich ignorierte die Fragen in ihren Augen und sah nach dem Teewasser.

„Falls du dich wunderst, ich habe diese Teebeutel weggeschmissen und mache den Tee jetzt so, wie du ihn magst. Obwohl ich zugeben muss, dass es mir immer noch ein Rätsel ist, wie ihr Engländer im Hochsommer heißen Tee trinken könnt.“ Ich füllte die Teekanne mit heißem Wasser und gab losen Tee hinzu. „Man sollte Eistee trinken, wenn es draußen dermaßen heiß ist.“

Isabella inspizierte ihre perfekt lackierten, roséfarbenen Fußnägel. „Tee sollte heiß sein und nicht kalt“, sagte sie spitzfindig und lächelte, während ich den Tee auf den kleinen Tisch neben ihr stellte. „Und Kaffee sollte mit Milch getrunken werden und nicht schwarz.“

Ich schauderte, als ich das Sitzkissen neben den Tisch kickte. „Ich werde nicht schon wieder mit dir darüber diskutieren. Du vergisst, dass ich aus Seattle bin. Wenn es nicht stark genug ist, um Farbe zu lösen, ist es kein richtiger Kaffee.“

„Du sagst das mit Stolz.“

Sofort lag mir eine neunmalkluge Antwort auf den Lippen, aber sie schwand dahin, als ich einen Ausdruck von Besorgnis in ihren Augen sah. Ich hatte ihr nicht viel über mein Leben erzählt, aber Isabella hatte offenbar die unheimliche Gabe, hinter die Kulissen zu blicken. Ich lächelte sie reumütig an und ließ mich auf das Kissen plumpsen. „Für Leute aus Seattle ist ihr Kaffee sehr wichtig."

„Was machst du, wenn du dein Buch nicht fertig kriegst?"

Ich überlegte, was ich ihr sagen sollte, während ich Mutti spielte und Tee eingoss, ihren mit Milch, meinen mit Zitrone. Ich kannte Isabella erst seit wenig mehr als einer Woche. Seit dem Tag, an dem ich die Wohnung zur Untermiete übernommen hatte. Sie war sehr höflich, aber ziemlich distanziert gewesen, erwärmte sich meiner aber von Tag zu Tag mehr, bis ich ihr gestern von dem Grund für meinen Aufenthalt in London erzählt hatte. Obwohl wir täglich nur ein paar Stunden am Nachmittag miteinander verbrachten, hatte sich unsere Freundschaft sehr angenehm entwickelt. Ich vertraute ihr wie nur wenigen sonst.

„Wenn ich es als Schriftstellerin nicht schaffe, werde ich ..." Ich machte eine Pause, starrte in meinen Tee und hoffte auf Inspiration, auf ein lebensveränderndes Ereignis, auf Hoffnung. „... werde ich ein Sklave sein, der keine Zukunft hat. Keine. Niemals."

Sie schloss die Lider über ihren himmelblauen Augen. Draußen heulte die Sirene eines Streifenwagens, der sich durch den dichten Nachmittagsverkehr kämpfte, um die Ecken des Beale Square fuhr und endlich Gott weiß wohin entschwand. Wir tranken unseren Tee in kameradschaftlichem Schweigen. Der aromatische Duft des Earl Greys vermischte sich mit dem intensiven Geruch der frischen Zitrone und der leicht sauren Note der Blumen, die ich im Laden an der Ecke gekauft hatte. Ich hörte auf, das Unvermeidliche vermeiden zu wollen, und sah Isabella an.

„Ich muss los", sagte sie mit ehrlichem Bedauern und stellte ihre Teetasse neben den wenigen Seiten meines Buches ab. Für einen kurzen Augenblick erschien eine feine Linie zwischen ihren Augenbrauen, als sie die Seiten ansah. Dann wurde ihre Stirn wieder glatt, und sie erhob sich graziös von der Récamiere, strich mit ihren Händen über ihren handgefärbten, blassrosa Hausanzug, den ich fast so sehr begehrte, wie alles, was sie sonst getragen hatte. „Manchmal will man etwas einfach zu sehr, Liebes. Wenn du alles vergisst, was du jemals über das Bücherschreiben gelesen hast, wird dein Stil vielleicht weniger ..."

Ich starrte den seidenen Hausanzug einen Augenblick lang an und überlegte, wie viel er wohl gekostet haben mochte, und kam zu dem Schluss, dass er vielleicht teurer war als mein gesamter Englandaufenthalt. „Was?" Ich erhob mich von meinem Kissen und ging hinüber zur Tür. „Purpur?" Ich zog einen Schmollmund.

Plötzlich lächelte sie, wobei winzige Lachfältchen rund um ihre tiefblauen Augen erschienen. Sie klopfte mir aufmunternd auf die Hand. „Scheußlich."

Mein Lächeln wurde ein wenig schwächer, aber ich schaffte es, meinen Dank für ihre Einschätzung zu murmeln.

„Weißt du, was du brauchst?", fragte sie, während sie ihren Kopf zur Seite neigte und mich ansah. Ich gab meine übliche krumme Haltung auf und machte mich gerade. Ich wünschte, ich hätte etwas Eleganteres an als das schlichte indische Sommerkleidchen, das ich in einem kleinen Laden in der U-Bahn-Station gefunden hatte. Ich wünschte mir auch kurz, nicht so amazonenhaft zu sein, sondern ebenso grazil wie Isabella, schob den Gedanken aber beiseite. Wünsche würden mich nicht kleiner, schlanker oder anmutiger machen.

„Was brauche ich denn?", fragte ich, sobald sie ihre Musterung meines zerknitterten Kleides, meiner nackten Beine und unlackierten Zehennägel beendet hatte.

Ihr Lächeln wurde breiter, und ein Grübchen erschien auf einer Seite neben ihrem Mundwinkel. „Einen Mann."

„Aha!" Ich heulte vor Lachen. „Sicher hast du einen in deiner Tasche, nicht wahr? Ich nehme ihn!"

Fragend hob sie eine perfekte blonde Augenbraue.

„Du dachtest, ich sage, dass ich keinen will, oder? Denk noch mal nach, Schwester. Ich suche schon mein ganzes Leben nach einem Mann."

„Verstehe."

„Ich hatte schon welche. Ich will nicht, dass du denkst, ich hätte noch keinen gehabt."

„Ich habe mir nie vorgestellt, dass du noch keinen hattest."

„Sie waren nur alle Versager. Ich ziehe Versager irgendwie an, verstehst du. Wenn irgendein komischer Typ ankommt, der denkt es sei sexy, Chips über all meine erogenen Zonen zu reiben, verliebe ich mich in ihn."

„Das hört sich ziemlich unangenehm an.“

„Das Chips-Zerreiben oder die Versager? Egal, es ist beides unangenehm. Wenn du also einen Typen hast, der einfach nur eine Freundin sucht, bin ich dein Mädchen.“

„Ich bin nicht sicher, ob er eine Freundin sucht...“

„Natürlich muss er lustig sein. Ich mag diese langweiligen Kerle nicht, Anwälte und Karrieretypen. Und ich habe keine Zeit für eine richtige Romanze, weißt du, nur ein Quickie oder zwei.“

Isabella runzelte die Stirn. „Ich bin sicher, dass mein Freund mehr möchte als nur gelegentlichen Sex.“

„Oh, verdammt. Nun, dann bringst du uns besser nicht zusammen. Ich habe weder die Zeit noch die Kraft für dieses ganze Beziehungsding mit einem Kerl. Kennst du nicht jemanden, der nur gelegentlichen Sex will?“

Sie lächelte ein distanziertes, ziemlich kühles Lächeln. „Ich bin mir sicher, dass du jede Menge solcher Kerle im Drake's Bum finden kannst.“

Ich zog einen Flunsch. Ich war im Drake's Bum gewesen. Es war eine örtliche Kneipe, die um ein Haar um ihr Leben modernisiert worden wäre. Nun war es ein angesagter Treff für jene, die sehen und gesehen werden wollten. Überhaupt nicht mein Publikum. „Ich hatte irgendwie auf jemanden gehofft, der bereits den Versager-Test bestanden hat.“

„Da kann ich dir leider nicht helfen. Ich zähle nur selten Versager zu meinem Bekanntenkreis.“ Sie versuchte, sich an mir vorbeizuschleichen.

Ich stellte mich ihr in den Weg und begann zu philosophieren. „Weißt du, Isabella, ich habe schon immer gesagt, dass Männer wie eine Chipstüte sind. Sie mögen knackig und lecker aussehen, aber wenn du mit ihnen fertig bist, bleibt dir nichts als eine leere Tüte."

Sie hielt inne und runzelte leicht die Stirn. „Ich verstehe diese Analogie nicht wirklich."

Ich wedelte geringschätzig mit der Hand. „Unwichtig. Der Punkt ist, wenn du keinen Nicht-Versager kennst, der nur ein kleines Abenteuer will, bin ich nicht interessiert."

Sie schwebte an mir vorbei. „Wenn du deine Meinung änderst, sag mir Bescheid. Der Mann, an den ich denke, würde perfekt zu dir passen. Ich habe das schon an dem Tag gesehen, an dem du hier angekommen bist, aber ich wollte dich erst etwas näher kennenlernen, bevor ich ihn ins Gespräch bringe."

Eine kupplerische Vermieterin – alles, was ich zu meinem Glück noch brauchte. „Danke, aber nein danke."

Sie nickte und trat durch die Tür. Ich beobachtete, wie sie die Treppe zum höhergelegenen Stockwerk hochstieg, das sie mit einem weiteren Mieter teilte. Dabei lehnte ich mich an den Türrahmen, um eine Stelle zwischen meinen Schulterblättern zu kratzen.

Ein perfekter Mann. Ha ha! In meinen ganzen neunundzwanzig Jahren hatte ich so etwas noch nicht gesehen. Perfekt für jemand anderen, ohne Zweifel, aber nicht für mich. Ich hatte nicht vor, diesen rutschigen Weg in die Hölle noch mal zu gehen. Nein, nicht ich. Das gebrannte Kind scheut das Feuer. Betrüge mich einmal, Schande über dich; betrüge mich zweimal, Schande über mich. Der Spatz in der Hand ist besser als die Taube ... Oh je.

„Ähm ... Isabella?"

„Ja?“, rief sie ohne innezuhalten.

„Du sagtest, dieser Typ passt *perfekt* zu mir?“

„Perfekt, ja.“

Sie bog um die Ecke und verschwand auf den oberen Treppenstufen.

„Wie perfekt?“, rief ich ihr hinterher, meine guten Manieren über Bord werfend, obwohl ich mir selbst versicherte, dass ich nicht im Mindesten interessiert war.

„Perfekt.“ Selbst ihre Stimme war elegant. Nur runde Vokale und träge englische Fülle.

Ich trat ans Geländer und sah die Treppe hinauf. „Ist dieser *perfekte* Mann ein Freund von dir?“

„Sozusagen.“ Ihre Stimme drang zu mir herab und wurde schwächer. Ich hörte das Glockenspiel über ihrer Tür leise klingeln, als sie ihre Wohnung betrat. „Er ist mein Liebhaber.“

Kapitel Zwei

„Oh, dass mein geheiligter Lord Raoul mich hier an diesem abscheulichen Ort findet!" Lady Rowenas cremefarbener, üppiger Busen hob sich, als sie in der stillen Kammer klagte, in die man sie gesperrt hatte. Sie rang ihre Hände und ohne Rücksicht auf Sittsamkeit und Sparsamkeit zerriss sie ihr Kleid. „Oh, wenn ich in dieser dunklen Zeit nur seine fein gemeißelten Lippen küssen könnte! Oh, wenn ich ihn nur in meinen Armen halten und seine zerzausten Locken aus seiner breiten männlichen Stirn streichen könnte! Oh, wenn ich mich nur auf seinen männlichen Alabasterpfeiler setzen und ihn reiten könnte, wie er noch nie zuvor geritten worden ist! Oh! Oh!"

„Seien Sie ehrlich, ist das etwas, wovon Sie gern mehr lesen würden?"

„Na ja … Es ist sehr anrüchig, nicht? Ich meine, mit seinem Pfeiler und ihrem Busen und so."

Ich verlagerte das Gewicht auf meine Knie und bewegte meinen rechten Knöchel, um wieder Gefühl in meinen Fuß zu bringen. Ich hatte so lange neben dem Rollwagen mit Büchern gehockt, dass meine Füße ganz taub waren. „In Amerika kommt in allen Romanen Sex vor. Sie sagten, Sie lesen Romane, richtig?"

Die Bibliothekarin neigte in einer schüchternen Bewegung den Kopf und schob den Rollwagen vorwärts die Regalreihen entlang. Ich folgte ihr auf meinen Knien.

„Abgesehen von seinem Pfeiler und ihren Hupen, was denken Sie? Ist das ein Buch, das Sie kaufen würden?"

Die Frau sah sich nervös um, beugte sich nah zu mir heran und flüsterte: „Ich denke, Sie sollten die Pornografie herausnehmen. Romantik hat nichts mit Sex zu tun, wissen Sie. Es geht dabei um zwei Menschen, die sich ineinander verlieben." Sie lächelte ein angespanntes kleines Lächeln und nickte, während sie den Rollwagen weiterschob. Ich sah auf das Manuskript in meinen Händen hinab. *Kein Sex?*

Ich dachte über den Kein-Sex-Standpunkt nach, während ich in meine süße kleine Wohnung zurückging. In dieselbe süße kleine Wohnung, in der ich mich gestern fast totgelacht hätte über Isabellas Angebot, mir ihren aktuellen Toyboy zu überlassen. Oh ja, ich hatte gelacht, als Isabella durchs Treppenhaus rief, dieser perfekte Mann – der Mann, von dem sie glaubte, er sei für mich gemacht – sei ihr Liebhaber. Ich lachte und rollte mit den Augen, als ich in meine kleine feine Wohnung zurückging, um den leeren Raum zu fragen: „Ja, richtig, als hätte der Esel mich im Galopp verloren, oder was?" Die traurige Wahrheit ist, dass ich, nachdem ich mit Lachen fertig war, begann, ernsthaft über das nachzudenken, was Isabella gesagt hatte.

Ich schätze, es bedarf einer Erklärung, warum Isabellas Angebot auch nur ein Fünkchen Interesse bei jemandem erwecken sollte, der die letzten zehn Jahre seines Lebens damit verbracht hatte, von Versager zu

Versager zu springen und ab und zu mal bei einem richtigen Verlierer zu landen, nur um die Monotonie ein wenig aufzulockern.

Die beste Freundin meiner Mutter aus Schulzeiten hatte einen reichen Briten geheiratet. Sie hatten eine Tochter, Stephanie. Steph verbrachte den Sommer in Australien und suchte für ihre ruhig gelegene Wohnung in einem alten Haus einen Zwischenmieter. Nach sechs langen Verhandlungswochen trafen Mom und ich die Abmachung, dass sie die Wohnung bezahlte und ich mich als Schriftstellerin versuchte.

Es gab allerdings noch mehr als nur das Arrangement zwischen Mom und mir; es war die kleine Angelegenheit meines gesamten Lebens, meiner Zukunft, meiner Träume und Hoffnungen und ... ja, ich will ehrlich sein, ich war nie besonders erfolgreich im Leben – etwas, das meine Mutter nicht müde wird, mir von Zeit zu Zeit vorzuhalten. Ich war einmal mit einem Microsoft-Yuppie verheiratet gewesen, der nur für seine Arbeit lebte. Er ließ sich von mir scheiden, nachdem er zu dem Schluss gekommen war, ich würde Unglück bringen. Ich hatte achtzehn Jobs in den letzten zehn Jahren, die mit praktisch allem zu tun hatten: Ich habe Kaugummi von den Fußböden irgendwelcher Kinos gekratzt, mit starrem Blick die Mikrofilm-Schecks einer Bank geprüft und die Hunde von Leuten spazieren geführt, die keine Zeit hatten, mit ihren eigenen Hunden Gassi zu gehen. In denselben zehn Jahren hatte ich eine geringfügig kleinere Zahl von Beziehungen mit Typen, von denen einige Charles Manson mühelos an Gruseligkeit überbieten konnten.

Auch wenn es so aussah, als wäre es mein einziges Ziel, als Schriftstellerin erfolgreich zu sein – und meine Motivation zum Erfolg ist stark, denn ein Misserfolg würde bedeuten, dass ich mein Leben aufgeben müsste, um mich in einem Provinznest in einer Wüste im östlichen Washington um die körperlichen Bedürfnisse meiner Großmutter väterlicherseits zu kümmern – war es mir noch viel wichtiger, meiner Mutter ein für alle Mal zu beweisen, dass ich in etwas erfolgreich sein konnte. In irgendetwas. Nur einmal wollte ich ganz oben sein, und sie sollte dabei zusehen, wie ich triumphierte.

Das Bedürfnis nach elterlicher Anerkennung ist ein schweres und unhandliches Päckchen.

Als ich zum ersten Mal in das Haus in London kam, begrüßte Isabella mich höflich, gab mir die Schlüssel, zeigte mir die Wohnung, die für die nächsten beiden Monate mein Zuhause sein sollte, und erklärte kurz, wer die anderen Mieter waren.

„Im Erdgeschoss wohnen zwei Familien mit Kindern", sagte sie mit einem affektierten englischen Akzent, der mir vor Entzücken eine Gänsehaut über den Rücken jagte. England! Ich war wirklich in England!

Sie runzelte kurz die Stirn beim Anblick eines überdimensionierten goldenen Sitzkissens und rückte es ein winziges Stück nach links.

„Die Familien sind verwandt – Schwestern – und beide verbringen ihren Sommer in der Provence. Ihre Wohnungen sind an Gastwissenschaftler untervermietet. Das sollte repariert werden."

Ich schaute in die Richtung, in die sie zeigte, und sah, dass eines der Seitenfenster nicht ganz richtig schloss.

„Das ist kein Problem. Ich bezweifle, dass jemand drei Stockwerke heraufklettern würde, um in diese Wohnung einzubrechen."

„Mmm." Sie ging weiter, um einen hässlichen Van-Gogh-Druck gerade zu rücken. „Den ersten Stock teilen sich Dr. Bollocks – er lehrt an der London University – und die Muttsnuts." Sie schürzte ihre Lippen und schüttelte kurz ihren Kopf, als sie den letzteren Namen erwähnte. „Sie sind frisch verheiratet. Man sieht sie kaum."

Dr. Bollocks? Muttsnutts? Herrlich englische Namen – die musste man einfach lieben!

„Im zweiten Stock wohnen zwei Frauen, Miss Bent und Miss Fingers, und Mr. Aspartame. Philippe kommt von den Bahamas."

Ich sah zu, wie sie kurz an einer abscheulichen gelben Vase voller welkender Gänseblümchen herumfummelte, und fragte mich, wann sie wohl gehen würde, damit ich mich in aller Ruhe auf die breite Couch sinken lassen konnte, die ich in einer Ecke entdeckt hatte. „Fingers. Aspartame. Bahamas. Faszinierend."

Isabella schob den Perlenvorhang beiseite, der den Eingang zu dem kleinen Kämmerchen namens Küche verdeckte, während ich einen kurzen, sehnsüchtigen Blick in Richtung Couch schickte. Da sie aber keine Anzeichen machte zu verschwinden, stählte ich meine Knie gegen den Jetlag, der sie zum Zittern brachte, und versuchte zuzuhören, was sie sagte.

„Du wirst mit diesem Gasherd vorsichtig sein, nicht wahr?"

Ich nickte zustimmend. Ich war wirklich bereit ihr zu versichern, dass ich das verdammte Ding nie benutzen würde, wenn sie mich nur endlich allein ließe.

„Im dritten Stock befindet sich diese Wohnung und gegenüber von dir leben zwei Studenten, Mr. Skive und Miss Goolies. Sie sind sehr ruhig, du musst dich also nicht um mitternächtliche Partys, laute Musik oder andere Verletzungen der Hausregeln sorgen. Du sagtest, du suchst nach einer ruhigen Wohnung?"

Ich mobilisierte alle Muskeln, die man für ein Lächeln brauchte, aber ich war sicher, dass das Resultat weniger als hübsch war. Isabella wandte den Blick aus verblüffend blauen Augen schnell ab, als ich bestätigte, dass ich in der Tat Ruhe suchte, um ein persönliches Projekt umzusetzen.

„Mr. Block und ich teilen uns das obere Stockwerk", sagte sie sanft, während sie einen ramponierten Kleiderschrank öffnete und die Nase über den muffigen Geruch rümpfte. „Du solltest den hier lüften, bevor du deine Kleider hineinhängst."

„Danke", sagte ich nachdrücklich und bewegte mich in Richtung Tür. „Ich bin sicher, alles wird perfekt sein und ich werde gut in der Wohnung zurechtkommen."

„Mmm." Sie sah ziemlich ungläubig aus, als sie an mir vorbei und durch die offene Tür nach draußen glitt. Ich behielt das halbherzige Lächeln auf dem Gesicht und zählte bis zehn, bevor ich die Tür leise schloss. Besitzergreifend blickte ich mich in der kleinen Wohnung um und ging dann auf direktem Weg zum Bett.

Nach zehn Tagen hatte ich die meisten meiner Nachbarn kennengelernt und war glücklich in meiner neuen Bude – glücklich genug, um über Isabellas lächerliches Angebot zu lächeln und hinauszugehen und ein wenig Recherche für mein Buch zu betreiben. Es war eine Liebesgeschichte aus der Regency-Zeit, und ich wollte sichergehen, dass ich alle Kleinigkeiten bedacht hatte: korrekte Beschreibungen von Rotten Row, Kensington Park, White's und ähnlichen Landmarken. Ich verbrachte eine angenehme Stunde damit, einen Leserausweis für die neue Bibliothek im British Museum zu bekommen, bevor ich zufrieden nach Hause zurückkehrte. Zufrieden, bis ich meiner Nemesis gegenüberstand.

Isabellas Haus war nicht gerade das, was wir Westküstenamerikaner unter einem Haus verstanden. Es war Teil einer langen Reihe miteinander verbundener Gebäude, die über die gesamte Seite des Platzes reichte. Die Häuser aus weißem Stein hatten nahezu identische schwarze Metallgeländer an weißen Steintreppen, sowie weiße Spitzengardinen in allen Fenstern. Unser Haus hatte eine mahagonifarbene Tür, die meiner Meinung nach aus den Tiefen der Hölle stammte. Die Tür hasste mich. Oder eher das Schloss. Ich hatte gesehen, dass es bei anderen Mietern funktionierte, es war also nicht kaputt. Aber wenn ich mit meinen Armen voller Einkaufstüten näherkam, wandte es sich ab, als könnte es nicht ertragen, mich über die Schwelle zu lassen.

„Du bist heute also in *so* einer Stimmung", murmelte ich und ruckelte an dem Schlüssel im Schloss, drehte ihn vor und zurück, um den Mechanismus irgendwie in Gang zu setzen. „Nun gut, mein stählerner Freund, ich habe Neuigkeiten für dich. Ich habe hier eine Kleinigkeit, die dich garantiert zur Vernunft bringen wird!"

Ich legte einen Stapel Taschenbücher auf die Stufen, die ich in einem Krimibuchladen gekauft hatte, dazu meine Lebensmitteleinkäufe und eine kleine spitzblättrige Pflanze, die ich einem Straßenhändler abgekauft hatte. „Aha!", rief ich, und fuchtelte mit dem kleinen Metalldorn, den ich in einem Glas gefunden hatte, das Stephanie zusammen mit ihren Keramikwerkzeugen aufbewahrte, und den ich seitdem für genau solche Fälle in meiner Handtasche mit mir herumtrug. „Die Rache ist mein, du kleiner Bastard!" Ich begann, mit dem Dorn im Schloss herumzustochern und murmelte dabei Verwünschungen. „Wir werden schon sehen, wie es dir gefällt, wenn ich dich ausweide", sagte ich und führte einen besonders fiesen Stich in seine Eingeweide aus. „Du willst dich für mich nicht öffnen, nicht wahr? Ha! Kein Schloss kann mich aussperren, ich bin ..." Ich mühte mich mit meinem Werkzeug ab und lehnte mich mit meinem Gewicht gegen die Tür. Das Metall des Schlosses quietschte unter meinen Stichen. „Ich bin ..." Ein leises metallisches Klicken ertönte. Dem Sieg nahe, drehte ich den Dorn und stocherte in einem anderen Winkel, während ich angestrengt auf meiner Unterlippe kaute. „Ich bin ..."

„Ein Einbrecher ist, glaube ich, das Wort, das Sie suchen."

„Verflixt und zugenäht", schimpfte ich, wirbelte herum und hielt den Dorn immer noch fest in meiner Hand. Ich kannte den Mann nicht, der auf der Treppe vor dem Haus stand, weswegen ich annahm, dass er einen der Mieter besuchen wollte. Ich starrte für eine Minute in die entzückendsten grünen Augen, die ich je bei einem Mann gesehen hatte, und ließ meinen Blick aufwärts zu einer leicht gerunzelten Stirn schweifen, noch höher zu wundervollem kastanienbraunen Haar, das leicht gewellt nach vorn fiel. Er hatte schöne Wangenknochen, eine lange Nase, Lippen, die vor Verärgerung dünn waren, und ein fein gerundetes Kinn. Ich riss mich zusammen und versuchte nicht daran zu denken, wie diese Lippen wohl aussehen mochten, wenn sie nicht zu einer dünnen Linie zusammengepresst waren.

„Ähm ... Das Schloss funktioniert nicht."

Er sah erneut auf den Dorn in meiner Hand hinab, und eine kastanienbraune Augenbraue schnellte fragend nach oben. Ich fühlte, wie die Röte sich von meinem Hals nach oben ausbreitete. „Ich habe einen Schlüssel, aber er funktioniert nicht. Also dachte ich, ich probiere das hier und sehe, ob ich ..."

„... das Schloss überreden könnte, sich zu öffnen. Ja, habe ich gehört." Er bedachte mich von oben bis unten mit einem arroganten Blick und wechselte seine lederne Aktentasche von seiner rechten in seine linke Hand. Aus seiner Hosentasche zog er einen Schlüsselbund hervor, schob mich einfach beiseite und steckte den Schlüssel ins Schloss. Die verdammte Tür öffnete sich ohne einen Mucks.

„Die Tür hasst mich", murmelte ich und bückte mich, um meine Habseligkeiten aufzusammeln.

„Einen Moment bitte", sagte der grünäugige Schlosser und hielt seine Hand hoch. Er stand recht starr da und hielt seinen Schlüssel und seine Aktentasche umklammert. Auf seiner Stirn hatten sich feine Schweißperlen gebildet. Es waren mindestens sechsundzwanzig Grad und dieser Scherzkeks hatte einen schwarzen Anzug an und sah damit aus wie ein heißer, leicht genervter Anwalt. Er griff hinter sich und zog die Tür wieder zu.

„Hey! Würden Sie die Tür bitte wieder öffnen?" Ich zog ein Baguette aus meiner Einkaufstasche und schwang es auf angemessen bedrohliche Weise. Er verengte die Augen, als ich einen Schritt näher kam. Ich konnte sein herbes Aftershave riechen, das mich zu vergiften drohte. „Sie öffnen diese Tür jetzt wieder, oder ich schlage Ihnen dieses Baguette auf den Kopf, und ich wette, Sie möchten keinen Kopf voller Krümel haben! Sie könnten auf Ihren Anzug fallen!"

Seine Augen weiteten sich vor Überraschung. „Bedrohen Sie mich, Madam?", fragte er mit einer tiefen, gehaltvollen Stimme, die mich an Alan Rickman erinnerte, den attraktiven englischen Schauspieler.

„Richtig. Ich wohne hier, Mann. Sehen Sie, ich habe einen Schlüssel!" Ich zeigte ihm meinen Schlüssel, den ich in meiner Hand hielt, zusammen mit den Henkeln meiner Einkaufstasche, meinen Taschenbüchern und meinem Dorn. Ich hob meine frischgebackene Waffe ein wenig höher. Der Mann war gute zehn Zentimeter größer als ich, aber obwohl er eine Stufe über mir stand, kam ich zu dem Schluss, dass ich ihm das Brot um die Ohren hauen konnte, bis er die Tür öffnete, wenn es drauf ankam.

Er sah nicht eingeschüchtert aus angesichts des drohenden Angriffs mit einem Baguette, aber glücklich schien er darüber auch nicht zu sein. Er zog die Augenbrauen zusammen und musterte mich. Dem Anflug von Missfallen auf seinem Gesicht entnahm ich, dass er keine Bewunderung für den Anblick übrig hatte.

„Sie sind auch kein Hauptgewinn, wissen Sie." Er blinzelte überrascht, als ich ihm das Baguette auf die Brust setzte. Das stimmte zwar nicht, aber ich hatte nicht vor, hier zu stehen und mich inspizieren zu lassen wie ein schimmeliges Stück Käse.

„Wie bitte?"

„Wie Sie mich angesehen haben – das war nicht besonders nett. Ich möchte nur, dass Sie wissen, dass Sie mit dieser Alan-Rickmann-Stimme sagen können, was Sie wollen – es interessiert micht nicht." Ich nickte nachdrücklich und zog mich ein Stück zurück. Irgendwie schien sein Aftershave mich anzuziehen. Ich kämpfte eine kleine Regung der Lust nieder und sah ebenso düster drein wie er.

„Ich verstehe. Ich danke Ihnen für diese Information. Würden Sie mir nun Ihren Ausweis zeigen?"

Ich glotzte ihn an. Manche Leute hatten echt Nerven! „Meinen was?"

„Ihren Ausweis. Ich nehme an, Sie sind Amerikanerin oder Kanadierin?"

„Amerikanerin. Nicht dass es Sie irgendetwas anginge. Herr Kommissar, könnten Sie nicht einfach die verdammte Tür öffnen und mich in meine Wohnung lassen, bevor meine Eiscreme schmilzt?"

„Sie müssen doch einen Pass haben", beharrte er.

Ich sah mich auf übertriebene Weise um. „Jesus, ich hätte schwören können, dass ich in Heathrow durch die Passkontrolle gegangen bin. Wenn Sie die Tür schon nicht öffnen wollen, könnten Sie wenigstens aus dem Weg gehen, damit ich sie eintreten kann."

Er blickte für einen Moment über meinen Kopf hinweg, seufzte und zog dann eine lederne Brieftasche aus der Brusttasche seiner Anzugsjacke. Er klappte sie auf. Ein kleines Foto seines Gesichts, ohne Stirnrunzeln, starrte mich an. Ich las die Worte darüber.

„Metropolitan Police."

„Richtig."

„Scotland Yard?"

Er schloss kurz seine Augen und nickte. Ich sah noch mal hin.

„Sie sind ein Detective Inspector! Cool! Wen besuchen Sie hier?"

„Niemanden. Ich wohne hier. Deshalb weiß ich sehr genau, dass Sie das nicht tun, meine liebe kleine brotschwenkende Einbrecherin. Nun zeigen Sie mir bitte Ihren Ausweis."

„Ich wohne zur Untermiete in Stephanie Shays Wohnung", sagte ich. Mir fiel auf, dass seine Hände zwar groß, aber schön geformt waren. Ich gebe zu, dass ich besonders auf Männerhände achtete. Und die Kombination aus einem echten Scotland-Yard-Detective, seinem verführerischen Aftershave und diesen Händen machte mich ein bisschen wuschig. „Sie können Isabella fragen. Sie sind nicht einer derjenigen, die im Erdgeschoss wohnen?"

„Nein, ich wohne im vierten Stock."

Nun war es an mir, überrascht zu blinzeln. „Sie wohnen über mir?"

„Offenbar." Er runzelte erneut die Stirn und hob meine spitzblättrige Pflanze auf, um sie genau zu inspizieren. „Tragen Sie für gewöhnlich illegale Drogen mit sich herum?"

„Hä?"

Er hielt mir die Pflanze vor die Nase. Meine Finger berührten seine, als ich versuchte, die Pflanze zu nehmen, aber er ließ sie nicht los. Ich zog fester.

„Sie wissen, dass das eine Marihuanapflanze ist, oder?"

Ich blickte auf meine süße kleine spitzblättrige Pflanze. Sie sah so unschuldig aus! „Ich ... nein! Ich habe sie bei einem Typen an der U-Bahn-Station gekauft. Er hatte eine ganze Reihe von denen. Er sagte, es sei ... Oh."

Er hob eine Augenbraue und ließ die Pflanze los. Das Gefühl seiner Finger, die unter meinen entlangglitten, brachte mich zum Labern. „Der Typ, der sie mir verkauft hat, sagte, dass es ein homöopathisches Kraut sei, das benutzt wird, um Freude und Frieden zu bringen, und dass es harmlos sei." Ich fühlte die Röte in mein Gesicht schießen, als ich meine Naivität zugab, sagte aber nichts mehr, als er die Tür öffnete und sie für mich aufhielt. Ich lächelte ihn schief an, murmelte der Tür ein Versprechen auf Rache zu und trat in den kleinen Flur.

„Ich *werde* Isabella nach Ihnen fragen", warnte er mich, als ich die Treppen hoch ging.

Ich zuckte meine Schultern, so gut es eben ging mit meinen Armen voller Einkäufe, und hörte seine Schritte hinter mir auf den Stufen. „Ich habe Sie nicht angelogen; sie wird Ihnen dasselbe erzählen."

Ich schaute über meine Schulter, als ich mich auf dem Treppenabsatz umdrehte, und sah zu meiner Befriedigung, dass sein Blick an meinem Hintern klebte. „So so, da sind also doch Fleisch und Blut unter diesem Anzug."

Sein smaragdgrüner Blick schoss zu mir nach oben. Ich drehte meinen Kopf in seine Richtung. „Wow, ich kann mich nicht erinnern, wann ich das letzte Mal einen Mann zum Erröten gebracht habe."

Er schien noch unnachgiebiger zu werden, wenn das möglich war, seine Kiefer waren so fest zusammengebissen, dass ich die Muskeln vor Anspannung zucken sehen konnte. Offensichtlich bekam der Herr Detective nicht viele Komplimente am Tag. Armer Kerl, hier stand er nun und kam vor Hitze fast um, und ich zog ihn auch noch auf.

„Hey, ist schon gut", sagte ich mit einem aufmunternden Lächeln und drückte seine Hand, die auf dem Geländer lag, auf freundschaftliche Weise. „Falls Sie sich dann irgendwie besser fühlen, können Sie auch vor mir gehen, und ich gaffe Ihren Hintern an."

Seine Augen traten ein wenig hervor, und er sah aus, als könnte er sich nicht entscheiden, ob er lachen oder mit mir schimpfen sollte. Ich lächelte noch ein bisschen mehr und knuffte ihn in die Rippen. „Das war ein Witz, Sherlock. Sie sollen lachen. Wissen Sie, ha ha ha?"

Ein Mundwinkel zuckte, dann der andere, und dann – wer hätte das gedacht, Mutter Maria und alle Heiligen – lächelte er. Ich machte einen Schritt zurück und drückte das Brot an meine Brust. „Oh so beruhige dich, mein armes Herz! Ich muss meine Augen abwenden, bevor dieses umwerfende Lächeln mich in die Knie zwingt und mich all meiner Empfindsamkeit beraubt", sagte ich mit meiner besten Regency-Heldinnenstimme und grinste, als er ein rostig klingendes Lachen von sich gab.

„Sie benutzen Ihr Lachen nicht oft, oder? Ich wette, es ist wegen all dieser Leichen und Schwerkriminellen, die Sie untersuchen, richtig?" Ich ging weiter die

Treppe hinauf und schwang dabei meine Hüften, nur um zu sehen, ob er hinsah. Er sah hin.

„Sie machen das mit Absicht", warf er mir vor.

Ich warf ihm über meine Schulter ein Lächeln zu. „Man tut, was man kann", sagte ich schelmisch und stieg noch ein paar Stufen hinauf, bevor ich innehielt, damit er zu mir aufschließen konnte. „Hey, können Sie mich in dieses Black Museum bringen, von dem ich gehört habe? Ich würde so gern diesen ganzen Jack-the-Ripper-Kram sehen, die Totenmasken und die Dr.-Crippen-Memorabilia."

Detective Miesepeter schaute mich abgekämpft an und schüttelte den Kopf. „Das Kriminalmuseum ist nicht für die Öffentlichkeit zugänglich."

„Ich weiß. Deshalb frage ich ja Sie, ob sie mich hineinbringen können."

„Miss ... Mrs ... Wie heißen Sie eigentlich?"

„Alix."

„Ja. Und Ihr Name?"

„Alix. Wie heißen Sie?"

Ich hielt abrupt an, als er meinen Ellbogen griff. „Warum fragen Sie mich, wenn Sie es schon wissen?"

„Was? Wovon sprechen Sie?"

Das Stirnrunzeln war wieder da. „Ich habe Sie nach Ihrem Namen gefragt."

„Und ich habe ihn Ihnen gesagt. Mein Name ist Alix. Kurz für Alexandra, falls Sie es noch nicht erraten haben."

Das Stirnrunzeln vertiefte sich für eine Minute, glättete sich dann, und ein Lächeln umspielte wieder seine Mundwinkel.

„Sie sollten besser darauf achtgeben, es wird sonst zur Gewohnheit." Ich stieg die restlichen Stufen hinauf und suchte vor meiner Tür nach meinem Schlüssel.

„Ich heiße auch Alex", sagte er mit einer monotonen Stimme und nahm mir die Pflanze und das Brot aus der Hand, damit ich die Tür aufschließen konnte. Er hielt mir die Tür auf und sah zu, wie ich die Einkaufstasche, die Taschenbücher und meine Geldbörse auf dem unglücklichen Tisch neben dem Eingang ablud. Ich nahm das Brot, das er mir hinhielt, und legte es auf den Stapel.

„Sie machen Witze! Wahrscheinlich haben Sie mich gerade für einen Idioten gehalten." Ich zog eine Grimasse und fragte mich, was hinter seinem smaragdgrünen Blick vorging. Es war erstaunlich, wie viel Feuer plötzlich darin lag. „Stellen Sie sich das vor, wir haben denselben Namen. Nun, da haben wir die Bescherung!"

Er hob minimal eine Augenbraue.

„Was?", fragte ich.

„Da haben wir die Bescherung?"

„Habe ich das falsch gesagt? Ich habe gehört, wie jemand im Fernsehen es gesagt hat. Ich dachte, es heißt *da haben Sie es*."

Einer seiner Mundwinkel zuckte. „So ist es."

„Warum haben Sie mich dann so komisch angesehen?"

Er hob seine Hand und strich eine Strähne meines Haares, die sich aus meinem Pferdeschwanz gelöst hatte, hinter mein Ohr. Das Blut stieg mir in die Ohren, meine Brustwarzen richteten sich auf und mein Atem ging flacher.

„Es hört sich ein kleines bisschen lächerlich an, wenn Amerikaner es sagen."

„Oh." Mir wurde klar, dass ich gerade beleidigt worden war. Ich ignorierte das Flehen meiner Brustwarzen, sich an ihm zu reiben, presste stattdessen meine Lippen zusammen und legte meine Stirn in Falten. „Blödsinn! Das ist eine einzige große Lüge! Sie wollen mich ärgern, oder? Was für ein Haufen Unsinn! Das ist total verrückt! Also, ich kann ..."

Er hob seine Hand als Zeichen der Kapitulation und ein echtes, ehrliches Lächeln erhellte sein Gesicht. „Ich gebe auf. Da haben wir die Bescherung."

Für einen kurzen Moment lächelte ich zurück und sah, wie sein Gesicht sich verdüsterte und das Lächeln aus seinem Gesicht wich. Ich spürte das fast überwältigende Verlangen, ihn zu küssen, einfach mit meiner Zungenspitze den Punkt zu berühren, an dem sein Unterkiefer in seinen Hals überging. Ich ignorierte die leise Stimme in meinem Kopf, die mich daran erinnerte, dass ich ihn eben erst getroffen hatte, und er sicher nicht an meinesgleichen interessiert wäre, und gab der anderen Stimme nach, die mich zu einem kleinen Flirt drängte, nur um zu sehen, wohin das führen würde. Ich lehnte mich in seine Richtung und atmete seinen Duft ein. Er roch nach Aftershave und Mann und ... noch etwas anderem, das ich nicht genau zuordnen konnte. „Bist du dort gewesen, Alex?"

Ein Muskel regte sich in seinem Kiefer, aber er trat nicht zurück. Er ergriff mich auch nicht, um seine Lippen auf meine zu drücken, aber man konnte schließlich nicht alles haben. „Bin ich wo gewesen?"

Ich kam noch ein Stück näher und schaute ihn mit meinem besten Schlafzimmerblick an. „Im Black Museum."

Ich konnte seinen Puls an seiner Halsschlagader sehen. Sein Adamsapfel bewegte sich über seinem Krawattenknoten. „Ja, war ich.“

„Nimm mich ... mit“, flüsterte ich.

Seine Pupillen weiteten sich in seinen schönen grünen Augen. „Bitte?“

Ich neigte leicht meinen Kopf und blies einen kleinen Atemzug an sein Ohr. „Ich hab dich angelogen, Alex. Diese Alan-Rickmann-Stimme macht doch etwas mit mir. Nimmst du mich mit zum Black Museum?“

„Verführst du immer Leute, von denen du einen Gefallen willst?“

Ich grinste, als er einen Schritt näher kam. Ich konnte seinen Atem auf meinem Gesicht spüren. Er vermischte sich mit seinem Aftershave, das aus puren Pheromonen zu bestehen schien. „Nicht immer. Nur wenn Drohungen mit Broten nicht funktionieren.“

„Verstehe“, sagte er mit dieser sexy Stimme und neigte leicht seinen Kopf.

Ich drehte meinen Kopf und öffnete meinen Mund gerade weit genug, damit mein Atem seine Lippen streifen konnte. „Also wirst du es tun?“

„Dich mitnehmen?“ Seine Lippen berührten meine, als er sprach, federleicht und angenehm warm. Ich schnappte nach Luft und fragte mich, wohin sie verschwunden war. „Ja, Alix, ich befürchte, wir werden es tun.“

Ich lächelte und meine Lippen berührten seine. Ich genoss den Hitzeschauer, der sich aufgrund dieser leichten Berührung in meinem Bauch bildete. Ich hatte so etwas noch nie gefühlt, noch nicht einmal, als ich mit meinen Ex-Mann ausgegangen war. „Gut“, hauchte ich. „Wann?“

„Bald. Ich möchte dich zuerst ein wenig besser kennenlernen, aber … bald.“

„Gut“, wiederholte ich und wünschte, ich hätte die Nerven, ihm einfach meine Arme um den Hals zu legen und ihn zu küssen, aber meine Vorsicht siegte. Ich umklammerte stattdessen meine Hände hinter meinem Rücken.

Er gab ein leichtes zustimmendes Brummen von sich und ging langsam rückwärts, bis er zur Tür hinaus war.

„Sag mir Bescheid, wann du es angehen willst“, sagte ich mit einem reuigen Lächeln, ein wenig bestürzt über das Gefühl von Verlust, das in mir aufkam, als er sich zurückzog. Ich hatte den Mann gerade erst getroffen, um Himmels willen. Sicher konnte nicht einmal meine ausgehungerte Libido gleich auf den ersten großartigen Engländer reinfallen, der uns begegnet war. „Mein Terminkalender ist recht übersichtlich. Ich brauche nur einen Tag oder so als Vorwarnung.“

Er lächelte nicht mit den Lippen, sondern mit den Augen. Seeehr interessant. Er nickte kurz und drehte sich zur Treppe um.

„Meine Schwester wird schrecklich eifersüchtig sein, weißt du“, rief ich hinter ihm her.

„Wird sie das?“ Er hielt inne und sah mich über seine Schulter hinweg an, einen undurchschaubaren Ausdruck im Gesicht.

„Jep. Sie ist ein riesengroßer Krimifan und wollte schon immer das Black Museum sehen. Sie wird ausrasten, wenn ich ihr erzähle, dass du mich mitnimmst.“

Beide kastanienbraunen Augenbrauen schnellten in die Höhe. „Ich glaube, ich habe erwähnt, dass das Kriminalmuseum nicht für die Öffentlichkeit zugänglich ist, Alix."

Ich sah, wie er auf den Treppenabsatz stieg, und schloss meinen Mund. „Moment, du hast gerade gesagt, wir werden es tun, und jetzt machst du einen Rückzieher?"

Er hatte einen Fuß auf der untersten Stufe der letzten Treppe. Im Treppenhaus war es zu dunkel, als dass ich seinen Gesichtsausdruck hätte erkennen können, bis er sich zur Seite lehnte, in das Licht, das durch ein Fenster hinter ihm fiel. Er grinste wie ein Honigkuchenpferd und mir klappte der Unterkiefer herunter. Die kleine Flamme, die unser Flirt entzündet hatte, entwickelte sich zu einem feuerspeienden Vulkan, der drohte, mich an Ort und Stelle auszulöschen. Ich griff nach dem Türrahmen, um meinen plötzlich sehr weichen Knien Halt zu geben.

„Du hast mich gebeten, es zu tun, Alix, und ich beabsichtige voll und ganz, dieser Bitte nachzukommen. Leider ist es mir nicht möglich, dich mit ins Kriminalmuseum zu nehmen."

Es kam mir vor als wäre jeder Knochen in meinem Körper zu Pudding geschmolzen unter dem Einfluss dieses wölfischen Grinsens. „Aber ... aber ... du sagtest ... wir werden es tun ..." Eine Glühbirne ging in meinem Kopf an. Ich starrte ihn an, unfähig zu glauben, was ich soeben dachte. Sicher hatte er nicht gemeint ... Er konnte nicht, er war Engländer und jeder wusste, dass Engländer kühl und reserviert waren und nicht derartig flirteten, und sicher keine Anzug tragenden Detective Inspectors. „Äh …"

„Mach deinen Mund zu, Alix", sagte er sanft, und entschwand mit einem leichten Nicken die Treppe hinauf.

„Heiliger Strohsack", sagte ich zu niemandem und sah ihm nach.

Ich schloss die Tür leise hinter mir und lehnte mich dagegen, dachte über das nach, was er gesagt hatte, was ich gesagt hatte, wünschte, ich wäre nicht so ein Idiot gewesen, und erlaubte mir dann, mich einen Moment in dem warmen Versprechen zu sonnen, das in seiner Stimme gelegen hatte. Ich war gerade an dem Punkt angelangt, an dem ich ihn mir nackt auf meiner Récamiere vorstellte, als mir einfiel, was ich zu Isabella über ihren perfekten Mann gesagt hatte. Obwohl Vierter-Stock-Alex genau mein Typ war, war ich mir sicher, dass er nicht an der Art Beziehung interessiert war, die ich mir vorstellte. Er sah nicht aus wie der Quickie-Typ. Und es gab andere Nachteile.

In Gedanken zählte ich all seine Schwächen auf und hob währenddessen meine Einkaufstasche, meine Bücher und das Brot auf. Definitiv hatte er wenig bis gar keinen Sinn für Humor, war arrogant, kratzbürstig, ernsthaft, trug mitten im Hochsommer einen Wollanzug und würde Spaß vermutlich nicht einmal erkennen, wenn er vorbeikäme und vor ihm die Hosen hinunterließe.

Ich sah auf die Bücher und Einkäufe hinab, runzelte meine Stirn und fügte der Liste eine weitere Sünde hinzu. „Der kleine Bastard! Er hat meine Pflanze mitgenommen!"

Kapitel Drei

Lady Rowena kniete flehend vor ihrem Lord, Tränen rannen über ihre elfenbeinfarbenen Wangen, über ihr Kinn, ihren Hals hinab und in den Ausschnitt ihres Kleids. Sie durchnässten den dünnen Musselinstoff ihres Gewands und machten es fast durchsichtig, was ihre Brüste mit den kleinen, kecken rosafarbenen Nippeln Raouls hitzigem Blick darbot. Sie hickste und tupfte sodann ihre Nase mit dem Ärmel ihres Kleids ab. „Oh bitte, mein liebster, teuerster Geliebter! Ihr dürft mich nicht verlassen, um diese Bastardtochter eines Dukes zu heiraten!"

Lord Raoul kehrte der weinenden Frau seinen Rücken und blickte hinaus auf die samtgrünen Rasenflächen von Firthstone. Er war traurig darüber, den Spaß mit Rowena aufgeben zu müssen, aber sie hatte eben nicht die Mitgift, die Pruenella hatte, die leibliche Tochter des Duke of Colinwood, und, verdammt, man bezahlte nicht für eine Kuh, wenn man die Milch umsonst bekam!

„Warum sollte ich sie nicht heiraten?" fragte er gefühllos.

Rowena sah ihn an, als hätte er den Verstand verloren. „Ähm ... also ... Erst einmal ist sie ein Bastard, Raoul. Illegitim. Ihre Eltern waren nicht verheiratet. Ihr versteht diesen Sachverhalt, oder?"

„Also, was denken Sie? Meinen Sie, Lady Rowena würde auf eine so anmaßende Weise mit ihrem geliebten Lord Raoul sprechen? Hat er zu wenig Mitleid?"

Kamil, der Lebensmittelhändler, sah mich mit einem Blick an, der Rehen vorbehalten ist, die in Scheinwerferlicht starren, aber er fing sich schnell und setzte ein mutiges Lächeln auf und legte eine Hand auf einen Stapel Abendzeitungen. „Es tut mir leid, aber ich kann Ihnen nicht helfen. Sie sollten mit jemand anderem sprechen. Mit einer Frau vielleicht, mit jemandem, der Bücher liest. Ich kann Ihnen nicht helfen. Möchten Sie vielleicht noch etwas anderes kaufen?"

Ich machte Platz, damit ein Kunde seine Chipstüte und sein Sixpack Alsterwasser auf die kleine freie Fläche auf der Theke stellen konnte. Es war nicht viel Platz, vielleicht dreißig Zentimeter im Quadrat. Der Rest der Fläche wurde von Süßigkeiten, Zeitungen, Snacks, Postkarten und verschiedenem Krimskrams eingenommen. Kamils Laden gehörte einer aussterbenden Art an. Er war eine kleine Oase faszinierender britischer und afghanischer Spezialitäten, die so dicht in die Regale gestopft waren, dass es unmöglich war, ein einzelnes Stück herauszunehmen, ohne dass eine Kaskade aus Dosen, Päckchen und Gläsern auf den ahnungslosen Kunden herniederging. Ich linste durch die Warenstapel auf der Theke, um Kamil zum Abschied freundlich zuzuwinken, nahm meine Manuskriptseiten und meine Einkäufe und verließ den Laden.

Ich mochte es, durch London zu spazieren. Für eine der größten Städte der Welt hatte London ein schönes Flair. Einzelne Viertel waren gänzlich verschieden: einige warm und heimelig, andere hip und aufregend und wieder andere staubig, trocken und geschichtsträchtig. Ich wohnte in der Nähe des British Museum in einer sehr schönen Gegend mit vielen Grünflächen und aggressiven Eichhörnchen, die jeden erbarmungslos anbettelten, der unvorsichtig genug war, Essen mit in den Park zu bringen. Es gab viele düstere kleine Läden, gefüllt mit faszinierenden Antiquitäten, Büchern und Artefakten, die garantiert auch das anspruchsvollste Herz erfreuten.

Ich konnte die Hitze durch die dünnen Sohlen meiner Sandalen spüren, als ich den Fußgängerweg entlangschlenderte, den Einkaufsbeutel schwenkend und tief durchatmend.

„Ah, der Duft von Diesel an einem warmen Sommerabend", sagte ich fröhlich zu einer älteren Dame, die mit einem Armvoll Einkäufe am Zebrastreifen stand.

„Furchtbar, nicht wahr?" Sie nickte und bewegte sich in der nächsten Verkehrspause schleppend vorwärts. „Man könnte meinen, bei den heutigen Benzinpreisen würden weniger Menschen fahren, aber es scheinen tatsächlich mehr und mehr zu werden." Sie schniefte, nickte mir kurz zu und ging in Richtung eines Häuserblocks davon.

Ich drehte mich um und ging die Straße hinunter, um zum Beale Square zu kommen. Ich war zufrieden, die Geräusche des Lebens um mich herum zu hören: Musik, die aus offenen Fenstern und Ladentüren drang, das eintönige Heulen und Brummen der Autos, die verlangsamten und wieder anfuhren, und das wundervolle An- und Abschwellen von Unterhaltungen. Es war unfassbar, wie viele verschiedene Variationen die britische Sprache hat, alles vom gutturalen und schroffen

Cockney und seinen verschiedenen Varianten bis zu den gerundeten Worten der westlichen Landesteile. Hin und wieder hörte man etwas Irisch, das rollende R der Schotten und den affektierten, seidenweichen BBC-Akzent, der sich einfach zu sehr nach Oberschicht anhörte. Ich liebte sie alle, auch die, die ich nie im Leben verstehen könnte. Nachts lag ich in meinem Bett und arbeitete daran, meinen eigenen britischen Akzent zu perfektionieren.

Ich summte „Moondance" vor mich hin, als ich umherbummelte und mich fragte, was Mr. Heißer Detective Inspector Alex heute Abend machen würde, wenn ich hinaufging, um seine Nachbarin zu besuchen. Isabella hatte mich eingeladen, ihren Freund zu treffen, *den* Freund, ihren perfekten Liebhaber-Freund, der noch perfekter zu mir passte. Ich hatte zugestimmt, ihn zu treffen, obwohl ich seit zwei Tagen ununterbrochen an den Mann aus dem oberen Stock dachte. Mehr als ein bisschen verzweifelt, versuchte ich mir einzureden, dass Isabella vielleicht falsch lag und Mr. Perfect sehr wohl an einem kleinen Sommerabenteuer interessiert war. Mr. Alex war es sicher nicht. Ich hatte nichts mehr von ihm gehört oder gesehen, seit er mit meiner süßen kleinen spitzblättrigen (mutmaßlichen Marihuana-) Pflanze davongelaufen war.

„Diese Faszination für ihn ist nicht gut, Alix", hatte ich mir gestern sehr ernsthaft erzählt, als ich mich dabei ertappt hatte, wie ich aus dem Fenster sah und mir Alex vorstellte, der splitterfasernackt in dem Fleckchen Sonne lag, das die Récamiere erwärmte. „Bleib mit deinen Gedanken bei der Arbeit. Arbeit, Arbeit, Arbeit, das ist es, was du brauchst."

Ich zog eine Grimasse angesichts meiner eigenen Worte. Ich hatte Erfahrung mit Workaholics und nicht den leisesten Wunsch, einer dieser besessenen Perfektionisten zu werden. Das Leben war zu kurz und unsicher, um nichts anderes zu tun, als zu arbeiten. Besonders, wenn grünäugige Engländer sich verführerisch auf der Récamiere rekelten und ihre schlanken, muskulösen Körper zum Küssen, Streicheln, Lecken und Knabbern anboten …

„Großer Gott, ich tu es schon wieder! Jetzt reicht es, ich brauche Hilfe." Ich kritzelte eine kurze Notiz, ging nach oben und klemmte das Papier zwischen Isabellas Tür und deren Rahmen. Ich gebe zu, dass ich kurz auf die Tür ihr gegenüber gestarrt hatte, ging aber wieder hinunter und fühlte mich viel besser, überzeugt davon, dass dieser wenig perfekte Pflanzendieb aus meinem Gehirn gewaschen werden würde, wenn ich Isabellas perfekten Mann kennenlernte.

Es kam mir erst am nächsten Abend, als ich mich für Isabellas Essen anzog, in den Sinn, dass die beiden Männer ein und derselbe sein könnten. Ich stand nackt auf einem Bein balancierend da, das andere Bein in der Luft, weil ich beim Unterwäsche anziehen in der Bewegung innegehalten hatte. Ich starrte ins Leere, während der Gedanke in meinem Kopf herumschwamm. Alex? Mein perfekter Mann?

Ich hatte die Unterwäsche an und dachte noch immer über die relevanten Fakten nach, konnte aber keine Stichhaltigkeit in der Idee finden.

Alles was Isabella gesagt hatte war, dass der Typ perfekt für mich war, und Detective Inspector Gestärkte Unterhose war alles, nur nicht das. Und wenn sie tatsächlich ihn gemeint hätte, hätte sie es sicher gesagt, weil er ja so geschickt darin war, sich vorzustellen. Und er als ihr Liebhaber ... Ich schob ein vages Gefühl von Unzufriedenheit von mir und zuckte mit den Schultern.

„Gut, sie treiben es miteinander. Interessiert mich nicht, überhaupt nicht, und du kannst aufhören, den Kopf zu schütteln, weil das hier mein Problem ist, und ich bleibe dabei!"

Ich starrte mein Spiegelbild böse an, nur damit es wusste, dass ich vor ihm nichts zugeben würde. Ich setzte mich hin, um selten benutzte Kosmetika aufzutragen. Ich konnte mich nicht erinnern, wann ich das letzte Mal Make-up getragen hatte. Wahrscheinlich zu einer der wenigen Gelegenheiten, als Matt mich zu einem Firmenessen mitgenommen hatte.

„Das hier ist für dich", sagte ich und grüßte das imaginäre Bild meines Ex-Mannes mit einem fünf Jahre alten Mascarabehälter. Sie war ein wenig zäh und klumpig, und ich schaffte es, sie fast überall zu verteilen, auch auf meiner Nase und an meinem linken Ohrläppchen. Aber letztendlich hatte ich mehrere Schichten aufgetragen. Genug, um meine braunen Wimpern genauso tintenschwarz aussehen zu lassen, wie es in den Sechzigern modern war. Sie waren wirklich, wirklich schwarz und fühlten sich überhaupt nicht klebrig an. Ich betrachtete mich in meinem kleinen Handspiegel und stellte fest, dass es besser aussah, als es sich anfühlte. Ich versuchte mich zu erinnern, ob ich das Rouge über, auf oder unter den Wangenknochen auftragen musste, um einen maximalen Effekt zu erzielen, und kam zu dem Schluss, dass ein bisschen überall mir ein gesundes Leuchten verleihen würde. Ein kleiner Hauch von goldenem Glitzerpuder verwandelte sich plötzlich in eine Lawine, als der Behälter in mein Dekolleté fiel, aber ich bekam das meiste davon ohne große Umstände wieder heraus. Nun noch einen schneidigen roten Lippenstift, ein Spritzer meines Lieblingsparfüms, und das Gesicht, das mich aus dem kleinen Spiegel heraus ansah, war bereit, meinem voraussichtlichen Mr. Perfect den Kopf zu verdrehen.

Es war einfach zu schade, dass Alex nicht da sein würde, um mich zu sehen. Ich verspürte ein ernüchterndes Gefühl in meinem Bauch, wenn ich daran dachte, wie enttäuschend der Abend ohne ihn sein würde.

„Hör auf", sagte ich mir streng, als ich mein schönstes Kleid anzog. „Hör sofort auf. Es geht hier um den perfekten Mann. Lass uns das nicht versauen wegen eines Typen, der denkt, du seist ein Idiot."

Ich wollte mein Haar gerade zurücknehmen, aber ich entschied mich dafür, es lieber offen über meinen Rücken fallen zu lassen. Also gab ich ein wenig Gel hinein, damit es mir nicht in die Augen fiel, und föhnte es in Form. Schlussendlich blieb nur noch das Strumpfhosenproblem. Ich hasste es, diese Dinger zu tragen, ehrlich, aber es gab Augenblicke, in denen nackte Beine einfach zu leger wirkten. Da mein Kleid ein paar Zentimeter über meinem Knie endete, war viel von meinen Beinen zu sehen. Ich betrachtete sie kritisch. Die Tatsache, dass ich Europäerin geworden war und sie eine Weile nicht rasiert hatte, führte zur Entscheidung: Ich kramte meine einzige Strumpfhose heraus und zog sie

an, betend, dass sie den Abend ohne Laufmasche über-
stehen würde.

Endlich in der verhassten Strumpfhose, schnappte
ich mir die Weinflasche, die ich bei Kamil gekauft
hatte, und machte mich auf den Weg nach oben, entschlossen mich zu amüsieren, obwohl das Wunder von
Scotland Yard nicht anwesend sein würde. Ich würde
einfach nicht an ihn denken, sagte ich mir, als ich mein
Gesicht ein letztes Mal im Spiegel kontrollierte. Ich
würde nicht über seine faszinierenden grünen Augen
nachdenken, die ihre Farbe so schnell änderten, ich
würde mich nicht an das knieerweichende Aftershave
erinnern, das er trug, und ich würde mir selbst verbie-
ten, auch nur das kleinste bisschen von Begehren für
ihn zu fühlen. Er war Geschichte, was mich betraf. Und
die Anziehung, die ich gefühlt hatte, war nichts weiter
als ein eindeutiges Zeichen dafür, dass ich wirklich jemanden finden sollte, der auf ein Abenteuer aus war.
Jemand, der mir nicht wichtig war, jemand, der wusste,
wie man Spaß hatte und der an nichts Ernsthaftem interessiert war. Ich war auf genau so jemanden vorbereitet. Als meine Schwester Cait mich fragte, ob ich Regenmäntel mit nach England nehmen würde, erklärte
ich ihr, dass es Juli war und deshalb unwahrscheinlich,
dass es so viel regnen würde, dass ich einen Regenmantel bräuchte. Sie hatte gelacht und mir eine Schachtel
Kondome gegeben mit den Worten: „Es ist Zeit, dass du
über den Typen mit den Chips hinwegkommst. Hier
sind ein paar Regenmäntel. Benutze sie."
Die Neugier siegte über mich und ich wühlte auf dem
Boden meiner Reisetasche, bis ich eine zerknautschte
Schachtel mit Kondomen gefunden hatte. Ich gluckste

bei dem Gedanken, wie ich einen Mann fragte, ob er lieber einen Regenmantel mit Erdbeer-, Banane- oder Minzgeschmack hätte. Ich warf die Kondome auf den Tisch neben der Récamiere und ging kichernd die Treppe hinauf zu Isabella.

Ich fühlte mich richtig gut, und vor allem sehr kontrolliert. Mein süßes rotes Kleid raschelte verführerisch, wenn ich mich bewegte. Ich fühlte mich sehr sexy. Ich sah nicht einmal zu Alex' Tür hinüber, als ich bei Isabella klopfte. Alex war komplett aus meinem Gedächtnis gelöscht. Finito.

„Nimmermehr", sagte ich ernsthaft, als die Tür geöffnet wurde.

„Sprach der Rabe?", fragte Alex.

Ich glotzte einen Augenblick lang. Er war sogar noch anbetungswürdiger, als ich ihn in Erinnerung hatte.

„Sorry, ich muss an der falschen Tür ..." Ich sah mich um. Ich war nicht falsch, ich *war* an Isabellas Tür. „Oh, du bist auch eingeladen?"

Blöd, blöd, blöd! Er steht hier in ihrer Wohnung, natürlich ist er eingeladen!

Er trat ein Stück zurück, damit ich hineingehen konnte. Ich fühlte meinen Uterus ein paar kleine Sätze machen, als der Alex-Duft „Männlicher Mann" meinen Geruchssinn traf, aber ich kämpfte das Verlangen, seine Kleider herunterzureißen und ihn zu Boden zu zwingen, erfolgreich nieder. „Trägst du nie etwas anderes als Anzüge?"

„Selten."

„Alexandra! Ich bin so froh, dich zu sehen. Komm rein."

Isabella stand in einem kleinen Raum neben einem massiven Glastisch und zündete die daraufstehenden weißen Kerzen an. Sie hatte ein fließendes, silbrig-weißes Kleid an und sah aus wie eine vestalische Jungfrau.

Als ich an Alex vorbeiging, wurde mir klar, dass seine Anwesenheit hier bedeutete, dass er der Mann *war*, den Isabella für mich vorgesehen hatte. Seltsamerweise war ich sowohl beschwingt als auch ernüchtert bei diesem Gedanken, hatte aber keine Zeit, irgendetwas zu sagen, bevor Alex mich am Arm griff und mich dicht an seine Seite zog. Großer Gott, er würde mich küssen! Genau hier, vor Isabella! Sollte ich ihm entgegenkommen oder lieber so tun, als wüsste ich nicht, dass er mich küssen wollte? Meine Gedanken rasten wild im Kreis wie ein geisteskranker Hamster in einem Rad, und gerade als Alex sich zu mir beugte, entschied ich, dass Sittsamkeit zwar ihre Vorzüge hatte, Schamlosigkeit aber auch. Ich drängte mich gegen ihn und bot ihm meine Lippen dar.

„Du musst dein Kleid in Ordnung bringen", zischte er, sein Mund höchstens einen Zentimeter von meinem Ohr entfernt.

„Ich – *was*?" Ich drehte mich leicht, sodass ich ihm einen finsteren Blick zuwerfen konnte. Unsere Nasen berührten sich. Seine Augen glitzerten smaragdfarben, und ich starrte ihn an. Ich konnte an nichts anderes denken, als daran, wie attraktiv er war. Es schien ihm ähnlich zu gehen, aber er schaffte es letztendlich zu sprechen.

„Dein Kleid. Du musst es in Ordnung bringen."

Ich zwang meinen Blick von ihm fort und sah an mir herunter. Klar, die Stelle zwischen meinen Brüsten war sehr golden und glitzerte zu stark von der Puderlawine, aber da war nichts auf meinem Kleid.

„Wovon redest du?", hauchte ich.

Er gab einen Laut der Verärgerung von sich, nahm mich bei den Schultern, drehte mich um und zog am Rückenteil meines Kleids.

„Es steckte in deiner … ähm …"

Oh gütiger Gott! Ich schnellte herum, rot vor Scham. Ein Lächeln spielte um seine Lippen. Er lehnte sich zu mir und flüsterte: „Ich wusste nicht, dass ein Gesicht so rot werden kann. Es passt zu deinem Kleid."

Isabella kam zu uns herüber und streckte beide Hände nach uns aus. „Du siehst bezaubernd aus. Diese Farbe steht dir. Alexander muss etwas sehr Ungezogenes zu dir gesagt haben, um dich so erröten zu lassen. Ihr kennt euch bereits, nicht wahr? Er sagte, er habe dich neulich gesehen, als du Probleme mit der Eingangstür hattest."

„Ja, wir haben uns bereits kennengelernt." Ich schluckte und verdammte alle Hersteller von Strumpfhosen, während ich mich fragte, was er ihr erzählt hatte. Ich hoffte, sie wusste nicht, dass ich der Tür körperliche Gewalt angedroht hatte.

„Schön. Nun komm und lass mich dir Carol vorstellen."

Ich sah sie überrascht an. Carol? Wer war diese Carol? Ich dachte, Isabella würde nur ein kleines Essen für Mr. Scotland Yard und mich geben.

„Carol?"

„Carol. Der Mann, von dem ich dir erzählt habe." Sie tätschelte meine Hand und lächelte mich herzlich an. „Alexander muss etwas wirklich Unverzeihliches gesagt haben, wenn er dich so durcheinandergebracht hat. Du erinnerst dich, dass du hier bist, um einen Mann zu treffen, der meiner Meinung nach perfekt für dich ist?"

„Ich ..." Ich sah hinüber zu Alex, der hinter uns stand und ein vertraut finsteres Gesicht zog.

„Nun, ja, aber ich dachte ... Ich nahm an ..."

Isabella sah mich aus dem Augenwinkel heraus an und führte mich in ein von Kerzen beleuchtetes Wohnzimmer.

„Du dachtest, ich meine Alex? Gott, nein! Er ist der letzte Mann, mit dem ich dich zusammenbringen würde."

Zur Hölle, war es so offensichtlich?

„Das ist Carol Coventry, Alix. Carol, das ist meine Sommermieterin Alix Treebark. Alix ist hier, um Recherche zu betreiben. Sie schreibt an einem Buch."

Ich starrte Isabella an, entgeistert über ihren grausamen Scherz. *Treebark?* Ich wollte sie gerade korrigieren, aber da griff sie Alex' Arm und bestand darauf, ihm einen neuen Druck zu zeigen, den sie gerahmt hatte. Ich sah ihnen nach, wie sie den Raum verließen, und drehte mich um zu dem Mann, der aufgestanden war, um mir die Hand zu schütteln.

„Mein Name ist Karl", sagte er mit einem schiefen Lächeln und streckte seine Hand aus. „Karl Daventry. Du musst Isabella entschuldigen, sie hat ein furchtbares Namensgedächtnis. Ich nehme an, du heißt Alicia oder Allison, wenn sie dich Alix nennt."

Ich gab ihm die Hand und lächelte. Er sah wirklich gut aus – ein wenig größer als ich, mit dunklen Haare und Augen, einem länglichen, englischen Gesicht und einem netten kleinen Totenkopfohrring. Er war nett, aber ... Ich konnte nicht anders als zu denken: *Er ist nicht perfekt. Oder vielleicht ist er perfekt, aber perfekt auf diese spießige, farblose, uninteressante Art. Sogar sein Ohrring ist die perfekte Mischung aus hip und individuell, und sieht dabei doch nicht blöd oder störend aus.*

„Mein Name ist Alix. Und mein Nachname ist Freemar, nicht Treebark. Es ist wirklich ein bisschen merkwürdig mit Isabellas Namensgedächtnis. Macht sie das bei jedem?"

Er lächelte. Es war ein schönes Lächeln mit schönen Zähnen. Perfekte Zähne sogar. Ich wartete auf eine Gefühlswelle, die mich überrollte, angesichts seines perfekten Lächelns – Liebe, Lust, Glück, Spannung, Freude – jedes Gefühl wäre gut. Ich wartete, während er über den Grund für Isabellas kleines Gedächtnisproblem spekulierte. Ich wartete immer noch, als er mir von den Freuden und Leiden eines Zahnarztes erzählte – das erklärte seine perfekten Zähne.

Ich wartete immer noch darauf, dass Karl in mir ein Gefühl wachrief, irgendein Gefühl, als Alex and Isabella zurückkamen. Meine Nackenhaare stellten sich auf, als ich zu ihnen hinübersah. Isabella lachte zu Alex hinauf, ihr Arm war um seinen geschlungen, und ihr silberblondes Haar bildete einen schönen Kontrast zu seinem schwarzen Anzug. Er lächelte sie auf eine Art an, die in mir den Wunsch weckte, seine verräterischen Lippen aus seinem Gesicht zu reißen und einen Riverdance auf ihnen zu veranstalten. In Clogs.

Danach ging es bergab mit dem Abend. Meine Wimpern erfuhren eine schreckliche Mutation zu riesigen Klumpen klebrigen schwarzen Teers, die mit einer

Leidenschaft, die ich nicht erwartet hätte, an der Haut über meinen Augen klebten. Blinzeln wurde zu einem gefährlichen Unterfangen.

„Ähm ... Du hast da etwas", sagte Alex sanft zu mir und deutete auf mein Gesicht. Wir saßen alle an Isabellas Glastisch und genossen ihre Scampi Fettucine, den Wein, den ich mitgebracht hatte, und frische Basilikum-Knoblauch-Röllchen, die so gut waren, dass ich darüber Freudentränen hätte vergießen können. Isabellas Tisch war ganz in Weiß und Silber gehalten und passte perfekt zu ihrer Kleidung. Ich fragte mich, ob sie immer zu ihrer Garderobe passende Servierplatten, Kerzen, Servietten und Deko hatte.

Ich hörte auf, die Kerzen auf dem Tisch zu zählen und schaute nach rechts, wo Alex an der kurzen Seite des Tisches saß. „Ich habe so einiges, Junge. Aber glaub nicht, dass du irgendetwas davon probieren wirst, denn du wirst es nicht. Zumindest nicht jetzt. Gut, vielleicht ein bisschen später, aber ich habe noch nicht darüber nachgedacht. Nicht ganz."

In seinem Gesicht wechselten sich Verwirrung, Überraschung und Verärgerung ab. Er verengte seine Augen und sprach mit tiefer Stimme, während er demonstrativ auf meine linke Wange starrte. „Du hast einen schwarzen Fleck auf deiner Wange."

Ich schielte bei dem Versuch, auf meine Wange hinunterzusehen, aber es gelang mir nicht. „Oh. Danke. Vergiss einfach, was ich gesagt habe."

Ich fasste an meine Wange, um zu herauszufinden, ob ich etwas fühlen konnte, und entdeckte einen Fleck. Es handelte sich um eine mistkäfergroße Mascarakugel mit mehreren Wimpern darin. „Großartig", murmelte ich, den Mascaraklumpen zwischen meinen Fingern haltend. „Nun sind meine Augen also kahl."

„Du bist sehr direkt", sagte Alex mit gedämpfter Stimme und in einem Ton, der nahelegte, dass es kein Kompliment war. „Sind alle Amerikaner wie du?"

Ich zuckte die Schultern und sah mich verstohlen am Tisch nach einer Möglichkeit um, die Kugel verschwinden zu lassen. Ich wäre verdammt, wenn ich eine von Isabellas feinen Leinenservietten damit ruinieren würde, aber ich konnte wirklich nicht die ganze Nacht lang mit dem Ding in meiner Hand hier sitzen. „Nicht unbedingt. Ich stamme aus einer Familie sehr direkter Frauen. Wir glauben daran, die Dinge beim Wort zu nennen. Warum, stört dich das? Erzähl mir nicht, dass du einer von denen bist, die sich für Machtspiele begeistern." Ich sah ihn misstrauisch an. „Du bist nicht einer von diesen Spinnern, die auf Bondage und SM stehen, oder? Denn wenn du einer davon bist, sage ich dir hier und jetzt, dass ich keinesfalls jemals ein Hundehalsband tragen werde."

Seine Augen wurden groß und er schüttelte den Kopf.

„Und erwarte auch nicht von mir, dass ich Stilettos trage und mich Mistress Cruella nenne, weil ich das einfach nicht mache."

„Ich habe nie gesagt ..."

Ich zeigte mit meinem Finger, an dem der Mascaraklumpen hing, auf ihn und hoffte fast, dass er dabei von selbst abfallen würde. Natürlich tat er es nicht. Sie sollten die Platten am Space Shuttle mit altem Mascara befestigen. „Und wenn du darauf stehst, Windeln zu tragen und den Po verhauen zu kriegen, dann komm bitte nicht zu mir! Gut, okay, vielleicht das mit dem

Hintern, aber keine Windeln! Bei Windeln ist für mich Schluss!"

Eine matte Farbe stieg in seine Wangen und färbte sie leicht pink. Ich beobachtete ihn fasziniert und fühlte mich ein wenig verrucht und sehr mächtig, weil ich ihn zum Erröten gebracht hatte, bevor ich merkte, dass sonst niemand redete. Ich schaute hinüber zu Isabella und sah, dass sie und Karl Alex misstrauisch ansahen. Ich warf aus dem Augenwinkel einen Blick zu Alex hinüber. Er starrte mich zornig an, und seine Finger zuckten, als würde er sie um meinen Hals legen wollen.

„Jemanden zu erwürgen ist eine Straftat", murmelte ich ihm zu, als Isabella sich wieder Karl zuwandte. „Du würdest den Rest deines Lebens im Gefängnis verbringen."

„Vielleicht wäre es das wert", knurrte er und sah weg.

Ich wollte ihn knuffen, merkte aber, dass der Klumpen aus Mascara und Wimpern immer noch fest an meinem Finger klebte. Meine Gelegenheit ihn loszuwerden kam einen Augenblick später. Als Isabella und Karl laut über eine amüsante Anekdote lachten, schmierte ich den Klumpen an den Rand meines Tellers und hoffte, dass er mit dem Rucola verschmelzen würde. Er tat es nicht. Er klebte am Rand des Tellers und stellte seine Haare zur Schau wie ein großes, haariges, schwarzes Ei.

Ich schaute entsetzt auf ihn hinab, aber ich hatte keine Ahnung, was ich sonst mit dem verdammten Ding tun sollte. Verzweifelt sah ich mich am Tisch um, aber da waren keine Taschentücher oder ähnliches, womit ich das abscheuliche Ding hätte unschädlich machen können. Meine Handflächen waren schweißnass, als ich zu Isabella hinübersah – sie unterhielt sich mit Karl, aber ich wusste, wenn sie zu mir schaute, würde sie das eklige, bösartige Gewächs auf meinem Teller sehen. Ich schwöre, ich konnte seine Fühler sehen, die sich in der vom Kerzenlicht warmen Luft sanft bewegten. Ich beobachtete es genau und fürchtete, es könnte anfangen, sich von selbst fortzubewegen.

„Alex?", fragte Karl.

„Ich hab es noch nie in meinem Leben gesehen!", kreischte ich aufgebracht. Drei Paar Augen sahen in meine Richtung. Ich legte meine Gabel über das entsetzliche Ding, aber die Wimpern, die an ihm klebten, lugten durch die Zinken hindurch.

Isabella sah ein wenig verdutzt aus, aber Karl schien wirklich besorgt. Ich sah Alex nicht an. Ich hatte so ein Gefühl, dass er mich mit dem Ding gesehen hatte und nun das Schlimmste von mir dachte.

„Sorry. Ein Tagtraum. Du wolltest etwas wissen, Karl?"

Er sah zu Alex hinüber. „Eigentlich hatte ich Alex gefragt, was er vom Spiel der Wölfe gegen die Dons hält."

„Oh, Hockey." Ich sah auf meinen Teller hinab. Hatte die Gabel sich ein wenig bewegt?

„Football, nicht Hockey, Alix", sagte Karl mit einem Lächeln.

Als sich die Aufmerksamkeit von mir abgewandt hatte, nahm ich meine Gabel auf und suchte nach einem Grund, meinen Teller mit zur Toilette zu nehmen, damit ich die Entität endlich loswerden konnte.

„Es ist ein wenig verwirrend mit so vielen Alexen hier", lachte Karl und sah Alex mit hochgezogenen Augenbrauen an. Ich sah ebenfalls zu Alex und erwartete zu sehen, wie er Karl antwortete. Stattdessen starrte er auf die Abscheulichkeit auf meinem Teller, mit einem Ausdruck entsetzter Faszination, den man hat, wenn man einen besonders blutigen Unfall sieht.

„Hast du irgendetwas, Alexander?"

Ich drehte meinen Kopf so schnell, dass ich mit meinem Haar fast eine Kerze umgeworfen hätte. Isabella lehnte sich leicht zur Seite, um durch all die Kerzenflammen zu erkennen, was einen solchen Horror auf Alex' Gesicht gezaubert hatte.

„Nichts, Isabella", antwortete er und zog ein Taschentuch aus einer Innentasche.

Während die Unterhaltung sich den Sehenswürdigkeiten zuwandte, die ich keinesfalls verpassen durfte, wenn ich alle Touristenattraktionen innerhalb Londons sehen wollte, verschwand Alex' Hand unter dem Tisch. Ich spürte sie an meinem Knie, griff nach dem Taschentuch und schenkte ihm einen Blick inbrünstiger Dankbarkeit, der ihm die Sonne und den Mond versprach, wenn er mich nur dorthin mitnähme. Mit vorsichtigen Blicken zu den anderen entfernte ich das Ding von meinem Teller.

Nun musste ich nur das Taschentuch loswerden, denn ich glaubte nicht, dass Alex es zurückhaben wollen würde. Ich entdeckte ein Gemälde auf der anderen Seite des Raumes, lehnte mich nach vorn und deutete in seine Richtung. „Ist das ein Monet-Druck, Isabella?"

Ein leichtes Stirnrunzeln brachte ihre Augenbrauen in Unordnung, als sie sich umdrehte. „Monet? Nein, das habe ich selbst gemacht. Es ist ein Aquarell von Wildblumen in Schottland."

Ich stopfte das Taschentuch vorne in mein Kleid, als alle zu dem Bild sahen, und warf mein Haar über meine Schulter zurück. Ich hätte einen Seufzer der Erleichterung ausgestoßen, wenn Alex nicht diesen Moment gewählt hätte, um verrückt zu werden. Er warf seine Serviette über meinen Kopf und begann mir auf den Schädel zu hauen.

„Was zur Hölle machst du da?!" schrie ich und schlug mit meinen Fäusten um mich. Hin und wieder traf ich jemanden, wahrscheinlich Alex, denn ich hörte maskuline Schmerzenslaute.

Als jemand die Serviette von meinem Kopf zog, sprang ich von meinem Stuhl und packte Alex am Revers, schüttelte ihn und sagte ihm, er sei ein Idiot. Er hielt mich mit einer Hand auf Abstand und rieb sich mit der anderen sein rechtes Auge. Sobald ich ihn losgelassen hatte, sank er auf seinen Stuhl zurück und tastete blind nach seiner Serviette. Ich hob sie vom Boden auf und warf sie ihm an den Kopf.

„Du Idiot! Wie kannst du es wagen, mich so zu behandeln? Nun, ich habe Zeugen für deinen Angriff, und glaub ja nicht, ich würde sie nicht benutzen!"

Ich drehte mich auf dem Absatz um und hätte einen hochdramatischen Abgang hingelegt, hätte Mr. Totalverrückt es nicht wieder ruiniert.

„Dein Haar hat gebrannt", sagte er abwesend. Ich sah zurück. Isabella stand zu seiner Rechten und drückte ein nasses Taschentuch auf sein Auge. Dabei machte sie beruhigende Geräusche. Karl stand auf seiner anderen Seite und bot an nachzusehen, ob ein paar meiner Treffer seine Zähne beschädigt hatten. Ich griff an meinen Hinterkopf und schwang mein Haar herum, um zu beweisen, dass alles in Ordnung war, aber was meine Hand nach vorn beförderte, war ein fremdartiges Ding aus abgerissenen, verkohlten und stinkenden Haarsträhnen. Das meiste von meinem Haar war gar nicht mehr da.

„Meine Haare", jammerte ich. Ich war in vielen Dingen nicht eitel, aber ich hatte schönes hüftlanges Haar. In keiner besonderen Farbe, aber dick und füllig. Das heißt, ich hatte dieses Haar, bevor das flammende Inferno das meiste davon mit sich gerissen hatte.

„Du wirst ein blaues Auge bekommen", sagte Isabella zu Alex und legte seine Hand über sein Auge, damit er die Kompresse an Ort und Stelle halten konnte. Dann kam sie herüber, um sich mein Haar anzusehen. Sie schnalzte mit der Zunge. „Du wirst es abschneiden müssen. Mehr als kinnlang ist nicht mehr viel davon übrig."

„Ich werde niemals meine Haare schneiden lassen. Seit fünf Jahren lasse ich nicht mehr als die Spitzen schneiden", sagte ich mit zitternder Unterlippe. Ich hätte heulen können, wirklich. Es gab eine begrenzte Menge an Demütigungen, die ein Mädchen ertragen konnte, bevor es anfing zu weinen.

„Ich kennen einen sehr guten Stylisten", sagte sie und tätschelte aufmunternd meinen Arm. „Ich rufe ihn morgen an und sage ihm, dass es sich um einen Notfall handelt."

Ich starrte auf den scheckigen Haufen Haare hinab, der der einzig verbliebene Rest auf der rechten Seite meines Kopfes unterhalb meines Ohrs war. „Isabella?"

„Ja?"

„Danke für das Essen. Es war wirklich wundervoll, wenn man über mein in der Strumpfhose steckendes Kleid, den großen schwarzen Mascaraklumpen, der mittlerweile wahrscheinlich durch Alex' Taschentuch auf meine Brüste geschmolzen ist, und meinen brennenden Kopf hinwegsieht. Ich würde jetzt gern nach Hause gehen."

„Natürlich möchtest du das", sagte sie besänftigend. „Sicher wird Karl dich gern nach unten bringen."

„Aber klar", sagte Karl und stand auf, nachdem er Alex erfolglos dazu zu bringen versucht hatte, seinen Mund zu öffnen.

„Das ist nicht nötig", sagte Alex mit einem kleinen Grunzen, als er ebenfalls aufstand und seine nasse Serviette neben seinen Teller legte. „Ich werde auch gehen. Und ich werde dafür sorgen, dass Alix sicher in ihre Wohnung kommt." Er starrte mich mit seinem zuschwellenden Auge böse an. Ich zuckte zusammen. Isabella hatte recht: Er würde ein richtig schönes Veilchen bekommen.

„Ich kann auch allein ein paar Stufen hinuntergehen", sagte ich würdevoll und ging in Richtung Tür. Alex packte meinen Arm und murmelte etwas wie Isabella möge während meiner Anwesenheit lieber ihre Hausratsversicherung erhöhen.

Er sagte nichts weiter, während wir die Treppe hinuntergingen, und schwieg immer noch, als ich meine Wohnungstür aufschloss.

„Es tut mir leid, dass ich dich geschlagen habe", sagte ich und öffnete die Tür. „Ich dachte, du wärst verrückt geworden oder so was."

„Für gewöhnlich verliere ich nicht bei Dinnerpartys meinen Verstand", sagte er und betastete behutsam erst sein Auge und dann seinen Wangenknochen. Er sah bemitleidenswert aus: verwundet, hilfsbedürftig und verdammt sexy. Ich sagte mir, dass ich als Verantwortliche den Schaden auch beheben sollte, also nahm ich seine Hand, zog ihn in die Wohnung und schloss die Tür hinter uns.

„Setz dich", sagte ich und nickte in Richtung Récamiere. Ich ging in die kleine Küche. „Nein, warte. Leg dich lieber hin. Das hilft gegen die Schwellung."

Er stand für eine Minute mitten im Raum, gab einen kleinen Laut der Resignation von sich und setzte sich schließlich auf die Récamiere. Sie quietschte bedenklich, als er sich hinlegte und darauf achtete, dass seine Schuhe nicht die Kissen berührten. Ich kramte im Gefrierfach herum und fand schließlich einen Becher Eiscreme.

„Bin in einer Sekunde da, ich suche nur noch etwas, wo ich das hier reintun kann ... Oh, okay, ich glaube, eine Plastiktüte ist gut." Ich löffelte die Eiscreme in die Tüte und murmelte: „Was für eine Verschwendung von ultraleckerem Toffee Crunch." Ich verschloss die Tüte und ging hinüber, um zu sehen, was der verwundete Krieger machte.

Er lag auf der Récamiere, die Augen geschlossen. Ich legte den Eisbeutel auf sein verletztes Auge. Er zuckte zusammen, fluchte und versuchte sich aufzusetzen.

„Jetzt stell dich nicht so an", sagte ich, drückte ihn zurück und legte die Eiscremetüte wieder auf sein Auge. Ich setzte mich an die Ecke der Récamiere, zog seine Hand von seinem Gesicht weg und befühlte sanft seine

Wange. Sie war ein wenig geschwollen und sah aus, als würde sie blau werden.

„Du siehst furchtbar aus", sagte ich und hob den Eiscremebeutel ein wenig an, um zu sehen, ob er überhaupt gegen die Schwellung half. Die Haut unter seinem Auge hatte einen fleckigen, dunkelroten Farbton angenommen, der davon kündete, dass hier in ein paar Tagen alle Farben des Regenbogens zu sehen sein würden.

„Du siehst auch nicht viel besser aus", antwortete er und öffnete sein gesundes Auge, um meinen Kopf zu betrachten. Ich griff nach meinen Haaren und zog eine Grimasse angesichts der paar Strähnen, die noch lang genug waren, um sie nach vorn zu ziehen und zu betrachten. Ich stand auf, um eine Schere zu holen. Alex sah mir mit einem finsteren Blick auf der gesunden Hälfte seines Gesichts zu.

„Du willst deine eigenen Haare schneiden?", fragte er schließlich.

„Nope", sagte ich, ging zu ihm zurück und setzte mich neben ihn auf den Boden. „Du wirst es für mich machen."

Er setzte sich auf und nahm den Eisbeutel von seinem Gesicht. „Ich glaube nicht", sagte er mit einem Anflug von Panik in den Augen.

Ich drückte ihm die Schere in die Hand und kehrte ihm den Rücken zu. „Jetzt guck nicht so entsetzt. Ich möchte nur, dass du es ein bisschen gleichmäßiger machst. Ich halte es nicht aus mit diesen paar langen Strähnen und dem kurzen verkohlten Rest. Schneide es einfach ab, sodass es dieselbe Länge hat."

„Aber …"

„Ich würde es für dich machen“, sagte ich langsam und sah ihn über meine Schulter hinweg an. Er warf mir einen langen rätselhaften Blick zu und bedeutete mir mit einem Nicken, meinen Kopf nach vorn zu drehen. Zuerst waren seine Hände zaghaft. Seine Finger schienen mich nicht berühren zu wollen, aber er schnippelte unablässig und mit nur kleinen gemurmelten Unmutsbekundungen.

„Danke“, sagte ich, als er fertig war. Ich drehte mich halb herum, damit er mir die Schere geben konnte. Ich fuhr mir mit den Fingern durch meine Haare und traf dabei auf seine Hand, die gerade eine lose Strähne meines Haars von meiner Schulter sammelte. Hitze schoss durch meine Finger, als hätte mir jemand heißes Wasser darüber gekippt. Kleine Flammen, die sich ihren Weg bahnten von meiner Hand, die seine berührt hatte, in meine Brust, wo sie tief in mir brannten.

„Wow“, hauchte ich hypnotisiert. Seine Pupillen waren erweitert, und seine Augen erschienen fast schwarz. Er berührte immer noch meine Finger und streichelte sie langsam vom Knöchel bis zur Spitze. „All das einfach nur durch Finger.“

Er sagte nichts, aber ein verschlossener Ausdruck trat in seine Augen. Er sah zu Tür. „Ich sollte gehen.“

„Nein, was du tun solltest ist, dich zurückzulegen und diese Eiscreme die Schwellung abklingen zu lassen.“ *Er ist nichts für mich, er ist nichts für mich*, sang die kleine Stimme in meinem Kopf. Ich sagte ihr, sie solle die Klappe halten, und drückte Alex auf die Kissen zurück. Er leistete kurz Widerstand, sank dann aber zurück.

„Hier, leg diesen Beutel auf dein Auge. Er wird nicht mehr lang kalt bleiben, aber mehr habe ich nicht.“ Ich gab ihm die Eiscreme und sammelte die Schere und den Kamm auf.

Für ein paar Minuten sagte keiner von uns etwas, außer dass ich ihn fragte, ob er Kaffee wolle, und er bejahte. Ich kramte meine wertvolle Dose mit gemahlenem Starbucks-Kaffee hervor und stellte den Wasserkocher an. Ich stellte Becher, Milch und meinen Geheimvorrat an Schokoladen-Orangentrüffeln auf ein Tablett.

„Wie findest du England?" Er brach schließlich das Schweigen.

„Ich liebe es", antwortete ich und wünschte mir, ich hätte ein bisschen exotisches Gebäck, damit ich Alex für den bestimmt fabelhaften Nachtisch entschädigen konnte, den wir bei Isabella verpasst hatten. „Ich war noch nicht außerhalb Londons, plane aber ein paar Touristentrips in der nächsten Zeit."

„Wohin?"

Ich schüttete Wasser in die French Press und stellte sie ebenfalls auf das Tablett. „Oh, hier und da. Windsor Castle, Bath, Cambridge, Lake District – all diese Orte eben."

„Ah. Der Lake District ist schön. Isabella sagte, du schreibst ein Buch?"

Ich kam mit dem Tablett und stellte es auf den Beistelltisch. Dann hob ich den Tisch mit dem Tablett hoch und stellte ihn neben die Récamiere, damit Alex leichter herankam. Als ich den Tisch an den richtigen Platz schob, fiel eine Zeitschrift von seiner Ecke herab und offenbarte die darunter liegende Schachtel mit den Kondomen, die Cait mir gegeben hatte. Ich hatte einen kurzen Anflug wilder Panik, als ein Bild in mir aufstieg, wie ich die Kondome mit Trauben- und Bananengeschmack elegant zu erklären versuchte, aber ich nahm sie schnell vom Tisch und schob sie unter die Kissen unter Alex' Kopf.

„Nein, setz dich noch nicht auf und lass den Beutel noch ein bisschen auf deinem Auge. Ich habe nur das Kissen aufgeschüttelt. Mit Milch oder schwarz?"

„Mit Milch bitte."

Ich goss Sahne in einen Becher und drückte den Kaffeestempel herunter. „Ja, ich schreibe ein Buch. Einen Roman. Ich nehme an, du liest keine Romane, oder?"

Er öffnete kurz sein Auge und schloss es dann wieder. „Nein, ich lese nicht zum Vergnügen."

Ich beugte mich über ihn und legte den Eisbeutel so, dass er sein Auge besser bedeckte. Er musste die Bewegung gespürt haben, denn er öffnete plötzlich die Augen.

Und sah direkt in den tiefen Ausschnitt meines Kleides, in dem meine Brüste in all ihrer goldenen Herrlichkeit glitzerten.

„Sorry", sagte er beschämt und klappte seine Lider zu. Er zog eine Grimasse, als sein geschwollenes Auge die schnelle Reaktion mit Schmerz quittierte, und erlaubte mir, den Beutel wieder aufzulegen.

„Es ist okay, es sind nur Brüste. Du hast sicher vorher schon welche gesehen."

Er öffnete sein gesundes Auge einen Spalt. Ich lächelte und setzte mich auf. „Gut, vielleicht nicht genau diese, aber andere ihrer Art. Warum liest du nicht in deiner Freizeit? Ich dachte, du als Scotland Yard Detective und so wärst ein begeisterter Krimileser."

Sein Augenlid klappte langsam wieder herunter. Ich ging hinüber in die Küche, um ein sauberes Geschirrtuch zu befeuchten.

„Ich bin in der Abteilung für obszöne Veröffentlichungen im Internet."

Ich hörte kurz auf, das Geschirrtuch auszuwringen, und warf einen besorgten Blick hinüber zum Bücherregal neben der Tür. Ich fragte mich, ob er den Titel des viktorianischen Erotikbuchs entziffern konnte, das ich ein paar Tage zuvor gebraucht in einem Laden gekauft hatte. Für meine Recherche natürlich. Nur für meine Recherche, für nichts weiter.

Alex sprach mit müder Stimme weiter. „Ich habe nichts mit Morden oder der Aufklärung von Verbrechen zu tun, außer, es handelt sich um Internetpornografie. Und ich lese keine Romane, weil ich keine Zeit dazu habe."

„Internetpornografie?" fragte ich, als ich zur Récamiere zurückkam.

„Ja", sagte er, ohne sein Auge zu öffnen. Ich faltete das Geschirrtuch und legte es auf seine Wange. Seinen gemurmelten Dank nahm ich ohne weiteren Kommentar hin.

„Du meinst diese Online-Sexseiten und so? Die, auf denen Frauen vor Webcams an sich herumfummeln?"

„Manche von denen. Unsere Abteilung kümmert sich hauptsächlich um die pädophilen Seiten."

„Oh." Ich schubste ihn leicht mit meinem Knie an seiner Hüfte. Er rückte ein Stück herüber und sah mich aus seinem gesunden Auge an, als ich mich neben ihn setzte. „Das ist ein guter Job. Ich meine, es ist nicht gut, dass es diesen Job überhaupt gibt, aber es ist gut, dass du ihn machst. Ich kann mir vorstellen, dass es ziemlich befriedigend ist, diese Ekeltypen hinter Gitter zu bringen."

Er fixierte mich mit einem smaragdgrünen Auge. „Es ist sehr befriedigend, ja."

Ich konnte nicht anders. Ich berührte leicht die kleinen Fältchen zwischen seinen Augenbrauen und versuchte sie zu glätten. Misstrauisch sah er zu, wie ich meine Hand zurückzog, fast als hätte er einen Schlag erwartet. Ich faltete meine Hände in meinem Schoß, um sie davon abzuhalten, ihn weiter zu berühren. „Sogar mein Mann Matt, der der größte Workaholic der Vereinigten Staaten war, nahm sich ab und zu eine Auszeit, um zu entspannen. Allerdings war seine Vorstellung von Spaß, in einer Squashhalle zu schwitzen. Was machst du nur so zum Spaß, wenn du nicht liest?"

„Dein Mann?"

Ich nickte und schloss meine Finger fester umeinander. Dieser Ausdruck von Verwirrung auf seinem Gesicht war einfach so entzückend!

„Isabella sagte, du wärst daran interessiert, Singlemänner kennenzulernen. Ich dachte, deshalb wolltest du Karl kennenlernen ..."

„Ex-Mann", unterbrach ich ihn und lächelte über meine eigenen dummen Gedanken. Sein Interesse an meinem Familienstand bedeutete nichts. Egal, was er sagte, er *war* ein Detective, und jeder weiß, dass Detectives nachfragen, wenn etwas nicht logisch ist. „Also, was machst du?"

„Zum Spaß?"

„Ja."

Er schloss sein Auge wieder. „Ich beschäftige mich nicht mit frivolen Freizeitaktivitäten."

„Okay, das schließt durch die Nachbarschaft rennen und nichts weiter als ein paar Rüschenunterhosen und eine angsteinflößende Perücke zu tragen aus, aber es muss doch etwas geben, das du zu deinem Vergnügen machst."

„Nein."

Ich widerstand der Versuchung, sein Augenlid anzuheben. Seine Kiefer waren so fest zusammengebissen, dass es ein Wunder war, dass er dieses eine Wort herausbekommen hatte.

„Was machst du, wenn du zu Hause bist? Was siehst du dir im Fernsehen an?"

„Ich hab keinen Fernseher."

„Und du liest nicht zu deinem Vergnügen? Nichts?"

„Nein."

„Oh. Was ist mit Musik? Du musst doch irgendwelche Musik mögen."

Er öffnete das Auge. „Ich höre keine Musik, ich habe keine Hobbys und ich möchte nicht weiter darüber ausgefragt werden."

Gut, dann eben nicht.

„Sorry", sagte ich und stand auf, um die ganzen Haare wegzuräumen, die er abgeschnitten hatte. *Kratzbürstig, kratzbürstig, kratzbürstig – sein Frühwarnsystem ist angesprungen,* warnte mich meine innere Stimme. *Denk nicht einmal daran, diesem Mann zu nahe zu kommen. Wenn du gerade denkst, er frisst dir aus der Hand, wird er dir den Arm abbeißen.*

„Wie fandest du Karl?"

Ich warf dem Papierkorb einen finsteren Blick zu, als ich meine Haare hineinwarf, und drehte mich dann um, um seinen Gesichtsausdruck zu sehen. Seine Stimme hatte einen leicht entschuldigenden Ton, und sie war ein gutes Stück wärmer als beim letzten Satz, den er gesagt hatte. „Warum fragst du?“

„Du warst da, um ihn kennenzulernen, nicht wahr? Isabella sagte, sie hätte dich deshalb eingeladen. Ich habe mich nur gefragt, was du über ihn denkst.“

Ich machte ein paar vorsichtige Schritte auf Alex zu. Warum hatte er nur seine leckere Rickman-Stimme in diese sterile, emotionslose Parodie ihrer selbst verwandelt? „Karl? Ich finde, er ist nicht im Entferntesten perfekt.“

Er öffnete das gesunde Auge und sah mich an, als ich mich vorsichtig wieder neben ihn setzte, um das Geschirrtuch umzudrehen. „Das ist alles? Er ist nicht perfekt?“

Ich nickte und ließ meine Finger sanft über die geprellte Stelle streifen. Ich legte das Geschirrtuch wieder darauf und fuhr ganz leicht mit meinem Finger über seinen Kiefer. Seine Wangen waren ein bisschen stachelig, fühlten sich aber nicht unangenehm an. Tatsächlich bereitete mir die Berührung eine kleine Gänsehaut. „Du bist auch nicht perfekt, falls du dich das gefragt hast.“

„Habe ich nicht“, sagte er weich, als ich mit meinem Finger über seinen Kiefer zu seinem Kinn strich. Mehr Stoppeln, aber noch besser: Seine Lippen waren direkt darüber. Alex bewegte sich leicht, nahm den Eiscremebeutel von seinem Auge und legte ihn auf seine Brust. Ich interpretierte die halb geschlossenen Lider und die dunklen Augen darunter als Einladung und strich ihm mit meinen Fingern über die Lippen. Sie waren warm, so schön warm, und gerade so weit geöffnet, dass ich seinen Atem auf meinen Fingerspitzen fühlen konnte. Ich fuhr seine verführerisch geschwungene Unterlippe entlang, zog die weiche Linie seiner Oberlippe nach und strich mit angehaltenem Atem über die gesamte Länge seines sensiblen Mundes.

„Was hast du nicht?", fragte ich, weil ich vergessen hatte, worüber wir sprachen.

Er öffnete seinen Mund leicht, und mein Finger glitt hinein. Mein Magen verkrampfte sich zu einem festen kleinen Knoten, als er begann, an meinem Finger zu saugen. Seine Zunge war ein bisschen rau, aber heiß und nass und wundervoll, und in der Lage, Dinge zu tun, die ich nie für möglich gehalten hätte, und die kleine Feuer auf meinem ganzen Körper entzündeten. Der Knoten in mir verdichtete sich weiter, als er sanft auf meine Fingerkuppe biss, was mich vor Verlangen erschaudern ließ, und ein Begehren in mir auslöste, das laut nach Befriedigung schrie. Seine schönen grünen Augen wurden komplett schwarz, als ich mich nach vorn beugte, um meinen Finger durch meinen Mund zu ersetzen. Er zog mich plötzlich mit seiner rechten Hand herunter auf seine Brust, unsere Lippen eine Haaresbreite voneinander entfernt.

„Alix", sagter er in dieser sexy, fast heiseren Stimme, die das Begehren in mir noch verstärkte. Ich sog seinen Duft ein und schmiegte mich an ihn, während er mir über den Rücken strich, über meine Hüfte und an meinem Brustkorb entlang wieder nach oben. Ich hörte auf zu atmen, als er unterhalb meiner Brust innehielt.

„Ja?" Ich rieb meine Brüste an seinem Oberkörper, fühlte, wie meine Brustwarzen fest wurden und anschwollen, und sah, wie seine Augen sich mit Verlangen füllten. Ich wusste, dass meine Augen sein Begehren widerspiegelten. Ich leckte sanft an seinem Mundwinkel, gerade als seine Hand nach oben schnellte, meine linke Brust umschloss und sanft drückte. Leidenschaft, so heiß, dass sie sich eiskalt anfühlte, spülte über mich hinweg, meine Brust hinab, weiter hinunter zu meinem inneren Kern, und brachte das Verlangen außer Kontrolle. Meine Hände glitten seine Arme hinauf, seine Schultern entlang und an seinen Hinterkopf, und ich drückte mich näher an ihn, um seinen gesamten Mund zu küssen. Seine Lippen öffneten sich, als meine sie gerade berührten.

„Verdammt!" Ich zuckte zurück, sah an mir hinab, sah auf seine Brust und dann in seine Augen. Er war ein wenig rot und sah sehr verärgert aus.

„Entschuldigung. Ich hätte die Situation nicht ausnutzen dürfen, wie ..."

„Die Eiscreme ist ausgelaufen", sagte ich und beachtete weder irgendwelche Manieren noch den Schreck, den seine belegte Stimme mir eingejagt hatte. Ich schaute auf meine Brust hinunter. Meine Brüste und der Ausschnitt meines Kleids waren braun und weiß mit geschmolzener Eiscreme verschmiert. „Es muss ein Loch im Beutel sein. Du hast es auch überall. Ich hoffe, das war kein teurer Anzug."

Er schloss beide Augen. „Er *war* teuer. Sehr teuer."

„Mist."

„Ganz meine Meinung."

Kapitel Vier

Lady Rowena starrte mit leerem Blick durch den menschengefüllten Ballsaal. Ihr Herz flatterte wild im Kreis wie eine Taube, die in einen runden Käfig eingesperrt war. Sie schnappte vor Entsetzen nach Luft und griff sich an die Kehle, als sie sah, dass Sir Thomas Cholmondley-Featherstonehough, Bart. zu ihrem geliebten Raoul hinüberging. Letzterer stand lässig da, umgeben von anderen jungen Männern, und nippte sorglos an einer Champagnerflöte. Sein dunkler Blick schnellte durch den Raum, sein außergewöhnlich schönes Gesicht drückte Geringschätzung, Langeweile und einen Hauch von Hochmut aus, der seine noble Linie Lügen strafte. Rowena winkte ihm mit ihrem zierlichen Spitzentaschentuch zu, als er in ihre Richtung sah, aber sein Blick glitt über sie hinweg, scheinbar ohne sie zu bemerken.

„Sirrah, Ihr habt eine Dame entehrt. Dafür werdet Ihr morgen sterben", bellte Sir Thomas, baute sich vor Raoul auf und warf dem Fürst seinen Handschuh vor die Füße.

Lord Raoul hob in spöttischer Überraschung seine schwarzen Augenbrauen. „Ihr erzürnt mich, Cholmondley-Featherstonehough, wirklich. Hinfort, Welpe."

„Ihr weigert Euch, Eure Schuld zu begleichen?"

Lady Rowena drängte nach vorn zu den beiden Herren, um die Szene besser verfolgen zu können.

Sie war außer sich vor Freude, dass der liebe, süße Thomas, ihr Kindheitsfreund, ihre Verführung durch den männlichen Raoul als einen Schlag gegen ihre Ehre auffasste, aber sie wollte wirklich nicht, dass er verletzt wurde. Nicht ernsthaft, jedenfalls. Vielleicht nur eine oder zwei romantische Narben aus einem Duell. Ohne Zweifel würde Raoul aus einem solchen als Sieger hervorgehen, sollte er Thomas' Herausforderung annehmen.

„Ich weigere mich."

„Feigling!"

Raoul machte einen langen Schritt nach vorn und hob den Baron an seinem Kragen in die Luft. „Niemand nennt mich einen Feigling und lebt lang genug, um davon zu erzählen!"

„Dann nehmt die Herausforderung an, verdammt!", krächzte Sir Thomas. Rowena keuchte erneut und presste ihr Spitzentaschentuch vor ihren Mund. Würde er? Konnte er? Würde der schneidige Lord Raoul sein Leben für sie riskieren?

Mit einer kurzen Bewegung seiner männlichen Hände warf Raoul Sir Thomas durch den Saal. „Ich habe keine Dame entehrt. Hinfort! Ihr langweilt mich."

„Ihr habt Lady Rowena genommen ..."

„Rowena ist keine Dame!", knurrte Raoul, drehte sich auf dem Absatz um und verließ den Saal, ohne sie anzusehen. Rowena versuchte sehr angestrengt, in Ohnmacht zu fallen.

„Au!"

„*Scht!* Wenn du nur stillhalten würdest, würde so was nicht passieren."

Ich rieb mein Ohr und sah mit Missbilligung auf den kleinen Blutfleck auf meinem Finger.

„Es ist nur ein winzig kleiner Kratzer, nichts, worüber man sich aufregen müsste."

Ich rieb noch einmal mein Ohr und starrte Manuel im Spiegel böse an. „Ich musste das nächste Kapitel aus meiner Tasche holen. Du willst doch wissen, was nun mit Rowena passiert, oder nicht?"

„Oh, sicher, sicher. Aber du kannst lesen und dabei stillsitzen, oder?"

„Gut. Was denkst du bis jetzt darüber?"

Manuel hörte auf, mein nasses Haar zu kämmen, und legte seinen Kopf schief. Er sah mein Spiegelbild nachdenklich an und schürzte seine Lippen. Er zupfte an seinem Ohrläppchen. Er machte ein ungezogenes Geräusch, hob die Hände in die Luft und murmelte eine Entschuldigung. „Es ist zu langsam, zu langweilig. Fade, weißt du, zahm, so wie dein Haar, als du hier hereinkamst. Dieser schreckliche plumpe Schnitt. Das bist nicht du, Liebling. Einfach nicht du. Was du brauchst, ist etwas Spannendes, Abenteuerliches. Ich finde, du solltest einen mysteriösen Spanier haben, weißt du, etwas Gruseliges, wie Rebecca – das ist gerade der letzte Schrei! *Das* war ein Film. Und die Kostüme! Oh Gott, die Kostüme waren wirklich göttlich!"

„Gruselig? Du meinst, ich sollte etwas Mysteriöses in meine Geschichte bringen?" Ich sah auf die Manuskriptseiten in meinen Händen hinab und fragte mich, ob er meinte, ich solle Spannung und Abenteuer in mein Leben, meine Haare oder meine Geschichte bringen. Vielleicht in alle drei. „Ich denke, ich könnte einen Hauch Grusel hineinbringen, wenn du meinst, es würde die Geschichte verbessern."

„Oh ja! Ja! Definitiv. Lehn dich zurück, ja? Nein, Kopf hoch, Schatz. Ja, ein bisschen Grusel, das verbessert jede Geschichte, findest du nicht? Ein mysteriöser spanischer Liebhaber – das ist einfach eine Superidee. Etwas Exotisches und Unerwartetes, weißt du, erzeugt bei den Lesern immer Spannung. Ich versuche immer, Exotisches und Unerwartetes in meine Shows zu bringen. Bully, kannst du die Mousse bringen? Nein, nicht diese, die ultrastarke. Nein, nein! Zur Hölle, ich hol sie mir selbst. Du wirst sie niemals finden, solange du diese lächerliche lila Brille trägst." Manuel tätschelte meine Schulter. „Du sitzt einfach still, Chica, und ich bin im Handumdrehen wieder bei dir."

„Alex hatte recht", grummelte ich, als der berühmte Manuel Sorby-Ruiz davonwackelte, um die ultrastarke Mousse zu holen.

„Womit hatte er recht?"

Ich sah hinüber zu Isabella, die auf einem Stuhl neben mir saß und in einem Modemagazin blätterte. „Er sagte, manche Dinge hören sich einfach blöd an, wenn Amerikaner sie sagen. Ich finde *Handumdrehen* ist eines davon. Ehrlich, Isabella, wo hast du diesen Typen aufgetrieben? Er ist der Fleisch gewordene stereotype schwule Friseur mit seinen extravaganten *Dein Haar sollte deine innere Göttin widerspiegeln, nicht die äußerliche Hure*-Kommentaren. Und was dem Ganzen noch die Krone aufsetzt, er kommt aus Pittsburgh oder von sonst irgendeinem gottverlassenen Ort! Er ist absolut nicht das, was ich in einem schicken Londoner Salon erwarten würde."

Isabella gestikulierte in Richtung der gerahmten Auszeichnungen an der Wand über den Spiegeln. *Der weltbeste Haarkünstler* besagte eine von ihnen. Ich lehnte mich nach vorn.

„Er wurde dreimal als International Hairdresser of the Year ausgezeichnet", murmelte sie und studierte ihre Zeitschrift.

Ich ließ meinen Blick weg von den Auszeichnungen und hin zu einem gerahmten Magazin-Artikel schweifen. „Von seinen Kollegen verehrt, bereitete Manuel Sorby-Ruiz den Weg für so wohlbekannte Schnitte wie den White Russian, den Elf und den Imogene Coca", las ich vor. „Hä. Hier steht, seine Motivation sei es ‚normale Frisuren für normale Leute' zu kreieren."

Ich dachte einen Moment über diese Aussage nach und nahm meinen Platz wieder ein. Ich betrachtete mein nasses Haar im Spiegel. Mit den zurückgekämmten Haaren sah ich aus wie eine launische Robbe. „Ich finde das ein bisschen beleidigend, um ehrlich zu sein, zu sagen, dass er gewöhnliche Leute noch gewöhnlicher aussehen lassen will."

„Er ist sehr gefragt", sagte Isabella unbekümmert und blätterte gemächlich eine Seite um.

„Ich bin sicher, das ist er, und ich glaube, dass er sehr gut ist, und ich kann dir nicht genug danken, dass du mir heute morgen einen Termin besorgt hast, aber ehrlich, ich bin es nicht gewöhnt, mir meine Haare von einem …" Ich sah zu Manuels Wall of Fame und suchte mir eine passende Zeile aus. „… von einem Gott unter den Friseuren schneiden zu lassen."

Isabella sah auf und lächelte meinem Spiegelbild zu. „Er mag eingebildet sein, aber ich versichere dir, es ist wohlverdient. Hör auf, dir Sorgen zu machen und genieß es einfach. Du wirst wunderbar aussehen, wenn er fertig ist."

„Wenn ich neunzig Pfund für einfaches Schneiden und Föhnen bezahle, möchte ich auch verdammt wunderbar aussehen", gab ich zurück, aber leise, weil Manuel zurückkam, ununterbrochen schnatternd, gefolgt von einem Lakaien, der einen Haufen Haarpflegeprodukte und einen Stapel flauschiger gelber Handtücher trug.

Zwei Stunden und einen Kopf voll Manuel-Sorby-Ruiz-Mousse später spazierte ich durch Covent Garden und schwang mein Haar von Seite zu Seite. Obwohl ich den Verlust meiner Haare betrauerte, musste ich zugeben, dass ich es mochte, wie sich mein bloßer Nacken anfühlte. Vielleicht war diese Veränderung letzten Endes eine gute. Vielleicht war es ein Zeichen dafür, dass mein Leben eine bessere Richtung nahm.

„Es ist fantastisch!", sagte ich und betrachtete mein Haar in jedem Schaufenster, an dem ich vorbeiging. „Ich hätte nie gedacht, dass ich einmal fantastisches Haar haben würde. Im Moment ist es zwar ein bisschen klebrig-fantastisch, aber es wird später fantastisch sein, wenn ich all das Stahlträger-Mousse herausgewaschen habe."

Isabella, die geduldig zugesehen hatte, während ich meine Frisur aus jedem möglichen Winkel betrachtete, warf nun einen entsetzten Blick auf meinen Kopf. „Manuel hat gesagt, dass dein Haar zu dick ist, um diese Frisur ohne Mousse hinzukriegen."

Sie stupste gegen die Tüte mit Stylingprodukten, die Manuel mir aufgeschwatzt hatte, bevor ich gehen konnte (für lächerliche dreißig Pfund, wie ich später feststellte, als ich auf den Kassenzettel sah), und ergänzte: „Es wird nicht genauso aussehen, wenn du seinen Rat nicht befolgst."

„Ich habe einen Nacken", sagte ich verwundert und spielte mit den paar Strähnen, die er so gekürzt hatte, dass sie mein Gesicht sanft einrahmten. „Sieh dir das an, ich habe einen Nacken! Weißt du Isabella, das ist gar nicht die Tragödie, für die ich es zunächst gehalten habe. Das wird am Ende etwas Gutes. Ich meine, schau mich an! Meine Haare sehen jetzt richtig süß aus. Sie sind so kurz. Und hinten sind sie kürzer als vorn! Das ist so sexy! Ich sehe tatsächlich sexy aus! Ich habe noch nie sexy ausgesehen. Hey, wenn ich so dastehe, und du wärst ein Mann, würdest du vor mir auf die Knie fallen?"

Isabella zog ein Gesicht bei meiner dramatischen Pose, nahm mich am Arm und steuerte mit mir auf das Lamb and Flag zu. „Komm, wir werden keinen Tisch mehr bekommen, wenn du noch länger herumstehst und dich selbst bewunderst."

Ich ließ mich von ihr die Rose Street hinunter zu dem efeubedeckten Pub führen, wo wir einer dunklen Treppe hinauf in ein bezauberndes kleines Restaurant folgten. Wir quetschten uns an einen der letzten freien Tische, bestellten Gin Tonic (Isabella mit einer Zitronenzeste und ich mit einer halben Limette), entschieden uns für ein Mittagessen und lehnten uns dann zurück, um die Leute zu beobachten.

„Das Pärchen da drüben sind Touristen", sagte Isabella leise und nickte in Richtung eines Mannes und einer Frau in ihren Dreißigern, die an einem Tisch in der Mitte des Raumes saßen.

Ich drehte mich herum, um die beiden anzusehen. Sie hatten nichts an sich, das auf Anhieb auffiel und sie als Touristen auswies. „Woher weißt du das?"

Ein kleines Lächeln stahl sich auf ihre Lippen. „Beobachte sie. Sie sind so damit beschäftigt, sich im Pub umzusehen und alle Leute darin zu beobachten, dass sie kaum miteinander sprechen."

Ich hörte auf, alle und alles im Pub anzugaffen, und drehte mich mit einem reuigen „Sorry" zu Isabella zurück.

Sie lächelte ehrlich. „Entschuldige dich nicht, du bist nicht so schlecht."

„Es ist nur – es gibt so viel zu sehen", versuchte ich zu erklären. „Ich war noch nie irgendwo außer in Disneyland, und das hier ist so ... *exotisch* für mich! Ich meine, ich bin auf der anderen Seite der Welt! In einem anderen Land! Ich kann die riesige Entfernung gar nicht begreifen."

Isabella zuckte die Schultern und nahm einen Schluck von ihrem Gin Tonic. „Entfernung ist immer relativ. Was für dich auf der anderen Seite der Welt ist, ist in Wirklichkeit nur einen Anruf oder eine E-Mail von deinen Freunden und deiner Familie entfernt."

Ich zuckte zusammen. Ich hätte einen Internetaccount anlegen sollen, sobald ich mich hier niedergelassen hatte, hatte aber gezögert, weil es bedeutete, dass meine Mutter dann ungehinderten Zugriff auf mich hätte. Sie hatte mich zwar angerufen, nachdem ich angekommen war, hatte mir jedoch gesagt, dass sie nicht die Absicht hatte, gutes Geld für Anrufe zu verschwenden, wenn sie mir kostenlose E-Mails schreiben konnte. Ich hatte nicht vor, Isabella von meinem beschämenden Verhältnis zu meiner Mutter zu erzählen. Ich war neunundzwanzig Jahre alt, keine sechzehn. Ich war verheiratet gewesen, geschieden, lebte allein und hatte Jobs. Ich hatte all das eben nur ohne Erfolg getan.

Ich lenkte meine Gedanken von dem Chaos ab, das mein Leben war, und versuchte stattdessen ein kleines Nicken, um das sanfte Streicheln meiner Haare an meinem Nackenansatz zu spüren. Manuel hatte sie vorne kinnlang geschnitten, hinten ein wenig kürzer, und hatte die Frisur aufgelockert, indem er die Haare leicht gestuft hatte. Es war lockig, süß und vollkommen anders als jede Frisur, die ich bisher hatte.

„Er war die neunzig Pfund wirklich wert", antwortete ich auf Isabellas wissendes Lächeln und aß mein Roast Beef mit Appetit. „Ich kann es nicht erwarten, es Alex zu zeigen."

Die Worte waren aus meinem Mund, bevor ich es überhaupt bemerkte. Ich starrte Isabella voller Entsetzen und Überraschung an. „Also ... ich möchte ihm nur gern zeigen, dass alles wieder gut ist. Nach gestern Abend, meine ich."

Röte überzog mein Gesicht und Isabella legte sorgsam ihre Gabel nieder. „Oh?"

Es war etwas Besitzergreifendes an diesem „Oh", etwas, das die kleinen Haare in meinem Nacken dazu brachte, sich aufzurichten. Sicher hatte sie keine Affäre mit mehr als einem Mann? Wenn sie es mit Mr. Perfect Karl tat, konnte sie es nicht auch mit Alex tun, oder doch?

„Ähm ... Isabella?"

Sie beugte sich nach vorn und berührte meinen Arm. Ihre Augen glitzerten vor Ergriffenheit. „Alexander bedeutet mir sehr viel, Alix. Er ist ein sehr enger, sehr lieber Freund."

Gut. Eine weitere Warnung brauchte ich nicht. Das war das deutlichste *Hände weg*, das mir je untergekommen war. Nun wurde mir klar, warum sie mich mit Karl verkuppeln wollte – sie wollte ihn für Detective Inspector Sexy verlassen.

„Mit gestern Abend meinte ich, als meine Haare in Flammen aufgegangen sind", stellte ich klar und nickte dazu bekräftigend. „Nicht gestern Abend, als wir beide komplett mit Eiscreme bekleckert waren."

Ich schlug eine Hand vor meinen Mund. Isabella spielte mit dem dünnen Stück Zitronenschale in ihrem Drink.

„Das hört sich an, als hättet ihr einen sehr viel abenteuerlicheren Abend gehabt, als ich gedacht hätte. Ich nehme an, du und Alexander …"

„Nein, natürlich nicht!" Ich wollte mir für meine Blödheit auf den Kopf hauen. Ich mochte so einiges tun, aber ich hatte eine Regel, die besagte, dass ich nicht mit Männern rummachte, die anderweitig gebunden waren. Und genau das war es, was ich gestern Abend beinahe getan hätte, hätte die Eiscreme mich nicht gerettet.

Ich sah Isabella sprachlos an und fragte mich, ob meine Schuld mir für alle sichtbar ins Gesicht geschrieben stand. „Wie kannst du nur denken, ich würde … ich meine … mit Alex? Das mit der Eiscreme ist nicht so, wie du denkst. Ich hatte sonst nichts Kaltes, also habe ich sie in einen Beutel getan und auf sein Auge gelegt. Sie ist geschmolzen", endete ich lahm. Ihr kühler Blick aus blauen Augen verriet mir, dass sie das Schlimmste annahm.

„Ja, Eiscreme tut so was", sagte sie leichthin.

„Ja, also, du brauchst dir keine Sorgen zu machen, es ist nichts passiert, außer dass ich seinen Anzug mit der Eiscreme ruiniert habe." Ich erzählte ihr nicht, dass ich die Eiscreme auch auf meinem Kleid hatte, weil ich ihr dann auch erklären musste, was ich auf Alex tat, als die Eiscreme sich verteilt hatte.

Ein leichter Anflug vonVerwirrung kräuselte ihre Brauen. „Warum sollte ich mir Sorgen machen?"

Ja, warum? Ich musterte Isabellas schicken Seidenanzug, der zu ihrer Augenfarbe passte, und wusste, dass ich keine Bedrohung für sie darstellte. Allerdings schien Alex mich gestern Abend auch nicht ganz abstoßend gefunden zu haben. Eigentlich schien er sogar recht angetan von meiner generellen Erscheinung. Mir wurde ein wenig warm, als ich daran dachte, welche Form sein Interesse an mir angenommen hatte. Und ich verdammte mich dafür, dass ich hier vor seiner besseren Hälfte saß und mir all die Dinge vorstellte, die ich gern mit ihm tun würde.

„Ist alles in Ordnung mit dir? Du bist so rot. *Errötest* du wegen etwas?"

Belustigung glitzerte in ihren Augen, was mir bewies, dass sie wirklich das Schlimmste angenommen hatte, aber in Bezug auf ihren Einfluss auf Alex sehr selbstsicher war. Ich sah die Zeit gekommen, das Thema zu wechseln. „Mir geht's gut, nur ein bisschen heiß hier. Was meinst du, wo soll ich am besten hingehen, wenn ich einen Ghettoblaster kaufen möchte?"

„Einen was?"

„Einen CD-Player. Entweder hat Stephanie keinen, oder sie hat ihn mitgenommen. Ich würde so gern ein bisschen Musik hören."

Während Isabella einen Haufen Läden aufzählte, versuchte ich, keine Alex-Gedanken zu denken. Ich musste meine Traveler-Schecks zählen, um herauszufinden, wie viel Geld ich nach meinem morgendlichen Besuch bei Manuel noch übrig hatte. Ich hatte Alex angeboten, für seinen ruinierten Anzug aufzukommen, bis er mir erzählt hatte, wie teuer der gewesen war. Er wollte noch nicht einmal Geld für die Reinigung haben. Er hatte nur das Schlimmste mit dem feuchten Geschirrtuch abgewischt, mich böse angesehen und war gegangen.

„Alexandra, du hast nicht ein Wort gehört, das ich gesagt habe."

Ich sah von meinem Teller auf, auf dem ich meine matschigen Erbsen zu einem noch matschigeren Brei zerdrückt hatte. „Doch. Du hast gesagt, ich solle immer zu Marks and Spencers gehen, wenn ich Unterwäsche brauche, und zur Tottenham Court Road für Elektrosachen."

„Du siehst aus, als wärst du Millionen Meilen entfernt. Du warst mit deinen Gedanken nicht ..."

Ich unterbrach sie rabiat. „Ich habe nur mental mein Geld gezählt und mich gefragt, ob ich noch genug habe, um mir meinen restlichen Aufenthalt leisten zu können."

Isabella hörte auf, mich so vorwurfsvoll anzusehen. „Entschuldige, Alix, ich wusste nicht, dass du nicht so viel Geld hast. Ich lade dich gern zum Essen ein."

Ich winkte ab. „Nein, so schlimm ist es nicht. Es ist nur so, dass ich ein bisschen extravagant gewesen bin in den letzten paar Wochen, und ich muss mich an ein Budget halten, damit mein Geld den ganzen Sommer reicht.“

Neugier und Zurückhaltung wechselten sich in ihrem Blick ab, aber die menschliche Natur siegte. Sie beugte sich vor und redete mit leiser Stimme. „Bitte verzeih, Alix, es ist furchtbar unhöflich von mir, das zu fragen, aber warum hast du dich entschieden, nach London zu kommen, wenn du so wenig Geld hast?“

Ich lächelte. Es war mir egal, wenn sie wusste, dass ich kein Geld hatte. „Du kennst die Vereinbarung, die ich mit meiner Mutter habe.“

Sie nickte.

„Meine Mutter bezeichnet sich selbst als ausreichend versorgt, jeder andere auf der Welt würde sagen, sie ist wohlhabend, wenn nicht stinkreich. Sie hat mehr Geld, als sie ausgeben kann, was ihrem letzten Ehemann zu verdanken ist. Aber ich bin in den mageren Jahren aufgewachsen, und die Dinge ... na ja, die Dinge schienen für mich nie so richtig zu laufen. Ich habe das College nicht abgeschlossen, ich hatte einen beknackten Scheidungsanwalt, der mich am Ende mehr gekostet hat, als der Ausgleich hoch war, den ich nach drei Jahren Ehe bekommen habe, und all meine Jobs waren irgendwie nicht das Richtige. Als meine Mutter mir also die Chance anbot, hier in Stephanies Wohnung zu wohnen, griff ich sofort zu, obwohl ich ziemlich pleite bin. Ich dachte, ich bräuchte nicht viel Geld zum Schreiben, nur für Essen eben. Und letzten Endes kann ich überall essen, aber in London sein! Das ist eine Lebenserfahrung!"

Sie lächelte. „Und Neunzig-Pfund-Haarschnitte sind nicht in deinem Budget?"

Ich grinste zurück. „Nicht wirklich. Aber die Lage ist nicht so verzweifelt, wie du denkst. Ich hab noch ein paar Kröten, und es macht mir nichts aus, häufig Baked Beans zu essen. Erst recht nicht, wenn ich dafür hin und wieder ein bisschen verschwenderisch sein und in einem Restaurant, das älter ist als die Vereinigten Staaten, Roast Beef essen kann."

Wir zankten ein paar Minuten über die Rechnung und gingen dann hinaus, um noch ein paar Läden abzuklappern. Straßenmusiker spielten eine Vielfalt von Musikrichtungen, von zwölfsaitigen Gitarren bis zu einem Jazztrio, und andere Straßenkünstler führten ihre Kunststücke vor. Isabella sagte, dass sie das ganze Jahr über hier wären, weil hier der einzige Platz in London sei, wo sie legal spielen könnten. Im Sommer gab es in Covent Garden so viele Straßenkünstler wie Fliegen. Wir sahen zwei Typen zu, die einen magischen Sketch aufführten, einer Frau, die auf einem Drahtseil balancierte, das zwischen den Säulen der St. Pauls Kirche gespannt war, und einem unglaublich beweglichen alten Mann, der sich aus einer Zwangsjacke befreite.

„Da ist ein Internetcafé", sagte Isabella hilfsbereit. Ich hatte es bereits gesehen, es aber nicht erwähnt, weil es wirklich niemanden gab, dem ich eine E-Mail schreiben wollte. Am wenigsten meiner Mutter. Ich hatte ein merkwürdiges Gefühl von Besitzgier in Bezug auf meinen Londonaufenthalt. Ich wollte ihn mit niemandem aus der Heimat teilen.

„Danke, ich merke mir, dass es hier ist, falls ich es brauche", sagte ich eilig und blinzelte in die Nachmittagssonne. „Ooooh, schau mal, Crabtree and Evelyn! Ich liebe Crabtree and Evelyn!"

Ich zog Isabella in das Geschäft und wir verbrachten zwei wunderbare Stunden mit Shoppen (hauptsächlich sie), Schaufenstergucken (wir beide) und Gaffen (nur ich). Nachdem wir uns getrennt hatten, nahm ich die U-Bahn zur Tottenham Court Road, suchte ein Elektronikgeschäft und kam wenig später mit einem brandneuen Ghettoblaster in der Hand wieder heraus. Als ich meine ganzen Einkäufe und den Ghettoblaster nach Hause trug, war meine fabelhafte Frisur schon etwas welk, ich war unleugbar verschwitzt und mein dünnes, ärmelloses Kleid klebte in einer höchst unattraktiven Weise an mir.

„Wenn du weißt, was gut für dich ist, dann machst du auf", sagte ich zu der Haustür, als ich davor angekommen war. Sie grinste mich nur an und strahlte Hitzewellen von ihrer dunklen Oberfläche ab. Der Schweiß lief mir den Rücken hinunter, während ich den Schlüssel ins Schlüsselloch fummelte. Sie weigerte sich schon wieder. Ich nahm meine Einkäufe in meine andere Hand und versuchte es erneut, begleitet von leisen Flüchen. „Du widerspenstiges kleines Scheißding! Mach auf! *Mach auf!*"

Es kostete mich fünf Minuten angestrengten Fluchens, Schlüsseldrehens und letzten Endes einiger Tritte, bevor ich hineinkam, und auch nur, weil Miss Fingers aus dem ersten Stock Mitleid mit mir hatte, als sie ihre Post holte.

„Die Tür ist ein bisschen griesgrämig“, sagte sie und hielt sie mir offen, während ich alles aufsammelte, was ich zuvor abgestellt hatte.

„Griesgrämig?“ Ich fügte dieses Wort meiner Sammlung von englischem Slang hinzu. „Oh ja. Sie ist definitiv griesgrämig. Sehr, sehr griesgrämig. Ich habe keine so griesgrämige Tür gesehen, seit ... Ach, ich weiß nicht, wie lang. Die griesgrämigste verdammte Tür in der Gegend.“

Miss Fingers sah mir zu, wie ich all meine Pakete und Tüten durch die Tür bugsierte und bot mir ihre Hilfe beim Hinauftragen an. Ich nahm dankbar an und legte den Ghettoblaster in ihre wartenden Arme.

„Es ist heute ganz schön heiß draußen“, sagte ich freundlich, als wir die Treppe hinaufstiegen. Ich versuchte, mich daran zu erinnern, was Isabella über Miss Fingers und ihre Mitbewohnerin gesagt hatte. „Ist es im Juli immer so heiß?“

„Nicht oft, nein. Du bist diejenige, die gerade in Shays Wohnung wohnt, richtig?“

„Ja, bis Mitte September. Ich bin Alix.“

Sie nahm den Ghettoblaster unter den anderen Arm und streckte mir die Hand hin. „Ray Binder. Ich dachte, du hießest Alice. Isabella sagte das. Alex wie der Kerl in Nummer acht?“

Ich klemmte mir eine Tüte unters Kinn, damit ich ihr die Hand reichen konnte. „Ich heiße in Wirklichkeit Alexandra, aber so nennt mich niemand, außer meiner Mutter, wenn sie sauer auf mich ist. Und ich schreibe die Kurzversion mit I, nicht mit E, aber ja, es ist mehr oder weniger wie der Kerl in Nummer acht. Ich habe gehört, dass Isabella ein kleines Problem mit Namen hat. Sie erzählte mir, du seist Miss Fingers."

Ray gab ein kurzes Lachen von sich, dessen Echo im Treppenhaus zu hören war, als wir hinaufgingen. „Ich hatte schon schlimmere Namen. Fingers. Den muss ich mir merken, für Bert."

Wir passierten den Treppenabsatz zwischen zweitem und drittem Stock und machten uns an die letzten Stufen. „Vielleicht können wir mal abends zusammen essen gehen. Es gibt einen schönen Italiener ein paar Häuser weiter, vielleicht kennst du ihn. Die machen den besten Caesar's Salad, den ich je gegessen habe ..."

„Stella's", unterbrach sie. Sie stand neben mir an der Tür, während ich aufschloss. „Ich kann nicht ohne Bert gehen."

„Bert?" Ich ließ meine Taschen auf den kleinen Tisch neben der Tür fallen und drehte mich um, um Ray den Ghettoblaster abzunehmen. Aber sie hielt ihn fest. Sie sah mir lang und fest in die Augen.

„Bert ist meine Partnerin. Nur damit du es weißt."

„Deine Partnerin?" Ich griff nach dem Karton in ihren Armen und hielt dann inne. Sie hatte einen kleinen Pferdeschwanz im Nacken und kurzgeschnittene Haare auf dem Kopf, trug ein T-Shirt und schmutzige Khakishorts und dazu Socken in ihren Ledersandalen. „Ach so, deine Partnerin. Nein, alles in Ordnung. Ich wollte dich nicht anbaggern oder so. Ich dachte nur, es wäre nett, die Leute im Haus kennenzulernen. Und nebenbei bin ich nicht ... ich bin nicht, also, ich stehe auf Männer ..."

„Es ist hier nicht gern gesehen", sagte sie und drückte mir den Karton in die Hand.

„Nein?" Meine Kinnlade fiel mir herunter angesichts dieser bestürzenden Neuigkeit. Heterosexualität war hier nicht gern gesehen? Stand das im Mietvertrag?

„Laute Musik." Sie nickte in Richtung des CD-Players. „Nervt jeden. Keine laute Musik nach zehn Uhr abends."

„Ach so, die Musik! Kein Problem, ich werde leise Musik hören. Danke für deine Hilfe. Und sag mir Bescheid, wenn wir an einem Abend essen gehen wollen, du und Bert und ich."

Sie warf mir ein strahlendes Lächeln zu, nickte, winkte kurz und verschwand die Stufen hinab.

Nach einer kurzen Dusche in meinem winzigen Badezimmer, auf dessen anderer Seite die Küche lag, breitete ich alle Haarprodukte aus und suchte eines aus, das aussah, als würde es nicht die Konsistenz von Schellack annehmen, sobald es auf meinem Kopf war. Ich gab mein bestes, um Manuels schnell gesprochene Anweisungen zu befolgen und meine coole Frisur wiederherzustellen. Dann zog ich eines der schönen indischen Kleidchen an, die ich in dem Laden an der U-Bahn-Station gekauft hatte, und ging wieder hinunter, um meine Post zu holen. Normalerweise bestand meine Post hauptsächlich aus Stephanies Post, die ich an ihre Eltern weiterschickte. An diesem Tag war das nicht anders mit einem Brief für mich, einer Handvoll Werbung für Stephanie und einem Brief von der Britischen Telekom, der an Philippe Aspertaille, Nummer drei, adressiert war.

„Mr. Aspartame, könnte ich wetten", sagte ich und ging wieder nach oben, um den neuen CD-Player einzuweihen. Ich sah die wenigen CDs durch, die ich mitgebracht hatte, und überlegte, was zu meiner derzeitigen Stimmung passte.

„When in Rome – Fünf Männer sind vier zu viel", seufzte ich und entschied mich dann für den Austin-Powers-Soundtrack. Ich wartete auf mein Lieblingslied und sprang fast aus meiner Hose, als die Musik in einer Höllenlautstärke ertönte, die ich einem billigen Ghettoblaster nicht zugetraut hätte. Hektisch suchte ich nach dem Lautstärkeregler. Bei der Hitze hatten alle ihre Fenster geöffnet, um ein bisschen Luft abzukriegen. Und mit Sicherheit hatte die ganze Nachbarschaft die Musik gehört. Ich drehte den Knopf nach links, aber die Musik dröhnte immer noch in einer ohrenbetäubenden Lautstärke.

„Mist, Mist, Mist", fluchte ich und drehte den Knopf nach rechts. Die Musik wurde etwas leiser, aber ich war sicher, es war immer noch laut genug, um im ganzen Haus gehört zu werden. Ich legte den Ghettoblaster mit seiner Vorderseite auf zwei Kissen und entschied, dass es nun erträglich war. Ich nahm Philippes Brief und tanzte den Bossa Nova zu seiner Wohnung im Stockwerk unter mir.

Rechter Fuß zurück, linker Fuß schließt auf. Linker Fuß nach vorn, rechter Fuß schließt auf. Nicht vergessen, die Knie zu beugen und einen kleinen Hüftschwung hinzuzufügen.

Ich tanzte nach unten, und die Klänge des Soul Bossa Novas folgten mir. Ich klopfte an Philippes Tür, improvisierte eine Drehung und ließ meinen tanzenden Füßen freien Lauf, während ich darauf wartete, dass er aufmachte.

Ich hatte gerade einen schönen Rhythmus ausgearbeitet, als Philippe in einem dünnen weißen Baumwollhemd und dazu passenden Hosen in der Tür erschien. Ich tanzte einen Schritt auf ihn zu, gab ihm den Brief und erklärte ihm beim Zurücktanzen, dass er versehentlich in meinem Briefkasten gelandet war.

Er sah den Brief an, runzelte die Stirn, warf ihn auf einen Stuhl und kam auf mich zu. Ich tanzte gerade in Richtung Treppe zurück, als er meine Hand nahm und mich herumdrehte. Als ich vor Überraschung einen Schritt zurück machte, machte er einen Schritt auf mich zu. Plötzlich begriff ich, was er tat.

„Du tanzt den Bossa Nova!", sagte ich erfreut, streckte ihm meine Hände entgegen und bedankte mich beim Himmel, dass der CD-Player so eingestellt war, dass er das Lied wiederholen würde.

„Tut das nicht jeder?", fragte er mit einem bezaubernden Lächeln. Ich grinste zurück, und wir legten richtig los und tanzten über den gesamten Treppenabsatz. Philippe war ein bisschen größer als ich, hatte einen tollen schwarzen Lockenkopf und seine Haut hatte die Farbe von Latte macchiato. Er kam von den Bahamas, hatte Isabella erzählt, und er hatte einen Akzent, der Butter zum Schmelzen bringen konnte. Er war außerdem sehr, sehr dünn. Möglicherweise wog er gute dreißig Pfund weniger als ich.

Ein Wirbel aus warmer Luft strich um uns herum, als sich die Tür hinter mir öffnete. Ich blickte über meine Schulter und sah Ray Binder, die uns böse anschaute, die Hände in die Hüften gestemmt. Hinter ihr stand eine hochgewachsene Frau in einer Leinenhose und einer Tunika aus grüner Wildseide.

„Sorry, die Lautstärkeregelung scheint nicht so gut zu funktionieren", rief ich ihnen zu, als Philippe mich in eine Drehung wirbelte.

„Was soll das?"

„Sie tanzen, Bert", sagte Ray zu der großen Frau und blickte finster zu uns herüber.

„Wir haben seit Ewigkeiten nicht mehr getanzt, Ray."

Die beiden Frauen sahen uns einen Moment lang zu, schauten sich an, und Ray zog Bert mit einem scheuen kleinen Lächeln hinaus.

„Wisst ihr nicht, wie der Bossa Nova geht?", fragte ich, als sie in einer Art Polkaschritt um Philippe und mich herumtanzten. „Es ist ganz einfach. Ein Schritt nach vorn, den anderen Fuß nachholen, dasselbe zurück, und dann in der anderen Richtung wiederholen. Schaut!"

Philippe machte die Tanzschritte vor und brachte dabei eine Eleganz und Kultiviertheit in den Tanz, die mir selbst völlig abging. Ray und Bert fingen gerade an zu verstehen, als ein junges Paar auf dem Weg die Treppe herunter sich zu uns gesellte. Die Frau, eine kleine Rothaarige, quietschte, als sie uns entdeckte. „Ooooh Basil, schau! Sie tanzen! Hier im Treppenhaus! Wie romantisch!"

„Entschuldigung", sagte ich, als Philippe mich an ihnen vorbeiwirbelte. „Der Lautstärkeknopf an meinem neuen CD-Player ist offenbar kaputt."

„Sieht nach Spaß aus. Sollen wir, Schatz?" Der Begleiter der Rothaarigen, ein freundlich aussehender Typ mit einem braunen Ziegenbärtchen und einem kleinen goldenen Nasenring, packte sie, und sie begannen zu tanzen. Lachend versuchten sie, unsere Schritte nachzuahmen. Es wurde voll auf dem Treppenabsatz. Aber wir hatten alle so viel Spaß, dass sich keiner darum kümmerte. Ich wechselte meinen Partner und tanzte ein bisschen mit Ray, während Bert leichtfüßig mit dem strahlenden Philippe ein paar Runden drehte.

„Was ..." Isabella erschien plötzlich oben auf der Treppe, dicht gefolgt von Detective Inspector Heiße Lippe. Ihre Augenbrauen waren vor Überraschung hochgezogen, aber davon abgesehen sah sie nicht so aus, als wäre der Anblick ihrer im Treppenhaus tanzenden Nachbarn etwas Außergewöhnliches für sie.

„Sorry. Kleines Lautstärkeproblem mit meinem CD-Player. Ich repariere es so bald wie möglich."

Ich tanzte in diesem Augenblick mit Basil, aber er ließ mich stehen, als Isabella ihre Tasche abstellte und auf ihn zuging, ihre Lippen zu einem freudigen Lächeln geformt.

Ich grinste über Alex' kühlen Blick, tanzte zu ihm hinüber und hielt ihm meine Hände hin. Wenn Isabella nicht mit ihm tanzen wollte – ich wollte auf jeden Fall. „Hi, Alex. Dein blaues Auge sieht viel besser aus. Was sagst du zu meinen Haaren? Fabelhaft, oder? Los, tanz mit mir."

Er schüttelte den Kopf und versuchte um mich herumzugehen und die nächsten Stufen zu erreichen, die nach oben führten. „Deine Haare sehen sehr schön aus, aber ich lehne deine Einladung ab. Ich tanze nicht."

„Ich auch nicht. Nicht besonders gut zumindest. Aber jeder kann Bossa Nova." Ich nahm seine Hände und zog ihn in eine Ecke, in der Platz war. „Es ist leicht! Los, wie viele Gelegenheiten hast du schon, den Bossa Nova in einem Treppenhaus zu tanzen? Lebe ein bisschen, Alex! Ich verspreche dir, es wird dich nicht umbringen."

Er sah die anderen finster an, die tanzten, lachten und einfach Spaß hatten.

„Ich tanze …"

„Jetzt schon", sagte ich, drückte seine Hände und erklärte schnell, wie der Tanz ging.

Sein Blick wurde noch dunkler, als ich seine Hände losließ, um in einem kleinen Kreis um seinen reglosen Körper zu tanzen. Dann seufzte er ergeben, warf seine Tasche auf die Treppe, nahm mich bei den Hüften und verfiel in einen perfekten Bossa Nova.

Es war der Himmel. Alex war ein großartiger Tänzer. Für einen Mann, der von sich sagte, dass er nicht tanzte, war er die personifizierte Anmut. Er bewegte sich mit mir auf eine Weise, die sich gänzlich von Philippe unterschied, als wäre er Teil der Musik. Der Rhythmus sprang von ihm auf mich über. Es war sehr sinnlich und brachte definitiv etwas in mir in Gang, aber mit einem Blick zu Isabella unterdrückte ich das Gefühl sofort wieder. Gefühle reagierten jedoch selten auf Unterdrückung – ein Fakt, der Schwierigkeiten hätte verursachen können, als Alex mich so dicht an sich zog, dass wir uns fast aneinander rieben. Diese Aktion versetzte mir einen Dämpfer, als ich erkannte, dass er mit mit flirtete. Vor Isabella!

Er tanzte mit mir, bis das Lied zu Ende war. Er lächelte kein einziges Mal, aber ich schwöre, ich sah ein winziges Flackern von Vergnügen in seinen Smaragdaugen. Ich schwankte zwischen Verärgerung darüber, dass er sich vor seiner Freundin wie ein Schuft benahm, und einem vertrauten Gefühl von Versagen. Ich schien immer zur falschen Zeit am falschen Ort zu sein. Als das Lied endete, trat ich einen Schritt zurück und betete, dass der Anfall von Selbstmitleid mich nicht vor allen in Tränen ausbrechen lassen würde.

„Siehst du?", sagte ich und ging noch einen Schritt zurück. Ich versuchte, meine Stimme leicht klingen zu lassen. „Du hast die Tortur überlebt."

Seine Augen verengten sich. „Es war keine Tortur, Alix. Warum tust du das?"

„Was denn?", fragte ich, schob mich an ihm vorbei und raste die Treppe hoch.

Er sah zu Isabella hinüber, die mit Philippe tanzte, griff seine Tasche und rannte mir nach die Stufen hoch. Verdammt! Sah er nicht, dass sie ihn beobachtete? „Dich immer so klein machen."

Ich zuckte die Achseln. Wut verdrängte das Selbstmitleid. Er wollte also Spielchen spielen. Das alte „Mach Isabella mit Alix eifersüchtig"-Spiel. Habe ich durch, mache ich nie wieder.

„Selbstschutz. Ich kenne meine Schwächen. Ich weise nur auf sie hin, bevor jemand anderes es tut", sagte ich schnippisch und wünschte mir im selben Atemzug, er würde mich einfach allein lassen, und im nächsten, er würde uns die Kleider herunterreißen und mich wild und leidenschaftlich lieben. Direkt hier auf dem Treppenabsatz.

Alex fasste mich am Arm, als ich gerade in meine Wohnung gehen wollte. „Warum denkst du, ich würde dich dermaßen beleidigen wollen?"

Sein würziges Aftershave umgab mich, drang mühelos in meine Poren ein und entzündete kleine Feuer tief in meinem Innern. Aber es war der leichte Ausdruck von Verletzlichkeit in seinen Augen, der mein Untergang war. Das und die Erinnerung an Isabellas kühles, besitzergreifendes Lächeln, als sie beim Essen von ihm gesprochen hatte.

„Du Bastard", stieß ich wütend hervor und schubste ihn zurück. Er stolperte rückwärts, überrascht von meinem Angriff, kam aber wieder auf mich zu mit einem Blick, der mich beinahe auf der Stelle hätte zusammenbrechen lassen. Ich schnellte herum und stürzte zu meiner Tür.

„Was zur Hölle ist mit dir los?", brüllte er.

„Was mit *mir* los ist?", schrie ich zurück, laut genug, dass Isabella es hören konnte, die hinter ihm die Treppe hochkam. „Ich habe nicht die Absicht, das dritte Rad am Wagen zu werden, Detective Heißes Höschen. Wenn du mich jetzt bitte entschuldigen würdest, ich muss einen Hammer finden, damit ich diesem dämlichen CD-Player ein bisschen Verstand einprügeln kann!"

Ich schloss die Tür mit mehr Kraft, als streng genommen nötig gewesen wäre, und riss das Kabel des CD-Players aus der Wand.

„Ich werde nicht weinen, ich werde nicht weinen, ich werde nicht weinen", sang ich vor mich hin und ging zu meinem winzigen Spülbecken, um kaltes Wasser aufzudrehen. Ich hatte gerade meinen Kopf daruntergesteckt, als jemand an meine Tür klopfte.

„Kapiert einfach nicht, was Nein bedeutet", knurrte ich vor mich hin und stapfte zur Tür. Ich riss sie auf und schnappte „Was?", bevor ich sah, wer dort stand.

Es war Isabella. Ihre hellblauen Augen starrten für einen Moment auf die Wassertropfen, die von meinem

Hinterkopf fielen, und bewegten sich dann, um die Nässe auf meinen Wangen zu erfassen. Sie streckte einen eleganten Finger aus, um die Spur einer Träne nachzuziehen.

Ich trat zurück, als hätte sie mich verbrannt.

„Ich dachte, du würdest gern wissen, dass Alexander und ich kein Paar mehr sind."

Ich blinzelte sie an und verstand nicht richtig. Kein Paar? „Seit wann? Seit zehn Sekunden? Reicht mir nicht."

Sie lächelte matt. „Unsere Affäre ist seit etwa zwei Jahren vorbei."

„Oh." Ich blinzelte wieder, und plötzlich wurde mir klar, was sie gesagt hatte. Freude wallte in mir auf und ich wollte singen, schreien und einen Siegestanz aufführen. „Oh! Du meinst, es gibt Hoffnung für Alex und mich?"

Ihr Lächeln verblasste und sie schüttelte traurig den Kopf. „Es tut mir leid, aber ich denke nicht, nein."

Der Quell der Freude schrumpfte und vertrocknete zu einem harten, schmerzhaften Knoten in meinem Magen. „Oh, okay, weil ich ihn einen Bastard genannt habe. Glaubst du nicht, er würde verstehen, warum ich das gesagt habe? Dass ich dachte, er würde versuchen, nebenbei ein bisschen Matratzensport machen zu können?"

Sie schüttelte wieder den Kopf. „Das ist es nicht. Alexander war noch nie der Mann, der oberflächliche Beziehungen sucht. Wenn das alles ist, was du suchst, befürchte ich, dass er keine Lust darauf hat, egal wie sehr er es andererseits begehren mag."

„Okay, danke, dass du mir das alles sagst, Isabella“, brachte ich heraus, obwohl mir ihre Worte Schmerzen bereiteten. Ich hätte mehr gesagt, etwas, das sie verletzte, so wie sie mich verletzt hatte, aber tief in meinem Innern wusste ich, dass ich mich nicht herausreden konnte. Seicht, billig, einfach – ich hatte all diese Worte schon gehört, aber ich hatte gehofft, darüber hinweg zu sein. Es sah so aus, als ob mein übliches glückliches Händchen mir auch hierher gefolgt war. Ich schluckte schwer und schaffte ein Lächeln.

Sie lächelte zurück, öffnete ihren Mund, um etwas zu sagen, schloss ihn wieder und drückte meinen Arm stattdessen aufmunternd. „Ich wollte nicht deine Gefühle verletzen, Alix, aber ich mag dich und Alexander einfach zu sehr, um euch unglücklich miteinander zu sehen.“

Ich nickte. Es gab nichts mehr zu sagen.

„Ich fand das Tanzen toll. Danke für die Musik.“

Ich nickte wieder, sah ihr zu, wie sie die Treppe in den oberen Stock hinauflief, und war nicht in der Lage zu sprechen, weil ich einen Kloß im Hals hatte. Ich drehte mich um, um meine Zufluchtsstätte zu überblicken, stellte jedoch fest, dass durch Tränen nicht viel zu erkennen war.

Kapitel Fünf

Rowena wartete im Raum nebenan auf die Meinung des mysteriösen spanischen Chirurgen Sabatino. Der Schleier war von ihrem Herzen gerissen worden und sie sah zum ersten Mal, seit das Phantom seinen unheiligen Auftritt in den Ruinen der Abtei gehabt hatte, seine wahren Gefühle. Sie liebte Thomas! Aber wie konnte das sein – sie liebte auch Raoul!

Endlich kam der Chirurg aus Thomas' Zimmer. Sie fragte nach der Schwere seiner Verletzung.

„Ihr seid eine Verwandte des Fürsten?", fragte sie der dunkeläugige Spanier.

Die Frage ärgerte sie. In ihrer Verlegenheit wiederholte sie die Frage nach Thomas' Verletzung.

„Vielleicht sind Madam die Schwester des Fürsten?", fragte der Chirurg und ignorierte ihre Frage genauso, wie sie seine ignoriert hatte.

Sie errötete und wrang ihr Spitzentaschentuch in ihren Händen. Der schwarzhaarige Chirurg beugte sich zu ihr und fragte heißblütig flüsternd: „Vielleicht seid Ihr seine Frau?"

Rowena trat zurück und schnappte: „Antwortet auf meine Frage. Wie geht es Eurem Patienten?"

Der Chirurg verbeugte sich. „Das ist eine sehr schwierige Frage, aber ach, es gehört zu meiner Profession, schlechte Neuigkeiten zu überbringen – denn sicher sind es schlechte Neuigkeiten, dass er sterben wird."

„Sterben!“, stieß Rowena mit schwacher Stimme hervor. Dann schien sie zu begreifen. „Sterben!“, schrie sie und zerriss ihr Taschentuch in winzig kleine Fetzen. „Sterben! Sterben! Oh, nicht sterben!“

„Also, was denken Sie bis jetzt?“

Der grauhaarige Mann, der neben mir auf der Parkbank saß, kratzte sich am Kopf und dachte eine Weile nach. Er war einer dieser Menschen von unbestimmbarem Alter, so vom Leben gezeichnet, dass er wie mindestens achtzig aussah, obwohl ich aus seiner Stimme ableitete, dass er ein gutes Stück jünger sein musste. „Ich denke, der Bursche hat ein Problem.“

„Nein, nicht, ob Thomas stirbt oder nicht. Was denken Sie über das Geheimnis? Verleiht es der Geschichte das gewisse Etwas? Weckt es Ihr Interesse? Bringt es Sie dazu, mehr hören zu wollen?“

Er kratzte das schmutzige karierte Hemd über seiner mageren Brust. Ich strich mir ein Haar aus dem Gesicht und verspürte mittlerweile selbst ein Jucken, als ich ihm beim Kratzen zusah. Er räusperte sich, spuckte nach rechts aus, griff hinunter, um seine Kronjuwelen zu richten, saugte dann an seinen Zähnen und sagte: „Nein, tut es nicht.“

„Oh.“ Ich sah wieder hinunter auf das Manuskript in meinen Händen und kratzte an einer Stelle in meinem Nacken. „Also, wenn Sie Romane lesen würden, denken Sie, Sie würden diesen hier mögen?“

Er legte seinen linken Fuß auf sein rechtes Knie, zog einen verschlissenen Tennisschuh aus und begann, eine löchrige Socke abzuschälen. Ich rückte ein wenig weiter von ihm ab und kratzte eine Stelle an meinem Rücken. Verdammt seien er und sein Gekribbel!

„Vielleicht." Er begann, an seinen Zehen herumzuzupfen. Ich kratzte eine Stelle an meiner Schläfe und stand auf.

„Oh, gut, okay. Danke für Ihre Zeit. Hier ist Ihr Pfund."

Er unterbrach seine Fußuntersuchung lang genug, um die Münze zu fangen, die ich ihm zuwarf. Ich zog mich eilig zurück und nahm mir vor, eine lange Dusche zu nehmen, sobald ich zu Hause angekommen war. Doch gerade, als ich dabei war, kratzend den Platz zu verlassen, rief er mir hinterher.

„Du brauchst mehr Gevögel!"

Ich hielt an und drehte mich zu ihm um. „Ich persönlich? Ich bin ganz Ihrer Meinung."

Er sah mich von oben bis unten an und zwinkerte. Ich grinste zurück.

„Nicht du. Dein Buch."

„Oh, die Geschichte. Wissen Sie, jemand sagte mir, es sei zu viel, und dass Romantik nichts mit Sex zu tun habe. Deshalb habe ich einen Haufen davon rausgenommen."

Er zog ein Taschenmesser hervor und schnitt seine Fußnägel. „Die lagen dann falsch, oder? Du fügst ein bisschen Geschnacksel hinzu wie in ordentlichen Büchern."

„Okay. Sicher. Mehr Geschnacksel. Danke für den Tipp. Ich denk drüber nach."

Ich eilte von der Bank weg und durch das Tor hinaus. Es juckte mich überall, aber ich dachte über das nach, was er gesagt hatte. Mehr Sex. Nun ja, da hatte er recht – Sex sells. Ich hatte irgendwo gelesen, dass Sex in der

Welt der Romane gut war. Leser liebten bildlichen Sex ohne Grenzen. Aber Isabella hielt meine erste Sexszene für zu brutal und unrealistisch, was bedeutete …

„Zeit für Recherche!", sagte ich fröhlich zu einem knutschenden Paar, das darauf wartete, dass die Ampel auf Grün schaltete.

„Hä? Was?", fragte einer der Knutschenden.

„Nichts weiter. Ihr macht alles richtig", versicherte ich ihnen und ging nach Hause. Ich ging im Geiste meine Liste der Männer durch, die ich seit meiner Ankunft hier getroffen hatte. Männer, die mir vielleicht bei einem bisschen *Recherche* helfen würden. Alex natürlich, er stand ganz oben auf der kurzen Liste. Aber Isabella zufolge wäre er nicht daran interessiert, mir mit irgendetwas zu helfen. Erst recht nicht mit einer praktischen Vorführung meiner Liebesszenen. Blieb also Karl.

Ich sprang unter die Dusche und versuchte mir Karl nackt vorzustellen. Beim Gedanken an ihn, wie er sich in meinem Bett rekelte, wurde mir leicht mulmig zumute. Ich drehte das heiße Wasser auf und ließ es die Gedanken an Klammi-Karl fortspülen und erlaubte meinem Kopf, sich mit dem Bild von Alex minus Kleidern die Zeit zu vertreiben, der auf meinem Bett lag, geschmeidig und elegant, seine grünen Augen leuchtend vor Verlangen. Sofort fing ich an zu schwitzen. Ich stellte das heiße Wasser ab und schimpfte in Gedanken mit mir selbst wegen meiner dummen Träumereien.

„Nun gut, ich bin also heiß auf einen bestimmten Typen, nicht auf irgendeinen. Toll. Was zur Hölle soll ich nun dagegen tun? Es ist nicht so, dass ich einfach hinaufgehen und sagen kann: ‚Hey, Alex, wollen wir ein bisschen rummachen?' Wenn er nur an ernsthaften, möglicherweise sogar langfristigen Beziehungen interessiert ist, wird er wohl keine Lust haben, nur zum Spaß ein paar von Caits Regenmäntelchen dazwischenzuschieben."

Ich dachte an unseren Beinahe-Kuss neulich abends und seufzte traurig. Es war wirklich ein Jammer, dass er nicht daran interessiert war, mir beim Recherchieren einer Liebesszene zu helfen. Ein verdammter Jammer. Mehr als ein verdammter Jammer, es war geradezu herzzerreißend tragisch ... Ich besah mit finsterem Blick ein paar Baumwollshorts, die ich gerade anziehen wollte. Woher wollte ich eigentlich *wissen*, dass er ein kleines Abenteuer nicht wollen würde? Isabella hatte das gesagt, aber was wusste sie schon? Sie war nicht hier gewesen, als er an meinem Finger gesaugt hatte. Vielleicht projizierte sie nur ihre eigenen besitzergreifenden Gefühle auf ihn. Warum ging ich davon aus, dass sie wusste, was Alex dachte?

„Gib mir einen guten Grund, warum ich auf sie hören sollte!", fragte ich meine Wohnung.

Niemand antwortete mir. Das war das Problem, wenn man allein lebte ohne zumindest eine Pflanze, mit der man reden konnte. Man fühlte sich wie ein Irrer, wenn man mit seelenlosen Gegenständen wie Sesseln und Büchern redete.

„Ich komme mir vor wie ein Idiot, wenn ich so mit niemandem rede. Ich muss mir wirklich eine Pflanze besorgen oder einen Goldfisch oder so", sagte ich und hielt dann inne, um nach meinen Schuhen zu angeln.

„Ich *hatte* eine Pflanze", ließ ich die Sandalen wissen. Sie sahen überrascht aus angesichts dieser Information. „Aber jemand hat sie mir genommen. Hey, ich glaube, ich gehe einfach hoch und hole mir meine Pflanze zurück von Mr. Freundlicher Polizist."

Mein rechter Schuh hielt den Plan für ausgezeichnet, aber der linke wies darauf hin, dass ich Alex beim letzten Mal, als wir uns gesehen hatten, nicht nur beschimpft, sondern auch vor die Brust gestoßen hatte.

„Du hast recht", sagte ich zu dem Schuh. „Du hast verdammt noch mal recht. Ich muss mich bei ihm entschuldigen, oder? Vielleicht sollte ich ein Essen für zwei arrangieren? Ein romantisches Essen, das auch dazu dienen kann, herauszufinden, ob er die englisch-amerikanischen Beziehungen weiter intensivieren will."

Ich mochte die Idee und in Stephanies einzigem Kochbuch fand ich ein Hühnchen-Oliven-Gericht, das in meiner winzigen Küche machbar wäre. Schließlich setzte ich mich hin und schrieb eine Einladung für Alex. Ich stand auf, um den Zettel an seine Tür zu klemmen, entschied aber auf der Treppe, dass meine Entschuldigung eine größere Geste verlangte. Ich eilte zu einem Blumengeschäft ein paar Häuser weiter und fragte nach einem kleinen Strauß.

„Woran genau haben Sie gedacht?", fragte mich die Verkäuferin.

„Etwas Männliches", sagte ich und betrachtete einen schönen Strauß in Lila und Blau.

„Männlich?"

Ich lachte ob des Tons von Unsicherheit in ihrer Stimme. „Wenn Sie ein Mann wären, welche Art Blumen würden Sie als Entschuldigung akzeptieren?"

„Oh." Sie lächelte mitfühlend. „Rosen sind immer schön. Und sehr romantisch."

Weiß fanden wir beide männlicher als Rot, also bat ich die Verkäuferin um ein Dutzend weißer Rosen und ging damit nach Hause. Ich legte sie vor Alex' Tür und steckte die Einladung zum Essen hinein. Dann ging ich zurück nach unten, um meinen Plan zu überdenken.

Zwei Stunden später machte ich mich auf den Weg zu einem Internetcafé in der Nähe, mein Manuskript hatte ich auf einer CD dabei. Als Isabella mich beim Mittagessen gefragt hatte, ob ich einen Agenten habe, wurde mir klar, dass ich momentan in einer regelrechten Agentenhauptstadt lebte und es idiotisch wäre, diese wunderbare Reichhaltigkeit direkt vor meiner Türschwelle zu ignorieren. Ein paar Stunden Onlinesuche und ich hatte eine Liste von Agenten in London; noch ein wenig mehr Zeit vor einem Fotokopierer, und ich hielt fünf Kopien der ersten drei Kapitel meines epischen Wälzers in meinen kleinen heißen Händen. Als ich in meine Wohnung zurückkam, begann ich, die Agenten anzurufen.

„North Mills Literaturagentur."

„Hallo, mein Name ist Alix Freemar und ich habe eine Geschichte, die sich bestimmt gut verkaufen würde."

„Schicken Sie uns ein Anfrageschreiben und ein SAE", sagte eine gelangweilte nasale Stimme und hängte dann auf.

„Gut! Scheiß auf North Mills", murmelte ich vor mich hin und strich den Namen von der Liste. Ich nahm den Hörer wieder auf und probierte die nächste Nummer.

„Madelyn Gregory und Partner."

Man kann mir nicht nachsagen, dass ich nicht aus meinen Fehlern lerne.

„Hallo. Ich würde gern wissen, wie der Ablauf ist, wenn ich einem Agenten ein Buch schicken möchte.“

„Genre?“ Die Person am anderen Ende der Leitung hörte sich nicht übermäßig interessiert an, aber wenigstens erzählte sie mir nicht, ich solle ein Anfrageschreiben schicken und legte auf.

„Genre? Oh, es ist ein historischer Liebesroman.“

„Margaret Hendricks kümmert sich um Autoren von Liebesromanen und Frauenliteratur. Sie können Ihre Anfrage an sie richten.“

„Oh. Sie meinen, eine Anfrage wie in einem Anfrageschreiben?“

„Ja.“ Die Stimme wurde ein wenig schnippischer. Hatten die Leute heutzutage keine Geduld mehr?

„Gibt es keine Möglichkeit, Mrs. Hendricks zu treffen und ihr von meinem Roman zu erzählen? Ich bin hier in London und bleibe noch ein paar Monate, um für das Buch zu recherchieren.“ Ja, ja, ich strebte nach Fleißsternchen, aber es konnte nicht schaden, darauf hinzuweisen, wieviel Hingabe ich als Autorin mitbrachte. „Ich bin aus Seattle.“

„Mrs. Hendricks empfängt Kunden nur nach terminlicher Absprache.“

„Aber ...“

„Vergessen Sie nicht das SAE, wenn Sie eine Antwort möchten. Auf Wiederhören.“ Klick.

„Toll“, sagte ich zum Telefon und schob die Ärmel meiner dünnen Baumwollbluse nach oben. „Wenn ihr mit harten Bandagen kämpfen wollt, dann kämpfen wir eben mit harten Bandagen.“

Eine Stunde später war ich stolze Besitzerin zweier Termine – der erste schon an diesem Nachmittag (keiner kann behaupten, dass ich Staub ansetze), der zweite in drei Wochen. Ich war ein wenig überrascht, dass es mir gelungen war, für denselben Tag einen Termin zu bekommen, aber ich wollte mein Glück nicht infrage stellen. Stattdessen ging ich meinen Kleiderschrank durch auf der Suche nach einem Outfit, das nahezu Autor *schrie*, aber nun ja, ich hatte kein Tweedjackett mit Lederaufnähern an den Ellenbogen, deshalb entschied ich mich für eine elfenbeinfarbene Leinenhose, eine granatrote Bluse, und um zu zeigen, dass ich eine künstlerische Ader hatte, ein buntes Tuch, das ich als Gürtel um meine Taille schlang.

Ich gab sogar Geld für ein Taxi aus, weil ich nicht verschwitzt vom Fußmarsch von der nächsten U-Bahn-Station bei der Tully Literaturagentur und Redaktionsservice ankommen wollte. Ich war wie immer zu früh und nahm schließlich im Wartebereich Platz. Ich sah eine halbe Stunde lang einer dunkelhaarigen Frau zu, die unablässig tippte, bevor ich ins Büro von Maureen Tully bestellt wurde.

„Alexandra Freemar?“

„Hi“, sagte ich und rieb verstohlen meine rechte Handfläche an meinem Oberschenkel. Nichts ist so abstoßend wie ein feuchter Händedruck.

Die kleine hellhaarige Frau hinter dem enormen Schreibtisch erhob sich und kam auf mich zu, um mir die Hand zu geben. Sie war kurz gewachsen und reichte mir nur bis zur Achsel. Ihre Augen hatten einen merkwürdigen ausgewaschenen Blauton. Ihre Statur war das einzig Unbeeindruckende an ihr. Sie bedeutete mir, auf einem Holzstuhl Platz zu nehmen und begann mich mit schnell hintereinander abgefeuerten Fragen zu bombardieren, die sie in einer kraftvollen Stimme vortrug, die keine Späße erlaubte.

„Wie lange schreiben Sie schon?"

„Ich? Oh, nun ja, das ist schwer zu sagen. Ich habe als Kind schon Geschichten geschrieben ..."

„Ist Ihre Geschichte fertig?"

Ich blinzelte, als sie mich unterbrach. „Ähm ... nicht wirklich."

Sie presste ihre Lippen aufeinander und kehrte zu ihrem Plüschsessel hinter ihrem gigantischen Schreibtisch zurück. Sie sah dabei sehr wie ein Kind aus, das im Büro seines Vaters saß – bis sie mich mit dieser stählernen Kraft in ihren blassen Augen ansah. „Wie viel haben Sie schon fertig?"

„Oh ... ähm ... so um die neunzig Seiten, aber ich habe ..."

„Worum geht es?"

Ich kämpfte das Verlangen nieder, ihr zu sagen, dass sie mir eine verdammte Chance geben sollte, zu sprechen. „Es geht um eine Frau und die zwei Männer, in die sie verliebt ist ..."

„Es verkauft sich niemals", sagte Maureen, zündete sich eine Zigarette an und wedelte mit ihrer Hand den blauen Rauch fort.

„Was haben Sie noch für Geschichten?"

Ich hustete ein zierliches kleines Husten in Richtung meiner Schulter. Rauch weckte mein Asthma und ich konnte bereits fühlen, wie meine Bronchien anschwollen und sich schlossen. „Das ist alles, ich habe keine ..."

Sie beugte sich vor und schielte auf den Umschlag auf meinem Schoß. „Haben Sie Probekapitel dabei?"

Ich hustete wieder. Sie wedelte den Rauch fort, hielt es aber offenbar nicht für nötig, ein Fenster zu öffnen.

„Ja, ich habe drei dabei", sagte ich schnell, fest entschlossen, einen ganzen Satz herauszubekommen, bevor meine Augen zu tränen begannen und ich anfing zu schniefen wie ein ältlicher Mops.

Sie streckte ihre Hand aus. „Schön. Lassen Sie mich einen Blick darauf werfen."

Ich reichte ihr die Seiten hinüber und hustete wieder in Richtung meiner Schulter. Die Luft im Raum war zum Schneiden dick und verbraucht. Ich spürte, wie sie meine Kleider durchdrang, während ich Maureen beobachtete, die die ersten paar Seiten las und währenddessen blind nach einem Rotstift tastete. Ich notierte mir im Geiste, die Kleider, die ich trug, sofort in die Waschmaschine zu geben, sobald ich wieder zu Hause war. Ich war völlig darin versunken, den Gesichtsausdruck der Agentin zu beobachten, als sie mein literarisches Meisterwerk durchging. Meine Freude verwandelte sich in Schrecken, als sie sich mit ihrem Stift streichend und kreuzend durch den Rest des ersten Kapitels arbeitete. Mit einem letzten Grunzen machte sie sich eine Notiz, legte die Seiten nieder und lehnte sich zurück, um mich aus zusammengekniffenen Augen anzusehen.

„Es ist nicht schlecht", sagte sie letztendlich. Überrascht schreckte ich aus meiner Starre hoch. Ich hörte auf, mir rachsüchtig auszumalen, wie ihre Lungen wohl aussehen mochten, und erstrahlte bei dem Lob. „Es ist vielversprechend, braucht aber Arbeit. Viel Arbeit. Viele Autoren haben Angst vor dem Überarbeiten.

Sind Sie einer davon oder können Sie Kritik einstecken und Ihr Buch in einen Bestseller verwandeln?"

Ich umklammerte den leeren Umschlag, um mich davon abzuhalten, hier vor Ort einen Siegestanz aufzuführen. Es war nicht schlecht! Es hatte Potenzial! Es könnte ein Bestseller sein! „Oh, ich überarbeite es gern. Ich weiß, dass es nicht perfekt ist, und ich bin mehr als bereit, alles zu ändern, was Ihrer Meinung nach nötig …"

„Gut." Sie drückte ihre Zigarette aus und kramte in einer offenen Schublade. „Unterschreiben Sie alle drei Seiten. Die obere Kopie ist Ihre."

„Ähm …" Ich sah auf die Seiten hinab, die sie mir über den Tisch hinweg zugeschoben hatte. „Was ist das?"

„Standardvertrag", sagte sie und wühlte in einer anderen Schublade. Dann zog sie einen Quittungsblock hervor. „Die Redaktionsgebühr bezahlen Sie im Voraus. Dreihundert Pfund."

Ich ließ den Vertrag sinken und starrte sie an. Ich hatte den schrecklichen Verdacht, dass mein Unterkiefer nach ihren Worten herabhing. „Dreihundert Pfund? Redaktionsgebühr? Das verstehe ich nicht, ich dachte, Agenten bekommen ihr Geld aus den Einnahmen, die das Buch bringt."

Sie zündete sich eine weitere Zigarette an und nickte. „Das ist richtig. Fünfzehn Prozent. Das schließt aber nicht die Redaktionsgebühr mit ein. Ihr Buch muss editiert werden. Sie würden mehr bezahlen, wenn Sie einen externen Redaktionsservice in Anspruch nähmen. Ich biete meinen Kunden meine Redaktionserfahrung an, damit sie sich das Geld sparen können. Es kostet mich ein schönes Stück meiner Zeit, aber ich glaube daran, meine Kunden zu unterstützen, und sie nicht als Mittel zum Zweck zu gebrauchen."

Ich schämte mich meiner knauserigen Art und meiner kleinlichen Verdächtigungen. „Sicher, ich verstehe das. Ich hatte nur nicht erwartet ..."

Sie sah mich mit einem stechenden Blick an und nahm einen langen Zug von ihrem Krebsstäbchen, sagte aber keinen Ton, während meine Stimme hilflos im Nichts endete.

Ich sah auf den Vertrag hinab. Ich versuchte mir alles in Erinnerung zu rufen, was ich darüber gelesen hatte, einen Agenten zu finden. Ich dachte an die Geschichten darüber, wie schwer es war, einen Agenten zu finden. Wer war ich also, dass ich mich jetzt zimperlich anstellte, weil ich nicht dafür bezahlen wollte, dass meine Arbeit editiert wurde, wenn das doch bedeutete, dass ich eine Agentin hätte, die für mich eintrat? Ich bezahlte am Ende ja nicht für nichts, sondern würde eine Gegenleistung bekommen.

„Gut, also, wenn ich die dreihundert Pfund bezahle, werden Sie mein Buch editieren und dann versuchen es zu verkaufen?"

„Ich *werde* es verkaufen", versprach sie und stach bekräftigend mit ihrem Rotstift in die Luft. „Meine Erfolgsquote ist ziemlich hoch, sogar mit unbekannten Autoren." Sie beugte sich in ihrem Sessel nach vorn. Ich entknotete meine Beine, rutschte unbehaglich auf meinem Stuhl herum und hoffte, dass sie nicht bemerken würde, dass ich ein Stück zurückgewichen war, als sie mit der Zigarette in meine Richtung gewedelt hatte.

„Ich mag Sie, deshalb werde ich ehrlich mit Ihnen sein. Ich nehme nicht viele neue Kunden auf, weil ich zu beschäftigt bin mit denen, die ich bereits habe. Aber Ihre Art zu schreiben hat sofort eine Saite in mir zum Klingen gebracht, und ich bin stolz auf mein gutes Urteilsvermögen. Ich nehme Sie unter Vertrag, editiere ihr Buch und verkaufe es für Sie, aber ich erwarte von Ihnen, mir und meiner Arbeit Vertrauen entgegenzubringen."

Ich zögerte ein paar Sekunden. Dreihundert Pfund waren eine Menge Geld und rissen ein großes Loch in mein Budget. Ich nagte an meiner Unterlippe und wägte ab, ob ich den Termin mit dem zweiten Agenten abwarten sollte. Dann gab ich mir einen Ruck. Ich war ein Idiot! Ich war drauf und dran, meine große Chance auf einen Agenten wegzuwerfen. *Zur Hölle mit der Vorsicht*, sagte meine Schwester Cait immer; *Erfolg kommt zu denen, die den Stier bei den Hörnern packen.* Ich nahm Maureen den Stift aus der Hand und unterzeichnete alle drei Vertragskopien.

„Ich habe Vertrauen in Sie, wenn Sie es in mich haben", sagte ich und griff nach dem Umhängebeutel für Reisedokumente, der unter meiner Bluse versteckt um meinen Hals hing. Sie lächelte und lehnte sich zurück, ein merkwürdiges Leuchten in ihren blassblauen Augen.

„Sind Traveler-Schecks in Ordnung?"

Ich konnte es nicht erwarten, irgendjemandem von meinem großen Glück zu erzählen, und wie das Leben so spielte, war die erste Person, der ich zu Hause begegnete, nicht Isabella oder Alex, und auch nicht Ray oder Philippe. Als ich meine Tür aufschloss, hörte ich drinnen das Telefon klingeln. Ich dachte, es wäre vielleicht

Alex, der zu schüchtern war, meine Einladung von Angesicht zu Angesicht zu akzeptieren. Also flog ich durch den Raum und griff nach dem Telefonhörer, während ich auf ein Knie hinabsank, was mir eine Teppichverbrennung erster Sahne einbrachte.

„'Lo“, sagte ich auf dem Boden sitzend und meine Verletzung reibend.

„Alix? Ich bin froh, dass du abgenommen hast, ich wollte gerade auflegen. Hier ist Karl.“

Ich betrachtete kritisch mein Bein. Knie sind sowieso nicht die schönsten Stellen des Körpers, aber meine hatten mit der Teppichverbrennung definitiv ihren Abstieg begonnen. Und es brannte wirklich wie die Hölle.

„Hi, Karl. Was kann ich für dich tun?“

„Es geht eher darum, was ich für dich tun kann. Ich dachte, du möchtest vielleicht am Samstag nach Windsor. Wir können einen Tagesausflug machen, wenn du willst, und uns noch Hampton Court ansehen. Bestimmt wirst du denken, dass ich ein ziemlich guter Fremdenführer bin. Ich habe mich viel mit Geschichte befasst, bevor ich Zahnarzt geworden bin.“

Oooh, Touristenkram! Karl mochte mich kalt lassen, wenn es um Sex ging, aber ich war niemand, der eine gute Gelegenheit zum Sightseeing verstreichen ließ. Schon gar nicht mit einem Mann, der Interesse an Geschichte hatte. Ich nahm ohne zu zögern an, versicherte ihm, dass ich das Trauma überlebt hatte, das der Verlust mehrerer Zentimeter meines Haars verursacht hatte, und schaffte es, die Unterhaltung in die von mir gewünschte Richtung zu lenken.

„Wie kommst du mit deinem Buch voran?“, fragte er höflich. Mir war klar, dass er möglicherweise gar nicht wirklich daran interessiert war – während des schicksalhaften Abendessens hatte er jedenfalls kein Interesse zum Ausdruck gebracht – aber ich schäumte über vor Freude über meinen Coup mit der Agentin und konnte nicht widerstehen, ihm meine Neuigkeiten mitzuteilen.

„Sehr gut, danke. Tatsächlich", sagte ich, „habe ich gerade heute bei einer Agentin unterschrieben."

„Eine Agentin? Das ist ja toll."

Ich versuchte den selbstzufriedenen Ton in meiner Stimme auf ein erträgliches Niveau herunterzuschrauben. „Oh, es ist nur eine Agentin, weißt du, nichts Großes. Ich muss immer noch das Buch zu Ende schreiben. Sie hat allerdings große Hoffnungen dafür."

„Ich bin sicher, dass du es toll machen wirst. Sagen wir, um neun?"

Wir vereinbarten Ort und Zeit und ich legte sehr glücklich auf. Endlich fügte sich alles für mich! England stellte sich als das gelobte Land heraus: Ich hatte eine Agentin, die meine Geschichte in Form bringen würde, ich hatte einen Fremdenführer, der versprochen hatte, mir alle historisch bedeutenden Plätze rund um Windsor zu zeigen, und ich hatte einen fein ausgearbeiteten Plan, um Alex zu verführen. Eine Agentin, Sightseeing und Sex – was könnte ein Mädchen noch wollen?

Ich dachte immer noch über mein Glück nach, als es an der Tür klopfte.

„Alex!", sagte ich erfreut, als ich sah, wer dort stand. Mein Willkommenslächeln verpuffte schnell unter dem grimmigen grünäugigen Starren, mit dem er mich ansah. Er drückte mir einen vertraut aussehenden

Strauß Rosen in die Hand. Ich starrte die Blumen dümmlich an und sah dann zu ihm auf, als er sprach.

„Ich bin nicht in der Stimmung für Blumen", sagte er frostig. Ich sah zu seinen Füßen hinunter, um zu sehen, ob die Eiswürfel, die mir aus jedem seiner Worte entgegenklirrten, sich dort unten stapelten. „Ebenso bin ich nicht in der Lage, deine Essenseinladung anzunehmen. Danke. Gute Nacht."

Er wandte sich zum Gehen, als mein Gehirn endlich ansprang.

„Alex, warte!" Ich fasste ihn am Arm und hielt ihn fest, als er weggehen wollte. Er sah auf meine Hand hinab, als wäre sie etwas Widerliches. „Wenn du morgen Abend keine Zeit hast, können wir es auf Sonntag verschieben. Oder auf einen anderen Abend, ich habe Zeit."

Sein Blick traf meinen für eine Sekunde, aber die Wut, die ich darin sah, reichte aus, um mich ein paar Schritte zurückweichen zu lassen.

„Du bist nicht gerade höflich, weißt du", sagte ich, als er auf die Treppe zuging.

„Im Gegenteil, ich glaube, ich bin ziemlich freundlich." Er drehte sich nicht einmal um, als er das sagte. Er ging einfach weiter die Treppe hinauf.

„Ach wirklich? Da, wo ich herkomme, ist es nicht nett, jemandes Entschuldigung zurückzuweisen."

Bei diesen Worten hielt er an und drehte sich halb zu mir herum, ein blasser Schatten, der mit dem dunklen Hintergrund des Treppenabsatzes verschmolz. Ich konnte nicht anders als mich zu wundern, wie er bei dieser Hitze einen Anzug tragen konnte.

„Die Blumen." Ich wedelte mit ihnen in seine Richtung. „Sie waren meine Art, mich bei dir zu entschuldigen, weil ich dich einen Bastard genannt habe. Ich dachte, du wärst mit Isabella zusammen, verstehst du? Ich wusste nicht, dass es nicht so ist."

Er drehte sich ein Stückchen weiter zu mir um. „Mit Isabella zusammen?"

Ich machte einen kleinen Schritt auf ihn zu, sicher, dass er losschießen würde wie ein aufgescheuchtes Reh, wenn ich mich zu schnell bewegte.

„Ja, ich dachte, ihr beide wärt ... äh ... auf intime Weise miteinander vertraut."

Er bewegte keinen Muskel, blinzelte nicht einmal. Ich trat einen weiteren kleinen Schritt nach vorn und hielt ihm die Blumen hin. „Deshalb habe ich das gesagt. Ich dachte, du würdest direkt vor ihren Augen mit mir flirten. Würdest du also bitte die Blumen annehmen? Und meine Entschuldigung für das, was ich gesagt habe?"

Er drehte sich um und sah mich kurz an, schüttelte den Kopf und ging ein paar Stufen hinauf. „Ich nehme deine Entschuldigung an, aber nicht die Blumen."

Verdammter Kerl! Warum musste er es so verflucht kompliziert machen? Offenbar hatte er nach der ganzen blöden Geschichte einen Knoten im Höschen. Gut, wenn er sein Ego gestreichelt haben wollte, würde ich es eben streicheln.

„Es sind nur Blumen, Alex, kein Heiratsantrag!", rief ich und ging hinter ihm die Treppe hinauf. Er hielt mitten auf den Stufen an und sah böse zu mir herunter. Ich ging weiter.

„Ich mag keine Blumen." Wenn seine Worte noch ein bisschen kühler gewesen wären, hätte ich Steaks im Treppenhaus lagern können.

„Gott, du bist wirklich mit Abstand der dickköpfigste Mann, den ich je getroffen habe", sagte ich laut und schüttelte die Rosen in seine Richtung. Einige Blütenblätter fielen herab, aber wir beide ignorierten das, um uns unablässig anzufunkeln. „Nimm jetzt die verdammten Dinger! Ich komme mir vor wie ein Idiot, wie ich hinter dir herlaufe und dich anbettele, sie zu nehmen. Sie gehören dir, ich habe sie für dich gekauft!"

„Ich will sie nicht", sagte er bockig und ging weiter die Treppe hinauf. Ich griff den Saum seiner Anzugjacke und hielt ihn daran fest.

„Du nimmst sie, du starrsinniger Esel!" Ich schüttelte den Blumenstrauß und versuchte ihn ihm in die Hand zu drücken. Blütenblätter flogen um uns herum wie Schneeflocken. „Stell sie ins Wasser, verteil sie auf deinem Bett, koch dir einen Eintopf draus – es ist mir wirklich Wurst, was zur Hölle du damit anstellst, aber du nimmst sie jetzt!"

Im Treppenhaus war es dunkel, aber ich konnte das grüne Feuer in seinen Augen funkeln sehen. *Wer A sagt, muss auch B sagen*, dachte ich. „Und wo wir schon dabei sind, ich möchte meine spitzblättrige kleine Pflanze zurückhaben."

Sein finsterer Blick erreichte einen denkwürdigen Zustand. „Was?"

„Die Pflanze, die du mir letzte Woche gestohlen hast!"

„Diese süße kleine spitzblättrige Pflanze, wie du sie fälschlicherweise immer noch nennst, ist eine verbotene Substanz."

„Angeblich verbotene Substanz!" Ich schlug ihm mit dem Rosenstrauß auf den Arm, als er einen Schritt auf mich zu machte. Mehr Blütenblätter fielen. „Sie hatte kein Schild um, auf dem Marihuana stand, also wenn du keinen Beweis hast, dass es wirklich Marihuana ist, kannst du sie mir einfach zurückgeben!"

Er stieg zwei weitere Stufen hinab, bis er direkt vor mir auf dem Treppenabsatz stand. „Wieso glaubst du, dass ich sie noch habe?"

Es war irritierend, dass er so dicht vor mir stand, dass ich seine Körperwärme spüren konnte. Auf seiner Stirn waren ein paar winzige Schweißperlen, und ein paar feuchte sexy Haarsträhnen kringelten sich über seinen Ohren. Ich gab der Versuchung nach und legte eine Hand auf seine Brust. Er schaute erschreckt hinunter.

„Ist dir nicht zu heiß, wenn du immer diese Anzüge trägst?"

Er sah mir in die Augen und sein Blick ließ die Reste meines Verstandes schmelzen. Sein Adamsapfel hüpfte über seinem Krawattenknoten auf und ab, als er die Rosen nahm.

„Ich nehme die Rosen an." Meine Finger wollten sich nicht lösen, als seine Hand über meine glitt. Seine Stimme war heiser und rau, aber lange nicht so verführerisch wie das Gefühl seines Atems, der über mein Gesicht strich. Das Verlangen nach ihm schlug mit solcher Kraft in mich ein, dass ich schwankte, meine Finger um die Rosenstiele geklammert. Als wir uns gegenüberstanden und einander ansahen, war nur das Geräusch der weißen Blütenblätter zu hören, die leise auf den Boden des Treppenabsatzes schwebten.

Das und mein wild hämmerndes Herz, das versuchte, aus meiner Brust auszubrechen.

„Alix …"

Es war nur ein Wort, aber es fühlte sich wie eine Liebkosung auf meiner Haut an. Ich holte Luft und starrte stumm in seine Augen, unfähig und unwillig, irgendwo anders hinzusehen. Ich wollte ihn nur ansehen, für die Dauer eines Menschenlebens oder zwei. Wollte die faszinierenden schwarzen Sternenschauer entschlüsseln, die aus seinen Pupillen strömten, und beobachten, wie die Farbe in seiner Iris von erstaunlichem Smaragdgrün in einen schattigeren Ton wechselte, der meinen Atem schnell und flach machte.

„Es tut mir leid", flüsterte ich mit Gänsehaut auf meinen nackten Armen, weil seine Hand meine Finger entlang nach oben glitt, über mein Handgelenk und noch höher.

„Es tut dir leid?" Er zog mich an sich. Oder vielleicht war es auch nur der Magnetismus zwischen uns beiden, der unsere Körper zusammenbrachte, bis wir aneinander klebten.

„Weil ich dich angebrüllt habe. Ich wollte nicht …"

Meine Hand war zwischen uns gefangen und umklammerte immer noch die Rosen, als er seinen Mund auf meinen legte. Sofort war ich von einem Inferno aus Hitze umgeben, das mich verzehrte und einen Flächenbrand tief in mir auslöste, der hinausdrängte und sicher auch Alex zum Schmelzen bringen musste. Ich glaubte nicht, dass das Feuer noch heißer brennen konnte, aber in dem Augenblick, als ich meinen Mund seiner sanft tastenden Zunge öffnete, ging ich in einem Feuerball aus Begehren, Verlangen und Lust auf – ich konnte die Gefühle nicht voneinander trennen, sie waren alle in einer weiß glühenden Sinnesexplosion miteinander verschmolzen. Seine Zunge glitt in meinen Mund und mit einer sanft schlängelnden Bewegung, die meine Knie erweichte, unter meine. Ich wäre wahrscheinlich gestürzt, wenn seine Arme mich nicht umschlungen hätten. Ich hielt mich an seinen Schultern fest und schenkte den Blumen, die zwischen uns zerquetscht wurden, keine Beachtung. Ebenso wenig dem öffentlichen Ort, an dem wir uns befanden, oder der Tatsache, dass ich meine Fingernägel in den Stoff seiner Anzugjacke grub, um mich aufrecht zu halten. Ich bekam nichts mehr mit außer dem schmerzenden Verlangen, mit ihm zu verschmelzen.

Sein Mund bewegte sich, löste sich von meinem und ließ mich leer und beraubt zurück. Ein Schluchzer erhob sich in meiner Kehle, als ich eine Qual verspürte, die so real war, wie jeder Schmerz, den ich je gefühlt hatte. Ich griff in sein Haar und zog seinen Kopf zu mir herunter, wollte ihn verzweifelt wieder küssen und in seinem Feuer brennen. Unsere Zähne schlugen aneinander, als wir wie wahnsinnig aneinander knabberten und leckten. Unsere Münder waren auf eine Art miteinander verbunden, die mir intimer schien als jeder Sex, den ich je gehabt hatte. Seine Zunge tanzte um meine herum, verführte sie und lockte sie in die Wärme seines Mundes. Eine seiner Hände glitt meinen Rücken hinab und umfasste meinen Hintern, zog mich näher an seine Hüften. Ich drückte mich an ihn und saugte an seiner Zunge, nahm sein atemloses Stöhnen der Lust in mich auf, euphorisch, dass er denselben

Rausch der Freude fühlte, der mich zu überwältigen drohte.

Ganz langsam nahm er seinen Mund ein kleines Stück von meinen brennenden Lippen fort, seine Stirn gegen meine gelehnt. Wir waren gerade lang genug voneinander getrennt, um Atem zu schöpfen, während unsere Körper immer noch zusammenklebten. Er zog die Hand aus meinen Haaren und ließ seine Finger über mein Ohr gleiten, über meine Wange hin zu meinem Mund, wo er sanft über meine Unterlippe strich.

Ich öffnete meine Augen und legte meinen Kopf in den Nacken, um ihn ansehen zu können.

„Du weinst ja." Die Besorgnis in seinen Augen brachte mich fast um.

„Ja." Es kostete einiges an Anstrengung, dieses eine Wort herauszubringen. Sprache war so bedeutungslos geworden, so unnötig, wenn ich bei Alex war. Er küsste meine Augenlider, küsste die Tränenspur, die zu meinem Kiefer hinabbrann. Ich wusste, wenn ich mich nicht schnell zusammenriss, würde ich als große Pfütze zu seinen Füßen enden. Ich würde ihn mit meiner Schamlosigkeit in Verlegenheit bringen und mit dem Begehren zurückstoßen, das ich so stark verspürte, dass es mich zittern ließ. Isabella hatte mich gewarnt, nicht zu schnell mit Alex zu sein, und hier stand ich nun und warf mich ihm an den Hals. Ich ignorierte das sanfte Flüstern seiner Küsse auf meinen Wangen und grub meine Nägel in meine Handflächen, um die Kontrolle wiederzuerlangen.

„Alex?" Meine Stimme klang heiser und belegt, als hätte ich eine Erkältung.

„Mmmm?“ Er hatte eine Stelle unter meinem linken Ohr erreicht und entlockte mir ein tiefes, kehliges Wimmern. Ich schloss meine Augen und gab mich kurz dem wunderbaren Gefühl hin, als seine Haare wie Seide über meinen Mund strichen. Das Bedürfnis, ihn wieder zu küssen, wuchs erneut und drohte, das bisschen Kontrolle, das ich noch hatte, zu zerstören. Ich kämpfte verzweifelt gegen das Verlangen, das seine Berührung entzündete, und wusste, dass ich gänzlich verloren wäre, wenn ich es nicht tat. Mit mehr Kraft, als ich je zuvor aufgebracht hatte, legte ich meine Fäuste auf seine Brust und stieß mich von ihm ab. Ich ignorierte den brennenden Schmerz, den unsere physische Trennung verursachte.

Er hob seinen Kopf und sah mich an. Unsere Nasen berührten sich fast. Seine Augen waren schwarz vor Leidenschaft.

Ich schluckte und versuchte mein betäubtes Gehirn aufzuwecken, bevor es völlig den Geist aufgab. Ein schwaches Kitzeln an meinem Arm verriet mir, dass die Rosen hinunterfallen würden, als er zurücktrat. Ich fing sie und hielt sie ihm hin. Alles, was davon noch übrig war, waren ein Haufen Stiele und ein paar lose Blütenblätter, die wie trunken an nackten Hagebutten hingen, aber er nahm sie trotzdem. Ich schluckte wieder und suchte nach Worten, um ihm zu erklären, was der Kuss gerade für mich bedeutet hatte, etwas, dass ihn wissen lassen würde, dass es für mich über das rein Körperliche hinausging, dass es sich anfühlte, als hätten sich unsere Seelen gerade miteinander verflochten und wären zu einem Ganzen verschmolzen.

Ich suchte nach diesen Worten, aber mein Mund –
mein hirnloser, taktloser, idiotischer Fluch-meines-Le-
bens-Mund – hatte anderes im Sinn.

„Alex, kann ich meine Marihuanapflanze zurückhaben, bitte?"

Kapitel Sechs

„Öffne dich. Ergib dich mir."
Das tiefe Brummen wärmte Lady Rowena, wie noch keine andere Stimme sie je gewärmt hatte. Sie öffnete ihre kirschroten Lippen und seufzte leise, als Raouls Zunge in ihren Mund schlüpfte wie ein enthusiastischer Höhlenforscher in eine besonders feuchte Kaverne. Er saugte die Leidenschaft aus ihr heraus, die er tief, tief im Kern ihrer Weiblichkeit entzündet hatte. Jeder Teil von Rowenas Selbst vibrierte vor Behagen, als sie auf Raouls energisches Liebesspiel reagierte. Sie fühlte sich wie die schwelende Glut der Liebe, verzehrte sich nach seiner Berührung, brauchte sein glühendes Feuer, um ihre Seele zu entflammen. Sie wünschte sich verzweifelt, ihn nur noch ein einziges Mal zu küssen.

„Alix?"

„Was?" Die Erinnerung an Alex' heiße Küsse löste sich in Luft auf, als ich Bert anblinzelte, die mir gegenüber saß. Sie blinzelte eulenartig durch eine übergroße Brille zurück.

„Du hast aufgehört. Gibt es mehr? Ich finde es wirklich toll."

„Romantisch", spottete Ray und reichte mir ein Glas Wein, bevor sie in die Küche zurückging.

„Schrecklich", sagte Bert mit einem Lächeln. Ich grinste zurück, glücklich, dass ich jemanden gefunden hatte, der leidenschaftlich gern Romane las. Ich war froh, dass Ray mich früher am Tag unterbrochen und mich auf Drinks und Snacks nach unten eingeladen hatte, als ich gerade intensiv an meiner Geschichte arbeitete. Nachdem ich angenommen hatte, fragte sie mich, warum die Wohnung mit Manuskriptseiten übersät war.

„Es ist meine Art zu planen", sagte ich ihr. „Ich schreibe ein Buch und ich muss den Überblick über all diesen Kram behalten. Ich habe irgendwo gelesen, dass eine berühmte Autorin all ihre Notizen ausbreitet und zufällig welche auswählt und aus diesen dann eine Geschichte konstruiert. Ich bin irgendwie an einem Knackpunkt in meiner Geschichte, also dachte ich, ich versuche das auch mal."

„Funktioniert es?", fragte sie.

Ich sah auf die Handvoll Seiten hinab, die ich aufgehoben hatte, bevor ich zur Tür gegangen war. „Nun, ich bin mir noch nicht sicher. Liest du vielleicht Romane?"

Ihre Augenbrauen zogen sich zu einer dicken Linie zusammen. „Niemals."

„Ah", sagte ich und strich sie in Gedanken von meiner Liste potenzieller Leser.

„Bert schon", sagte sie nachdenklich und wiederholte dann, um welche Uhrzeit sie mich erwarten würden. Sie verschwand die Treppe hinunter.

Drei Stunden später saß ich auf einer grüngoldenen Couch, schlürfte Chardonnay und aß Brie, während ich mit Bert bekannte Romanautoren besprach. Ich schätzte sie auf Mitte bis Ende vierzig und wusste von einer früheren Aussage, dass sie die Sekretärin eines einflussreichen Anwalts war. Sie war auch gute zehn Zentimeter größer als Ray, hatte schönes honigblondes Haar, das ihr herzförmiges Gesicht perfekt einrahmte, und leuchtete auf eine warme sonnige Weise, die sich deutlich von Rays schroffer, abrupter Art abhob. Ich mochte sie beide sehr gern, war aber bereit, Bert meine beste Freundin zu nennen, als sie fragte, ob sie etwas aus meinem Buch hören dürfte.

„Zufällig habe ich das letzte Kapitel dabei", sagte ich ohne den leisesten Anflug von Schuldgefühlen, und verbrachte die nächste halbe Stunde damit, den beiden Frauen den Verlauf der Geschichte zu erklären. Danach las ich das Kapitel laut vor. Es war nur zu blöd, dass die Bilder, die meine Worte generierten, mir die unerfreuliche Szene des gestrigen Abends in Erinnerung riefen.

„Ja, es gibt mehr", sagte ich zu Bert, als sie mich aufforderte, das Kapitel zu Ende zu lesen. Ich sah auf die Seiten in meinen Händen hinab und hatte einen sauren Geschmack im Mund, als ich mich an die Szenen erinnerte, die geschrieben worden waren, Stunden, bevor ich hinaufgegangen war, um Alex zu sehen. Bevor ich den Schwindel kennengelernt hatte, den seine Küsse bewirkten ... und mehr. Ich betrachtete die Wörter auf der Seite, aber mein Gehirn weigerte sich, ihnen eine Bedeutung zu verleihen. Sie waren nur schwarze Zeichen auf einer weißen Seite, nichts weiter. Nur schwarze Zeichen – passend zu jemandem, der beständig alles Gute in seinem Leben zerstörte.

„Dein Leben wird von Trostlosigkeit und Einsamkeit geprägt sein", hatte meine Mutter einst prophezeit und mir dann erzählt, ich hätte ein Führungsproblem. Ich fing an zu glauben, sie könnte recht haben.

„Darf ich mehr davon hören? Alix? Ist irgendetwas?"

Mist, ich wollte nicht vor Bert und Ray weinen, und ich wollte auch nicht weiter in Selbstmitleid schwelgen. Ich war eine starke Persönlichkeit, ich konnte damit umgehen, wenn eine Kleinigkeit wie eine Romanze zerbrach, bevor sie richtig gestartet war. Ich konnte mit diesem Desaster umgehen – ich hatte Gott weiß was zuvor geschafft. Ich bin eine Frau, hör mich brüllen!

Alles war gut, bis ich aufblickte und die Besorgnis in Berts Augen sah. Ray kam, stellte sich hinter sie und legte eine blasse Hand auf Berts gebräunte Schulter. Ihre grauen Augen spiegelten dieselbe Besorgnis wider wie Berts braune. Beide Frauen trugen Blusen und Shorts, aber während Ray ein paar ausgebeulte, lädierte Khakishorts und eine fleckige gelbe Bluse anhatte, war Bert in eine cremefarben und weiß gestreifte Bluse gehüllt, die sie in den Bund einer marineblauen Leinenhose gesteckt hatte. Ich beneidete sie um ihre Freiheit, ihre Glückseligkeit und ihre offensichtliche Zufriedenheit mit ihrem Leben. Selbstmitleid wallte in mir auf und ließ mein Elendometer in die Höhe schnellen.

„Nein, es ist nichts", log ich und ließ mein Manuskript mit einem kleinen Schluchzer sinken. „Es tut mir leid, ich glaube, ihr werdet gleich eine schamlose Szene hören. Falls euch das zu sehr in Verlegenheit bringt, wäre es für mich in Ordnung zu gehen."

Bert lehnte sich über die Ottomane, die zwischen uns stand, und reichte mir eine Schachtel Taschentücher. Ich fügte mich in das Unvermeidliche und heulte los.

Ich steigerte mich richtig rein, heulte und schneuzte in eine Abfolge von Taschentüchern, und war mehr als ein bisschen besorgt, weil ich anscheinend nicht in der Lage war, wieder aufzuhören. Da ging hinter mir ein Timer los.

„Drei Minuten", rief Ray aus der Küche, kam zu uns herüber und reichte mir mein Weinglas.

„Drei Minuten?", fragte ich, putzte mir die Nase und wischte mir die restlichen Tränen aus dem Gesicht.

„Wir haben eine Regel", erklärte Bert, setzte sich neben mich und legte mir ihren Arm um die Schultern. „Wenn wir traurig sind, lassen wir uns drei Minuten volle Heulzeit. Danach sind wir bereit, über das Problem und was auch immer es verursacht hat, zu reden. Natürlich musst du uns nicht erzählen, was dich bedrückt, aber wenn du möchtest, sind wir gern bereit, zuzuhören."

„Muss ein Mann sein", sagte Ray düster und hockte sich auf die Lehne der Couch auf meiner anderen Seite.

Bert machte eine kleine besänftigende Bewegung mit ihrer Hand und drückte meine Schulter ein weiteres Mal. „Es muss nicht unbedingt ein Mann sein, Ray. Vielleicht hat Alix nur ein bisschen Heimweh."

„Nein", schniefte ich und verbrauchte eine weitere Handvoll Taschentücher bei dem Versuch, meine Nase zu trocknen. „Sie hat recht, es ist ein Mann."

„Black", nickte Ray und ging, um nach den mit Schinken umwickelten Shrimps im Ofen zu sehen. Ich starrte ihr erschrocken nach und fragte mich, ob mir meine Sünden auf die Stirn geschrieben standen.

„Alex Black aus Nummer acht?", fragte Bert.

Ich nickte stumm und fragte Ray, woher sie das wusste, während ich meine Nase abwischte.

„Hab euch tanzen sehen“, sagte sie kryptisch.

„Oh ja, das stimmt“, sagte Bert und drückte leicht meinen Arm, bevor sie die Platte mit Käse und Crackern heranzog. „Das hatte ich vergessen, aber du liegst absolut richtig, Ray. Nur damit du es weißt“, sagte sie und reichte mir einen kleinen Teller und eine Serviette, „Ray und ich waren beide verheiratet, bevor wir einander gefunden haben. Also denk nicht, dass du uns bestimmte Dinge nicht erzählen kannst.“

Ich sah die beiden Frauen an. Ray lutschte an ihrem Finger, den sie sich verbrannt hatte, als sie die Shrimps aus dem Ofen gezogen hatte. Eine kleine, untersetzte, unordentliche und zerzauste Frau, deren ruppiges Äußeres ohne Zweifel ein sprichwörtliches Herz aus Gold beherbergte. Bert war das genaue Gegenteil: Hochgewachsen und elegant, hatte sie eine sanfte Stimme, ein warmes Lächeln und sie duftete, als würde sie in einem blumenübersäten Tal arbeiten. Sie war die Mutter, die ich mir immer gewünscht hatte.

„Was in aller Welt hat euch zusammengebracht?“, fragte ich, bevor ich mich davon abhalten konnte. Dann wurde ich rot, als mir klar wurde, wie unhöflich die Frage sich anhörte. „Es tut mir leid, das war ungezogen von mir – ihr müsst nicht antworten. Es ist nur so, dass ich immer neugierig bin, wie Menschen zusammenfinden, wenn es da draußen doch so viele Fallgruben und so viele ... ja, Versager gibt.“

Ray schnaubte und ging zurück in die Küche, um Zaziki und Pitabrot zu holen. Bert lächelte und bot mir von den Shrimps an. „Unsere Ehemänner arbeiteten für dieselbe Firma", sagte sie und knabberte an einem Stückchen Brie. „Wir kannten uns schon seit Jahren und wussten, dass wir zusammengehörten, aber ich wollte warten, bis meine Kinder erwachsen waren, bevor ich meinen Mann verließ."

„Das ist so verantwortungsvoll von dir, das Glück deiner Kinder über dein eigenes zu stellen", sagte ich, ehrfürchtig, dass sie so viel Geduld hatte. Und Entschlossenheit. Ich fragte mich, ob ich mein Leben auf diese Weise für meine Kinder opfern würde.

Zu meiner Überraschung schüttelte sie den Kopf bei meiner Bemerkung. „Ich bin nicht stolz auf das, was ich getan habe. Wenn ich noch einmal die Wahl hätte, hätte ich Max verlassen und wäre so schnell wie möglich zu Ray gezogen. Ich weiß heute, dass es besser gewesen wäre, die Kinder in einem liebevollen Haus großzuziehen, als eine unglückliche Ehe aufrechtzuerhalten. Es wäre weit weniger schädlich für sie gewesen, wenn ihre Mutter als Lesbe bekannt gewesen wäre, als zehn Jahre verbalen und emotionalen Missbrauch durch ihren Vater zu erleiden."

„Aber sicher hast du nur ihr Bestes im Sinn gehabt ..."

„Das Leben ist nicht fair", sagte Ray und stellte die Zazikischüssel auf den Tisch. Bert nickte.

„Ich glaube, dass wir gesegnet sind, wenn wir unseren wahren Seelenverwandten einmal im Leben finden", sagte sie und schenkte Ray ein sehr privates kleines Lächeln. „Zu riskieren, diese Person wegen kleiner Unannehmlichkeiten zu verlieren, oder weil du denkst, es gäbe ein Problem, wenn das gar nicht der Fall ist – das ist Dummheit. Das Leben ist zu kurz und zu unsicher, um diesen einen Menschen, der für dich bestimmt ist, gehen zu lassen, ohne alles in deiner Macht Stehende zu tun, um bei ihm oder ihr zu sein, meinst du nicht?"

Ich zuckte die Achseln. Ich verstand genau, was sie andeutete, aber ich fand nicht, dass es zu meiner Situation passte. „Ich fürchte, du fragst die falsche Person, wenn es um Happy Ends geht. Meine Erfolgsbilanz besteht aus Versagen: eine gescheiterte Ehe, gescheiterte Beziehungen mit Männern, gescheiterte Beziehungen zu meiner Familie, gescheiterte Jobs ... Die Liste ist ziemlich endlos. Und auch wenn das, worauf du so dezent hingewiesen hast, stimmt und Alex der Richtige ist, wäre das bedeutungslos. Ich bin auch hier gescheitert."

„Musst uns nichts erzählen, wenn du nicht willst", sagte Ray und ließ sich auf einen haferbreifarbenen Sessel fallen. „Aber Bert ist eine kluge Frau. Sie wird für dich den Müll sortieren."

„Und Ray ist eine ausgezeichnete Zuhörerin", fügte Bert mit einem aufmunternden Lächeln hinzu.

Ich starrte düster auf das Zaziki und fragte mich, wie viel sie wohl hören wollten. Wie viel wollte ich ihnen erzählen? Dieser ganze Abend mit Alex war so ein Desaster gewesen – mit einer glänzenden, brillianten Ausnahme. Fast.

Alex war vollkommen schockiert gewesen, als die Worte, die nach unserem Kuss aus meinem Mund gekommen waren, meine süße kleine spitzblättrige Pflanze betroffen hatten.

Er hätte mich trotzdem nicht ansehen müssen, als hätte ich einen zweiten Kopf. Ich war schließlich genauso überrascht von dem, was ich gesagt hatte, wie er. Mehr als das – ich war verlegen, weil ich mich angehört hatte wie ein kompletter Hohlkopf, ein kleines Dummchen, das seinen Körper einsetzt, um zu bekommen, was es will.

„Alex, kann ich meine Marihuanapflanze zurückhaben, bitte?", hatte ich schwachsinnig gefragt.

Alex' Augen verengten sich, als ihm die Bedeutung meiner Worte klar wurde. Seine Kiefer verkrampften sich und waren Antwort genug, und er ließ mich los, drehte sich um und stieg die Stufen hinauf. Ich folgte ihm langsam und trat mich in Gedanken. Ich fragte mich, was zur Hölle ich eigentlich machte. Alex sagte nichts. Ich war mir nicht sicher, ob er so böse auf mich war, dass ich kein weiteres Wort von ihm verlangen konnte, oder ob er nach diesem Wahnsinnskuss einfach ein bisschen Abstand brauchte, weil er darum kämpfte, die Kontrolle zu behalten.

Er stand wartend in seiner geöffneten Wohnungstür, ein großer dunkler Schatten auf dem düsteren oberen Treppenabsatz. Ich wusste, was ich zu tun hatte. Ich wollte es nicht, aber ich war es ihm schuldig. Als ich noch einen halben Meter von ihm entfernt war, zog ich meinen Bauch ein, nahm meine Schultern zurück, hob mein Kinn und versuchte, nicht zurückzuweichen, als ich ihm in die Augen sah.

„Alex, es tut mir leid. Was ich gesagt habe, hörte sich völlig falsch an. Die Pflanze ist mir egal."

Er bewegte keinen Muskel, stand nur da und hielt seine Wohnungstür offen, seine Augen leblos und fahl. Eine quälende Minute des Schweigens verging, bevor er sprach. „Warum hast du es dann gesagt?"

Ich sah für einen Moment weg. Was ich von seiner Wohnung erkennen konnte, sah nicht gemütlich aus.

Sie war ganz in nüchternem Schwarz-Weiß gehalten. Ich sah zurück zu der Steinskulptur, die vor mir stand. Seine Kiefer waren verkrampft, die Knöchel seiner zur Faust geballten Hand weiß, und er war sehr, sehr ruhig und beobachtete mich wie ein Raubtier seine Beute. Das war vielleicht ein wütender Alex.

Ich sah wieder in seine Augen. Wenn man jede Maskerade wegwischte, konnte der Rest dich verwundbar machen. Kein angenehmes Gefühl. Ich hoffte, dass ich ihn nicht falsch eingeschätzt hatte. „Ich bin nicht sicher, warum ich so etwas Blödes gesagt habe. Vielleicht hast du mich eingeschüchtert."

Er wurde noch ruhiger, wenn das überhaupt möglich war. Ich wusste nicht, ob er überhaupt atmete, als er fragte: „Wie habe ich dich eingeschüchtert?"

„Dieser Kuss, Alex." Ich lächelte und beugte mich nach vorn, um mit einem Finger über die üppige Kurve seiner Unterlippe zu streichen. „Niemand hat mich jemals zuvor so geküsst. Und ich habe auch noch nie jemanden so geküsst. Mir war überhaupt nicht klar, dass es möglich ist, all diese wunderbaren, großartigen, erderschütternden, fabelhaften Dinge zu fühlen, nur beim Austausch von ein bisschen Spucke."

Er hob eine kastanienbraune Augenbraue und griff nach meinem Arm, zog mich zu sich heran. Ich kräuselte meine Lippen. Plötzlich war er keine Statue mehr, plötzlich war er ein richtiger Mann, der aussah, als würde er genau dasselbe wollen wie ich.

„Austausch von Spucke?", knurrte er und zog mich an seine Brust. Ich ließ ihn. Alphamänner konnten alles mit mir machen. „War das alles, was es dir bedeutet hat?"

Seine Augen waren nicht mehr fahl. Nun waren sie wieder heiß glühend mit einem Versprechen, von dem ich inbrünstig betete, dass er es halten würde.

„Nein, es war viel mehr als nur ein Kuss." Ich lächelte ihn an. „Es war …"

Es war gut, dass er mich diesen Satz nicht beenden ließ, weil ich nicht vorhatte, ihm zu erzählen, wie wichtig er mir geworden war, und wie sehr ich mir wünschte, ich wäre eine andere Person, eine, die ein Leben mit ihm haben konnte. Glücklicherweise wurde ich von dem Geräusch von Stimmen auf der Treppe davor bewahrt, meine Seele bloßzulegen. Alex schob mich in seine Wohnung, schloss die Tür und drückte mich gegen die Wand, um mich mit einer Hitze zu küssen, die Farbe von einer Wand hätte sengen können.

Ich widerstand der Verlockung seiner Lippen solange ich konnte – ungefähr drei Sekunden –, ergab mich dann seiner wortlosen Aufforderung und öffnete meine Lippen für ihn. Wenn ich dachte, er hatte mich vorhin schon in flammende Begierde versetzt, entzündete er nun einen nicht zu kontrollierenden Brand, der tief in meinem Bauch seinen Anfang nahm und sich ausbreitete, um jeden Zentimeter meiner Haut zu wärmen. Ich spürte die Kühle der Wand hinter mir durch den dünnen Baumwollstoff meines ärmellosen Kleids. Sie hüllte meine Rückseite in sibirisches Eis, verglichen mit der Hitze, die der Mann an meiner Vorderseite auslöste.

„Bitte", bettelte ich, als er sich zurückzog, gerade lang genug, um seine Hände aus meinen Haaren zu nehmen, meine Arme entlangzugleiten und danach meine

Brüste zu umfassen. Ich stöhnte, weil seine Hände so wunderbar passten.

„Bitte was?", fragte er und grunzte zustimmend, als ich meine Hände über seine Brust und hinauf zu seinen Schultern gleiten ließ, um seinen Mantel abzustreifen. Er schüttelte die Jacke ab, packte mich dann an der Hüfte und zog mich für eine weitere Plünderung meines Mundes zu sich heran. Ich instruierte die *SS Zunge*, ihre Kanonen herunterzunehmen und sich bereit zu machen, geentert zu werden. Eine Kapitulation war noch nie so süß gewesen.

Alex drückte sich fester an mich und hielt mich, als ich meine Hüfte instinktiv an seiner Erektion reiben wollte. Er stöhnte in meinen Mund und kleine Wellen der puren Lust drangen nach draußen. Ihn zu befriedigen wurde weitaus wichtiger als mein eigenes Vergnügen; ich wollte seine Begehrensseufzer wieder hören, sehen, wie seine Augen sich vor Leidenschaft zu tintenschwarzen Seen verdunkelten, und ich wollte ihn beobachten, wenn er die Kontrolle aufgab und sich der puren Glückseligkeit hingab. Ich zog an der Rückseite seines Hemdes, um beide Hände darunterschieben zu können. Meine Finger streichelten und ertasteten seinen starken Rücken, liebkosten die Muskeln seines Brustkorbes und wanderten über seine Seiten nach vorn. Zwei Rucke und sein Hemd war komplett aus der Hose herausgezogen. Ich spreizte meine Finger und ließ sie unter sein Hemd gleiten, um die Haare auf seiner Brust zu durchkämmen.

„Oh Gott", murmelte er und nahm seinen Mund einen Moment lang von meinem. „Ich sollte nicht ..."

Nun war es an mir, ihn zu unterbrechen. Ich nahm meine freie Hand und griff in seine Haare, zog seinen Mund wieder dorthin, wo ich ihn haben wollte, um selbst ein bisschen Höhlenforschung zu betreiben. Meine Zunge war an seinem Gaumen beschäftigt, während ich versuchte, ihm das Hemd aufzuknöpfen. Seine Krawatte stellte sich dabei als kleines Hindernis heraus, aber ein bisschen Ziehen und einhändige Hilfe von ihm führten dazu, dass sowohl die Krawatte als auch das Hemd bald auf dem Boden lagen. Meine Pläne, ein wenig Brusterkundung zu betreiben, zerplatzten, als er seine Hand in den Ausschnitt meines Kleides zu schieben versuchte. Es war zu eng und der Winkel zu schwierig, als dass er mehr tun konnte, als meinen Brustansatz zu streicheln.

„Es ist im Rücken verschlossen", flüsterte ich, als er frustriert brummte, und ließ meine Hände über seine wunderbare Brust gleiten, während ich meinen Weg hinüber zu seinem Ohr knabberte. Er erschauerte kurz und ließ seine Hände auf den Knöpfen meines Kleids liegen, als ich an seinem Ohrläppchen saugte, aber das Gefühl von Luft auf meinem unteren Rücken sagte mir, dass er nicht lange untätig gewesen war. Er zog das Kleid zu meiner Taille hinab und zupfte dann weiter daran herum. Es fiel rauschend zu Boden. Das Einzige, was ich darunter trug, war meine Unterwäsche. Alex trat einen Schritt zurück und starrte mich an.

„Heiliger Strohsack", sagte er, nicht im Mindesten angriffslustig, was ich an der Ehrfurcht in seiner Stimme hörte. Ich fror und schwitzte zugleich. Sein Blick glitt über meine gesamte Länge und blieb dann besitzergreifend an meinen Brüsten hängen. Meine Nippel versteiften sich, als würde er sie berühren. „Gott, Alix, das ist keine gute Idee."

„Du hast vollkommen recht", sagte ich und kickte meine Schuhe weg. Ich biss ihn ins Kinn, knabberte an seinen Lippen und streichelte seinen Rücken. „Es ist besser, wenn du auch nackt bist."

Nach einer Sekunde des Zögerns ließ er seine Hände an mir hinaufgleiten, um das volle Gewicht meiner Brüste in seinen Händen zu spüren. Ich konnte nicht anders, als zu stöhnen, mich gegen all seine harten Körperteile zu drücken und mich an ihnen zu reiben. Ich kratzte ihm sanft über den Rücken. Sein Atem wurde schneller, als ich gerade so weit von ihm abrückte, dass ich seinen Bauch berühren konnte.

„Gürtelschnalle", hauchte ich atemlos, als er begann, einen Pfad von meinem Nacken zu meinem Schlüsselbein hinunterzuküssen. Seine Gürtelschnalle war in null Komma nichts geöffnet.

„G … g … gürtel." Großer Gott, verwandelten sich meine Beine in Wackelpudding? Alex legte einen Arm an meinen Rücken, um mich aufrecht zu halten, während der andere zusammen mit seinem Mund ins wundervolle Land der Brüste unterwegs war. Ich schob seinen Gürtel beiseite und griff nach dem Reißverschluss seiner Hose.

„Reißverschluss", zischte ich, als er eine Brustwarze in seinen Mund nahm. Ich presste meine Hand fest gegen ihn und öffnete seinen Hosenschlitz. Er zuckte zusammen und stöhnte zwischen meinen Brüsten, dabei zog er sanft mit seinen Zähnen an meinem Nippel. Meine Beine gaben nach.

„Shorts", keuchte ich und zog ihm den Anzug über die Hüften nach unten.

„Hose", korrigierte er mich und hob seinen Kopf lang genug von meiner Brust, um seine Hose und die Schuhe abzuschütteln. Ich nickte weise, als er seine Aufmerksamkeit wieder mir zuwandte.

„Shorts!", sagte ich triumphierend und schlängelte meine Hände an seiner Hüfte entlang, glitt unter den Gummizug und zog sie schließlich ebenfalls herunter.

„Oh Gott!", ächzte er wieder, als er seine Unterhose fortkickte. Ich starrte auf das, was ich ausgegraben hatte. Ich blinzelte und trat einen Schritt zur Seite, um einen besseren Blick aus einem anderen Winkel zu bekommen. Ich beugte mich vor, um ihn aus der Nähe zu sehen. Alex stöhnte und zuckte, als ich meine Finger um seinen Schwanz schloss. Er fühlte sich hart und heiß an, und zugleich samtweich. Ich richtete mich auf und ließ meine Finger über seine ganze Länge gleiten, während ich ihm in die Augen sah. Der moschusartige, wunderbare Geruch von erregtem Mann gemischt mit seinem würzigen Aftershave brachte mich fast auf der Stelle um.

„Das ist ein sehr beeindruckendes Untergestell, das Sie da haben, Mister. Sicher müssen Sie die Frauen mit einem Stock wegprügeln."

Er schloss kurz die Augen und öffnete sie dann schnell wieder, als ich mich an ihm rieb.

„Oh Gott, nein, Alix, nicht – oh Gott, fass mich da nicht an. Gib mir nur eine Minute …"

Ich lockerte meinen Griff um seine Kronjuwelen und küsste ihn entlang seines Kiefers. „Du scheinst Probleme mit dem Atmen zu haben, Alex. Wenn du dich ein wenig entspannst, wird all dieses Zucken sicher aufhören."

Mit den Fingernägeln kratzte ich sanft über seine zusammengezogenen Hoden. Plötzlich packte er mich und warf mich beinahe auf eine makellose weiße Couch.

„Verlass dich nicht drauf", knurrte er und war schließlich über mir. Ich wand mich unter ihm und versuchte meine Hände freizubekommen, aber er hatte sie zwischen uns festgeklemmt. Ich biss sanft in seine Zunge, die an meinem Gaumen spielte, und drückte leicht gegen seine Brust.

Alex hob seinen Kopf und sah zu mir herunter, Verwirrung spiegelte sich in seinem hübschen Gesicht.

„Regenmantel", keuchte ich.

„Was?"

„Kondom!"

Er schloss kurz seine Augen und atmete schwer an meiner Schulter, nickte dann und rollte sich von mir herunter. Lautlos tappte er durch den Raum. Ich ließ meine Augenlider zufallen, als von einem Fenster in der Nähe eine Brise über meinen Körper strich. Es war zwar warme Luft, aber auf meiner überhitzten Haut fühlte sie sich kalt an. Gerade, als ich mir vorstellte, es wären Alex' Finger, die mich federleicht streichelten, war er zurück, schwebte über mir und küsste und leckte meinen Hals. Er setzte sich auf mich, aber da war noch etwas.

Ich wand mich wieder.

„Was nun?"

„Meine Unterwäsche", erklärte ich und versuchte, sie loszuwerden, ohne meine Hände zu benutzen. Es war ein sinnloses Unterfangen, hatte aber den Vorteil, dass ich mich überall an ihm rieb. „Ich habe meine Unterwäsche noch an."

Ein langsames, sinnliches Lächeln spielte um seine Lippen. Er erhob sich ein Stück, seine Hände strichen über meine Brüste zu meinem Bauch. Mein Rücken wölbte sich ihm automatisch entgegen und drückte meine Brüste in seine Hände. Er hielt für einen Moment inne, küsste jede von ihnen und sagte: „Erweise mir die Ehre."

Seine Hände strichen über die Kurve meiner Hüfte und er neigte sich leicht zu einer Seite. Dann glitten seine Hände unter mir hindurch und umfassten meinen Hintern.

„Oh Gott, ich sterbe gleich", stöhnte ich, als er seine Daumen unter mein Top hakte und es mir langsam auszog. Ich spürte seinen heißen Atem auf meinem Bauch. Er küsste mich, liebkoste meine Haut mit seiner Zunge und übersäte mich mit kleinen Liebesbissen, die mich vor Frustration fast schreien ließen.

„Alex, bitte, wenn du auch nur das kleinste bisschen Mitleid in deinem Körper hast, hör auf, mit mir zu spielen, und mach es endlich! *Jetzt!*"

Er küsste beide Hüftknochen und glitt mit seinen Händen über meine Oberschenkel. Ich zog ein Bein an, damit er mein Höschen ausziehen konnte.

„Langsam, Süße", sagte er und warf meine Unterwäsche beiseite. Ich umklammerte seine Taille mit beiden Beinen und verhakte meine Knöchel hinter seinem Rücken. Ich zog ihn zu mir heran. „Langsam. Wir werden das hier sehr langsam tun. Es gibt keinen Grund zur Eile."

„Oh doch", sagte ich und vergrub beide Hände in seinen Haaren, um ihn zu mir herunterzuziehen. Er war ein paar Zentimeter größer als ich, ein paar Zentimeter breiter, und wer weiß wie viele Pfund schwerer, aber wir passten zusammen wie zwei Teile eines Puzzles. „Wenn du nicht auf der Stelle mit mir schläfst, werde ich sterben, und du wirst erklären müssen, warum du eine nackte, tote, *unbefriedigte* Amerikanerin auf deiner Couch liegen hast."

Seine Erektion pochte gegen mein Schambein, und ich bog mich hinauf, um ihn zu küssen. Wer hätte gedacht, dass etwas so Alltägliches und Funktionales wie eine Zunge solch wütende Feuer entzünden konnte? Ich saugte seine Zunge in meinen Mund und nahm seinen Lustseufzer tief in mich auf.

„Alex!" Kam das Gejammer von mir? Es hörte sich so an. Sein Mund erkundete das Gebiet hinter meinem Ohr, eine Aktivität, die mich vor Begierde zittern ließ. Ich zog an seinen Hüften und schob meine Knie an seinem Rücken höher nach oben. Ich konnte spüren, wie er sich an meinen Eingang drängte, fühlte seine Spitze in der dortigen Nässe umhergleiten, und wünschte mir verzweifelt, er möge mich endlich ausfüllen.

Ich bewegte mich leicht und spürte seine dicke Spitze in meiner Öffnung. „Alex, wenn du nicht innerhalb der nächsten zwei Sekunden ganz tief in mir bist, werde ich schreien."

Er lachte kurz und tief auf und drückte meine Hüften nach unten, um mich davon abzuhalten, mich nach oben und gegen ihn zu stemmen. „Wir haben die ganze Nacht, Süße. Dies ist für uns beide ein wichtiger Schritt; ich möchte sicherstellen, dass es gelingt."

Ich krümmte und drehte mich unter ihm. Ich hatte gehört, dass Männer mit diesem ach so wichtigen Teil der männlichen Anatomie denken, aber ich hatte nie von einem Schwanz gehört, der für sich selbst dachte. Aber ich hätte schwören können, dass Alex' genau das tat. Er quälte mich, glitt der Länge nach durch meine feuchte Spalte, neckte mich, indem er ganz leicht in die Stelle drückte, wo ich ihn mehr als alles sonst im ganzen Universum wollte. Ich begehrte ihn stärker als Luft zum Atmen und den Weltfrieden.

Ich klammerte mich an seinen Rücken und warf meine Hüften nach oben, meinem Ziel entgegen. „Verdammt, es gelingt! Es gelingt, ich verspreche es dir! *Jetzt mach!*"

Er kicherte wieder und glitt mit sanftem Druck ein kleines Stück in mich hinein. Mein Körper gab willig nach, passte sich an seine Größe an und klammerte sich an den kleinen Teil von ihm, der eingedrungen war. Ich wölbte mich ihm entgegen, schloss meine Augen, um ihn nur zu fühlen, so heiß, so stark, so perfekt für mich geformt. Tränen rannen aus meinen Augen, als ich darauf wartete, dass er in mich eintauchte, mich komplett in Besitz nahm, sich körperlich und seelisch mit mir vereinigte.

„Mach die Augen auf, Alix."

Langsam hoben sich meine Lider und sahen Alex, der über mir schwebte, seine Augen in einem dunklen, dunklen Grün funkelnd.

„Ich möchte die Leidenschaft in deinen Augen sehen, wenn ich dich nehme."

Er schob ihn nur ein kleines Stück weiter rein. Ich stöhnte, bohrte meine Nägel in seinen Rücken und biss ihm in die Schulter. „Ich brauche dich, Alex, ich brauche dich genau jetzt. Bitte, quäl mich nicht so – tu es einfach dieses eine Mal, und ich verspreche dir alles, was du willst. Oralsex, perverses Zeug, was immer du willst, mir egal, aber bitte mach es jetzt endlich!"

Das qualvolle Gefühl von Verlust war das erste Anzeichen dafür, dass etwas schief gegangen war. Er zog sich vollkommen aus mir zurück, aber nicht, um nun endlich ganz hineinzustoßen, wie ich gehofft hatte. Stattdessen stützte er sich auf einen Arm und sah mich aus zu schmalen Schlitzen zusammengekniffenen Augen an.

„Was hast du gesagt?"

Mein Verstand wirbelte in einem liebestollen Whirlpool der Verwirrung umher. Was hatte ich gesagt? Woher sollte ich wissen, was ich gesagt hatte? Warum hatte er die warme Zuflucht verlassen, die mein Körper ihm bot? Ich wimmerte vor Frustration.

„Was? Was ich gesagt habe? Ich sagte, ich brauche dich, Alex. Ich will dich – bitte quäl mich nicht so. Ich kann es nicht länger ertragen!"

Seine Augen verengten sich weiter, als er zurückdrängte und meine Beine öffnete, die um seine Hüften geschlungen gewesen waren. Er neigte sich zur Seite, bis er neben mir auf der Couch lag. „Hast du gesagt, was ich denke? Hast du sexuelle Gefälligkeiten angeboten, wenn ich dir gebe, was du jetzt willst?"

Ich sah in die Tiefen seiner schönen grünen Augen und schluckte den körperlichen Schmerz hinunter, der mit unserer Trennung gekommen war. Etwas lief schief, etwas lief ganz offensichtlich schief, aber ich sollte verdammt sein, wenn ich wüsste, was es war.

Was hatte ich zu ihm gesagt? Ich konzentrierte mich auf seine Worte und versuchte herauszufinden, was ich getan hatte, um das Beste zu vermasseln, das mir je im Leben passiert war.

„Sexuelle Gefälligkeiten? Ist nicht das, was wir tun, eine sexuelle Gefälligkeit? Ich verstehe nicht, Alex. Bist du böse auf mich? Was habe ich gesagt, das dich verärgert hat?“

Er klammerte eine große Hand um meinen Oberarm. „Hast du gemeint, was du gesagt hast?“

Ich konnte die Tränen jetzt nicht mehr aufhalten, aber leider waren es Tränen der Frustration und keine Freudentränen. „Ich verstehe nicht, warum du so wütend bist. Alles, was ich getan habe, war, dir zu versprechen, was du willst. Was jeder Mann will. Es ist okay, wirklich. Ich habe kein Problem mit ein bisschen Oralsex, und solange du nicht zu pervers mit mir bist ...“

Er setzte sich plötzlich auf, schwang seine Beine von der Couch und drehte mir den Rücken zu. Er fuhr mit einer Hand durch seine Haare und dann über sein Kinn. „Mein Gott, Alix, für was für eine Art Mann hältst du mich, dass du denkst, du könntest mit mir über Sex verhandeln? Ich dachte, du hättest kapiert, dass ich nicht an einem kurzen Gevögel interessiert bin. Ich dachte, du würdest eine Beziehung beginnen wollen, eine richtige Beziehung, und nicht nur ein bisschen heißen Sex, um eine Stunde oder zwei totzuschlagen.“

Verdammt! Warum hatte ich nicht auf Isabella gehört? Sie hatte die ganze Zeit recht gehabt. Und nun war ich hingegangen und hatte alles ruiniert, indem ich mich Alex an den Hals geschmissen und ihm gezeigt hatte, wie leicht ich zu haben war. Ich starrte ihn an, sprachlos vor Schrecken über das, was ich getan hatte. Plötzlich war ich verlegen und beschämt darüber, vor ihm nackt zu sein.

„Es tut mir leid, Alex", sagte ich vorsichtig und sah auf die harten Muskeln seines Rückens. Wie konnte ein Mann, der den ganzen Tag am Computer saß, so viele Muskeln haben? „Isabella hat mir erzählt, du würdest an nichts anderem als einer ernsthaften Beziehung interessiert sein, aber ich dachte ... ich dachte, vielleicht fühlst du dasselbe für mich wie ich für dich. Ich hatte gehofft, wir könnten beide einfach die Gesellschaft des anderen genießen, solange ich hier bin."

Alex nahm mein Kinn in seine Hand und wischte mir mit seinem Daumen eine Träne ab. Er brauchte nichts zu sagen – ich sah die Zurückweisung in seinen Augen.

„Ist schon in Ordnung", sagte ich schnell, glitt hinter ihm hervor und schlüpfte in mein Kleid.

„Alix, ich spüre dieselbe Anziehung wie du, aber ich bin nicht an unverbindlichem Sex interessiert ..."

„Nein, wirklich, du musst mir nichts erklären. Ich werde einfach meine Schuhe nehmen und gehen. Es war alles eine ziemlich bescheuerte Idee."

Er nahm meine Hand und versuchte mich aufzuhalten. „Alix, bitte erlaube mir ..."

Ich riss mich los, setzte ein brüchiges Lächeln auf und schnappte mir meine Schuhe. „Nicht nötig. Wir sind auf verschiedenen Wellenlängen, du und ich. Zur Hölle, wenn ich es mir recht überlege, stammen wir aus verschiedenen Welten. Du gehörst zu den Isabellas dieser Welt – klassisch und schick und überhaupt nicht dazu tendierend, sich Männern an den Hals zu werfen, die sie gerade erst getroffen haben. Du musst dir keine

Sorgen machen, dass ich dich weiter belästige; wenn sonst schon nichts, so lerne ich doch wenigstens aus meinen Fehlern."

Ich warf ihm die letzten Worte hin, als ich zur Tür hinausschlüpfte und sie leise hinter mir schloss.

„Herrgott, Frau, wirst du mir wohl für eine verdammte Minute zuhören?" Alex' Worte hallten im Treppenhaus wider und wurden hübsch von dem Geräusch untermalt, das entstand, als seine Tür wieder geöffnet wurde. Ich sah zurück, während ich die Treppe hinunterrannte und mein Kleid vorne zuhielt, weil ich nicht geschafft hatte, es zuzuknöpfen.

Ich nahm die letzten Stufen und griff nach meinem Schlüssel, den ich immer über dem Türsturz aufbewahrte. Schritte donnerten hinter mir. Für einen Sekundenbruchteil sah ich seine nackten Füße; dann fluchte er, als ihm auffiel, dass er nichts außer einem Fetzen Latex trug. „Gottverdammt, Alix, ich bin noch nicht fertig mit dir!"

„Leb wohl, Alex, es war schön, dich gekannt zu haben. Ich hoffe, du wirst eines Tages eine Frau finden, die dich verdient."

Er fluchte wieder und kam die Treppe herunter, aber ich huschte in meine Wohnung und schloss die Tür geräuschvoll hinter mir. Halb hoffte ich, dass er an die Tür pochen und mich bitten würde, ihn hereinzulassen, damit er sich bei mir entschuldigen und mich auf Stephanies Schlafcouch züchtigen konnte, aber kein Ton drang durch die Tür.

Der Abend endete wie so viele in der Vergangenheit – in Tränen und einer guten alten Runde Selbstmitleid. Ich fühlte mich ohne Zweifel wie der größte Versager auf dem Planeten, ohne Freunde, allein und mit der Moral einer Straßenkatze. Ich konnte nicht glauben, dass ich mich Alex derart an den Hals geworfen hatte. Was hatte ich mir nur dabei gedacht? Ich wusste, *ich wusste*, dass er nicht an einem bedeutungslosen kleinen Abenteuer interessiert sein würde, aber nein, lasst mich näher als drei Meter an ihn herankommen, und ich vergesse alles außer der Verlockung seines verführerischen Selbst. Das wirklich Tragische an der Sache war, dass er gänzlich anders als jeder andere war, dem ich je hinterhergerannt war, und ich bezweifelte, dass irgendwer jemals an den Standard heranreichen konnte, den er gesetzt hatte.

Ein paar Stunden, nachdem ich in mein kaltes, einsames Bett gekrochen war, gestand ich mir ein, dass er möglicherweise der netteste Mann war, den ich je getroffen hatte. Und wenn die Umstände anders wären, könnte ich ziemlich glücklich den Rest meines Lebens mit ihm verbringen. Aber sie waren es nicht, und ich konnte nicht, und so blies ich noch ein wenig Trübsal angesichts der miesen Streiche, die das Leben mir spielte, bis ich irgendwann meine eigene Gesellschaft satt hatte. Das war ein Grund, warum ich die Einladung für den nächsten Abend bei Bert und Ray angenommen hatte. Der andere war, dass ich verzweifelt Gesellschaft brauchte und den Gedanken an Isabellas kühlen, wissenden Alex'-Ex-Freundin-Blick nicht ertragen konnte.

Als ich vor den zwei Frauen saß, schüttelte ich die Erinnerungen an letzte Nacht ab und sah auf in ihre erwartungsvollen Gesichter.

„Mehr Wein?"

Ich hatte noch ein halbes Glas Chardonnay übrig. Ich leerte es in einem Zug und hielt mein Glas zum Auffüllen hin.

„Da gibt es nicht so viel zu erzählen", flunkerte ich und spürte die Wärme des Getränks, die sich in mir ausbreitete, all die wunden Stellen meines Herzens betäubte und das Gefühl der Scham leicht dämpfte. „Gestern Abend hat Alex mich geküsst."

„Oho!", sagte Ray, rieb ihre Hände aneinander und beugte sich vor, um mir mehr Wein einzugießen. Pflichtbewusst nahm ich ein paar Schlückchen und atmete seinen berauschenden, scharfen Duft ein. Er erinnerte mich an etwas Angenehmes, etwas, das mit Alex zu tun hatte, etwas Unartiges ...

„Seine Eier!"

„Wessen Eier?"

Ich errötete bei dem Blick, den Bert in meine Richtung warf, und leerte mein Glas in der Hoffnung, dass ich entweder wegen übermäßigen Alkoholgenusses ohnmächtig werden, oder der Wein meine Erinnerung an mein loses Mundwerk löschen würde. „Sorry, ich wollte nicht ungezogen sein. Es ist nur so, dass der Wein mich an etwas erinnert hat ..." Ich ließ den Satz unbeendet. Es war schlimm genug, ich würde es nur schlimmer machen.

Ray schnupperte an ihrem Weinglas. „Keine Ahnung, was Black mit seinen Klöten gemacht hat, aber mir sind noch nie welche untergekommen, die so gerochen haben."

Ich nahm ihr Angebot, mein Glas aufzufüllen, an und fühlte mich zu einer Erklärung genötigt. „Sie riechen nicht so, nicht genauso, es ist nur so, dass die Schärfe des Bouquets mich an seine Eier erinnert. Irgendwie. Oh. zur Hölle, ich habe meinen Kopf schon in der Schlinge, ich weiß nicht mehr, was ich sage. Ignoriert mich einfach."

Ich griff mir ein Stück Pita-Brot und tunkte es in das Zaziki. Bert lachte, weil Ray zustimmend grunzte, als ich enthusiastisch das Essen lobte.

„Ehrlich, Alix, du musst nichts weiter sagen, wenn du nicht möchtest. Wir haben nicht die Absicht, in deinem Privatleben herumzuschnüffeln. Ich dachte nur, weil deine Familie und deine Freunde so weit weg sind, würdest du dich vielleicht jemand Neutralem anvertrauen wollen.

Ihre Freundlichkeit trieb mir Tränen in die Augen. Wirklich, sie war so süß – beide waren so süß. Sie hatten mich bei sich aufgenommen, sich meine Geschichte angehört, mich gefüttert, versucht, meine Laune mit Wein und einer liebevollen Schulter zum Ausweinen zu heben. Und alles, was ich tat, war, über Alex' Eier zu plaudern, als wenn sie sich nur im Geringsten dafür interessieren würden.

„Nein, nein, ich würde euch gern erzählen, was passiert ist." Ich schniefte und griff nach der Schachtel mit Taschentüchern. Dann nahm ich mir einen in Schinken gewickelten Shrimp und fuhr fort, ihnen alles über meine desaströse Erfahrung mit Alex zu erzählen. Es mochte die ein oder andere Verdrehung einiger Tatsachen gegeben haben, aber ich war ziemlich sicher, dass ich alle wichtigeren Punkte erwähnt hatte, während wir zwei weitere Weinflaschen geleert, das gesamte Zaziki, alle Shrimps und den Käse verspeist und unzählige Taschentücher verbraucht hatten. Ich verbrauchte die Taschentücher – Bert und Ray schienen aus härterem Holz geschnitzt zu sein.

Als ich mein jämmerliches Märchen zu Ende erzählt hatte, lag ich auf dem Boden und meine Füße ruhten auf einem Stuhl (Ray schwor, das würde mein „ewiges Genörgel" stoppen, und sie hatte recht; es war unmöglich, dauernd zu nörgeln, wenn man auf dem Boden lag und die Füße auf einem Stuhl hatte). Bert hatte sich auf der Couch zusammengerollt und Ray schritt in Kreisen um uns herum und gab hin und wieder grunzende Laute der Wut oder der Zustimmung von sich, wie es die Situation verlangte.

„Das ist alles. Das ist passiert", sagte ich, beendete meine Leidensgeschichte und setzte mich auf, um meine feuchten Augen zu betupfen. „Jetzt könnt ihr verstehen, dass es keine Zukunft für Alex und mich gibt. Wir sind einfach nicht vergleichbar."

„Verträglich", sagte Ray ernst und streckte mir die Hand hin. Ich nahm sie und ließ mich auf meine nicht allzu sicheren Füße ziehen. „Du bist gepisst."

Ich sah sie stirnrunzelnd an. „Bin ich nicht! Ich bin nicht sauer, es ist eben nur so, wie es immer in meinem Leben ist."

„Das Wort heißt *vereinbar*", korrigierte Bert. „Und ihr seid beide ein bisschen angetrunken. Gepisst heißt betrunken, Alix."

Ich nickte und hielt mich am Stuhl fest, als der Raum sich leicht nach links drehte. „Oh, richtig, das wusste ich. Shorts und gepisst. Hab alles hier oben." Ich tippte an meine Schläfe und zwinkerte Bert wissend zu. Sie blinzelte eulenhaft zurück.

„Zur Hölle seid ihr nicht vereinbar!", rief Ray plötzlich und schwankte leicht vor mir, als sie mit ihrem Finger auf meine Brust tippte. „Dieser Schuft hat kein Recht, dich so zu behandeln! Dich auf der Treppe verführen, dich anschließend in sein Liebesnest verschleppen, dir die Klamotten vom Leib reißen und dich dann vor die Tür setzen, bevor du auf deine Kosten gekommen bist. Typisch Mann, denkt nur an sich selbst. Das ist einfach nicht fair!"

Ich sah Bert an und grinste. „Das war der längste Satz, den ich Ray je sagen gehört habe."

Bert seufzte, versuchte ein Stirnrunzeln, kicherte aber stattdessen. „Oh je, ich glaube, ich bin auch ein wenig angetrunken."

Ray ging zu ihr hinüber und stemmte ihre Hände in ihre Hüften. „Warum auch nicht? Dieser Blender da oben hat dieses unschuldige junge Mädchen ausgenutzt, ein junges Ding, das erst kürzlich auf unsere holde Insel gekommen ist, und sie dann rausgeworfen wie die Zeitung von gestern. Wir müssen etwas dagegen tun, Bertrice. Ungerechtigkeit bringt mein Blut zum Kochen, jawohl!"

Ich sank schlaff in einen Sessel, der sich plötzlich hinter mir materialisiert hatte, und wedelte träge mit der Hand.

„Ich fürchte, liebe, süße Ray, dass du nichts dagegen tun kannst. Der Mann will mich einfach nicht. Noch nicht mal, wenn ich all meine zahlreichen und großartigen Zauber vor ihm ausbreite."

„Vielleicht ist er schwul", schlug Bert mit einem höflichen kleinen Aufstoßen vor. Ich schüttelte meinen Kopf und musste die Armlehne des Sessels umklammern, um nicht herunterzurutschen, als der Raum sich wieder drehte.

„Nope. Unmöglich. Mein Schwular hat keinen Alarm gegeben. Und sowieso, ein Mann, der eine Frau so küsst, wie er mich geküsst hat, ist nicht uninteressiert." Ich hatte Probleme, dieses letzte Wort herauszukriegen. Ich brauchte ein paar Anläufe, aber schließlich schaffte ich es und sprach weiter und ignorierte dabei das Gekicher von den billigen Plätzen. „Und übrigens, der Hengst stand an der Tür bereit, wenn ihr versteht, was ich meine. Ich weiß nicht, was genau das Problem war. Ich glaube, er sagte es mir, aber ich hab's vergessen."

„Damit kommt er nicht durch", wütete Ray und marschierte zur Tür. Sie hielt nur an, um einen langen Schluck aus einer bereits leeren Weinflasche zu nehmen. Sie rülpste, bedeutete uns, ihr zu folgen, und stolzierte zur Tür hinaus.

Ich sah Bert an. Sie sah mich an, seufzte und erhob sich in einer anmutigen Bewegung. Ich brauchte drei Versuche, bis ich meine Füße richtig unter mir positioniert hatte, aber immerhin war ich nun bereit zu gehen und schaffte es die zwei Treppenabsätze hinauf, indem ich mich verzweifelt hinten an Berts Bluse festhielt. Als wir das Ende der Treppe erreicht hatten, schlug Ray gerade gegen Alex' Tür und brüllte, er möge herauskommen und ihr wie ein Mann gegenübertreten.

„Was zur Hölle ist da draußen los?"

„Ups", sagte ich und linste hinter Berts Rücken hervor. „Ich glaube, sie hat ihn aufgeweckt. Verstehst du nun, was ich mit dem Hengst meine, der an der Tür bereitsteht? Und es ist ein entzückender Hengst, nicht wahr? Ich mag Männer, die nackt schlafen, du auch?"

Alex stand splitterfasernackt mit wirren Haaren in der Tür und war offenbar gerade aus seinem Bett aufgestanden. Er musste die Blicke dreier Augenpaare auf seinem zügellosen Gemächt gespürt haben, denn er sah plötzlich an sich hinunter, fluchte und schlug Ray die Tür vor der Nase zu.

Ich lockerte meinen Griff um Berts Bluse, lehnte mich gegen die Wand hinter mir und ließ mich auf den Boden hinabgleiten.

„Siehst du?" fragte ich. „Er hasst mich. Er muss mich nur sehen und er bringt seinen Hengst in den Stall zurück, bevor ich ihn auch nur streicheln kann. Ich frage dich, verhält sich so ein Mann, der gern in mein Höschen möchte?"

„Mach dir nichts draus", sagte Bert, während Ray erneut gegen Alex' Tür donnerte. Zwei Treffer hatte sie bereits gelandet und holte gerade zum dritten aus, als Alex die Tür wieder öffnete.

Sogar direkt aus dem Tiefschlaf erwacht, hatte der Mann schnelle Reflexe. Er packte Rays Faust, bevor sie seine Brust traf, und sah uns der Reihe nach an. Ich saß auf dem Boden und weinte leise vor mich hin angesichts des traurigen Laufs der Dinge. Ray bemühte sich, ihre Hand freizubekommen, und Bert schwankte leicht und tätschelte meinen Kopf, während sie leise und beruhigend auf mich einredete.

„Würde eine von euch sich die Mühe machen und mir vielleicht erklären, was zur Hölle ihr hier macht?", fragte er.

Ich sah ihn von oben bis unten an. „Ich mochte dich ohne den Bademantel lieber", sagte ich schniefend.

„Mann, ihr seid besoffen", sagte er und sah uns aus seinen wunderschönen grünen Augen an. „Ihr seid allesamt besoffen, oder? Geht runter in eure Betten und schlaft euren Rausch aus."

„Nicht bevor ich dir ein paar Dinge gesagt habe, Black", sagte Ray und zwängte sich an ihm vorbei in seine Wohnung.

„Braves Mädchen, Ray", grölte ich ihr hinterher. „Mach ihm die Hölle heiß, Harry!"

„Harry wer?", fragte Bert.

„Weiß nicht", sagte ich und wischte die Frage beiseite. „Ist ein Ausguck, den ich gehört hab. Warum fragst du nicht Alex? Er weiß es bestimmt. Er ist ein kluger Mann, auch wenn er mich seinen Hengst nicht reiten lässt."

Bert nickte und drehte sich um, um Alex zu fragen, aber bevor sie das tun konnte, murmelte er eine Verwünschung über Frauen, die auf der Erde waren, um ihn in den Wahnsinn zu treiben, ergriff Bert und schob sie in seine Wohnung. Dann kam er zu mir heraus und ragte in einer einschüchternden Art über mir auf.

„Hi", sagte ich und versuchte ein keckes Grinsen.

„Möchtest du mir erklären, warum du und deine Freunde mich um zwei Uhr morgens aus dem Bett holt?"

Ich kicherte beim Gedanken daran, wie wir ihn geweckt hatten, und streichelte einen seiner nackten Füße. „Du hast schöne Füße, Alex. Du hast keine sechs Zehen oder Warzen oder andere komische Dinge, die Menschen an ihren Füßen haben können. Ich stehe nicht auf Füße, aber ich mag deine Füße. Es sind hübsche, männliche Füße."

Er seufzte wieder, packte mich dann unter den Achseln und zog mich hoch, bis ich wieder stand.

„Trag mich!", forderte ich, warf meine Arme um seinen Hals und ließ meine Beine wegknicken. Er fluchte wieder, legte einen Arm unter meine Knie, hob mich hoch und trug mich in der besten Manier eines Romanhelden in seine Wohnung.

Bert rumorte in seiner Küche herum und sang dabei ein kleines Lied über Tee vor sich hin, während Ray vor seiner Couch auf und ab ging.

„Alex", flüsterte ich in sein Ohr. Er hielt vor einem weißen Sessel an und drehte seinen Kopf, bis wir Nase an Nase waren. Ich lächelte und bewunderte seine hypnotisierenden grünen Augen. „Ich glaube, du kriegst Ärger mit Ray."

„Verdammter Mist, schau ihn dir an!" Ray drehte sich um zu Alex, der mich in seinen Armen hielt. „Er tut es schon wieder. Diesmal vor uns. Der Kerl hat keinen Anstand, wenn er versucht, die arme Alix hier vor uns zu pimpern."

Bert drehte sich um und sah zu uns herüber, während Alex versuchte, mich in den Sessel zu setzen. Ich entschied, dass er sich nun wohler fühlte, und entdeckte, dass ich eine Hand durch die Öffnung seines Bademantels schieben und seine Brust streicheln konnte.

„Alix, hör damit auf", knurrte er, als ich meine Augen schloss und vor Glück summte, weil ich eine so schöne warme Brust unter diesem Bademantel gefunden hatte. „Hier ist der Sessel. Lass mich los und ich setze dich ab."

„Siehst du?“, rief Ray wütend, stakste rüber zu Bert und fuchtelte wild mit den Armen. „Er gibt ihr Befehle! Wie ein typischer Mann eben, ständig Befehle geben, uns ständig sagen, was wir zu tun haben. Und seine Hände sind überall auf ihr!“

„Es sieht nicht so aus, als würde er sie pimpern, Ray. Es sieht aus, als würde er versuchen, sie in den Sessel zu setzen.“

„Ich danke Gott, dass sich eine vernünftige Person in diesem Haufen befindet“, murrte Alex und versuchte, mich von sich zu lösen, ohne mich dabei fallenzulassen.

„Du riechst wunderbar“, sagte ich, schnupperte an seinem Hals und knabberte ein wenig. „Du riechst schläfrig und männlich und lecker. Ich mag das. Ich mag dich. Ich mag dich richtig doll. Lass uns ins Bett gehen.“

„Alix, bitte“, sagte er, hielt aber inne, als Ray auf ihn zukam und ihm einen Finger auf eine Stelle seiner Brust setzte, die nicht von mir bedeckt war.

„Sieh ihn dir an! Sieh ihn dir nur an! Seine Hände sind überall! Der geile Bock!“

„Du bist ein böser, böser Mann“, stellte ich klar und ließ meine Zunge an seinem Ohr spielen. „Machst dich derartig über mich her, obwohl du mich gar nicht magst.“

„Du solltest dich schämen!“, sagte Ray und piekte ihn wieder in die Brust.

„Schämen“, wiederholte ich zustimmend und knabberte sanft an seinem Ohr.

Er zitterte. Dann weitete sich seine Brust, als er einen tiefen Atemzug nahm. „Heiliger Jesus ...“

„Den Namen des Herrn zu missbrauchen, wird dir auch nicht helfen! Wenn mein Vater noch am Leben wäre, würde er dich mit der Reitpeitsche verprügeln für das, was du dem armen Mädchen angetan hast."

Alex hievte mich ein Stück weiter hoch. „Ich habe ihr überhaupt nichts getan!"

„Genau darum geht es", polterte Ray und drehte sich auf dem Absatz um, um zum Fenster hinüberzugehen. „Du hättest etwas tun sollen."

Ich spürte schon wieder Tränen aufsteigen bei der Erinnerung an den tragischen Verlauf des letzten Abends. „Ja", schniefte ich und gab ihm einen einsamen kleinen Kuss auf sein Kinn. „Du hättest es tun sollen, aber stattdessen hast du mich zurückgewiesen."

„Alix ..." Er sah von Ray zu Bert und zurück zu mir. „Ihr seid alle völlig außer Kontrolle, und keine von euch sagt irgendetwas Sinnvolles. Das hier ist kaum der richtige Zeitpunkt, um zu diskutieren, was letzte Nacht passiert ist. Wenn du morgen früh immer noch darüber sprechen möchtest, werde ich es dir gern erklären. Aber jetzt möchte ich gern wieder ins Bett gehen."

„Das möchte ich auch", sagte ich und kuschelte mich an ihn. „Magst du lieber Regenmäntel mit Trauben- oder Bananengeschmack?"

„Es ist zwei Uhr morgens", sagte er und schüttelte seinen wunderschönen Kopf.

„Ich weiß. Sie wollten mit mir hierher kommen. Ray ist stinksauer auf dich, weißt du."

„Verdammt richtig, ich bin sauer!" Ray nickte und nahm dann von Bert eine Tasse Tee entgegen. „Keine Kekse?"

„Es tut mir leid, aber ich hatte heute früh keinen Besuch eingeplant“, sagte Alex beißend und richtete mich erneut auf, damit er mich besser böse anschauen konnte. „Du bist die undisziplinierteste, beunruhigendste Frau, die mir je begegnet ist. Du hast absolut keine Hemmungen, oder?“

„Ich bin nicht diejenige, die splitterfasernackt ihre Wohnungstür öffnet“, stellte ich klar.

Er nahm einen tiefen Atemzug. „Alix, du solltest jetzt gehen. Du bist nicht du selbst.“

„Alle weisen mich zurück“, murmelte ich an seinem Hals und grübelte über diesen Gedanken nach. Er schien plötzlich wichtig und sehr, sehr traurig. Alex war meine letzte Hoffnung und nun wollte auch er nichts mehr mit mir zu tun haben.

„Himmel ...“

„Ist hier irgendwo eine Reitpeitsche?“, fragte Ray und sah sich mit einem begierigen Blick um.

„Also, Ray, er hat nichts getan, was physische Gewalt verdienen würde“, sagte Bert. „Obwohl dieser jammervolle Ton in Alix’ Stimme ihm womöglich das Herz zerreißt. Stell dir nur vor, ein so süßes, liebliches Mädchen zurückzuweisen.“

Ich schniefte zustimmend.

„Ich habe sie nicht zurückgewiesen ...“

„Du hast sie auch nicht beglückt und das ist in meinen Augen Zurückweisung!“, sagte Ray über ihre Schulter. Sie war dabei, die Küchenschränke über der Arbeitsfläche zu durchwühlen. „Hier müssen doch irgendwo Kekse sein. Jeder hat Kekse. Was für eine Art Mann hat keine Kekse?“

„Vielleicht interessiert er sich einfach nicht für sie."
Bert rollte sich auf der weißen Couch zusammen, nachdem sie zwei weitere Becher mit Tee auf den Tisch gestellt hatte.

Ich legte eine Hand an Alex' Kinn und drehte seinen Kopf, bis wir wieder Nase an Nase waren.

„Interessierst du dich für mich?"

Er schloss kurz seine Augen, öffnete sie dann wieder und sah mich stirnrunzelnd an. „Alix, ich werde das jetzt nicht mit dir diskutieren. Ich bringe dich jetzt hinunter in deine Wohnung und dann wirst du schlafen. Wir können später ..."

Ein heißes Kribbeln in meinen Augenwinkeln kündigte weitere Tränen an.

„... reden, wenn du ... Ach, Alix, weine nicht."

„Zu spät." Zwei dicke Tränen rollten über meine Wangen.

Alex fluchte leise, drehte sich dann um und trug mich in Richtung Tür.

„Mach die Tür auf."

Eine weitere Träne lief mir über die Wange, als ich den Türknauf drehte.

„Gute Nacht, Ladies."

„Was? Was meinst du mit Gute Nacht?", fragte Ray, den Kopf in einem seiner Schränke.

„Ich meine genau das. Gute Nacht. Ich möchte mit Alix reden, und das kann ich nicht, während ihr hier seid, also geht jetzt bitte."

Bert neigte ihren Kopf zur Seite, als sie über Alex' Worte nachdachte. Sie nickte und rief nach Ray.

„Er hat recht, Ray. Das ist eine Sache zwischen den beiden und wir sollten sie allein lassen."

„Danke", sagte Alex barsch. Bert lächelte und zog eine widerstrebende Ray an ihm vorbei und zur Tür hinaus.

„Aber ich hatte noch keine Kekse", klagte Ray, immer noch ihren Teebecher umklammernd.

„Du kannst zu Hause Kekse haben. Lass sie allein, Ray."

„Hrmph." Ray hielt nach drei Stufen an und drehte sich zu Alex um. „Du verletzt sie besser nicht noch mal, sonst werde ich eine Reitpeitsche finden und ..."

„Ich habe sie nicht verletzt", protestierte Alex.

„Doch, das hast du", sagte ich sanft an seinem Hals und winkte Bert und Ray zum Abschied.

Alex stellte mich auf den Boden, ließ aber einen Arm um meine Hüfte geschlungen, als er hinter uns die Tür schloss.

„Ich wollte dich nicht verletzen."

Ich gab der Verlockung seines nackten Schlüsselbeins nach und fuhr mit meinem Finger der Länge nach darüber. „Du hast auch schöne Schlüsselbeine, Alex. Ich weiß, dass du mich nicht verletzen wolltest. Es ist nicht dein Fehler, wirklich, egal was Ray sagt. Sie ist nur ein wenig durcheinander, weißt du."

Eine große, warme Hand legte sich auf eine Seite meines Gesichts und drehte meinen Kopf, bis ich direkt in seine grünen Augen sah. „Ich denke, du bist selbst ein wenig durcheinander, Alix. Es tut mir leid, dass du letzte Nacht verletzt wurdest, aber ..."

Ich legte zwei Finger auf seine Lippen. Das schöne, warme Gefühl, das ich schon die ganze Zeit hatte, breitete sich in mir aus, und mir wurde klar, dass Alex heute Abend nicht nett behandelt worden war.

„Ich denke, ich sollte mich bei dir entschuldigen. Weil wir hier hochgekommen sind und dich aus dem Bett geholt und dich nackt gesehen haben. Und weil Ray nach einer Reitpeitsche und nach Keksen verlangt hat. Das tut mir leid, Alex. Irgendwie ist sie auf den Gedanken gekommen, dass du letzte Nacht einen Fehler gemacht hast."

„Es ist nicht wichtig."

Ich schüttelte den Kopf. „Doch, das ist es. Du hast jedes Recht, auf mich wütend zu sein. Ich schulde dir was für den Ärger, den ich dir bereitet habe, nachdem ich versucht habe, dich zu verführen und dich dann auch noch aufgeweckt habe."

„Alix?"

„Hmm?"

Der Ausdruck in seinen Augen wärmte mich bis in die Zehen. Er öffnete seinen Mund, um zu sprechen, schloss ihn dann aber wieder und schüttelte den Kopf.

„Ach, nichts. Ich bringe dich jetzt hinunter."

Er ließ seinen Arm um meine Hüfte geschlungen, sodass ich mich gegen ihn lehnen konnte, als wir gemeinsam die Treppe hinuntergingen. Ich hatte ein schleichendes Gefühl schrecklicher Ungerechtigkeit gegenüber Alex und fragte mich, was ich tun konnte, um es wiedergutzumachen, um ihm zu zeigen, wie leid es mir tat, dass ich ihn verärgert hatte.

Das Bild eines Schlosses kam mir in den Kopf, mit im Wind wehenden Bannern. Wem würde der Besuch eines Schlosses nicht gefallen? Das war die perfekte Lösung für mein Problem. „Windsor Castle!"

„Was?"

„Windsor Castle. Das ist ein Schloss in … äh … Windsor, glaube ich. Das werde ich tun“, sagte ich und versuchte ihm zu verstehen zu geben, dass das die Antwort auf alles war. „Du kannst morgen mit uns nach Windsor Castle kommen. Du wirst es mögen, es ist historisch. Nach Windsor schauen wir uns den Irrgarten in Hampton Court an. Das wird dir auch gefallen, es ist perfekt für einen Detective. Du kannst deine Fähigkeiten einsetzen, um aus dem Irrgarten heraus zu finden.“

Alex schüttelte seinen Kopf, aber ich ignorierte das und griff nach oben zum Türsturz, um den Schlüssel zu holen. „Nein wirklich, Alex, es ist perfekt, einfach perfekt. Ich bin sicher, Karl wird es nicht stören, wenn du mitkommst, und es wäre eine große Erleichterung für mich.“

„Ich habe dieses Wochenende Arbeit zu erledigen. Und ich habe nicht die Absicht, das fünfte Rad am Wagen bei eurem Date zu sein …“

„Oh, es ist kein Date“, sagte ich und lächelte ihn an. „Es ist nur Karl und du wirst eine tolle Zeit haben. Wir sehen uns Windsor an und das Schloss, und wir machen ein Rennen im Irrgarten und ich werde mich viel, viel besser fühlen, nachdem ich deinen Abend ruiniert habe. Hört sich das nicht toll an? Morgen ist Samstag, also musst du nicht arbeiten oder so. Aber du musst früh fertig sein, weil Karl mich um Punkt neun vor dem Haus abholt.“

„Alix, ich komme nicht mit. Ich interessiere mich nicht für Windsor Castle oder Hampton Court.“

Ich unterbrach meine Bemühungen, meine Wohnungstür zu öffnen, als ich die schreckliche Wahrheit erfasste. Da stand ich, voller glorreicher Pläne für einen

Tag mit Alex. Und er wollte den Tag nicht mit mir verbringen. Er wollte wirklich überhaupt nichts mit mir zu tun haben, und die Geschichte mit dem Hengst, der an der Tür wartet, war nichts als eine Täuschung gewesen. Meine Schultern sanken herab, und ich lehnte meine Stirn an den Türrahmen. Er war schön kühl. „Oh."

Zwei Hände fassten mich bei den Schultern. „Alix …"

Das letzte kleine Stückchen meines Herzens zerbrach unter dieser heiseren, sexy Stimme. „Nein, schon in Ordnung. Ich dachte, wir könnten … Vergiss es. Es war eine blöde Idee, es ist vollkommen richtig von dir, dass du nicht willst. Wir vergessen die Geschichte."

Ich fummelte am Türschloss herum und konnte vor lauter Tränen nicht richtig sehen. Mir fiel auf, dass ich entsetzlich viel weinte, seit ich nach England gekommen war, aber ich schien nicht viel dagegen tun zu können. Vielleicht lag es am englischen Leitungswasser.

„Nein, ich werde es nicht vergessen." Die Hände auf meinen Schultern umklammerten mich fester und drehten mich herum, bis ich ihn ansah. Ein langer Finger wischte meine Tränen fort.

„Es tut mir leid, normalerweise bin ich nicht so eine Heulsuse." Mir fiel auf, dass ich mich entsetzlich oft entschuldigte in der letzten Zeit.

Er beugte seinen Kopf zu mir herab und küsste mich sanft. „Wenn es dir so viel bedeutet, werde ich mit dir nach Windsor reisen."

Ich schaute in diese grünen Augen, diese tiefen, rätselhaften, grünen Augen, die alle Wunder und Freuden dieser Welt in sich verschlossen hielten und nur darauf warteten, dass ich sie enthüllte. Ein kleiner Funke der

Hoffnung flackerte in meiner Brust. „Meinst du das wirklich? Echt? Du hast deine Meinung geändert?"

„*Du* hast meine Meinung geändert", korrigierte er mich und hauchte einen weiteren Kuss auf meine Lippen. Ich seufzte leicht und schwankte ihm entgegen. Ich genoss das Gefühl seiner starken Arme, die an meinem Rücken entlangglitten, mich näher an ihn heranzogen, näher an die Quelle all dieser Feuer, die er in mir entzündet hatte.

„Alex", murmelte ich und nahm seinen Kuss in mich auf. Er war heiß und temperamentvoll und hatte so viel Süße in sich, dass ich fast auf die Knie sank.

„Alex", sagte ich wieder, unfähig, meinen Atem zu beruhigen. „Willst du …"

„Ja", sagte er und zog meine Hüften nach vorn und rieb sie an seinen Lenden. Er wollte. „Aber nicht jetzt, nicht mit so vielen ungeklärten Dingen zwischen uns." Er beugte sich vor und küsste den Einwand fort, den ich gerade machen wollte. „Wir sprechen später darüber, mein Herz."

Mit einer kleinen Drehung seines Handgelenks hatte er meine Tür aufgeschlossen und hielt sie für mich auf. Ich ging an ihm vorbei und schaltete das Licht an. Ich drehte mich zu ihm um. „Bin ich das?"

Eine kastanienbraune Augenbraue hob sich einen Viertelzentimeter. „Bist du was?"

„Dein Herz."

Ich stand ganz still, während er mich mit diesen unergründlichen Augen ansah, und seufzte vor Erleichterung, als er eine Hand in mein Haar schob und mich hielt, während er mich wild küsste. Der Kuss nahm mir nicht nur den Atem, sondern brachte auch meine Knie zum Wackeln und kribbelte in meinem Bauch. Als er mich losließ, schnappte ich nach Luft und er lächelte ein selbstgefälliges Lächeln von vollkommener, männlicher Zufriedenheit.

„Gute Nacht, Alix.“

„Gütiger Himmel!“, keuchte ich und klammerte mich an die Tür, um im Nachgang dieses Kusses nicht umzufallen.

Sein Grinsen wurde noch selbstgefälliger. Ich schloss die Tür, glitt auf den Boden und fächelte mir Luft zu. Ich fragte mich, was zur Hölle ich getan hatte.

Kapitel Sieben

„Du bist mein, Weib!", knurrte Lord Raoul, zog Rowena an seine männliche Brust und zerriss ihr güldenes Kleid. „Alles an dir, du gehörst ganz mir! Von deinem lohfarbenen Schopf bis zu deinen rosafarbenen Brüstelein und zu deinen zehn leckeren kleinen Zehen. Mein, mein, mein!"
„Oh, Raooooooul!", seufzte Rowena, der Ohnmacht nahe.

„Brüstelein? Was sind Brüstelein?"
Ich seufzte schwer und hätte meine Augen verdreht, aber so wie sie sich anfühlten, war ich nicht ganz sicher, ob sie nicht direkt aus meinem Kopf heraus und über den hässlichen Teppich rollen und Flusen und wer weiß was noch aufnehmen würden. Wenn ich so darüber nachdachte, fühlten meine Augen sich bereits ein bisschen fusselig an. „Es ist ein dummes Wort, Mom. Es ist Raouls Art, ihr zu zeigen, dass er mit ihr spielt. Ein Liebeswort, weißt du, diese törichte Art zu reden, die Liebende eben haben." Zumindest dachte ich, dass sie verstand – ich wollte nicht zu sehr in das Liebesleben meiner Mutter vordringen. Es gab einfach Dinge, die besser im Verborgenen blieben.

„Das finde ich nicht gut. Es ergibt keinen Sinn. Was sagt diese Agentin, die du gefunden hast, zu Brüstelein?

Sagt sie überhaupt irgendetwas dazu? Steht das überhaupt im Wörterbuch? Wenn es nicht im Wörterbuch steht, wird kein Verlag es veröffentlichen. Du musst dich an die Wörter halten, die im Wörterbuch stehen, Alix."

„Mom, du weißt doch, dass es hier erst zwanzig nach sechs morgens ist, oder?" Ich sprach ganz leise und hoffte, das Pochen in meinem Schädel würde nachlassen, wenn ich nichts außer meinen Lippen bewegte.

„Natürlich weiß ich das. Deshalb habe ich mit meinem Anruf bis jetzt gewartet und ich muss schon sagen, dass ich diesen schnippischen Ton nicht schätze. Das hier ist ein teures Telefongespräch und ich erwarte von dir, dass du meine Zeit nicht mit dummem Zeug wie Brüstelein und so was verschwendest. Warum klingst du so komisch? Bist du krank?"

Ich presste zwei Fingerknöchel an meine Schläfe und dachte an diese antiken Kulturen, die glaubten, dass man Löcher in den Schädel bohren müsste, um die bösen Geister herauszulassen. In diesem Augenblick hätte ich viel Geld bezahlt, wenn mir jemand ein paar Fluchtlöcher in meinen Kopf gebohrt hätte. „Nein, mir geht's gut. Ich bin nur müde."

„Gut. Wie weit bist du mit dem Manuskript?"

„Fast fertig." Ich gähnte und versuchte erfolglos, es zu unterdrücken. Behutsam berührte ich meine Zunge. Sie fühlte sich an, als wäre sie in Wachs getaucht worden. In pelziges Wachs. „Ich werde den Teil, mit dem ich fertig bin, meiner Agentin geben, damit sie anfangen kann, ihn zu editieren."

„Ich wünschte, du hättest mir das gesagt, bevor du dein Geld ausgegeben hast", ärgerte sich meine Mutter.

Ich krallte meine Zehen in die Matratze und fragte mich, wie ich ihr jemals erzählen sollte, dass ich mein Flugticket storniert hatte, um Geld für das Editieren zu haben. „Ich hätte diese Agentin gern überprüft, bevor du sie bezahlt hast. Du sagtest, sie hat ein richtiges Büro und nicht nur einen angemieteten Raum?"

„Sie hat ein richtiges Büro, Mom. Mit ihrem Namen auf dem Türschild und so. Wenn das alles war, was du wolltest – ich muss jetzt wirklich gehen."

„Gehen?" Der scharfe Ton in der Stimme meiner Mutter hörte sich an wie immer – wie Fingernägel auf einer Tafel. Ich schreckte zusammen und hielt den Telefonhörer von mir fort. „Wo in Gottes Namen kannst du denn um sechs Uhr morgens *hingehen* wollen? Du verkehrst nicht mit unpassenden Leuten, oder?"

„Nein, Mutter", seufzte ich.

„Ich hoffe, du bist nicht dumm genug, deine wertvolle Zeit zu verschwenden, indem du Männern nachjagst, während du schreiben solltest."

Ich sagte im Geiste die Worte, von denen ich wusste, dass sie nun kommen würden, gerade als sie sie sagte. „Ich habe nicht mein hart verdientes Geld ausgegeben, damit du deine Zeit verschwenden kannst."

Ich streckte mich und brachte genug Mut auf, um den Vorhang ein Stück zur Seite zu ziehen und ein wenig frische Luft hereinzulassen. Unglücklicherweise kam auch Sonnenlicht herein. Verflixt und zugenäht! Ich schloss meine Augen und betete um meinen augenblicklichen Tod. „Ich bin nicht auf der Suche nach einem Freund, Mom. Ich schreibe. Keine Sorge, ich werde dieses Buch verkaufsfertig haben, wenn ich wieder nach Hause komme."

Ich musste. Die Zukunft, die mich erwartete, wenn ich es nicht schaffte, war zu furchtbar, um sie mir auszumalen.

„Ich will es hoffen.“

„Mom, ich muss jetzt wirklich los ... und zwar ins Bad und nicht hinaus. Also, wenn es weiter nichts gibt, sage ich bis bald.“

Es vergingen noch weitere fünf Minuten, in denen ich meiner Mutter zuhörte. Sie wechselte von Warnungen, mein Geld zu sparen und nirgendwo allein hinzugehen, zu ihren Vorhersagen von Düsternis und Verderben in Zusammenhang mit meiner Agentin, meinem Buch, meiner Zukunft und eigentlich mit meinem Leben im Allgemeinen. Schließlich sagte ich ihr, dass ich gleich ins Bett pinkeln würde, und schaffte es aufzulegen, ohne sie zu sehr zu verärgern.

„Neunundzwanzig Jahre, und ich hatte immer noch Angst, meiner Mutter die Meinung zu sagen“, grummelte ich vor mich hin, als ich barfuß in mein kleines Bad stolperte. Das Grummeln zog sich über die nächsten Stunden hin. Ich nahm ein paar Paracetamol gegen meine Mörderkopfschmerzen, duschte, zog mich an, nahm eine weitere Paracetamol, räumte die Küche auf und vermied es, irgendwelche Nahrungsmittel direkt anzusehen. Dann sah ich die Paracetamolpackung an und entschied, dass ich meine Nieren weniger brauchte, als die Fähigkeit, ohne Schmerzen zu blinzeln, und nahm noch ein paar von den Schmerzkillern. Darauf folgte eine halbe Stunde Yoga, die ich hauptsächlich in der Position plattgefahrenes Tier verbrachte – das heißt, ich lag lang auf dem Boden ausgestreckt und atmete sehr, sehr vorsichtig (Stöhnen beim Einatmen, Ächzen beim Ausatmen).

Als es auf neun Uhr zuging, fühlte ich mich weniger wie ein Klingone, der einen schlechten Tag hat, und mehr wie jemand, der den Tag in Begleitung zweier hübscher Männer in einem Schloss verbringen würde. Ich schnappte mir meine Handtasche und mein Notizbuch und drehte mich zweimal vor dem kleinen Spiegel, um sicherzugehen, dass mein schickes, retromäßiges, schwarz-weiß gepunktetes Fünfzigerjahrekleid nicht hinten in meiner Unterwäsche steckte, und machte mich auf, um Karl zu treffen.

„Ein wunderschöner Morgen, nicht wahr?“, rief ich zu Ray hinüber, als ich die Treppe hinunterging. Ich rückte einen Strohhut auf meinem Kopf zurecht, den ich am vorigen Tag in einem Laden um die Ecke gefunden hatte. „Ich werde mir jetzt Windsor Castle ansehen. Soll ich die Queen von dir grüßen?“

„Urgh.“

Das Geräusch war eine Mischung aus einer Katze, die einen Fellball hochwürgte, und einem Todesröcheln.

„Ray, ist alles in Ordnung? Hast du ein Problem mit deinem Schlüssel, oder lauschst du an der Tür? Holz leitet Geräusche nicht gut.“

Schweigen war die Antwort auf meinen munteren Versuch, lustig zu sein. Ich hielt an und sah genauer hin. „Ray?“

„Mwah.“

„Ah“, sagte ich und hüpfte ein paar Stufen zurück hinauf. Ray klebte an der Tür und versuchte erfolglos, die Klinke zu greifen. Dabei hielt sie einen kleinen Karton mit Milch an ihre Brust gedrückt.

„Ich kenne dieses Geräusch, ich habe es vorhin selbst gemacht. Vor dem Paracetamol. Ray, Süße, ich helfe dir, die Tür zu öffnen, wenn du dich davon lösen kannst. So machen wir es, jetzt gib mir einfach den Schlüssel ... Gott, du siehst furchtbar aus!"

Ray hatte ein khakifarbenes T-Shirt und dazu passende Shorts an, was an und für sich in Ordnung gewesen wäre, wenn ihre Haut nicht dieselbe Farbe gehabt hätte. Ich zögerte, unter die riesige schwarze Sonnenbrille zu schauen, die sie trug. Aber diese grauenhafte Neugier, die Menschen dazu bringt, zu Unfällen hinzusehen, zwang mich, einen Blick zu riskieren.

„Oooh, gar nicht gut. Komm, wir bringen dich rein. Ich hoffe, Bert geht es besser. Der Schlüssel?"

„Nnnng."

Arme Ray. Ich kratzte leicht an der Tür und übergab Ray an Bert, als diese öffnete.

„Ich hatte mich schon gefragt, wo sie hingegangen ist", sagte Bert mit einem mitleidigen Lächeln. „Danke, Alix. Das ist ein bezauberndes Kleid – ist das neu?"

Ich drehte mich um mich selbst und posierte für sie. „Es ist mein Fünfzigerjahrekleid. Es ist toll, oder? Ich fahre heute nach Windsor und sehe mir das Schloss an. Mit Karl, einem Freund von Isabella. Der, den sie für den perfekten Mann für mich hielt."

„Sehr schön", sagte sie und bugsierte Ray in einen Sessel. „Sicher werdet ihr einen tollen Tag haben."

Ich drehte mich um und wollte gerade die restlichen Stufen hinuntergehen, als Bert mir hinterherrief. „Oh, Alix, war letzte Nacht alles in Ordnung?"

„Letzte Nacht? Oh, du meinst, mit Alex? Alles schick. Er kommt mit uns nach Windsor."

Bert nahm Ray den Karton mit Milch aus ihren steifen Fingern und schaute mich an, wie ich im Türrahmen stand. „Mit euch? Er geht mit dir und Karl mit?"

„Jep. Das wird lustig. Karl hat einen Abschluss in Geschichte, also gehe ich davon aus, dass er ganz schön viel über alles weiß, wir werden sehen." Ich winkte den beiden zum Abschied zu und verschwand durch die Tür.

Eine vertraute Ledertasche stand auf den Stufen vor der Haustür. Ein noch vertrauterer Mann stand daneben, an das Treppengeländer gelehnt und mit einem verärgerten Ausdruck im Gesicht.

„Alex!"

Er drehte sich um und nickte mir steif zu. „Guten Morgen."

Ich grinste und sprang die letzten Stufen hinunter. „Herrje, so förmlich, und das, obwohl du doch ..." Mein Grinsen wurde leicht anzüglich, und ich zog meine Augenbrauen hoch. „... gestern Nacht so gar nicht förmlich gewesen bist. Was hast du in deiner Tasche? Mittagessen? Champagner? Etwas Ungezogenes?"

Seine Wangen wurden rot. „Ich würde es vorziehen, zu vergessen, was letzte Nacht passiert ist. Ich nehme an, du, Bertrice und Ray wollt das ebenfalls."

Nun errötete ich selbst ein wenig, als er mich von oben herab ansah. „Ich habe mich entschuldigt, Alex, und falls du dich dann irgendwie besser fühlst, ich hatte einen Höllenkater heute morgen. Also sei nicht so schnippisch wegen der Geschichte. Heute ist ein schöner Tag und zum ersten Mal hast du keinen Anzug an. Ich mag den Leinenlook an dir, solltest du öfter tragen. Und wir werden eine wunderbare Zeit haben. Also, warum hörst du nicht auf, wie ein geprügeltes Hündchen zu gucken, und zeigst mir, was du in deiner Tasche hast? Sandwiches? Gebratenes Hühnchen? Brot und Käse?"

Er blickte finster. „Meinen Laptop."

„Hä?" Mein entschlossenes Lächeln verlor an Strahlkraft. „Du nimmst deinen Laptop mit? Nach Windsor? Warum das?"

„Ich habe Arbeit zu erledigen."

„Aber das kannst du nicht! Es ist Samstag! Wir fahren in ein Schloss! Du kannst in einem Schloss nicht an deinem Laptop arbeiten! Das ist gegen sämtliche Naturgesetze!"

„Nichtsdestotrotz habe ich Berichte zu schreiben, die ich am Montagmorgen fertig haben muss. Ich habe letzte Nacht versucht, dir beizubringen, dass ich den Tag nicht mit albernem Kram verbringen kann. Aber du hast darauf bestanden, dass ich mitkomme." Er starrte mich an, als wäre es *mein* Fehler, dass er mitkam.

Ich starrte zurück. „Ich habe nicht darauf bestanden! Ich habe gesagt, dass es in Ordnung ist, wenn du nicht mitkommst, dass ich es verstehe, wenn du den Tag nicht mit mir verbringen willst. Übrigens ist mein Herz dabei zum zweiten Mal gebrochen. Nicht dass ich dumm genug wäre, dir noch einmal die Gelegenheit dazu zu geben, Detective Inspector Knackarsch. Aber *du* hast deine Meinung geändert. Du wolltest mit uns kommen!"

Alex winkte ab, kniff seine Augen zusammen und schob sein Kinn vor. „Dein Herz gebrochen? Ich habe dein Herz nicht gebrochen! Du hast gar kein Herz zum

Brechen, du hast nur eine ..." Er wedelte mit der Hand in Richtung meines Unterleibs.

„Oh!" Ich fühlte die Wut in mir aufsteigen. Ich drehte mich zu ihm um, sodass wir uns direkt gegenüberstanden. „Wag es nicht zu behaupten, ich hätte kein Herz! Ich weiß, dass ich eines habe, weil du es gebrochen hast, als du mich aus deiner Wohnung geworfen hast." Ich dachte ein paar Sekunden nach. „Zweimal! Du hast mich zweimal rausgeworfen! Du bist derjenige ohne Herz! Und, was noch schlimmer ist, du hast nicht mal ..." Ich machte eine Geste in Richtung seines Schritts und imitierte ziemlich gut seinen verächtlichen Blick, den er mir gerade zugeworfen hatte.

„Ich habe verdammt noch mal sehr wohl einen ...", blaffte er und deutete auf seinen Hosenschlitz. „Und es muss ein verdammt Guter sein, da du ja gerade erst vor zwei Nächten darum gebettelt hast!"

Mein Kiefer klappte herunter angesichts der Dreistigkeit dieses Mannes. „Gebettelt? *Gebettelt*?"

Er verschränkte die Arme vor seiner Brust. „Gebettelt. Ich erinnere mich, dass du mir alles Mögliche versprochen hast, wenn ich dir geben würde, was du wolltest."

Das stimmte wohl, aber ich dachte nicht daran, es zuzugeben. „Nun, du wolltest es auch, Mr. Ich-empfange-die-Leute-nackt-an-meiner-Tür-mit-gereckter-Lanze!"

Das überraschte ihn. „Mit was?"

„Gereckter Lanze. Liest du keine Mittelalterromane? Du solltest ein bisschen Roberta Gellis lesen. Du würdest sie mögen – sie schreibt über alle Sorten von dickköpfigen, idiotischen Alphamännern, die mit Sicherheit mit dir verwandt sind."

„Ich habe nicht die Absicht, irgendetwas zu lesen, das
…“

„Natürlich hatten diese Männer Sex mit Frauen und machten sie nicht nur heiß, um sie dann rauszuschmeißen, wenn es ein bisschen zu heiß wurde.“

„Ich habe noch nie in meinem Leben eine Frau heiß gemacht …“

„Weißt du, wie man eine Frau nennt, die so was macht? Eine Schlampe. Weißt du was? Dann bist du eine Krampe!“

„Alix …“

„Es ist nicht so, dass ich dich zu Boden gerungen und dir die Kleider vom Leib gerissen habe, weißt du. Du warst warst ganz dicht bei mir, keuchend und schnaufend und knabbernd und küssend. Und du hast all diese Dinge getan, die darauf hindeuteten, dass der Hengst nicht nur an der Tür gewartet hat, sondern bereit war für einen langen und harten Galopp!“

„Alix …“

„Wag es nicht, *mich* eine Schlampe zu nennen! Du hast mir schnell genug mein Kleid ausgezogen, und du warst es, der sich bemüht hat, sich an meinem gesamten Körper zu reiben, während er mir die Unterwäsche ausgezogen hat, langsam, Zentimeter für Zentimeter!“

„ALIX!“, brüllte er.

„Was?“, brüllte ich zurück, die Hände in die Hüften gestemmt und mein Gesicht ihm zugewandt.

„Dein Freund ist hier.“

„Er ist nicht mein Freund! Du bist mein Freund!“ Ich boxte ihn gegen die Brust und zuckte zusammen, als mir klar wurde, was ich gerade gesagt hatte. Ich schloss für eine Sekunde meine Augen, nahm einen tiefen

Atemzug und blickte über meine Schulter. „Oh, hi Karl. Du erinnerst dich an Alex, oder? Ich habe ihn eingeladen, heute mit uns zu kommen. Ich hoffe, du hast nichts dagegen. Ist es nicht ein wundervoller Tag?“

Karl schürzte seine Lippen und sah nachdenklich drein.

Die Fahrt nach Windsor war zum größten Teil sehr angenehm. Karl wusste wirklich viel über Geschichte, und er zeigte uns alle möglichen Sehenswürdigkeiten Londons, und auch auf dem Weg in das nette Städtchen Windsor, in dem das berühmte Schloss stand. Was ich Karl zugute halten musste, er hatte sich schnell von der peinlichen Szene vor unserem Haus erholt – was ich von Alex nicht gerade behaupten konnte.

„Du musst Alex entschuldigen“, sagte ich, kurz nachdem wir aufgebrochen waren. „Er ist heute ziemlich angepisst. Er fühlt sich schuldig, weil er mein Herz gebrochen hat – zweimal bereits – und es nicht zugeben will.“

„Hör auf, mir Worte in den Mund zu legen“, knurrte Alex vom Rücksitz von Karls Honda. Das leichte Klicken von Laptoptasten bestätigte meinen Verdacht, dass er dort hinten am Arbeiten war.

„Ein sehr interessanter Ort, den du gleich sehen wirst, ist Runnymede“, sagte Karl und ignorierte Alex’ Zankerei. „Gleich da vorn links. Du weißt über Runnymede Bescheid, oder, Alix? Dort hat King John im Jahre 1215 die Magna Carta unterzeichnet.“

„Die Magna Carta. Faszinierend“, sagte ich und sah zum Fenster hinaus auf eine Parklandschaft, die nicht anders aussah als jede andere Parklandschaft. Dann drehte ich mich um, um Alex einen bösen Blick zuzuwerfen. „Ich lege dir keine Worte in den Mund, ich erkläre Karl nur, warum du so eine Landplage bist. Er ist ein bisschen kleinlich", vertraute ich Karl an. „Hast du je von einem Mann gehört, der darauf besteht, sieben Tage die Woche zu arbeiten?"

„Mmm. Du weißt sicher, dass die Magna Carta die Grundlage für unsere Verfassung ist. Tatsächlich hat die amerikanische Anwaltskammer zur Erinnerung daran 1957 hier ein Denkmal errichtet."

„Ich bin nicht kleinlich, ich habe einfach nur einen wichtigen Bericht zu verfassen, den ich am Montag abgeben muss. Meine Arbeit verlangt nun mal, dass ich jederzeit einsatzbereit bin. Vielleicht seid ihr Amerikaner nicht mit so etwas wie einer hingebungsvollen Arbeitsauffassung vertraut, aber ich versichere dir, ich bin es."

„Oh, lass uns mit nationalistischen Verunglimpfungen um uns werfen, ja? Dann versuchs hiermit, Mr. Kein-Sex-bitte-wir-sind-Engländer. Ich war mit einem Workaholic verheiratet, der jeden einzelnen verdammten Augenblick an ‚wichtigen‘ Projekten gearbeitet hat. Und ich kann dir aus Erfahrung sagen, dass der einzige Grund, warum Leute wie du den ganzen Tag, jeden Tag, mit Arbeit verbringen – weil sie nämlich sonst nichts haben in ihrem Leben."

„Dort am Hang ist auch ein Royal Air Force-Kriegsdenkmal, und das John F. Kennedy-Denkmal."

Ein Schweigen, das schwer war von unausgesprochener Wut, wallte vom Rücksitz nach vorn, letztendlich gefolgt von einem tiefen Ausruf. „Ich bin hier. Was willst du noch von mir?"

„Die meisten Menschen wissen das nicht, aber die Queen hat den Grund, auf dem das Kennedy-Denkmal steht, 1965 den Vereinigten Staaten geschenkt."

„Eine zweifelhafte Ehre", fauchte ich Alex an und drehte mich nach vorn, um aus dem Fenster die vorbeiziehende Landschaft anzuschauen.

„Findest du? Ich finde, es war eine sehr großzügige Geste."

Ich starrte Karl an. „Was? Was war eine großzügige Geste?"

Sein Blick schoss zum Rückspiegel. Ohne Zweifel bemerkte er Alex' kindisches Benehmen. Ich zuckte meine Schultern. Ich würde sicher keine weiteren Entschuldigungen für die Unhöflichkeit dieses Mannes vorbringen, der auf eine Sightseeingtour mitgekommen war und nun alle Sehenswürdigkeiten ignorierte.

„Es ist nicht wichtig, Alix. Und da vorne ist …"

Ich drehte mich um, um Alex ein letztes Mal böse anzustarren. Er ignorierte mich. Seine Finger flogen über die schwarzen Tasten seines Laptops, und er sah stirnrunzelnd auf den Bildschirm. „Du bist so ein Blödmann! Du verpasst all die schönen historischen Sachen, wenn du deine Nase den ganzen Tag im Laptop vergräbst."

„… Eton, berühmt für das Eton College, auf dem Generationen von Gentlemen, Royals und Politikern ausgebildet wurden. Wenn du über gut ausgebildete Gentlemen des frühen neunzehnten Jahrhunderts schreiben willst, musst du in Eton nachsehen. Viele aus der Oberschicht sind dorthin geschickt worden."

Alex sah nicht zu mir auf, schielte noch nicht einmal in meine Richtung, um anzuerkennen, dass ich mit ihm sprach. Aber sein Kiefer machte eine kleine Bewegung, die nach Zähneknirschen aussah. Ich lächelte und schenkte meine Aufmerksamkeit wieder der Gegend, durch die wir fuhren.

„Das sieht sehr hübsch aus", sagte ich zu Karl, als wir durch einen malerischen kleinen Ort fuhren. „Ich kann es kaum abwarten, dass wir nach Windsor kommen und uns die historischen Stätten anschauen können. Ich liebe Geschichte, weißt du. Und weil ich vorhabe, viele historische Romane zu schreiben, ist dieser Ausflug eine ideale Gelegenheit für mich, ein wenig Recherche zu betreiben. Also erzähl mir bitte alles, was du für interessant hältst. Ich möchte nichts verpassen, egal, wie viele Spaßbremsen wir dabei haben."

„Ich bin keine Spaßbremse", tönte es deutlich vom Rücksitz. Ich ignorierte ihn genauso, wie er mich ignoriert hatte.

„Nun, Karl, kannst du mir irgendetwas über diese Gegend erzählen? Sie sieht alt aus. Gibt es hier irgendetwas Interessantes?"

Karl bedachte mich mit einem kurzen, stählernen Blick und wandte sich dann wieder der Straße zu. „Ähm, nein. Wir sind fast in Windsor. Ich suche nur einen Parkplatz, dann können wir erst einmal zum Schloss laufen, wenn du möchtest, und uns danach den Ort ansehen."

„Das klingt fantastisch", stimmte ich zu und lehnte mich an das Fenster, bis ich Alex im Rückspiegel beobachten konnte. Er starrte meinen Hinterkopf an. „Klingt es nicht fantastisch, Alex?"

Er schaute zurück auf seinen Laptop. „Ich bin sicher, ihr werdet euch amüsieren. Ich warte auf euch im Fort and Firkin."

Ich drehte meinen Kopf herum, um ihn anzusehen. „Im was?“

„Das ist ein Pub“, sagte er, ohne aufzusehen.

„Hier sind wir im historischen Windsor. Alix, zu deiner Linken siehst du St. George's Gate und die Südostseite des Schlosses. Wir parken hier, schauen uns das Schloss an und spazieren hinterher durch den Ort.“

Ich verharrte einen Moment in ehrfürchtigem Staunen, als ich in die Richtung blickte, in die Karl zeigte. Das Tor war ein großer, zweistöckiger Bogen, der an der rechten Seite von zwei enormen runden Türmen überragt wurde, an die sich weiter hinten ein Block rechteckiger Türme anschloss. Jeder von ihnen hatte eine Fassade aus dicht gesetzten Steinen und Schießscharten und wunderschönen Bogenfenstern. Ich war im Himmel. „Wow, das ist wirklich fantastisch! Es sieht genau wie ein richtiges Schloss aus!“

Karl gluckste, als er in eine Parklücke huschte. „Das sollte es auch. Windsor Castle steht seit neunhundert Jahren.“

Der Anblick des Schlosses fegte alle Gedanken an Alex' frustrierende Weigerung, sich uns anzuschließen, aus meinem Kopf. Bis er etwas über ein späteres Wiedersehen murmelte und vom Parkplatz wegmarschierte, seine Tasche über eine Schulter geschlungen.

„Hey! Warte nur einen Moment, Mister. Wo gehst du hin?“

Alex ignorierte mein Gebrüll und ging weiter. Ich sah hinüber zum Schlosseingang. Eine Menschenschlange stand davor und wartete. „Du stellst dich an, Karl, und ich schnappe mir Detective Spielverderber. Ich brauche keine Minute.“

„Alix, wenn er nicht mit uns mitkommen möchte ...“

Ich wischte seinen Einwand beiseite und lief hinter Alex her. Ein Stück vor ihm war eine Gruppe von ungefähr zwanzig Touristen, die hinter einer Frau in einem schicken blauen Blazer mit dem aufgestickten Namen eines Ausflugsunternehmens auf der Brust her auf uns zukamen.

„Gott verfluche den Mann mit seinen langen Beinen“, ärgerte ich mich und lief hinter ihm her. Dann drehte ich mich zu Karl um. „Natürlich will er mit uns kommen. Er ist nur wieder schwierig. Männer machen so was dauernd. Du kaufst die Tickets und wir sind gleich wieder bei dir.“ Ich drehte mich zurück und nahm meine Verfolgung wieder auf. „Alex, verdammt, hör auf zu schmollen!“

Zwanzig Meter vor mir hielt er an. Seine Schultern sanken ein Stück herab, als ich zu ihm aufschloss. Die Reiseleiterin hielt vor einem schwarzen Metallzaun ein paar Meter weiter und rief ihre Nachzügler zusammen. Ich ignorierte sie und bereitete mich auf ein wenig Katzbuckeln vor.

„Komm schon, ich weiß, du bist schlecht gelaunt, aber schau dir das doch mal an!“ Ich gestikulierte mit meiner Hand hinter uns in Richtung der überwältigenden Aussicht, die alles beherrschte. Einige von den Touristen machten Fotos, während sie auf den Rest der Gruppe warteten. „Schau, Alex, es ist Windsor Castle! Es ist neunhundert Jahre alt! Es *trieft* förmlich vor Geschichte! Das kannst du dir nicht entgehen lassen!“

Er wirbelte herum und sah mich an, eine weitere Zurückweisung auf seinen Lippen. Ich legte eine Hand auf seinen Arm und drückte ein wenig. Ich versuchte, die

Worte aufzuhalten, bevor er sie aussprach, und ignorierte dabei so gut ich konnte den gewaltigen Lustschauer, der mich durchfuhr, als ich seinen Bizeps unter dem dünnen Stoff fühlte. „Alex, bitte geh jetzt nicht schlecht gelaunt weg. Du wirst später noch Zeit zum Arbeiten haben, ich verspreche es. Es wäre eine Schande, Windsor zu verpassen.“

Er blickte mir fest in die Augen. Seine leuchteten wie in Smaragde gefasste Onyxe, aber sein Gesicht blieb regungslos, seine Kiefer aufeinandergebissen. Da wusste ich mit Sicherheit, dass er es ablehnen würde, mit mir zu kommen.

„Bitte“, flüsterte ich und lehnte mich näher zu ihm in der Hoffnung, er würde verstehen, wie sehr ich Zeit mit ihm verbringen wollte. „Es wird nicht dasselbe sein, wenn du nicht mitkommst.“

Er sah hinüber zu den Touristen, von denen einige uns interessiert zusahen. Die Muskeln unter meiner Hand spannten sich an, als er versuchte, mir seinen Arm zu entwinden, aber ich hielt ihn fest. „Du machst eine Szene, Alix. Auch wenn es dich offenbar nicht stört, bin ich nicht gerade an öffentliche Zurschaustellung gewöhnt.“

Ich ließ es nicht zu, dass er mich mit unwichtigen Dingen vom Thema ablenkte. Ich ging einen Schritt auf ihn zu, bis meine Brüste sein blassgrünes T-Shirt berührten. „Bitte, Alex.“

„Karl kennt sich sehr gut aus. Du wirst deinen Windsorbesuch mit ihm sicher genießen.“ Er sah mir immer noch in die Augen. Ich legte jedes Stückchen Gefühl in meine Augen, das ich auftreiben konnte, und hoffte, er wäre in der Lage, meine Aufrichtigkeit zu erkennen.

„Ja, er weiß viel", sagte ich zustimmend. „Er ist auch sehr klug und ein netter Mann, und ich mag ihn, aber Alex – er ist nicht du. Ich möchte ..." Mein Atem stockte und mir wurde klar, dass ich mich entgegen meiner früheren Behauptung wieder verletzlich machte und ihm eine weitere Gelegenheit bot, mein Herz zu brechen. Ich konnte es nicht ändern, ich musste es sagen. Ich wünschte nur, da wäre keine Horde Touristen, die uns beobachteten. „Ich möchte *dich*."

„Was hat sie gesagt?", fragte eine sanfte Stimme mit deutschem Akzent.

„Sie sagte, sie will ihn."

„Wer will was?" Eine dritte, englische Stimme sprach. Ich hielt meinen Blick auf Alex gerichtet und ließ nicht zu, dass wir gestört wurden oder dass er sich von mir entfernte.

„Diese Frau will diesen Mann", sagte die zweite Touristin, ebenfalls eine Frau mit deutschem Akzent, zu ihren Begleitern.

Aus dem Augenwinkel heraus sah ich eine mittelalte Frau mit blassblondem Haar eine Kamera heben und ein Foto von Alex und mir machen. Ich hoffte, dass sein peripheres Sehen nicht so gut war wie meines.

„Ah. Sie müssen Liebende sein", sagte die erste Frau.

Alex presste bei ihren Worten wieder seine Kiefer aufeinander. Ich zog ihn von den Touristen weg, zurück zum Eingang von Windsor Castle. Doch nach ein paar Metern hielt er an und drehte mich zu ihm herum. Ich hob eine Hand, um seinen Einwand vorwegzunehmen.

„Ich habe gemeint, was ich gesagt habe, Alex. Es tut mir leid, wenn du denkst, ich würde eine Szene machen, aber ich dachte, du würdest gern wissen, was ich fühle. Ich dachte, es wäre wichtig. Ich möchte nur, dass du weißt, wie sehr ich bei dir sein möchte."

Seine Augen hatten sich verdunkelt. Die kleinen schwarzen Wellen, die von seinen Pupillen ausgingen, schienen das sie umgebende Grün zu absorbieren. „Weißt du, was du da sagst? Verstehst du, was es ist ist, worum du mich da bittest?"

Das tat ich nicht. Nicht wirklich. Ich wusste nichts, außer dass ich mir verzweifelt wünschte, bei ihm zu sein. In einer dunklen Ecke meines Verstands war mir klar, dass ich ihn niemals zurückbekommen würde, wenn ich ihn jetzt gehen ließ. Meine Finger schlossen sich fester um den dünnen Stoff seines Ärmels. Ihn einfach nur zu berühren bewirkte, dass ich mich besser fühlte, vollkommener. „Ja, das tue ich. In Bezug auf beide Fragen. Ich verstehe."

Alex schüttelte den Kopf und seine Augen wurden noch dunkler. Mein Herz stürzte zu Boden. Er würde mich schon wieder sitzenlassen. Ich glaubte nicht, dass ich das verkraften würde. Nicht drei Mal, nicht von dem Mann, den ich so sehr wollte, dass er längst ein Teil von mir geworden war.

„Ich glaube nicht, dass du das verstehst."

Mein Atem setzte aus, mein Herz setzte aus, die *Welt* setzte aus, als ich in seine Augen sah, bereit für den Gnadenstoß. Er beugte sich vor, bis ich seinen Atem auf meinem Gesicht spüren konnte.

„Aber du wirst es."

Er zog meine Unterlippe mit seinem Daumen nach, als ich dastand und in das morgendliche Sonnenlicht blinzelte. Ich starrte ihn an, starrte in seine Augen und betete zu Gott, dass ich ihn richtig verstanden hatte.

„Alex, ich …"

Dann lächelte er. Ein richtiges Lächeln, nicht die höfliche Parodie, die er zuvor als Maske getragen hatte. Dies war ein ehrliches Lächeln, eines, das seine Augen funkeln ließ und zwei kleine Grübchen auf seine Wangen malte.

„Ah, schaut, ist das nicht schön? Der Mann küsst die Frau, die ihn will. Das ist gut, oder?"

Die Kameras klickten, als ich Alex gestattete, uns in den Mittelpunkt eines öffentlichen Spektakels zu rücken.

Wir wanderten durch alle öffentlich zugänglichen Teile von Windsor Castle – mit Ausnahme von Queen Marys Puppenhaus, das die Männer sich nicht ansehen wollten – und sahen mehr Geschichte, als ich irgendwie begreifen konnte. Es gab Burggräben, die mit großartig gestalteten Gärten gefüllt waren und nicht mit schalem, abgestandenem Wasser; Wasserspeier und Statuen an der schönen St. George's Kapelle; einen großen Rundturm, der eigentlich gar nicht wirklich rund war; und einen sehr schmucklosen Innenhof, der an die königlichen Unterkünfte grenzte. Es war eine riesige Anlage mit einem oberen, mittleren und unteren Viertel, die Meilen voneinander entfernt zu sein schienen, als wir unter der brennenden Julisonne dahinschritten. Als wir unsere Tour beendet hatten, waren wir alle ziemlich fertig und gingen zu dem Pub, den Alex fürs Mittagessen und ein paar erfrischende Getränke empfohlen hatte.

Wir drehten noch eine kurze Runde durch den Ortskern von Windsor, aber mittlerweile waren so viele Touristen dort, dass es keinen Spaß mehr machte, die Kopfsteinpflasterstraßen entlangzuspazieren (sehr authentisch, aber sehr unbequem mit hohen Absätzen).

„Es ist eine verdammte Schande", grummelte ich zu Alex und klammerte mich an ihn, als ich auf einem Bein stand, um einen Kiesel aus meiner Sandale zu schütteln. „Ich bin an einem der ältesten zivilisierten Orte in England. An einem Platz, der so geschichtsträchtig ist, dass jeder auf der Welt seinen Namen kennt. Ein Ort, der seit neunhundert Jahren der Sitz des regierenden Monarchen ist. Und was sehe ich?" Ich gestikulierte in Richtung der Straße vor uns. „Einen McDonald's, einen Starbucks und einen Pizza Hut, alle in einer Straße."

„Die Welt ist ein Dorf", sagte Karl, als er uns auf unserem Weg zum Fluss überholte, wo wir uns die Schwanenzählung ansehen wollten.

„Ich glaube nicht, dass es das ist, was die Redewendung eigentlich bedeutet, aber ich stimme dem Gefühl zu."

Alex wartete, bis ich meine Sandale wieder anhatte, und legte dann seinen Arm um meine Taille, als ob er das schon seit Jahren tun würde.

„Ein guter Zug", sagte ich sanft zu ihm und genoss sein kleines besitzergreifendes Schauspiel.

„Dachte ich mir", antwortete er mit einem winzigen Zucken seines Mundes.

Manchmal war ich vielleicht naiv, aber ich war nicht wirklich ahnungslos; es lag auf der Hand, dass etwas Wichtiges zwischen uns passiert war, als wir uns vor den Touristen geküsst hatten. Ich hatte ihn um etwas gebeten und er hatte es mir gegeben. Das änderte die ganze Natur unserer Beziehung, aber ... Nun, ich nahm an, ich war komplett ahnungslos, weil ich mir nicht wirklich darüber klar war, was ich eigentlich angeboten und er akzeptiert hatte. Allerdings verschwendete ich meine Zeit nicht damit, mir darüber Gedanken zu machen. Die Erfahrung hatte mich gelehrt, dass das Schicksal die Regeln früher oder später erklärte. Ich hoffte nur, dass das passierte, bevor ich Alex verlassen und zu Hause ein Leben ohne ihn beginnen musste.

Kapitel Acht

„Ich weiß nicht, was ich tun soll, mein Lord. Meine Mutter, Lady Ermintrude, hat mir den Kontakt zu Euch verboten, weil sie mich in eine Heirat mit dem verabscheuungswürdigen und uralten Sir Wenceslaus Lecher-ffokes zwingen will, dem Mann, der sieben Frauen geheiratet und begraben hat. Wenn meine Mutter Euch hier erwischt, in meinem Schlafgemach, während ich nur unzureichend bekleidet bin, und Ihr Eure männliche Gestalt zu Eurem großen Vorteil in nichts weiter als hautengen Lederhosen und einem weiten Leinenhemd präsentiert, das nicht zugeknöpft ist und den Blick auf solch haarige Aussichten freigibt, dass meine Jungfrauenwangen erröten ... Nun, sie würde nicht zögern, ihren Liebhaber zu rufen, Captain Montague, den Helden der Queen, Experte sowohl mit dem Schwert als auch mit den Pistolen, auf dass er Euch herausfordere zu einem Duell um meine Ehre. Und oh, mein Lord, da Ihr das letzte Duell gerade überlebt habt, könnte ich es nicht ertragen, wenn Ihr dasselbe erneut erleiden müsstet.“

„Rowena! Was macht Ihr hier? Ich dachte, dies sei Eurer Mutter Kammer!“, schrie Lord Thomas und hob die männlichen Stahlsäulen, die seine Arme waren, empor, um Rowena davon abzuhalten, sich auf ihn zu werfen.

Rowena keuchte und hielt inne, tief getroffen und bis ins Mark erschüttert von Lord Thomas'

Zurückweisung. Ihr Herz zerbrach in winzige, unendlich kleine Teile, die niemals wieder ganz sein würden. Sie warf ihre Hände an ihren Busen, atemlos und auf der Schwelle zu einer Ohnmacht, als der messerscharfe Schmerz durch ihre Seele schnitt und sie begriff, dass Lord Thomas mit ihr gespielt hatte. Er hatte sie an der Nase herumgeführt und sich einen grausamen Spaß daraus gemacht. Während all dieser Zeit hatte er nicht die Absicht gehabt, die vielen süßen Versprechungen einzuhalten, die seine trügerischen, wenngleich fein gemeißelten und extrem männlichen Lippen geflüstert hatten.

„Oh, heimtückischer Verräter!", schrie Rowena. „Oh, seelenloser Schurke, der Ihr eine unschuldige und holde Jungfrau wie mich so grausam geneckt und gequält habt! Oh, dass ich niemals mehr meinen Blick auf euren zügellosen Hengst werfen muss, der am Tor bereit steht!"

„Die Tiefe deines Feinsinns überwältigt mich", meldete Alex sich vom Rücksitz zu Wort.

„Was?", fragte ich und drehte mich um, um ihn anzusehen. Was glaubte er, wer er war, meine schöne Geschichte zu kritisieren?

„Hmmm?"

„Hör auf, diese hübsche Augenbraue hochzuziehen, Mister. Du weißt Bescheid."

Das Stirnrunzeln, das seine Braue nach oben gezogen hatte, glättete sich, und er tippte fleißig auf seiner Tastatur weiter. „Ich weiß nicht, wovon du sprichst. Ich bin unschuldig in allen Punkten der Anklage."

Ich grunzte ungläubig. „Oh, sei ruhig und mach deine Arbeit, dann können wir Hampton Court genießen. Was denkst du darüber, Karl?"

„Oh, ich? Was ich denke? Hast du mich das gefragt? Was ich denke?“

Ich nickte, obwohl ich wusste, dass er es nicht sehen würde, denn sein Blick war auf die Straße vor ihm gerichtet. Seine Lippen (nicht annährend so fein gemeißelt und männlich wie die von Alex) zogen sich nach unten.

„Um dir die Wahrheit zu sagen, Alix, ich lese diese Art von Büchern nicht. Ich bin also nicht die am besten qualifizierte Person, um dir eine Meinung dazu zu geben.“

Ich wedelte diese schäbige Ausrede fort. „Es ist egal, ob du Liebesgeschichten liest oder nicht. Was ich wissen möchte ist, ob der Text lebhaft genug ist, ob er ein Bild in deinem Kopf enstehen lässt, ob du die Personen wirklich *sehen* kannst. Jeder kann seine Meinung dazu sagen, ob er findet, der Schreibstil ist gut oder nicht.“

„Ah. Schön ...“ Karl furchte, tief in Gedanken, die Stirn. „Ah ... Oh, schau, wir sind schon in Hampton Court.“

„Wie praktisch.“

„Was soll das heißen?“ fragte ich und drehte mich um, um Alex böse anzuschauen.

„Sorry, ich kann jetzt nicht mit dir reden, ich arbeite“, sagte er, und seine Finger tanzten über die Tastatur seines Laptops.

„Hrmph.“ Ich drehte mich zurück zu Karl und sah gerade noch die Reste eines Grinsens zwischen den beiden verschwinden. Männer. Sie waren so kindisch. „Karl, ich möchte wissen, was du denkst. Und ich möchte es jetzt wissen. Ich steige nicht aus dem Auto, bis du es mir sagst.“

Er sah kurz zu mir herüber und seufzte. „Gib mir einen Moment, um einen Parkplatz zu finden."

Ich hätte schwören können, dass ich ein leises „Hinauszögern wird es auch nicht besser machen" vom Rücksitz gehört hatte. Aber als ich mich umdrehte und guckte, war Alex fleißig am Tippen.

Fünf Minuten später nagelte ich Karl fest. „Also?"

Er nahm meine rechte in seine beiden Hände. Ich beobachtete seine Lippen, während er redete, und wunderte mich, dass Karl meine Hand halten konnte, mit der einen Hand meinen Handrücken streichelte und mit der anderen meine Finger knetete, ohne auch nur das kleinste bisschen Gefühl in mir wachzurufen, bis auf das Bedürfnis, ihm zu sagen, er solle aufhören zu labern und sagen, was er zu sagen hatte. Die leiseste Berührung von Alex' Hand hingegen schickte Feuerwellen durch meinen Körper. Ich hatte in der Tat ein oder zweimal Gänsehaut in Windsor gehabt, als wir nebeneinander hergegangen waren und uns unabsichtlich berührt hatten.

„… ich denke also, dass du vielleicht ein bisschen mehr Beschreibung hineinpacken solltest."

„Hä?" Ich rief meine Gedanken dorthin, wo sie sein sollten. „Du meinst, ich brauche mehr Beschreibungen? Details, meinst du?"

„Nimm die Szene, die du uns gerade vorgelesen hast. Du beschreibst das wehende Hemd des Herrn, aber sagst nichts darüber, wo sich die beiden Personen befinden, ob es warm ist oder kalt, wie ihre Umgebung aussieht, wie sie sich gefühlt haben – vielleicht hatte einer von ihnen Zahnschmerzen oder so. Die Zahnhygiene war in dieser Zeit sehr schlecht, und die meisten

Menschen hatten sowieso einen Großteil ihrer Zähne, wenn nicht alle, verloren, als sie in ihren frühen Dreißigern waren. Also, andauernde Zahnschmerzen wären gar nicht so weit hergeholt.“

„Oh.“ Zahnschmerzen? Er wollte, dass ich Rowena schlechte Zähne gab? Keine Romanheldin hatte je schlechte Zähne gehabt! Oder Körpergeruch. Das war einfach nicht heldinnenhaft. „Beschreibungen. Okay. Ich verstehe, was du mir sagen willst. Vielleicht sollte ich etwas mehr über die Umgebung reden? Ob es regnet oder so was?“

„Genau“, sagte Karl mit offensichtlicher Erleichterung. „Und nun wartet Hampton Court auf uns, Mylady. Wenn du bitte hier entlang kommen würdest, wäre ich höchst erfreut, dich zu den königlichen Wohnungen zu begleiten.“

Ich sah nach hinten, wo Alex seinen Laptop in seine Ledertasche packte. „Wieso redest *du* nie so mit mir?“

Seine hochgezogene Augenbraue sprach Bände.

Wo Windsor Castle in seiner Größe und Stärke prächtig und beeindruckend war, war Hampton Court verführerisch und elegant. Wir stellten uns in die Reihe und machten eine Tour durch die vielen Räume, die der Öffentlichkeit zugänglich waren, einschließlich der Tudor-Küche, die mich inspiriert hatte, eine mittelalterliche Liebesgeschichte zu schreiben. In den Georgianischen Räumen fand eine Vorführung Georgianischer Tänze statt, ein bisschen früh für mein Buch, aber nichtsdestotrotz faszinierend. Inzwischen hatten wir drei Stunden damit verbracht, durch den Palast zu schlendern, und schleppten uns mehr oder weniger dahin. Aber eine Sache wollte ich unbedingt noch sehen.

„Auf geht's, meine Herren", sagte ich und ging in die Richtung, in die ein Hinweisschild deutete. „Wir müssen uns den Irrgarten ansehen. Keine Ausreden! Wir werden ein Rennen durch den Irrgarten machen."

Ich hielt an und drehte mich zu den beiden Männern um, die mir langsam und wenig begeistert folgten.

„Alix, es ist erbärmlich heiß, und wir sind heute mindestens zwölf Meilen gelaufen. Warum heben wir uns den Irrgarten nicht für einen anderen Tag auf?"

Ich schaute verstimmt drein. „Der Irrgarten ist berühmt, Karl! Berühmt! Jeder schaut ihn sich an. Ich bin nicht um die halbe Welt gereist, um den berühmten Irrgarten auszulassen! Also reißt euch zusammen und lasst uns gehen!"

Alex drehte nach links ab. „Da drüben im alten Turnierhof gibt es ein Restaurant. Wie wäre es, wenn Karl und ich dort auf dich warten, während du dir den Irrgarten ansiehst?"

Ich wollte mit dem Fuß aufstampfen, entschied aber, dass es zu bockig aussehen würde. „Ihr versteht das nicht. Es macht nur Spaß es anzusehen, wenn man es *mit* jemandem ansieht. Ich habe darüber in einem Touristenmagazin gelesen. Man muss mit jemandem eine Wette abschließen, und wer es als Erstes durch den Irrgarten schafft, hat gewonnen. Ich kann nicht gegen mich selbst antreten, also muss einer von euch mitkommen."

Alex sah Karl an. Karl sah Alex an. „Du wolltest sie, du kannst mit ihr durch das verdammte Ding rennen", sagte Karl.

Ich stand da und schaute böse, während Alex mich
musterte. Er sah verschwitzt aus und ein bisschen
grummelig, aber das war keine Entschuldigung für das,
was er jetzt sagte. „Ich hab's mir anders überlegt. Sie gehört ganz dir."

„Alex!"

„Nein, nein. Ich würde dir niemals deinen Platz strei-
tig machen wollen", sagte Karl und trat zurück. Er hatte
seine Arme vor sich ausgestreckt, als würde Alex mich
dort hineinlegen wollen. „Laut Alix bist du derjenige,
der ihr das Höschen ausgezogen hat, also gehört sie von
Rechts wegen dir."

„Hey!" Ich bedachte Karl mit meinem finstersten
Blick. Er ignorierte mich.

Alex rieb sich nachdenklich das Kinn und warf dem
Restaurant, das hinter einer hohen Hecke verborgen
war, einen sehnsüchtigen Blick zu. „Ich habe allerdings
keine Besitzansprüche auf sie erhoben. Also ist sie technisch gesehen offen für jeden, der sie will."

„ALEX!", kreischte ich und zog damit die Aufmerksamkeit einiger Touristen in der Nähe auf mich. Ich
senkte meine Stimme zu einem Zischen und schlug auf
seinen Arm. „Und ob du Besitzansprüche gestellt hast –
nicht, dass ich ein Besitztum wäre, auf das man An-
sprüche erheben kann. Aber das hast du wohl, selbst
wenn wir die Nacht nicht mitzählen, in der die Hös-
chenauszieherei stattgefunden hat. Also gibt es hier
nichts technisch zu sehen!"

Alex grinste mich an, was mich mitten in meiner
Schimpftirade unterbrach.

„Du ziehst schon wieder Blicke auf dich, Alix."

Ich sah ihn aus zusammengekniffenen Augen an. „Dafür wirst du bezahlen, Alexander Black, du wirst schon sehen."

Er lachte. Er warf tatsächlich seinen Kopf in den Nacken und lachte angesichts meiner Drohung. Aber letztendlich nahm er mich bei der Hand und ging mit mir in Richtung Irrgarten, während Karl geradewegs auf das Restaurant zusteuerte. Ich wartete, bis Alex zu lachen aufhörte, und fragte ihn, was er für unsere Irrgartenwette als Einsatz anbieten wollte.

„Es ist Tradition, dass der Verlierer dem Gewinner eine Runde im Pub ausgibt."

Während er sprach, hatte ich eine Idee. Ich dachte einen Moment darüber nach und hielt sie für durchführbar, für gut, für notwendig. Vor dem Eingang zum Irrgarten hielt ich Alex am Ärmel fest.

„Das ist eine Wette für Weicheier", sagte ich und versuchte dabei, das Strahlen der Vorfreude aus meinen Augen zu halten. *Wenn du dein Opfer fangen willst, musst du zuerst einen guten Köder in die Falle legen.* „Warum schließen wir nicht eine richtige Wette ab? Um etwas, das zählt?"

„Was schwebt dir vor?"

Tapp in die Falle, kleine Fliege. „Nun", sagte ich schleppend und sah zum Eingang des Irrgartens hinüber. Ich war immer sehr gut gewesen, wenn es darum ging, auf dem Papier den Weg durch einen Irrgarten zu finden. Und der Hampton Court-Irrgarten war nichts weiter als eine dreidimensionale Version davon. Es war fast klar, dass ich das Rennen gewinnen würde. „Ich dachte, wir könnten eigene Einsätze in den Topf werfen. Etwas, das der Verlierer machen muss. Wenn du zum Beispiel möchtest, dass ich dir eine Runde Drinks ausgebe, wenn du gewinnst – nun, dann wäre es das, was ich für dich tun würde. Wenn ich allerdings gewinne ..." Ich schloss die Augenlider halb zu einem verführerischen Blick. „... würdest du mir einen anderen Gefallen gewähren."

Seine Augen funkelten mich an. *Na los, mein Süßer, du weißt genau, dass die Neugier dich verrückt macht. Frag mich.*

„Und welchen Gefallen würdest du von mir verlangen, solltest du mich im Rennen schlagen?"

Ah, mein Liebling, all die Dinge, die ich mir für uns beide ausmale ... Ich legte einen Finger in gespielter Nachdenklichkeit an meine Lippen und strahlte ihn dann mit meinem besten Honigkuchenpferdgrinsen an. „Wenn ich gewinne, wirst du die Nacht mit mir verbringen."

Seine Augenbrauen schossen nach oben.

„Die ganze Nacht."

Seine Augen wurden dunkel.

„Nackt. In meinem Bett. Und du machst alles, was ich von dir will."

Ein langsames Lächeln bog seine üppigen Lippen. „Nun gut", nickte er. „Ich nehme deinen Einsatz an."

Ich blinzelte ihn an, verwirrt darüber, wie leicht er zugestimmt hatte. Ich hatte angenommen, ihn zwingen zu müssen, meine Forderung anzunehmen. „Oh, okay ... Das ist gut. Sollen wir gehen? Der Erste, der die Mitte erreicht, gewinnt, oder der Erste, der es in die Mitte und wieder hinaus schafft, gewinnt?"

Er legte mir eine Hand auf den Arm, um mich aufzuhalten.

„Nur noch einen Moment. Du hast mich nicht gefragt, was ich von dir will, falls ich gewinne.“

Ich grinste anzüglich. „Hat es mit eingeölter nackter Haut zu tun?“

Sein Lächeln erreichte seine Augen. „Nein. Hat es nicht.“

Ich zog eine Schnute. „Dein Problem. Was für einen Gefallen möchtest du also von mir, falls du gewinnst? Nicht, dass es wahrscheinlich wäre, dass du gewinnst. Ich bin ziemlich gut, was Irrgärten betrifft.“

Er strich mir eine Strähne meines Haares aus dem Gesicht, die an meiner feuchten Stirn geklebt hatte. „Ich glaube, ich möchte von meinem Recht Gebrauch machen, erst zu sagen, welchen Einsatz ich fordere, wenn ich gewonnen habe.“

Ich runzelte die Stirn. „Das ist nicht fair. Ich habe dir meinen Einsatz genannt, nun musst du mir deinen nennen.“

Die zwei kleinen Grübchen erschienen wieder auf seinen Wangen. „Angst zu verlieren?“

„Nein, natürlich nicht. Ich habe dir gerade gesagt, dass ich gut bin.“

„Dann gibt es nichts, worüber du dir Sorgen machen müsstest, oder?“

Nun hatte er mich. Es musste mir nicht gefallen, und vielleicht würde ich es nicht mögen. Ich hielt ihm meine Hand hin und mit einem bedeutsamen Händeschütteln besiegelten wir unsere Wette. Danach beschlossen wir, dass derjenige gewinnen würde, der es zuerst in die Mitte des Irrgartens und wieder hinaus schaffte. Ich stand einen Moment vor dem Eingang zum Irrgarten und schloss meine Augen. Ich konzentrierte meine Sinne auf die Umgebung und hoffte auf ein wenig mentale Führung. Sogar im Schatten der hohen Hecken des Irrgartens war es heiß und die Touristenmassen in der Anlage machten es unmöglich, den Duft irgendwelcher Blumen oder Pflanzen wahrzunehmen, aber ich gab mein bestes, um mit Mutter Natur zu kommunizieren.

Ich raste in vollem Tempo durch den Irrgarten, an Gruppen von Menschen vorbei, die lachend und rufend im Weg standen. Am Anfang nahm ich ein paar falsche Abzweigungen, aber dann arbeitete ich mich zur Mitte vor, zuversichtlich, dass ich meine Fehler mit meiner Geschwindigkeit wiedergutmachen konnte. Selbst wenn Alex alle Abzweigungen richtig genommen hatte – was unmöglich war – war ich immer noch schneller als er. Ich strebte zum Ausgang, sauste um Ecken, rempelte ein oder zwei Menschen an und rief Entschuldigungen über meine Schulter, während ich mir genau ausmalte, was ich mit Alex anstellen würde, wenn ich ihn in meinem Bett hatte.

Er wartete am Ausgang auf mich.

„Du ... was? ... hey, du ... geschummelt“, keuchte ich und ließ mich auf eine Bank fallen, um nicht in der Hitze zu kollabieren. Er sah ein bisschen verschwitzter aus als vorher, aber er atmete nicht einmal schwer. „Du ... warst ... gar nicht ... drin ...“

„Soll ich dir die Mitte des Irrgartens beschreiben?“, fragte er und hatte schon wieder sein Honigkuchenpferdgrinsen aufgesetzt.

„Ja“, knurrte ich. Er tat es und erwähnte auch die beiden älteren Touristen, die ich fast über den Haufen gerannt hatte. Zweimal. Verdammt, er war *wirklich* vor mir in der Mitte des Irrgartens und wieder draußen gewesen.

„In Ordnung", sagte ich schmollend und sah meinen Fantasien von einem schönen, schmutzigen Abend nach, die sich im warmen Gold der Nachmittagssonne auflösten. „Gut. Du hast gewonnen. Was willst du von mir?"

Er hielt mir seine Hand hin. Ich dachte kurz darüber nach, sie nicht zu ergreifen, aber ich hielt seine Hand einfach zu gern. Ich schmollte jedoch weiter, als er mich zu dem nahegelegenen Restaurant zog. „Ich möchte, dass du mit mir essen gehst."

Ich sah ihn an und meine Alarmglocken schrillten. „Nur essen? Mit dir? Wo?"

Er lächelte. „Ich möchte, dass du mit mir zum Essen zu einem Freund gehst. Vielleicht morgen Abend, wenn es sich einrichten lässt. Wenn nicht, dann in der nächsten Woche."

„Was für ein Freund? Jemand Komisches, den ich nicht mögen werde? Isst die vielleicht ekelhaftes Zeug wie Maden und so? Ich kann dir hier und jetzt sagen, ich esse keine Maden."

Er kicherte sein sexy Kichern, das mein Inneres zum Tanzen brachte. „Ich kann dir versichern, dass es keine Maden geben wird. Mein Freund ist ein Mann, ein Autor. Ein recht bekannter auf seinem Gebiet. Ich dachte, du würdest ihn vielleicht gern kennenlernen."

Ich blieb abrupt stehen und zog ihn an seiner Hand zu mir herum. Ein Autor? Er wollte mich einem richtigen Autor vorstellen? Ich war baff. „Alex, das ist – ich weiß nicht, was ich sagen soll. Das ist so süß von dir. Wirklich süß. Ich würde sehr gern einen richtigen

Autor kennenlernen, besonders, wenn er ein Freund von dir ist."

Unsere Blicke trafen sich und blieben aneinander kleben. Eine vertraute Hitze flammte in mir auf und zog mich einen Schritt näher zu ihm. Meine Hand bewegte sich selbstständig über seinen Bizeps zu seiner Schulter, als seine Arme sich hinter mir schlossen. Die Hitze der Sonne war lauwarm verglichen mit seinem Mund. Seine Lippen brannten mit Leidenschaft und Verlangen auf meinen. Gerade als ich meinen Mund öffnete, um ihn zu küssen, zerstörte ein hohes Kichern den Moment der Intimität.

„Ich habe noch nie zuvor eine Frau gesehen, die so ein Vergnügen an öffentlichen Szenen hat." Alex schüttelte seinen Kopf, nachdem er mich von seiner Brust geschoben hatte. Ich sah die Gruppe Mädchen böse an, die über uns kicherten, und drehte mich dann mit einem Grinsen zu Alex zurück.

„Du lernst dazu, Süßer, du lernst dazu. Ich habe berechtigte Hoffnungen, dass du vollständig zu einem Menschen werden wirst."

Eine glatte, kastanienbraune Augenbraue schoss fragend in die Höhe.

„Sehr große Hoffnungen", grinste ich.

„Wie bist du so schnell durch den Irrgarten gekommen?", fragte ich Alex eine Stunde später, als wir wieder in Karls Auto saßen und auf dem Rückweg zum Beale Square waren.

Alex drückte ein paar Tasten auf seinem Laptop und drehte ihn dann zu mir um. Ich sah die Internetseite, die angezeigt wurde.

„Du Schuft! Du hast geschummelt! Das ist nicht fair! Du kanntest den Weg!"

Er grinste, als Karl johlend auflachte. Ich sah beide böse an.

„Du hast nicht gesagt, dass ich mich nicht auf unsere Tour vorbereiten darf. Ich weiß gern, was ich mir ansehen werde, bevor ich dort bin."

„Strebermäßig", sagte ich zu Karl. Er nickte.

„Alix ..."

Ich ignorierte das warnende Knurren und unterhielt mich auf dem restlichen Rückweg fröhlich mit Karl. Der Tag war besser gewesen, als ich erwartet hatte. Alex und ich hatten eine Ebene gefunden, auf der wir uns verstanden (irgendwie zumindest, ich war noch nicht ganz sicher), und die Aussicht auf ein Treffen mit einem richtigen Autor freute mich. Und dann war da diese Nacht.

Ich hatte den Plan, Alex' Sieg anzufechten und zu fordern, dass er mir meinen Einsatz gab, den ich verdient hatte, weil ich die erste Person war, die den Irrgarten ohne zu schummeln bewältigt hatte. Als wir zu Hause waren, dankte ich Karl überschwänglich, dass er uns mitgenommen hatte, und nahm ihm das Versprechen ab, sich einen der kommenden Samstage freizunehmen, damit ich als Dank für ihn meine berühmte Killer-Lasagne kochen konnte. Als ich die Stufen zu der widerspenstigen Haustür hochtrottete, die Alex höflich für mich aufhielt, lächelte ich mein verführerischstes Lächeln und neigte meinen Kopf zur Seite.

„Könnte ich dich wohl für ein Abendessen nachher begeistern, hmm? Nur wir zwei? Ich habe ein leckeres

Rezept für Hühnchen mit Oliven, das ich zu gerne ausprobieren würde."

Alex schüttelte seinen Kopf, bevor ich meinen Satz beendet hatte. „Ich kann nicht, Alix. Ich muss den Bericht morgen früh fertig haben. Und wie es aussieht, werde ich die ganze Nacht daran arbeiten müssen, weil ich den Tag mit dir verbracht habe."

Ich polterte die Treppe hoch bis zu meiner Tür und bedachte meine Handtasche mit einem finsteren Blick, als ich in ihr nach meinem Schlüssel kramte. Ich log durch zusammengepresste Zähne. „Es ist nur ein Abendessen. Ich hatte nicht geplant, dich zu verführen, weißt du. Sogar Workaholics wie du müssen mal essen."

Alex stand so dicht hinter mir, dass ich seine Wärme spüren konnte.

„Ich wünschte, ich könnte. Aber das ist ein wichtiger Bericht. Ohne ihn können wir nicht mit der Beweisführung gegen einen Mann fortfahren, der von seinem Haus aus eine Pornografieseite im Internet betreibt."

„Nun, ich begeistere mich sicher nicht für Pornos", sagte ich und öffnete die Tür zu meiner Wohnung. Ich trat zur Seite, um der Hitzewelle von drinnen zu entgehen. „Aber ich verstehe nicht, dass ein Aufschub von ein oder zwei Stunden, in denen ich dich mit Oliven und Hähnchen in Versuchung führe, irgendeinen Schaden anrichten sollte."

„Darum geht es doch nicht."

Ich warf meine Tasche, mein Notizbuch und meinen Hut auf den Beistelltisch und drehte mich um, um ihn anzusehen. „Was ist denn Porno letztendlich? Ein bisschen Sex, für den Leute bezahlen, um ihn sich anzusehen. Ich stimme zu, dass es schäbig und geschmacklos ist, aber es verletzt doch niemanden."

Er legte beide Hände auf meine Schultern und beugte sich vor, um meine Nasenspitze zu küssen. „Dieser spezielle Mann benutzt Kinder."

Kinder? Bei dem Gedanken drehte sich mein Magen um. Ich blinzelte Alex einen Moment lang an, ließ meine Arme dann in seinen Nacken gleiten und küsste eine Stelle gleich neben seinem Mundwinkel. „Pfui. Das ist etwas anderes. Ihr müsst diesen Kerl schnappen und so schnell wie möglich hinter Gitter bringen."

Er nickte und platzierte eine Reihe federleichter Küsse auf meinem Unterkiefer.

„Okay, ich werde dich für den Abend entschuldigen, aber sobald du mit diesem Bericht fertig bist ..."

„Werde ich dich wecken", beendete er den Satz.

Er beugte sich nach vorn, küsste mich und verwandelte meine Beine in Wackelpudding. Ich schlüpfte aus seiner Umarmung und legte ihm einen Finger auf die Lippen.

„Ich denke nicht. Ich gebe dir einen Ansporn, schnell fertig zu werden."

Er küsste meinen Finger, nahm dann seine Tasche und verschwand nach oben. Ich ging in meinen kleinen heißen Ofen von einer Wohnung und schmolz dahin, aber nicht wegen des heißen Tages – es war das Versprechen in Alex' Augen, das mir das Gefühl von versengter Haut gab.

Es war schwierig, danach zu schreiben. Schuldgefühle, weil ich versucht hatte, Alex von seiner Arbeit fortzulocken, kämpften mit blanker Lust, wenn ich an all die Dinge dachte, die ich mit ihm vorhatte. Die

Schuldgefühle gewannen (wie meistens), und ich rief nicht ein halbes Dutzend Mal oben an, wie ich es gern getan hätte.

„Er ist damit beschäftigt, Pädophile zu fassen, und alles, woran du denkst, ist, wie du es ihm am besten besorgst“, schalt ich mich selbst, während ich meinen Computer startete und die aktuelle Version meines Manuskripts lud. „Arme kleine Kinder, die missbraucht und für ihr Leben gezeichnet werden. Ihre Rettung hängt von Alex ab und dein einziger Gedanke ist der, zu wie vielen Positionen des Kamasutra du ihn überreden kannst.“

Erotische Visionen von einem nackten Alex tanzten durch meinen Kopf, wie er meine Beine um seine Hüften geschlungen hatte und wir Kirtibandha (den Knoten des Ruhms) perfektionierten. Aber ich gehörte nicht zu denen, die sich vom Gedanken an ein bisschen Vergnügen ablenken ließen, wenn Arbeit erledigt werden musste.

„Ranklotzen“, sagte ich zu mir und entschied nach ein bisschen Nachdenken, dass der arme Raoul und die arme Rowena eine vollwertige Liebesszene verdienten, in der deutlich wurde, wie perfekt sie füreinander waren. Einige Stunden später, ich war gerade mitten in der Liebesszene, wurde ich von einem leisen Klopfen an meiner Tür abgelenkt. Ich tappte barfuß zur Tür und hoffte, dass es Alex war, der mich verführen wollte, obwohl ich wusste, dass es nicht sein konnte.

Ich lag wie so oft daneben.

„Störe ich dich?“ fragte Alex mit einem schelmischen Grinsen. Seine Augen waren dunkel und voller

Geheimnisse, als er da so im Türrahmen lehnte und eine Flasche Wein in der Hand hielt.

Ich fasste ihn am Arm und zog ihn herein. Ich nahm ihn in den Arm, als hätte ich es schon eine Million Mal zuvor getan. „Du störst mich immer", sagte ich dicht an seinen Lippen und brachte meine Seele zum Fliegen, indem ich ihn mit all meinem Verlangen küsste.

Er küsste mich mit demselben Verlangen zurück. Und genau das ist das Wunderbare am Küssen. Es ist nicht nur der bloße Akt, seine Lippen auf die eines anderen zu pressen. Es geht um das Teilen, das Geben und Nehmen, das wundervolle Gefühl des Einsseins, das ein wirklich inspirierender Kuss bewirkt. Und Alex war nichts, wenn nicht inspirierend. Er brachte mein Blut zum Kochen, entzündete das Feuer in mir und erfüllte mich zugleich mit Schwäche und Erregung.

„Ich denke, wir lassen es besser etwas ruhiger angehen", sagte er, als ich mich von seinen Lippen gelöst hatte. Ich nickte, schnappte ein wenig nach Luft und war einfach zu überwältigt von seiner Leidenschaft, um irgendetwas Logisches zu tun oder zu sagen.

„Ich bin vorbereitet", sagte er und zog seine Mundwinkel noch ein Stückchen höher. Er hielt die Weinflasche hoch. „Ein gutes Tröpfchen."

„Oh", sagte ich, immer noch ein bisschen verwirrt von seinem Kuss. „Wein. Schön."

„Und ich habe das hier mitgebracht." Er hielt ein kleines weißblaues Plastikpäckchen in der Hand. „Ich dachte, es sieht nach Regen aus."

„Du bist wirklich ein boshafter Mann", grinste ich. „Was ohne Zweifel der Grund dafür ist, dass ich dich so sehr mag. Aber du hättest deinen Regenmantel nicht mitbringen müssen, ich habe selbst einige. Ich bin sicher, dass darunter etwas Passendes für dich ist."

Ich versuchte tapfer, das lüsterne Grinsen zu drosseln, das um meine Lippen spielte, während Alex den Wein öffnete und ich meine Liebesszenen-Schreibmusik ausstellte (Burt Bacharach und Dusty Springfield – bringt mich jedesmal in Stimmung). Mein Versuch, eine coole Gewandtheit an den Tag zu legen, war nicht erfolgreich, aber das war kaum mein Fehler.

Jedes Mal, wenn ich mich gerade gefasst hatte, sah ich hinüber zu Alex, der mich mit glühenden Augen anschaute.

„Ich sollte wohl sagen, dass ich mir etwas Bequemeres anziehe", kicherte ich und posierte verführerisch neben der Récamiere. „Aber das hier ist tatsächlich das Bequemste, was ich habe."

Alex stellte den Wein und zwei Gläser vor der Récamiere ab, schlang einen Arm um mich und zog mich dicht an seine Brust. „Ich fand T-Shirts schon immer sehr sexy, besonders welche mit Micky Maus vorne drauf."

Kleine knabbernde Küsse über dem Halsausschnitt meines übergroßen T-Shirts folgten seinen Worten. Ich seufzte und neigte meinen Kopf, um ihm Zugang zu all den Stellen zu gewähren, die so gern angeknabbert wurden. Ein Stöhnen erhob sich aus den Tiefen meiner Kehle, als er einen heißen und nassen Pfad von meinem Hals zu meinem Schlüsselbein küsste.

„Alex", ächzte ich und klammerte mich an seinen starken Arm, falls meine Beine unter mir nachgeben sollten. „Du bringst mich zum Schmelzen. Ich brenne für dich. Das ist nicht fair – ich will, dass du auch für mich brennst."

Abrupt setzte er sich auf die Récamiere und zog mich zu sich hinab, sodass ich auf seinem Schoß saß, immer noch an seine Schultern geklammert. „Ich brenne für dich", sagte er und ließ eine Hand an meinem Oberschenkel nach oben gleiten, während er meine nackte Schulter küsste. „Du bist ständig in meinem Kopf, egal, was ich tue. Ich werde von Visionen abgelenkt, in denen du in meinen Armen liegst wie jetzt, warm und süß und verlockend."

„Hast du deinen Bericht fertig?", fragte ich atemlos, als er seine Hand über meine Hüfte schob. „Kannst du über Nacht bleiben?"

„Ja", antwortete er und legte mich nach hinten auf die Kissen. Seine beiden Hände glitten an meinen Seiten hinauf und schoben mein T-Shirt nach oben. Er beugte sich über mich und küsste eine meiner Brüste. „Und ja." Er küsste die andere. Ich hob meine Arme, als er mir das T-Shirt über den Kopf zog, dann bog ich mich unter seinen umherwandernden Händen.

„Oh ja", stimmte ich inbrünstig zu, obwohl ich nicht mehr wusste, was ich ihn gefragt hatte. Ich war zufrieden, seine Schultern zu umklammern, während er an meiner Vorderseite knabberte. Er berührte nicht meine Nippel, und meine Brüste schwollen vor Verlangen nach der Hitze seines Mundes an.

„Du bist in meinen Träumen", murmelte Alex an der Unterseite meiner Brüste. Lange Finger kreisten träge um sie herum und kamen den prallen Spitzen immer näher. Ich war kurz davor, ihn anzuschreien, damit er aufhörte, mit mir zu spielen. Aber es war so eine süße Qual.

„Das seidene Gefühl deiner Haut erfüllt meine Gedanken", flüsterte er und küsste einen Pfad um meine Brust herum. „Es macht mich verrückt, wie perfekt deine Kurven in meine Hände passen ..." Seine beiden Hände glitten an meinen Rippen hinab, über meine Hüften und darunter, um schließlich meinen Hintern zu umfassen. Seine Finger, die die Seide meiner Unterwäsche gegen meine erhitzte Haut rieben, reichten aus, um mir eine Gänsehaut zu verpassen. „Dein Geschmack würzt jeden meiner Atemzüge." Sein Mund, seine Zähne und seine Zunge knabberten sich ihren Weg über meinen Bauch und setzten meine Haut in Brand, wo immer sie mich berührten. Es war zu viel, zu viel für mich, zu viel Vergnügen und Schmerz und Verlangen und Begierde, alles zusammengewirbelt in einem unbeschreiblichen Strudel der Gefühle, der mir Tränen in die Augen trieb. Ich griff in seine Haare und zog, bis seine Lippen über meinen waren.

Augen, die so dunkel waren wie ein mitternächtlicher Wald, hielten mich in ihrem Bann. Er wollte mich, begehrte mich und gab mir das Gefühl, die Zukunft zwischen meinen Handflächen zu halten, die sein Gesicht umrahmten. „Alex, es gibt eine Zeit und einen Ort für Vorspiel, aber das ist nicht hier und jetzt. Vielleicht später, aber in diesem Augenblick werde ich verrückt, wenn ich dich nicht in mir spüre. Bitte. *Jetzt*!"

Ein süßes, tiefes Kichern rollte in seiner Brust. „Sagst du mir gerade, dass ich damit aufhören soll?"

Seine Hände glitten meine Hüften und Beine hinab, streiften meine Unterwäsche hinunter und warfen sie

Gott weiß wohin. Es war mir egal, meine Aufmerksamkeit gehörte ganz seiner warmen Hand, die auf die Innenseite meines Oberschenkels zurückgekehrt war und nun langsam nach oben glitt, dorthin, wo ich sie mir am meisten wünschte. Seine Finger schlängelten sich sanft suchend und probierend, bis sein Daumen gegen das Zentrum meiner Lust drängte und mich zusammenzucken ließ unter den Wellen der Lust, die seiner Berührung folgten. Ein Finger tauchte in mich ein, als er sich über mich beugte, um mich wieder träge zu küssen und meine Zunge mit einem verführerischen, sinnlichen Tanz zu locken.

„Nein", keuchte ich, als er seinen Mund fortnahm, und wölbte mich gegen die sanfte Bewegung seiner Finger weiter unten, die mir eine einzigartige, an Schmerz grenzende Lust bereiteten. „Du kannst das machen, denke ich, wenn du es willst, aber es ist kaum fair, weil du nicht ... oh, Gott, genau da, mach das noch mal, bitte."

Er tat es wieder und wieder. Mein Rücken bog sich ihm von selbst entgegen und drängte meine Hüfte gegen seine Hand. Meine Brüste spannten und bettelten um seine Berührung. „Nein, Alex, nicht mehr – du musst jetzt aufhören. Ich will das nicht allein machen!"

„Ich bin doch hier", sagte er, seine Lippen auf meinen, während seine Finger weiter ihren erotischen Tanz vollzogen. Mein Bauch spannte sich vor Erwartung an, und tausend kleine Nerven erwachten unter seiner Berührung zum Leben. „Ich werde dich nicht allein lassen."

„Alex!", kreischte ich und klammerte mich an seine Schultern. Ich konnte meinen Kopf nicht daran hindern, von einer Seite zur anderen zu schlagen, und mein Körper zitterte angesichts der nahenden Ekstase.

„Lass dich einfach fallen, Liebling", sagte er, kurz bevor er mich küsste. Seine Finger stießen in mich hinein und reizten mich, bis ich der Spannung nicht länger widerstehen konnte. Er nahm meinen Lustschrei in sich auf, fing mein ekstatisches Zittern ab und hielt mich fest und sicher in seinen Armen. Und damit nahm er das Eine, von dem ich nie gedacht hätte, dass ich es geben würde.

Er nahm mein Herz.

Heiße Tränen quollen aus den Winkeln meiner geschlossenen Augen, Tränen der Freude, des Glücks und der Trauer, weil ich wusste, was passieren würde. Ich hatte das schon durchgemacht, aber dieses mal würde es schlimmer sein. Wenn er mich verließ, würde sich mein Herz davon nicht mehr erholen.

„Weinst du immer, wenn du zum Höhepunkt kommst?", fragte seine sanfte Stimme, begleitet von noch sanfteren Lippen, die meine Tränen wegküssten.

„Nein", flüsterte ich und öffnete endlich meine Augen, um in seine zu schauen. Sie waren dunkel und verschleiert von Leidenschaft und Begierde. „Nur du bringst mich zum Weinen."

Sein Kopf sank hinab, und er gab mir einen weiteren gemächlichen, sorgfältigen Kuss. Das Feuer, das er in mir entzündet hatte, loderte sofort wieder auf.

„Ist das ein Kompliment oder eine Beschwerde?"

Ich durchkämmte mit meinen Fingern sein seidiges Haar und zog ihn zu meinem Mund zurück. „Niemand hat mich je so bewegt wie du, Alex. Mit niemandem habe ich je gefühlt, was ich mit dir fühle. Du bist ..." Ich ertrank in den Tiefen seiner Smaragdaugen. „Du bist alles, was ich jemals gewollt habe."

Er starrte mich an. Das Lächeln, das auf seinen Lippen gespielt hatte, verblasste, als ich jegliche Verteidigungswälle fallen ließ und ihm mein wirkliches Ich zeigte, die Alix, die nur er berührt hatte, die Frau, die ihn wollte und die nie mehr dieselbe sein würde. Gefühle, so stark, dass man sie fast berühren konnte, waberten um uns herum und hüllten uns in einen warmen Kokon, banden uns mit seidenen Fäden des Begehrens aneinander, des Verlangens, der Begierde ... und der Liebe.

Alarmglocken schrillten in meinem Kopf und schrien, dass diese Enthüllung viel zu bedeutend war. Meine Gefühle waren zu viel, zu schnell und zu beängstigend in ihrer Intensität. Ich musste uns beide auf den Boden der Tatsachen zurückholen, und zwar schnell, bevor er – oder ich – etwas sagte, das noch nicht, vielleicht nie gesagt werden sollte.

Ich stieß an seine Brust, glitt zur Seite, sodass ich halb über ihm lag, und knöpfte eilig sein Hemd auf. „Du hast zu viele Klamotten an", sagte ich.

„Das habe ich", sagte er zustimmend und zog sein Leinenhemd aus seiner Hose. Ich zog es ihm aus und bewunderte einen Augenblick seine Brust.

„Ich mag deine Brust wirklich sehr", sagte ich und fragte mich, ob er das merkwürdige leise Hicksen in meiner Kehle hörte. „Es ist eine schöne Brust, schön bepelzt, ohne zu grob behaart zu sein. Und du hast die süßesten kleinen Nippel, die ich je an einem Mann gesehen habe."

„Das kann ich nur zurückgeben", sagte er und streckte seine Hände nach mir aus, aber ich rutschte von der Récamiere und außerhalb seiner Reichweite.

„Nein, nein. Dieses Mal bin ich an der Reihe, dich verrückt zu machen vor Lust und Verlangen und allem, was du mir gerade gegeben hast. Oha, was haben wir denn hier?" Ich legte meine Hand auf seinen Hosenstall und fühlte seine harte Länge unter meiner Hand zucken.

„Alix ..."

„Oh, ich mag es, wenn du so knurrst. Es ist so sexy. Ich denke, wir lassen diesen kleinen Kerl eine Weile allein, während ich mich um etwas anderes kümmere."

„Klein?" Das Wort triefte vor Empörung.

Ich grinste zu ihm hinauf, während ich am anderen Ende seines langen Körpers saß und ihm die Schuhe auszog. „Sorry, habe ich nur so gesagt. Wollte dich nicht beleidigen. Bist du kitzlig an den Füßen?"

„Ja, und ich würde es wirklich schätzen, wenn du sie nicht ... *ALIX!*"

„He he he. Sorry, ich mach's nicht noch mal. Na ja, vielleicht an diesem Fuß hier ..."

Er fluchte und riss sein Bein zurück, als ich meine Finger über die Unterseite seines Fußes streichen ließ, während ich seine Socke auszog. Ich notierte mir in Gedanken, seine kitzligen Stellen später auszukundschaften, und griff nach seinem Gürtel. Er reagierte, indem er seine Hüften hob, und ich zog ihm seine restliche Kleidung aus. Sein Hengst war nicht nur bereit und wartete an der Tür, sondern kaute am Gebiss, riss an den Zügeln und konnte es nicht erwarten, geritten zu werden. Sozusagen.

„Wow", keuchte ich und starrte ihn an. „Weißt du, ich habe diesen besonderen Teil eines Mannes noch nie für attraktiv gehalten – funktional, ja, aber attraktiv? Nicht wirklich – aber ich muss schon sagen, Alex ..." Ich streckte meine Hand aus und umfasste seinen Schaft. „Deiner ist wirklich, wirklich schön."

„Danke schön", stöhnte er und krallte seine Hände in die Kissen. „Es beruhigt mich zu wissen, dass meine Genitalien deinen Ansprüchen genügen."

Ich berührte seine Spitze und verteilte die Perle aus Feuchtigkeit auf der sensiblen Unterseite seiner Eichel. Er stöhnte noch lauter. Seine Augen waren geschlossen, als ich seinen langen, harten Stamm streichelte und ihn gleichzeitig mit sanften kleinen Impulsen an seinen prallen Hoden reizte. Ich kratzte zart mit meinen Nägeln darüber und dann hinauf, an der Unterseite seines Schafts entlang, und schließlich schloss ich meine Finger um ihn. Ich genoss sowohl das Gefühl heißer, samtweicher Haut, die über den darunterliegenden Stahl glitt, als auch die leisen Seufzer, die Alex ausstieß, als er seine Hüften nach oben bewegte und in meine Hand stieß. Ich hörte nicht auf, um darüber nachzudenken, warum es mir so viel Vergnügen bereitete, ihn einfach nur anzufassen. Es war einfach so. Und als sein Gesichtsausdruck schon an Glückseligkeit grenzte, beschloss ich, ihn nun ebenfalls vollends zu beglücken.

„Mal sehen, wie du das hier findest", summte ich und lehnte mich nach vorn, um mit meiner Zunge um einen dunkelbraunen Nippel zu kreisen, der so völlig unbekümmert aus dem ihn umgebenden weichen braunen Haar herausragte. Ich drückte seine Hoden ein bisschen und biss sanft in seinen Nippel. Ich kicherte, als er vor Überraschung aufschrie. Seine Brust hob und senkte sich, als er versuchte, wieder zu Atem zu kommen, und sein sich unter meinen Fingern windender Körper war von einem feinen Schweißfilm überzogen. Es war ein berauschender Moment, voller Macht und dem Wissen von Generationen von Frauen. Aber Alex bat mich aufzuhören, bevor er die Kontrolle verlor. Also löste ich widerstrebend meinen Griff und küsste stattdessen seinen Unterkiefer.

„Alix", keuchte er, sein Körper gespannt wie eine Bogensehne.

„Ja, mein Liebling?"

„Du hattest recht. Es gibt eine Zeit für Vorspiel, und die ist nicht jetzt."

Ich stieß einen spitzen Schrei aus, als er bei seinen letzten Worten nach vorn schnellte, mich bei den Hüften griff und auf sich zog. Ich wand mich von ihm herunter und erklärte: „Regenmäntel! Ich habe spezielle Regenmäntel, die ich von meiner Schwester bekommen habe. Warte eine Minute, du wirst sie mögen!"

Ich hatte die Schachtel mit den Kondomen auf einen kleinen Weidentisch neben dem Fenster gestellt. Ich nahm sie und schüttelte die Box, wobei ich ein paar Bossa Nova-Schritte zurück zur Récamiere machte, auf der Alex ausgestreckt lag. „Wir haben Kirsche und Banane und Minze und Traube – du hast die Wahl!"

Seine wundervollen, lustvernebelten Augen verengten sich, als ich die Kondomschachtel auf seine Brust stellte und mich nach vorn beugte, um sein Kinn zu küssen. „Wovon redest du?"

Ich lächelte strahlend und zeigte auf die Schachtel. „Regenmäntel! Kondome mit Geschmack! Du musst mir nur sagen, welchen Geschmack du willst, und dann machen wir dich fein und fertig zum Spielen."

Er linste misstrauisch auf die Kondome. „Die hast du von deiner Schwester?"

„Jup. Cait glaubt fest daran, dass jeder Kondome bei sich tragen sollte. Diese hier sind ganz besondere. Möchtest du Traube?"

Eine kastanienbraune Augenbraue bog sich nach oben, als ich die Schachtel von seiner Brust nahm. „Ich glaube nicht, dass mein Geschmack der entscheidende Faktor sein sollte, Alix. Es gibt keinen physisch möglichen Weg für mich, diesen ... äh ... Geschmack ... zu ... genießen."

Ich wühlte in der kleinen Schachtel herum, blinzelte ein paarmal, als mir die Bedeutung seiner Worte klar wurde, fand dann, wonach ich gesucht hatte, und wedelte mit einem kleinen lila-goldenen Tütchen. „Traube! Nein, das ist meins." Ich zog meine Hand zurück, als Alex versuchte, danach zu greifen. „Ich werde es dir anziehen. Das ist viel erotischer. Ich habe das in einem Magazin gelesen."

„Alix, wenn du noch irgendetwas Erotisches mit mir machst, werde ich kein Kondom mehr brauchen", warnte er.

Ich lächelte. „Schon gut, ich werde vorsichtig sein. Ich möchte doch nicht, dass der Spaß vorbei ist, bevor er richtig angefangen hat. Lass mich nur schnell sehen, ob dieses hier eine Beschreibung hat."

„Beschreibung?"

Mein Lächeln wurde breiter. „Nun, man weiß nie. Vielleicht muss ich irgendwo lecken, um den Traubengeschmack zu verstärken."

Alex stöhnte und schloss seine Augen. Seine Hände waren zu Fäusten geballt und lagen neben seinen Hüften. „Jetzt zieh mir einfach das verdammte Ding über, bevor ich weich werde."

„Okay. Ähm ..." Ich öffnete die Verpackung und zog das blasslila Kondom heraus. Es roch nach Traube, aber etwas, das auf der Verpackung stand, machte mich neugierig. Ich sah mir das Kondom an, um herauszufinden, in welche Richtung ich es abrollen musste. Dann sah ich Alex an und versuchte, mit meinem Blick diesen Teil von ihm zu messen. Ich fragte mich, wo Stephanie wohl ein Lineal aufbewahrte.

„Was zum Teufel machst du?"

Ich sah ihn an. Seine Stirn lag in Furchen. „Wie groß bist du?"

„Was?"

„Wie groß bist du? Du weißt schon: wie lang?"

Alex starrte mich mit offenem Mund an. „Gefällt dir plötzlich nicht mehr, was du siehst?"

Ich streichelte ihn ein paarmal, um ihm zu versichern, dass ich mehr als zufrieden war mit seinem Schwanz und den zwei Hoden. „Im Gegenteil. Ich denke, du bist eher auf der krasseren Seite, aber ich bin sicher, dass alles gut werden wird."

„Krasser?"

„Groß."

„Ah. Warum willst du dann wissen ..."

Ich hielt ihm die Verpackung hin und deutete auf die großen roten Buchstaben, die darauf prangten. „Hier steht, der Regenmantel ist extra-extra lang. Sie nennen es ‚Gladiatorlänge‘, für den Barbar in Ihrem Leben.‘ Ich habe mich nur gefragt, ob du Gladiatorpotenzial hast."

„Oh, um Himmels Willen, Alix, jetzt …"

„Okay, okay." Ich drückte ihn in die Kissen zurück und drehte mich um, um ihm das Traubenkondom überzuziehen. „Kein Grund, mich anzugreifen, ich ziehe es dir über."

Er grummelte tief in seiner Brust.

„Äh …warte, hier ist offenbar … Mist, ich glaube, es ist verklemmt … nein, warte, jetzt geht's. Es hat wohl zu lang in der Sonne gelegen. Es ist ein bisschen klebrig, aber …" Ich lächelte ihn beruhigend an. „… sehr, sehr traubig. Oh, verdammt."

Alex seufzte resigniert, seine Augen geschlossen. „Es ist kaputt gegangen?"

Ich schürzte meine Lippen und sah auf seine lila behüllte Männlichkeit hinab. „Ähm … nein. Offenbar hast du keine Gladiatorlänge. Es ist ein bisschen zu lang, aber das ist nicht schlimm. Ich rolle es einfach nicht ganz ab." Ich rückte das Kondom an der Wurzel seines Penis zurecht und sah dann in sein Gesicht, um ihn mit einem weiteren Lächeln zu beruhigen. „Fertig. Also – ready to rumble?"

Er öffnete ein Auge und sah mich an.

„Nun komm schon Alex, schau nicht so gereizt. Ich weiß, das war ein bisschen nervig, aber nun bist du doch angezogen und wir können zum Geschäftlichen übergehen."

Er grummelte wieder, zog mich aber über seine Brust und drehte sich um, bis ich unter ihm lag. Um ehrlich zu sein, war ich ein wenig erleichtert, dass das

Kondom-Intermezzo den merkwürdigen emotional geladenen Moment zerstört hatte, der zuvor über uns gekommen war. Wenn ich vorher noch nicht sicher war, war ich es jetzt. Ich verliebte mich in Alex, und ich war mir sehr sicher, dass er die Tiefe meiner Gefühle in meinen Augen sehen konnte. Aber das war nichts, worüber ich sprechen wollte. Ich brauchte ein wenig Zeit, um meine Gefühle in den Griff zu kriegen, bevor ich die Probleme der Liebe, der Trennung und den anschließenden Herzschmerz angehen konnte.

Die kleine Verschnaufpause hatte auch Alex' Stimmung wieder gehoben. Er war sehr spielerisch, als er an mir knabberte und mich küsste und mir zeigte, wie empfindlich meine Haut in meinen Kniekehlen war. Er bearbeitete meinen Bauch mit seiner Zunge und seinen Zähnen und fachte die Feuer der Begierde an, bis ich hätte schwören können, dass ich gleich verbrannte. Ich gab mein Bestes, um ihn demselben Inferno auszusetzen, das mich verzehrte. Ich kratzte ihm mit meinen Nägeln über den Rücken, knabberte und küsste ihn, brachte ihn zum Keuchen und Stöhnen vor Verlangen bei meinen Berührungen.

„Genug!", schrie ich vor Verzweiflung, alles von ihm zu spüren. Ich legte meine Hände um seinen wundervollen, glatten Hintern und bettelte: „Alex, hör auf, mich zu quälen, hör auf, mich zu foltern. Ich werde in Flammen aufgehen, wenn ich dich nicht in mir spüre. Jetzt, Alex, bitte, jetzt!"

Er gab einen kleinen verführerischen Laut von sich, der tief aus seiner Brust kam und mich wild vor Verlangen machte. Ich klammerte meine Beine um ihn und krallte meine Finger in seinen Rücken, als er langsam in mich hineinstieß. Er war riesig und hart und heiß und passte so perfekt. Er versank in mir, füllte jeden Winkel aus, grub sich tiefer und schaffte sich Platz in meinem Inneren, meinem Zentrum, der Stelle, die ihn am meisten brauchte. All diese wundervollen kleinen Muskeln, die schlafend dort unten gelegen und nur auf diesen Moment gewartet hatten, fingen plötzlich zu arbeiten an, umschlossen ihn, klammerten und ließen wieder los, umschlangen ihn, als er noch weiter in mich vordrang. Ich warf meinen Kopf zurück und stöhnte mit der tiefen Befriedigung, die unsere Vereinigung brachte.

„Geht es dir gut, Liebling? Ich tue dir nicht weh?"

„Nein", keuchte ich und zog meine Knie höher, um ihn noch tiefer in mich aufzunehmen. Wenn er ihn noch ein kleines Stückchen weiter hineinschob, würde er sicher mein Herz berühren, und unsere Verbindung wäre vollständig.

„Kannst du noch mehr vertragen?"

„Ja, oh ja, Alex, mehr." Die unvermeidlichen Tränen krochen hinter meine Lider, Tränen der äußersten und vollständigen Lust, als er mich zur Gänze ausfüllte und dann begann, seine Hüften in einem so instinktiven Rhythmus zu bewegen, der mein Blut zum Kochen brachte.

„Öffne deine Augen, Liebling."

Ich drängte ihm meine Hüften entgegen, als seine Bewegungen schneller wurden und nicht mehr sanft und zaghaft waren. Fordernd pumpte er in mich hinein, und der jahrhundertealte Tanz hielt uns in seinem Bann. Ein Wesen, ein Körper, eine Seele. Ich öffnete die Augen.

Grün, so rein, dass es die feinsten Smaragde übertraf, strahlte mich an, als er tiefer in mich stieß. Sein Atem kam so abgehackt wie mein eigener, sein Rücken war schweißnass. Ich biss in seine Schulter und weinte stumme Worte der Begierde, betete, dass ich es aushalten konnte, bis er das Nirwana fand.

„Alex, bitte, ich glaube nicht, dass ich warten kann …“ Die Worte starben in meiner Kehle, als sein heiserer Schrei der Vollendung in meinem Blut widerhallte.

„Jetzt, Alix, jetzt. Komm mit mir, jetzt, Liebling.“ Ich hatte den stechenden Kupfergeschmack seines Blutes auf meiner Zunge, als ich ihm erneut in die Schulter biss. Ich war nicht fähig zu sprechen, konnte nur fühlen, wie die Welle der Verzückung über uns brach, uns höher und höher trug, bis Alex seine Euphorie an meinem Hals hinausschrie, als wir beide die Glückseligkeit jenseits der Lust erreichten.

Langsam kehrte ich zur Erde zurück. Ich war mir seines Gewichtes auf meinem Körper bewusst und genoss es, als wäre ich einzig zu diesem Zweck geschaffen worden. Ich streichelte seinen Rücken, schwelgte in seinem heiseren Atem neben meinem Ohr, der Beweis war, dass er genauso fühlte wie ich. Mein Verstand flog zum Fenster hinaus, als ich dalag und ihn noch immer tief in mir spürte, ihn küsste und den wundervollen Duft atmete, der Alex war, gemischt mit dem ursprünglicheren, erdigeren Geruch unserer Liebe. Ich wusste tief in meinem Herzen, dass eine Trennung von diesem Mann meiner Zerstörung gleich käme. Ich wandte mich von dieser Erkenntnis ab und war fest entschlossen, den Moment zu leben und mir keine Sorgen über die Zukunft zu machen.

Alex rührte sich, stützte sich dann auf einen Ellbogen und sah mich mit einem Ausdruck tiefer männlicher Befriedigung an, bevor er sich auf den Rücken rollte und mich auf seinen Bauch zog.

„Gott", schnaufte er, seine Augen geschlossen und ein Lächeln auf diesen fabelhaften Lippen.

„Nicht ganz, aber ich würde sagen, du bist verdammt nah an göttlich dran."

„Mmm." Er zog mich dichter zu sich. Wir lagen eine Weile so da, meine Beine mit seinen verschlungen, unser Atem gleichmäßig und aufeinander abgestimmt. Ich schlief halb, als er unter mir hinausglitt.

„Gehen wir ins Bett?", fragte ich, setzte mich auf und streckte mich. Ich ging hinüber zum Bett und schüttelte die Kissen auf.

Alex saß vornübergebeugt auf der Récamiere und hatte mir den Rücken zugekehrt. Er murmelte vor sich hin.

„Alex? Ist alles in Ordnung?" Ich stand da und drückte ein Kissen an meine Brust, besorgt über diese Reaktion auf unser Liebesspiel. Ich hatte Kerle gehabt, die mir gesagt hatten, dass ich nicht gut darin war, mich körperlich von ihnen zu trennen, aber ich hatte noch nie jemanden dabei verletzt. „Alex?"

„Was ist in diesen verdammten Kondomen?"

„Hä? Die Kondome? Was meinst du, was ist in ihnen?" Ich ließ das Kissen fallen und ging zu ihm hinüber.

Er sah mich mit einem fragenden Ausdruck auf seinem hübschen Gesicht an. „Das verdammte Ding klebt fest. Ich kriege es nicht ab."

„Klebt? Nein, es ist nur Latex und ein bisschen Geschmack, es kann nicht festkleben. Nimm die Hände da weg und lass mich es versuchen.“

Ich stemmte meine Hände in die Hüften und sah auf ihn herab. „Das ist nicht möglich. Kondome kleben nicht fest!“

Wie sich herausstellte, taten sie es doch, besonders, wenn sie mit einer Geschmacksschicht überzogen waren, und noch mehr, wenn sie in der Sonne aufbewahrt wurden, wo die Schicht schmolz und sich in einen ziemlich kräftigen Kleber verwandelte.

Ich warf die Kondome danach fort. Alex' Wutgeschrei, als ich das klebrige Kondom von seinen Schamhaaren riss, waren der Romantik nicht gerade förderlich.

Kapitel Neun

Lady Rowena lag in den Armen ihres Liebsten, befriedigt, glücklich und erfüllt in jeder fraulichen Hinsicht. Sie drehte ihren Kopf und schmiegte sich an die breite männliche Brust, die sich unter ihrer Wange erstreckte.

„Raoul, mein Liebster, Ihr seid nicht weiter betrübt über den kleinen Zwischenfall mit Doktor Beesoms Ewigem Aphrodite-Balsam und meinen besten Seidenstrümpfen, nicht wahr? Ich habe mich für das Missgeschick entschuldigt. Wer hätte schon wissen können, dass der Balsam sich in eine kleberähnliche Substanz verwandelt, wenn man ihn zu nah am Feuer aufbewahrt? Ich verspreche Euch, ich werde die Flasche so bald wie möglich fortwerfen."

Lord Raoul grunzte und rieb geistesabwesend die rote, kahle Stelle an seiner Leiste, die die Größe einer Shillingmünze hatte. „Ich sehe wie ein verdammter Idiot aus, wenn meine Löckchen nicht wieder nachwachsen!"

Rowena tätschelte die männlichen Löckchen, die den unglücklichen kahlen Fleck umgaben, und seufzte wieder. „Wenigstens haben wir meinen Strumpf gerettet. Seide ist so teuer heutzutage."

Ich blickte von meinem Manuskript auf. „Das ist das Ende von Kapitel achtundzwanzig. Ich bin fast am

Ende der Geschichte angelangt. Was meinen Sie? Ist es ein Bestseller?"

Jacquie, die Empfangsdame in Maureen Tullys Büro, bedachte mich mit einem Blick tiefer Gleichgültigkeit. Ich wusste nicht, ob es an mir, meinem Schreibstil oder dem Fakt lag, dass sie an einem Sonntag arbeitete. „Ich lese diese Art von Büchern nicht, Miss Freemar. Also kann ich es nicht beurteilen."

„Wirklich? Zu schade. Welche Art von Büchern lesen Sie?"

Sie tippte laut und schnell auf ihrer Tastatur und hielt dann lange genug inne, um mir einen weiteren missbilligenden Blick zuzuwerfen.

„Ich lese überhaupt keine Bücher, Miss Freemar. Wenn Sie mich nun bitte entschuldigen wollen, ich habe zu arbeiten."

„Sie meinen, Sie arbeiten für eine Literaturagentur und lesen nicht einmal das Zeug, das Ihre Chefin verkauft?"

Sie ließ sich zu keiner Antwort herab.

„Hm. Ich dachte, Sie würden überall von Menschen belagert werden, die Ihnen ihre Geschichten zum Lesen geben, damit Sie ein gutes Wort für sie bei Maureen einlegen. Nun gut, Sie lesen nicht viel. Aber trotzdem können Sie mir doch sagen, ob die Liebesszene, die ich Ihnen gerade vorgelesen habe, gut war? Welchen Wert erreichte sie auf Ihrem persönlichen Kribbelmeter?"

Sie hörte auf zu tippen und starrte mich an. „Mein was?"

„Ihr Kribbelmeter. Sie wissen schon. Haben Sie überall ein Kribbeln gespürt? War die Szene sexy? Hat sie dazu geführt, dass Sie sich ganz heiß und errötet und liederlich fühlen? Sind Sie bereit, das nächste Wesen in Hosen anzuspringen?"

„Miss Freemar!"

„Sorry, ich wollte keine Grenze überschreiten, aber ich brauche unbedingt ein Feedback zu der Liebesszene. Ich habe nur meine eigene Meinung, um fortzufahren, verstehen Sie, weil die einzigen Leute, die ich in London kenne, entweder Männer sind, oder lesbisch oder einfach nicht an schmutziger Literatur interessiert. Deshalb würde es mir viel bedeuten, wenn Sie mir sagen könnten, ob meine Liebesszene Sie angemacht hat oder nicht."

Ihre Augenbrauen zogen sich zusammen und mit einem hörbaren Atemzug wandte sie sich wieder ihrer Arbeit zu. „Ich beantworte derart persönliche Fragen unserer Klienten nicht."

Ich seufzte und ging hinüber zu dem Sessel, auf den sie gezeigt hatte, als ich angekommen war. Abwesend durchstöberte ich einen Stapel Zeitschriften auf dem Tisch. Ich blätterte durch eine alte Ausgabe von Writer's Life und unterdrückte einen Seufzer. Ich hatte mein Bestes gegeben. Nun musste ich nur noch Maureen mein fast fertiges Manuskript geben und hoffen, dass die Liebesszenen kribblig waren, ohne zu unverhohlen zu sein.

„Acht Komma fünf."

„Hmm?" Ich sah hinüber zu Jacquie, die eifrig auf ihrer Tastatur tippte.

„So würde ich die Szene bewerten. Auf einer Skala bis zehn war es eine acht Komma fünf."

Ein Siegerlächeln stahl sich auf mein Gesicht. „Vielen Dank, das ist gut zu wissen." Acht Komma fünf, das war

ein gutes Zeichen! Natürlich war es keine perfekte zehn
... aber es sollte verdammt noch mal eine sein! Ich hatte
diese Liebesszene mit Herzblut geschrieben, hatte
Rowena mit allem ausgestattet, das ich bei Alex gefühlt
hatte. Und unser Abend war mindestens eine zehn gewesen, wenn nicht mehr. „Ähm ... wenn ich fragen darf
... was hätte daraus eine zehn gemacht?"

Klick, klick, klack machten die Tasten. Nach andert-
halb Minuten sprach sie.

„Wenn Lord Raoul Rowena ans Bett gefesselt hätte,
wäre es eine zehn gewesen." Sie erschauerte leicht und
seufzte tief.

„Ah. Ich glaube, ich verstehe, was Sie meinen." Bondage? Bondage hätte die Szene perfekt gemacht? Ich
dachte an das wunderbare zweite Mal zurück, das Alex
und ich in Stephanies komfortablem Bett hatten, und
versuchte mir dieselbe Szene mit mir in Fesseln vorzustellen. Ich zog eine Grimasse. Ich fand es einfach nicht
ansprechend. Aber wenn es *Alex* wäre, dessen Hände an
das Messinggestell des Bettes gefesselt wären ...

„Was, wenn Lord Raoul gefesselt wäre und Rowena
sich an ihm austoben könnte? Wäre das eine zehn?"

„Nein", sagte Jacquie abrupt, schürzte ihre Lippen und
tippte emsig weiter. Ich drehte mich wieder zu dem
Tisch mit den Zeitschriften um, als sie hinzufügte: „Das
wäre eine fünfzehn."

Ich lächelte. Letzten Endes waren wir einer Meinung.

„Guten Morgen, Maureen. Es ist schön, Sie wiederzusehen. Ich habe mein Manuskript mitgebracht, wie Sie
gewünscht ..."

„Morgen. Setzen. Bin in einem Moment bei Ihnen."

„... hatten." Ich kniff meine Augen zusammen und krempelte in Gedanken meine Ärmel hoch, während sie schnell und ohne Pause ins Telefon sprach und jemandem namens Cerise erklärte, dass sie Geduld haben müsse, dass Geduld in diesem Geschäft fast genauso wichtig sei wie Talent, und dass sie (Maureen) versprochen hatte, sie würde ihre (Cerises) Geschichte verkaufen, und dass sie (Maureen) das auch tun würde, wenn sie (Cerise) sie nicht jede Woche anrufen würde, um zu erfahren, was gerade passierte.

Höfliche Konversation war an meiner vielbeschäftigten Agentin offenbar verschwendet, also entschied ich, meine eigenen Kommentare auf ein Minimum zu beschränken. Das Telegrammreden war ein Spiel, das zwei Menschen spielen konnten.

„Zusammenfassung?"

„Hä?" Ich sah auf. Ich hatte gerade eine Ecke des Deckblatts wieder und wieder gefaltet. „Oh ja, die Zusammenfassung. Ich habe sie hier. Ich war nicht ganz sicher, was Sie haben möchten, deshalb habe ich ein bisschen von allem hinein ..."

„Ich habe jemanden, der sich vielleicht für Ihr Buch interessiert", unterbrach mich Maureen und zündete sich eine ihrer unvermeidlichen Zigaretten an, während sie ihre Hand nach meinem Manuskript ausstreckte.

Ich starrte sie an, nicht sicher, ob ich sie korrekt verstanden hatte, bis sie mit ihrer ausgetreckten Hand zu wedeln anfing.

„Oh, sorry, hier." Ich legte das Manuskript und die Zusammenfassung in ihre Hand und lehnte mich schnell wieder zurück, um nichts von dem Rauch einzuatmen.

„Ich bin ein wenig verwirrt. Sie sagten, Sie haben jemanden, der sich vielleicht für meine Geschichte interessiert?“

Sie nickte und wedelte die blaue Rauchwolke beiseite. Dann lehnte sie sich zurück und las meine Zusammenfassung. „Er ist ein neuer Verleger, der nach etwas anderem sucht, nach etwas Innovativem. Etwas jenseits von *Bridget Jones*. Ich sagte ihm, Sie wären perfekt.“

„Aber … aber …“

Ihre hellblauen Augen suchten meinen Blick und hielten mich auf meinem Stuhl fest. „Sie sagten, Sie seien bereit zu arbeiten, Gelegenheiten zu ergreifen. Machen Sie jetzt einen Rückzieher?“

Ich richtete mich auf und versuchte, anders und innovativ auszusehen. „Nein, natürlich nicht. Ich bin nur verwirrt darüber, dass ein Verleger, der meine Arbeit noch nicht einmal gesehen hat, daran interessiert …“

„Ich weiß, was ihm gefällt. Das hier wird ihm gefallen.“ Sie tätschelte das Manuskript und wischte ein wenig Zigarettenasche fort.

„Aber es ist historisch. Ich habe es nicht gelesen, aber ich dachte, *Bridget Jones* und diese Art von Büchern wären zeitgenöss …“

„Schreibstil.“

„… isch. Ah … Schreibstil?“

Sie nickte. „Es geht um den Schreibstil. Bryan sucht nach einem starken, frechen Stil. Das ist genau das, was Sie haben.“

Ich bedachte sie mit einem wässrigen Lächeln. Ich war nicht sicher, ob es gut war, frech zu sein. Meine Mutter benutzte dieses Wort eher als Beleidigung denn als Kompliment. „Oh, in Ordnung, ich bin sicher, das wissen Sie am besten. Also, werden Sie editieren, was ich Ihnen hier gebracht habe, und darauf warten, dass ich die letzten Kapitel beende, bevor Sie es zu diesem Verleger schicken?"

„Drei Kapitel."

Der Telegrammstil bereitete mir Kopfschmerzen. „Was ist damit?"

„Ich werde die ersten drei Kapitel editieren und dann verkaufen wir es als Entwurf."

Mein Kopf fühlte sich an, als wäre Sirup darin. Ich kam bei ihren Logiksprüngen einfach nicht hinterher. „Ich habe in einer Autorenzeitschrift gelesen, dass neue Autoren immer zuerst ihr Buch beenden müssten, bevor sie einen Agenten oder gar einen Ver ..."

„Ich habe Sie unter Vertrag genommen, nicht wahr?"

„... lag finden können." Nun, da hatte sie Recht. Ich hätte nie geglaubt, dass ich ohne ein fertiges Manuskript einen Agenten finden könnte, aber es hatte geklappt. Und nicht nur einen Agenten, sondern einen, der auch einen Redaktionsservice betrieb. Sicher war das ein Sechser im Lotto. Vielleicht war das Glück diesmal auf meiner Seite.

„Das stimmt, aber Verleger ..."

„Vertrauen Sie mir?"

Der Satz blieb mir im Hals stecken. „Nun ... das ist, natürlich ... es ist nicht so, dass ich ..."

„Vertrauen Sie mir?" Diese blassblauen Augen waren fast frostig in ihrem Ausdruck. Ich schluckte meine Einwände hinunter und nickte.

„Ja, das tue ich."

„Gut." Sie nickte mir kurz zu und drückte ihre Zigarette aus. „Sie machen Ihren Job und lassen mich den meinen machen. Ich wäre nicht hier, um an einem Sonntag zu arbeiten, wenn meine Klienten mir nicht vertrauen würden. Ich habe die editierten ersten drei Kapitel in zwei Tagen für Sie fertig. Machen Sie mit Jacquie einen Termin, und ich werde sie mit Ihnen besprechen."

„Okay." Ich sammelte meine Sachen auf und ging in Richtung Tür. Ich hielt inne, etwas besorgt über das, was sie gesagt hatte. „Maureen, ich weiß, Sie kennen ihre Arbeit und so, aber sind Sie sicher, dass Sie mein Buch aufgrund von nur drei Kapiteln verkaufen können?"

„Sie müssen Vertrauen haben", sagte sie und warf mein Manuskript auf einen turmhohen Stapel Papier auf der linken Seite ihres Schreibtischs. Es sah so aus, als wären die anderen Seiten ebenfalls Manuskripte, weil sie alle sorgsam mit Gummibändern zusammengefasst waren. Wenn sie die alle lesen und editieren wollte, wie sollte sie dann jemals die Zeit finden, sich meines anzusehen, ganz zu schweigen von der Aufmerksamkeit, die es ihrer Meinung nach brauchte?

„Vertrauen", sagte ich und verspürte einen entschiedenen Mangel an eben jenem Gefühl. Ich vereinbarte mit Jacquie einen weiteren Termin und verließ das dunkle, kühle Büro. Als ich hinaus auf die Straße trat, hatte ich ein merkwürdiges Gefühl von Hoffnungslosigkeit und Verwirrung.

„Es ist ihr Job, sich Sorgen zu machen, also lass du es sein", sagte Bert eine Stunde später zu mir, als ich vor ihr auf dem Treppenabsatz stand und meine Begegnung mit meiner Agentin schilderte. Sie und Ray würden heute ausgehen und eine Bootsfahrt auf der Themse mit ein paar Freunden unternehmen.

„Ich schätze, du hast recht“, sagte ich mit einem reuigen Lächeln. „Ich kann nur nicht anders, als mir ein paar Sorgen zu machen. Es ist mein ganzes Leben, worüber wir reden!“

Bert lachte, als sie einen schicken Strohhut auf ihrem Kopf zurechtrückte und über ihre Schulter nach Ray rief, sie solle sich beeilen. „Du musst aufhören, so hart zu arbeiten, Alix. Was hast du heute vor?“

Ich errötete ein wenig, als ich daran dachte, dass ich Alex heute morgen dasselbe gefragt hatte, als ich verschwitzt und erschöpft auf seiner Brust gelegen hatte. „Ich dachte, ich gehe mir Westminster anschauen und vielleicht St. Pauls.“

„Ich bin sicher, du wirst es genießen“, sagte Bert mit einem wissenden Lächeln. „Gehst du mit jemand Bestimmtem?“

„Schüchternheit steht dir nicht, Bert.“ Sie lachte. Ich kicherte mit ihr. „Falls du fragst, wie die Dinge mit Alex laufen ...“ Sie nickte und tätschelte meine Hand, als Ray aus der Wohnung marschiert kam und eine rote Plastikkühltasche und zwei prallgefüllte Stofftragetaschen in ihren Armen trug. „... kann ich dir versichern, dass alles gut ist. Alex und ich haben unsere Differenzen beiseite gelegt.“

„Hab ich gewusst“, sagte Ray und verdrehte ihre Augen, als sie an einer breit grinsenden Bert vorbeiging und die Treppe hinunterstürmte. „Dein Bett quietscht.“

„Hä?“ Ich sah zwischen den beiden Frauen hin und her und schaute dann nach oben. Meine Wohnung war direkt über ihrer. „Oh großer Gott! Erzählt mir nicht, ihr habt uns gehört – oh Gott!"

Bert lachte und tätschelte ein letztes Mal meinen Arm, bervor sie Ray folgte. „Mach dir nichts draus, Alix. Wir waren erfreut zu wissen, dass du und Alex euch letzten Endes doch als kompatibel erwiesen habt."

„Oh Gott", stöhnte ich langsam vor mich hin, schloss meine Augen und schwor mir in Gedanken, eine Flasche Haushaltsöl zu besorgen, damit ich die Federn des Betts ölen konnte.

„Auch wenn der Lärm eurer morgendlichen Kompatibilitätsrunde uns aufgeweckt hat", fuhr Bert fort.

„Oh Gott", stöhnte ich lauter. Ich würde das Bett auf die andere Seite der Wohnung stellen müssen.

Berts Stimme erzeugte ein leises Echo, als sie vom Stockwerk unter mir nach oben drang. „Die erste Runde. Ich habe die zweite nicht gehört, weil ich da unter der Dusche war, aber Ray sagte, es hörte sich sehr … energisch an."

„Aaaaaaah!", schrie ich in Verlegenheit, bedeckte mein Gesicht mit meinen Händen und fragte mich, wie ich jemals wieder einer der Frauen ins Gesicht sehen sollte.

„Hab einen wunderbaren Tag", rief Bert hinauf, während sie weiter die Treppe hinabstieg.

„Gah!" schrie ich zu ihr hinunter und trottete langsam die Stufen hinauf. Ich betete, dass niemand sonst im Haus gehört hatte, wie Alex und ich kompatibel waren.

Ich hielt einen Moment auf meiner Etage an und erklomm dann den nächsten Treppenabsatz. Alex hatte gesagt, er müsste heute morgen zur Arbeit gehen, um den Bericht abzugeben, aber er hoffte, gegen Mittag wieder zu Hause zu sein. Es war noch morgens, aber ich wollte vorbeischauen, ob er vielleicht früher zurückgekommen war, als er erwartet hatte.

Ich klopfte an seine Tür, aber niemand reagierte.

„Kacke", sagte ich und entschied, dass ich mein Bett selbst verrücken würde.

„Alexander? Oh, du bist es, Alix. Wie hübsch du heute morgen aussiehst. Dein Kleid hat genau die Farbe von Alexanders Augen, wenn er erregt ist. Hast du einen Moment? Ich würde dich gern nach deiner Meinung zu einer Wandgestaltung fragen."

Ich sah an meinem ärmellosen Kleid hinab. Sie hatte recht mit der Farbe, verdammt! „Guten Morgen, Isabella. Sorry, wenn mein Klopfen dich gestört hat. Ich wollte nur sehen, ob Alex schon zu Hause ist."

„Du hast mich überhaupt nicht gestört, Liebes." Isabella hielt ihre Tür offen und winkte mich hinein. Ich folgte gehorsam, als sie mich durch den kleinen Flur in einen großen Raum führte, der am Ende offen war. „Was denkst du über den Pfirsichton? Ist er zu Pink? Zu Boudoir?"

Ich stand im Türrahmen des Raums und glotzte unverhohlen. Es war Isabellas Schlafzimmer, eine Studie in Haferschleim, maulwurfsgrau und petrol, aber was mich wirklich innehalten und starren ließ wie ein Trottel, war das Bett. Es war riesig und geformt wie eine überbackene Muschel, gerahmt von petrolfarbenen Vorhängen, die einen großen Bogen über einem goldenen Miniaturschiffsbug bildeten, der stolz auf einer petrolfarbenen Welle ritt.

„Das ist mal ein Bett", sagte ich und fragte mich, ob sie sich je den Kopf an dem merkwürdigen Kopfteil gestoßen hatte. „Ich glaube nicht, dass ich je außerhalb eines Films ein Muschelbett gesehen habe."

Isabella drehte sich von zwei Stühlen weg, auf denen eine Auswahl an Wandgestaltungsmustern lag. „Das Bett? Oh ja. Anton hat es mir geschenkt. Er liebte Poseidon. Er war Grieche."

„Ah. Anton war dein ... Mann?"

Isabella zwitscherte ein leichtes, klingendes Lachen, das ich niemals so könnte, selbst wenn ich es hundert Jahre lang versuchen würde.

„Ich war nie verheiratet, Alix. Anton war mein Liebhaber."

„Oh natürlich, wie dumm von mir. Er war dein Liebhaber. Kein Ehemann. Sorry." Wie viele Liebhaber hatte sie gehabt? Da waren Alex und Karl, von denen ich wusste ... nicht, dass ich an Alex mit Isabella denken wollte. Erst recht nicht jetzt, da ich das Feuer noch spüren konnte, das seine Hände und sein Mund heute früh entzündet hatten. Ich betrachtete sie und versuchte zu bestimmen, wie alt sie war. Sie sah auf jeden Fall nicht aus wie die Art Frau, die einen Liebhaber nach dem anderen hatte. Nicht mit dieser kühlen, eleganten, silbrigen Schönheit. Aber ich kannte diesen Typ Frau. Die Männer lagen ihr zu Füßen, und sie suchte sich die Sahnestückchen heraus, während wir anderen mit denen vorliebnehmen mussten, die sie nicht wollte.

„Beschädigte Ware", murmelte ich.

„Wie bitte?"

„Nichts. Was sagtest du gerade?"

„Du musst dich für nichts entschuldigen, was Anton betrifft", sagte sie lächelnd und nahm eine von den Tapetenproben in die Hände. Ihre Finger strichen über ein pfirsich- und elfenbeinfarbenes Blumenmuster. „Er war mein liebster Liebhaber. Er war auch ein sehr guter Freund, sehr intelligent. Er redete gern und freute sich über jeden, der seinen Geschichten über seine Jugend in Griechenland lauschte." Ein anerkennendes Lächeln bog ihre Lippen, während sie sich im Raum umsah. „Er hat mir dieses Haus überlassen, weißt du?"

Ich blinzelte ein paarmal überrascht und gleichzeitig gerührt von der Zuneigung in ihrer Stimme. Sie musste ihn sehr geliebt haben, um so voller Anerkennung von ihm zu sprechen. Ich stellte mir einen reichen älteren Griechen vor, der von Isabellas silbriger, unberührbarer Schönheit besessen und von ihrem ruhigen und zurückhaltenden Interesse bezaubert war. Sie hatte ihm offenbar auch viel bedeutet, wenn er sie in seinem Testament bedacht hatte. „Nein, das wusste ich nicht. Das war sehr nett von ihm, dir das Haus zu vermachen. Ist es schon lang her, dass er gegangen ist?"

Sie wedelte mit ihrer Hand und hielt mir eine Tafel mit Tapetenproben hin. Ich nahm sie entgegen, sah aber nicht einmal auf die Proben hinab, die darauf zu sehen waren. „Sechs Jahre. Ich vermisse ihn immer noch."

Tränen traten in meine Augen bei dieser tragischen Geschichte von Liebenden, die der Tod getrennt hatte. „Isabella, das ist so traurig." Ich schob die Tafel beiseite und legte einen Arm tröstend um ihre Schultern. „Ich erinnere mich, wie sehr ich gelitten habe, als mein Großvater starb. Er hat mir alles bedeutet – der eine Mensch, der mich verstand und der nichts weiter von mir erwartete, als ich selbst zu sein. Ich weiß, dass deine Beziehung zu Anton nicht dieselbe war, aber ich bin sicher, dass du ebenso sehr um ihn trauerst wie ich um meinen Großvater.“

Isabella warf ihren Kopf zurück. Ihr silberblondes Haar schwang anmutig zur Seite. Strahlendblaue Augen sahen mich fest an. „Anton ist weder ältlich noch tot.“

Verwirrt machte ich einen Schritt zurück. „Oh. Ich dachte …“

Sie schüttelte den Kopf und zuckte leicht mit den Schultern. „Er war meiner überdrüssig geworden und hat mich für eine andere Herrin verlassen. Aber es war wirklich sehr großzügig von ihm, mir dieses Haus zu schenken. In unserer Vereinbarung ist nur eine Wohnung enthalten gewesen.“

Herrin? Vereinbarung? Hä?

„Ich glaube, ich verstehe nicht, Isabella…“

Sie lächelte ein strahlendes Lächeln, in das ein wenig Mitleid gemischt war. „Es ist ganz einfach, Schätzchen. Bevor Anton mir dieses Haus geschenkt hat, war ich seine Herrin.“

Ich nickte. „Ja, du sagtest, Anton sei dein … äh … Liebhaber gewesen.“

Ihr Haar schwang mit, als sie ihren Kopf schüttelte. „Ich war nicht nur Antons Geliebte – ich war eine professionelle Herrin. Ich hatte Beziehungen mit reichen Männern, die eine exklusive Sexualpartnerin wünschten.“

Mein Unterkiefer klappte herunter. Sie war eine Herrin? Eine richtige Herrin wie die, über die ich in historischen Romanen gelesen hatte. „Eine Dirne? Du warst eine Bordsteinschwalbe?“

„Diese Begriffe sind mir nicht vertraut, aber ja, ich glaube, du verstehst langsam. Es war ein ziemlich lukratives Geschäft. Ich habe nur mit sehr ... sagen wir *anspruchsvollen* Herren Vereinbarungen getroffen.“

Das glaube ich gern! Aber wenn sie eine Professionelle war, bedeutete das ...

„Alex!“

Sie nahm mir die Farbtafel aus der Hand und reichte mir eine andere. Ich sah darauf hinab. Die Farben waren in gelb und rot gehalten. „Ih.“

„Alexander ist eingezogen, nachdem Anton für meine finanzielle Absicherung gesorgt hatte. Unsere Beziehung war eine Lustbeziehung, keine geschäftliche.“

Meine Nackenhaare sträubten sich bei diesen Worten. Die lustvolle Beziehung von Alex mit Isabella war etwas, worüber ich wirklich nicht näher nachdenken wollte.

„Falls du dich erinnerst, habe ich dir gesagt, dass diese Beziehung seit einigen Jahren beendet ist.“

„Zwei“, präzisierte ich.

„Ja, zwei Jahre. Was meinst du zu dem Pfirsichton?“

Ich sah auf das Muster hinab, das sie mir hinhielt. „Es sieht nuttig aus.“

Sie schürzte die Lippen und dachte nach. „Ich dachte, es sähe warm aus. Ich möchte das Schlafzimmer renovieren. Haferschleim und Taupe sind passé. Ich dachte, etwas Wärmeres wäre zur Abwechslung nicht schlecht. Nuttig?“

„Flittchenmäßig. Schlampig. Liederlich.“

Eine silberne Augenbraue hob sich bei meinen Worten. „Liebes, du bist nicht verärgert, weil ich über meine Beziehung mit Alexander geredet habe, oder?“

„Ehemalige Beziehung, und die Antwort ist nein, ich bin nicht verärgert."

„Gut. Du hast keinen Grund dazu, das weißt du. Du hast sein Herz gewonnen, wie ich es nie vermocht habe."

Ich fühlte mich ein wenig besser. Meine Nackenhaare legten sich. „Tatsächlich?"

Sie lächelte mich mit den Augen an. Verdammt, sie genoss es, mit mir zu spielen! „Ja, in der Tat. Er hätte niemals einen Tag mit mir verbracht, an dem er Arbeit zu erledigen hatte. Du musst ihn in ein ziemliches Dilemma gestürzt haben, mit seinem Wunsch, bei dir zu sein, und seinem Pflichtbewusstsein für seine Arbeit."

So hatte ich noch nie darüber nachgedacht. Ich fühlte mich plötzlich kleinherzig und engstirnig, weil ich Alex geneckt und ihn lauthals als Workaholic bezeichnet hatte.

„Bist du dir sicher wegen des Pfirsichtons?"

„Hmm?" Ich sah die Farbmuster an, die Isabella mir hinhielt. „Oh, der. Ja, tut mir leid, aber es sieht aus wie aus einem billigen Pariser Bordell. Wieso nimmst du nicht das Warwick-Blau und den Champagnerton? Wenn du mich jetzt entschuldigen würdest, ich muss mich beeilen. Ich muss ... äh ... jemandem eine Nachricht hinterlassen."

„Alix?"

Ich hielt an der Tür zu ihrem Schlafzimmer und schaute zurück.

„Hast du dich schon in ihn verliebt?"

„Isabella, du schaffst es einfach immer wieder, dass mir der Mund vor Verblüffung aufklappt", sagte ich und sah sie an. „Ich weiß nie, was du als Nächstes sagen wirst."

Sie lächelte warm, was sie auf einmal sehr menschlich aussehen ließ. „Merkwürdigerweise habe ich kürzlich genau dasselbe über dich gehört. Bist du in ihn verliebt?"

„Ehrlich, ich dachte, ihr Briten wärt immer so vorsichtig und würdet es stets vermeiden, persönliche Themen anzusprechen, wenn ihr euer Gegenüber nicht gut kennt." Ich winkte und ging ihren Flur hinunter.

Ihre trällernde Stimme folgte mir. „Du solltest es ihm sagen, Alix. Er muss sich geliebt fühlen. Du bist keine grausame Frau, also lass ihn nicht im Ungewissen."

„Ich habe nicht vor, das hier und jetzt mit dir zu diskutieren", sagte ich und öffnete ihre Wohnungstür. Ich mochte das silbrige Klingeln des Glockenspiels über ihrer Tür. Es hörte sich genau wie ihr Lachen an. „Und abgesehen davon kann so viel schief gehen, wenn man anfängt, über solche Dinge zu reden."

Sie tauchte am Ende des Flurs auf und hielt die Tafel mit den blauen und champagnerfarbenen Mustern in der Hand. „Alexander ist mir sehr wichtig, Alix. Ich zähle ihn zu meinen liebsten Freunden, und ich möchte nicht, dass er verletzt wird. Alles was ich möchte, ist, dass du ihm erzählst, was du für ihn fühlst. Vielleicht ist es leichter für dich, wenn du deine Gefühle einem neutralen und vertrauenswürdigen Freund mitteilst."

Neutral? Isabella? Ich lachte. „Oh, um Himmels willen. Du wirst nicht aufgeben, bis ich dir erzählt habe, was du hören willst, richtig?"

Sie zog einen ermunternden kleinen Schmollmund. Ich gab auf. Wenn nicht, würde sie mir möglicherweise hinunter in meine Wohnung folgen und mir die ganze Zeit auf die Nerven gehen. Ich stemmte beide Hände in die Hüften und sah sie durch den Flur böse an.

„Schön, du willst alles wissen? Ich werde dir alles erzählen. Ja, ich bin wie verrückt in ihn verliebt. Ich liebe ihn so sehr, dass es wehtut. Ich kann nicht aufhören, an ihn zu denken. Ich bin atemlos vor Verwunderung, wenn ich an unsere gemeinsame Zeit denke." Isabella legte eine Hand auf ihren Mund, aber ich ignorierte ihren Versuch, ihr Lachen zurückzuhalten, und redete weiter. „Er erfüllt mich mit Glück und Wärme und Hoffnung und all den Dingen, die ich mein ganzes elendes Leben lang vermisst habe. Er ist verwirrend und verdrießlich, und er ist ohne Zweifel der perfekte Mann für mich. Und es wird mich umbringen, wenn er mich verlässt. Zufrieden? Gut. Ich muss los."

Ich drehte mich herum, schlug die Tür hinter mir zu und rannte direkt in eine große anzugtragende Gestalt.

„Oh Gott, das hat mir gerade noch gefehlt", sagte ich und schlug meinen Kopf sanft an seine Brust.

„Guten Morgen", sagte der Anzug zu mir. „Hast du dich ein bisschen mit Isabella unterhalten?"

Ich muss ungefähr ein Dutzend verschiedener Rottöne angenommen haben. Er hatte alles gehört. Alles. Ich hatte gerade alles gesagt, was ich eigentlich für mich hatte behalten wollen. Nun war nichts mehr übrig. Ich nahm einen tiefen Atemzug.

„Ach, Alex, wie schön dich wiederzusehen. So früh schon zu Hause? Ja, tatsächlich. Isabella und ich haben uns gerade über unsere liebsten Filmschauspieler unterhalten. Ich habe ihr erzählt, wie sehr ich Alan

Rickman bewundere." Ich sah durch meine Wimpern zu ihm hinauf. „Ich stehe ein bisschen auf ihn, weißt du."

Seine Augen funkelten mich schelmisch an. Er war nicht darauf hereingefallen. „Verstehe."

Ich seufzte. Es war hoffnungslos. „Ja, ich dachte mir, dass du das würdest. Bist du beschäftigt?"

Er schüttelte den Kopf und öffnete seine Wohnungstür. Ich ging vor ihm hinein und war entschlossen, die Wogen zu glätten, die ich gerade in unserer sensiblen Beziehung aufgerührt hatte. Aber die Worte gefroren auf meiner Zunge, als ich die Wand sah, die sich im rechten Winkel zu seiner Couch befand. Als ich vorher in seinem Wohnzimmer gewesen war, waren da deckenhohe geschlossene Türen gewesen, die, wie ich dachte, einen Kleiderschrank beherbergten. Ich hatte falschgelegen. Die ganze Wand war voller Elektronik.

„Heiliger Herr im Himmel, die Typen aus der Tottenham Court Road müssen dich lieben! Der mit dem meisten Spielzeug gewinnt, mh?"

Alex sah zu seiner Computerwand hinüber. „So in der Art."

Ich zog einen bequemen Ledersessel heran und setzte mich vor einen der beiden Monitore. „Lass mal sehen. Du hast einen Mac, einen PC, einen Scanner, eine Videokamera, etwas, das ich nicht kenne, noch etwas, das ich nicht kenne ..."

Alex warf einen Stapel Papiere auf eine kleine schwarze Box mit lauter Knöpfen und Kabeln dran. „Das kleine runde Ding ist eine Webcam. Die schwarze Kiste da rechts ist ein Gerät, das dich nicht interessieren sollte. Ich denke, auf der Couch sitzt du bequemer, Alix."

Ich ignorierte seinen Versuch, mich von seinem Computersessel zu vertreiben, und unterbrach seinen Bildschirmschoner, um zu sehen, was er tat, um diese ekelhaften Kinderpornotypen dingfest zu machen. „Alexander!"

„Herrgott, ich dachte, ich ... Alix, geh auf die Couch."

Ich schlug seine Hand von der Maus weg und klammerte mich an den Sessel. Ich weigerte mich, mich wegdrängen zu lassen. „Die müssen unecht sein, das ist dir klar, oder? Keine Frau kann natürlicherweise solche Brüste haben. Mein Gott, was hat sie in ihrer Hand? Ist es das, was ich denke?"

Alex rang mir die Maus aus der Hand und schloss das Browserfenster. Ich sah ihn mit hochgezogenen Brauen an. „Weißt du, diese Röte in deinem Gesicht verleiht dir ein gesundes Aussehen, als wärest du viel draußen. Eine Gesichtsfarbe, die ein Mann nie bekommen würde, der seinen Tag damit zubringt, vor einem Bildschirm zu sitzen, eine nackte Frau anzustarren, deren Titten die Größe von Wassermelonen haben und die mit einer Gurke in der Hand lüstern in die Kamera blickt. Was ist auf diesem Computer – heiliger Strohsack! Also, das ist mein Typ Mann! Herrje, was ist er, halb Pferd oder was?"

Alex fluchte leise und betätigte irgendwo an der Wand den Netzschalter. Beide Bildschirme wurden schwarz. „Verdammt ... Das ist Teil einer Durchsuchung, die wir neulich bei einem Online-Pornografiestudio vorgenommen haben."

„Hä, ich dachte, deine Arbeit dreht sich nur um Pädophile? Ich verstehe, dass du Kinderpornos unterbinden möchtest, das ist sehr wichtig. Aber wieso verschwendet ihr Jungs Zeit und Geld auf eine Frau und ihre Gurke? Sie sah mir nicht so aus, als würde sie jemanden verletzen."

Seine funkelnden smaragdgrünen Augen hielten mich fest. „Pornografie in jeder Form ist entwürdigend, verwerflich und eine Abscheulichkeit für jeden, der jemals mit jemandem geschlafen hat, für den er starke Gefühle hegt."

Ups. Ich schätzte, er hatte starke Gefühle für das Thema. Ich nahm an, das war nicht weiter überraschend, da er doch sein Leben der Verfolgung Perverser widmete, die auf kleine Kinder standen. Trotzdem wartete ich immer noch darauf, einen Mann zu treffen, der sich nicht gern Bilder von nackten Frauen ansah. Ich deutete in Richtung der nun schwarzen Bildschirme. „Du willst mir also erzählen, dass der Kram, den du dir ansiehst, dich nicht wenigstens ein winziges bisschen anmacht?"

Er sah mich an als wäre ich die Brut des Teufels. „Nein, nein", beeilte ich mich, meine Aussage zu korrigieren, „nicht das Kinderzeug, die Erwachsenenbilder. Ich dachte, Männer stehen drauf, sich Frauen mit großen Hupen anzugucken und Männer, die es … nun … mit ihnen treiben."

„Ich finde es nicht im Geringsten antörnend, nein." Es war ein Wunder, dass er überhaupt sprechen konnte, so fest waren seine Kiefer zusammengebissen. Er zog mich aus dem Sessel hoch und an seine Brust.

Ich kitzelte seinen Adamsapfel. „Du sagst das, als wärst du prüde, aber du, Detective Inspector Knackarsch, bist alles andere als keusch."

Seine Lippen glitten federleicht über meine und schickten kleine Hitzefunken durch meinen Körper. Oh, was er mit nur einem Paar Lippen anstellen konnte!

„Was wir beide haben, ist nicht obszön oder verwerflich, Liebling. Was wir haben, ist der ehrliche Ausdruck von etwas, das größer ist als Lust."

„Mmm", murmelte ich und ließ das Begehren durch mich hindurchkribbeln. Ich spürte, wie es mit jeder warmen Berührung dieser göttlichen Lippen stärker und stärker wurde. „Es scheint mir, als wäre hier etwas nicht ganz richtig. Du verbringst deinen Tag damit, Pornos anzusehen ..."

Er kniff seine Augen zusammen. Ich lächelte ihn an.

„Und du und ich ... nun, du weißt, was wir tun."

„Willst du auf etwas hinaus?", fragte er und packte mich an der Hüfte. Er zog mich dicht an sich. Diese kleinen Hitzefunken, die er erschuf, weiteten sich zu einem Flächenbrand aus.

„Jup. Worauf ich hinauswill ist, dass du deinen Kuchen haben und ..." Ich klimperte mit den Wimpern. „... ihn auch essen kannst."

„Es ist mein Job, Alix, nichts weiter", knurrte er und gab mir einen letzten federleichten Kuss. Er schob mich in Richtung Couch. Er zog seine Anzugsjacke aus und zupfte an seiner Krawatte herum, als er zum anderen Ende der Wohnung ging.

„Harter Job, hm, Junge?" Ich folgte ihm in sein Schlafzimmer, pflanzte mich auf sein Bett und wippte ein-, zweimal testweise. Es quietschte nicht. Ich hob eine Hand, als er gerade etwas sagen wollte. „Du musst es nicht sagen, Alex, ich verstehe. Es ist dein Job, diese Leute hinter Gitter zu bringen. Ich habe die Polizeiberichte auf deinem Scanner gesehen. Ich ärgere dich nur ein bisschen. Das tut dir gut. Es lockert dich ein bisschen auf.“

Er schälte sich aus seinem Hemd. Mein Unterkiefer klappte beim Anblick dieser wunderbaren Brust herunter.

„Ist das so?“ Er kickte seine Schuhe fort. Mein Blick folgte seinen Händen, als sie Zentimeter für Zentimeter langsam seinen Hosenstall öffneten. „Ich hatte etwas anderes im Sinn, um mich aufzulockern.“

Ich schluckte ein paarmal, um nicht zu sabbern. „Oh Baby, wirklich?“

„Heiß hier.“ Das war die Untertreibung des Jahres! Ich fühlte mich auch ein wenig ausgedörrt. „Ich gehe jetzt duschen. Vielleicht möchtest du die Unterhaltung dort fortsetzen?“

Er deutete mit seinem Kopf in Richtung Badezimmer. Ich zerriss fast mein Kleid beim Versuch, es auszuziehen, während ich meine Schuhe und meine Unterwäsche loswerden wollte und mich schon auf dem Weg ins Badezimmer befand.

„Du könntest mir helfen“, sagte ich schnippisch, als ich in meinem Kleid verheddert dastand. Der Haken meines BHs hatte sich in meinen Haaren verfangen und ich hüpfte auf einem Bein, um das Höschen loszuwerden, das an der Schnalle meiner Sandalen festhing. „Du musst nicht nur da herumstehen und mich auslachen.“

Alex krümmte sich und lachte, als ich auf ihn zuschlurfte. Ich hatte eine gekrümmte Quasimodo-Haltung angenommen, weil ich so hastig versucht hatte, mich meiner Kleidung zu entledigen.

„Du zahlst mir gerade die kleine Regenmantelepisode heim, oder?" Ich strampelte mit meinen Füßen die Unterwäsche und mein Kleid fort, während ich den Haken meines BHs endlich aus meinem Haar freibekam, wobei ich allerdings eine dicke Strähne ausriss. „Au! Mist! Siehst du, was du getan hast? Bist du nun zufrieden? Jetzt habe ich eine kahle Stelle."

Alex richtete sich auf und deutete auf seinen Unterleib. „Die passt zu meiner."

„Hrmph. Niemand außer mir wird deine sehen. Zumindest…" Ich sah ihn böse an, während er die Schnalle meiner Sandale löste und seine Hand an meiner Wade hinaufgleiten ließ. „… sollte niemand außer mir es wagen, deine kahle Stelle zu sehen!"

Seine Hände bahnten sich weiter ihren Weg mein Bein hinauf. Seine Lippen folgten ihnen, küssten weiter und weiter, bis beide Hände an meinem Kopf lagen und die kahle Stelle streichelten. Seine Lippen lagen auf meinen, lockten mich, entflammten mich, ließen mich für ihn brennen. Meine eigenen Hände begaben sich auf Entdeckungsreise. Ich genoss sein Stöhnen der Lust, als ich meine Finger in seinen wundervollen Hintern grub und ihn näher zu mir heranzog, während ich meinen Unterleib gegen die Härte seiner Erektion drückte.

Ohne dass ich mitbekommen hatte, dass wir uns bewegten, waren wir im Badezimmer und Alex drehte den Wasserhahn auf.

„Äh ... Alex ... sollten wir nicht im Schlafzimmer sein? Dein Bett ist bestimmt bequemer als der Fußboden."

„Später", sagte er mit seinen Lippen an der kitzligen Stelle in meinem Nacken. Seine Hände glitten meinen Rücken hinab, streichelten über meine Pobacken und an meinen Seiten wieder hinauf, sodass meine Brüste vor Verlangen schmerzten. Er beugte seinen Kopf nach vorn und probierte erst den einen, dann den anderen Nippel. Ich grub eine Hand in seine Schulter und bog meinen Rücken durch, damit er besser an meine Brüste herankam. Mit meiner anderen Hand umfasste ich seine Hoden, massierte und zog mit dem sanften Druck, der ihn verrückt machte.

„Alex, ich glaube wirklich, dass das Schlafzimmer eine bessere Wahl ist als ein kalter Badezimmerfußboden."

„Wir werden nicht auf dem Boden liegen," sagte er mit heißem Atem an meinem Brustbein und schob mich in die Dusche. „Hattest du noch nie Sex in der Dusche?"

Das Wasser war lauwarm, Körpertemperatur, nicht warm und auch nicht kalt. Er drückte mich an die Wand der Dusche und umfing mich mit seiner wunderbaren Wärme. Sein Brusthaar kitzelte meine Brüste. Wir waren beide nass.

„Äh ... nicht wirklich. Ich schätze, am nächsten war ich an Sex unter der Dusche dran, als einer meiner Freunde einen Banana Split aus mir gemacht hat."

Alex war gerade dabei, einen Waschlappen mit Seife aufzuschäumen, als er innehielt und mich mit einer wunderschönen hochgezogenen Augenbraue ansah.

„Du weißt schon, mit Schlagsahne und Schokosoße und Kirschen. Es war eine ziemliche Sauerei. Aber das hier ... Bist du dir sicher? Das ist was anderes, nicht? Du wirst nicht plötzlich völlig pervers mit mir, oder? Denn wenn ja, solltest du wissen, dass ich ein ziemlich spießiges Mädchen bin, wenn es um Sex geht."

Er grinste lüstern und rieb seine seifigen Hände über meinen Bauch hoch zu meinen Brüsten und bedeckte meine ganze Vorderseite mit Seifenschaum. „Du hast gesagt, ich solle locker werden, Liebling. Lockerer werde ich nicht."

Seine Hände glitten meinen Rücken hinab und bewegten sich wie heiße Seide über meine Haut, als er sicherstellte, dass mein Körper völlig eingeseift war. Das Gefühl seiner Hände, die meine Beine hinaufstrichen, ließ meine Knie fast weich werden, besonders, als mir klar wurde, wohin diese Hände wollten. In mir, tief in mir, verbreitete das Feuer, das er entzündet hatte, seine Hitze, wärmte mich und machte mich bereit für seine intimste Berührung. Er spreizte die Finger und massierte auf raffinierte Weise an meinen Oberschenkeln entlang. Er hielt kurz inne, um noch mehr Seife aufzuschäumen, bevor er seinen Weg zu meiner Mitte fortsetzte.

„Öffne deine Beine für mich, Liebling", flüsterte er mit vor Verlangen heiserer Stimme. Ich bewegte mich ein wenig, damit er besseren Zugang hatte, und keuchte, als er an mir entlangglitt, mich öffnete und eintauchte, um die Hitze zu spüren, die er selbst erschaffen hatte.

„Herrgott, bist du heiß", stöhnte er an meinem Hals. Sein Atem klang fast so abgehackt wie mein eigener. Ich wollte ihn ebenfalls berühren, ihm dasselbe geben, was er mir gab, ihn verrückt und ungehemmt machen. Aber ich konnte nichts anderes tun, als mich an seinem Hals festzuklammern. Ich war nicht in der Lage zu sprechen, während seine Finger ihren magischen Tanz tanzten, meine Lust und meine Begierde fütterten, bis ich dachte, ich müsse vor Lust schreien.

„Alex, bitte", wimmerte ich, unsicher, worum ich ihn bat, aber sicher, dass nur er mir geben konnte, was immer es auch war.

„Ich kann nicht mehr warten, Liebling", stöhnte er und knabberte an meinem Hals. Seine Hände glitten an meinen Rücken, umklammerten meine Pobacken und hoben mich hoch. „Ich habe den ganzen Morgen an dich gedacht. An deinen Geschmack, das Gefühl deiner Haut, und wie es sich anfühlt, wenn deine Enge mich umgibt. Ich will dich jetzt, Alix. Schling deine Beine um mich."

Er hob mich ein Stück höher an seine Brust, ich schloss meine Beine um seine Hüften und drückte meinen Rücken an die Wand. Ganz sanft, mit einer Langsamkeit, die mich fast umgebracht hätte, drang er in mich ein, öffnete mich leicht, füllte mich aus und vervollständigte mich. Ich knabberte und küsste seine Lippen, bis er mir gab, was ich wollte, um dann an seiner Zunge zu saugen und sein Stöhnen tief in seiner Brust zu spüren. Ich bog meine Beine um seine Hüften und schrie vor Unzufriedenheit, als er aus mir hinausglitt. Kurz darauf wiederholte ich meinen Schrei, als er mich wieder ausfüllte.

„Herrgott, das halte ich nicht lange aus", keuchte er, als ich meine Fingernägel in seine Schulter grub und leicht seinen Rücken kratzte. „Ich habs versucht, aber ich kann nicht ... oh Gott, es tut mir leid, Alix. Das hier geht schnell."

Er stöhnte laut in meinen Mund und stieß tief in mich hinein. Sein Körper hatte die Kontrolle übernommen. Mein Körper antwortete entsprechend und passte sich seinem Rhythmus an. Mein Herz raste gemeinsam mit seinem, als wir gegeneinander kämpften, versuchten, den anderen noch weiter zu treiben, näher an den Moment der Verzückung heran, an den Moment, an dem wir durch viel mehr als körperliche Nähe verbunden sein würden. Er stieß in mich hinein, und ich stemmte mich gegen ihn, hitzige Worte des Lobes in meinen Ohren berührten meine Seele, bis er alles davon in Besitz genommen hatte. Alles von mir. Er verschmolz mit mir, als wir diesen letzten Gipfel erklommen, den Moment der tiefen Lust. Hier waren keine zwei Menschen, die in der Dusche Sex hatten – hier war nur eine wunderbare Kreation, die den besten Teil von uns darstellte.

Alex' Lustschrei hallte in mir wider und erhob sich über das Rauschen der Dusche. Er echote in meinem Herzen, und ich gab ihm das einzige Geschenk, das ich ihm geben konnte.

„Ich liebe dich, Alex", keuchte ich an seinem Hals und küsste die nasse Haut über seinem Schlüsselbein. „Ich liebe dich."

Er drehte seinen Kopf, bis seine Lippen die meinen fest berührten. Spitze dunkelbraune Wimpern umrahmten Augen, die so grün waren, dass sie einen Kobold zum Weinen gebracht hätten. Ich wusste, dass er mein geflüstertes Bekenntnis gehört hatte. Ich konnte sehen, wie sich Leidenschaft und Zweifel in seinen Augen mischten, aber er sagte nichts.

Das warme Wasser floss weiter über uns hinweg, als
er mich küsste und mich festhielt, bis meine zitternden
Beine wieder allein stehen konnten. Die Worte der
Liebe, die ich ausgesprochen hatte, hingen bedeutungs-
schwer in der feuchten Luft.

Bis ich hinuntersah.

„Oh, Mist! Wir haben deinen Regenmantel vergessen!"

Kapitel Zehn

„Närrin!", schimpfte Rowena sich selbst und schritt in ihrem feuchten Gefängnis auf und ab. „Ich bin eine tausendfache Närrin!"

„Oh, sagt das nicht, meine Dame!", schrie Babette, Rowenas kleine Magd, die sich an den Riegel der eisengebänderten Tür klammerte, die sie im unterirdischen Verlies des Mysteriösen Spaniers gefangen hielt. Zwischen ihren Schlägen an der Tür und ihren Hilferufen sprach sie. „Es war nicht Eure Schuld, dass der Mysteriöse Spanier Eure Liebeserklärung an Lord Raoul mitgehört hat! Es war das Schicksal, das uns so weit hat sinken lassen, nicht die Liebe, meine Dame. Niemals die Liebe. Was auch immer geschieht, leugnet nie Eure Liebe zu Lord Raoul! Wahrlich, Liebe ist ein wunderbares und großes Gefühl..."

„Schweigt still", sagte Rowena schnippisch und ignorierte die unwillkommenen Worte der Magd. „Liebe ist Torheit. Liebe ist verrückt. Ich liebe niemanden, am wenigsten Lord Raoul. Ich war vorübergehend umnachtet, als ich mit ihm sprach. Beherrscht von seinen überwältigenden und extrem schönen männlichen Attributen und dergleichen. Liebe? Ha ha! Ich lache beim bloßen Gedanken daran! Ich habe niemals etwas so Lächerliches gehört, in allen ... Jahren ... meines Lebens!"

Als ich die letzten Worte las, nahm meine Stimme einen stechenden, schrillen Ton an, der mich zurückzucken ließ. Ich kämpfte mit zusammengebissenen Zähnen gegen mein Bedürfnis an, mich dafür zu entschuldigen, saß stattdessen still und wartete auf die Einschätzung. Als keine kam, hielt ich es für erforderlich, meine Zuhörerschaft zum Sprechen zu animieren.

„So weit bin ich bis jetzt. Es ist fast das Ende – Lord Raoul wird Lady Rowena vor Lord Thomas retten – dieser ist der Mysteriöse Spanier in Verkleidung – und das war's. Meine Agentin denkt, sie hat einen Verleger, der es mögen wird."

Ich hob meinen Blick von Alex' vertrauten Zügen und sah über den schweren Eichentisch hinweg, wo ein Mann inmitten einer flackernden Fülle von Schatten saß, die die Kerzen an die Wände warfen. Sie spendeten das einzige Licht im Raum. Daniel, Alex' Schriftstellerfreund, war ein Einsiedler, der sich selten aus seinem Haus wagte. Zuerst dachte ich, das habe etwas damit zu tun, dass er im Rollstuhl saß, aber es stellte sich heraus, dass er es einfach vorzog, allein zu sein, sich im Internet mit Freunden aus aller Welt zu treffen und die mehreren tausend Filme anzusehen, die er in seiner persönlichen Sammlung hatte.

Das störte uns jedoch nicht. Er sollte mir trotzdem seine Meinung zu meinem Buch sagen.

„Ähm ... Daniel? Mir ist klar, dass ich nur ein einziges Kapitel vorgelesen habe, aber was meinst du dazu? Klingt es vielversprechend? Ich weiß, es ist nicht perfekt und teilweise noch etwas grob, aber jeder, den ich gefragt habe, schien es zu mögen."

Ich beugte mich vor, während ich sprach. Ich hoffte, so einen Blick in seine Augen werfen und einschätzen zu können, ob seine Antwort nur höflich war oder ob er wirklich meinte, was er sagte. Es half, dass er schöne samtbraune Augen hatte, die Äonen von Weisheiten zu beherbergen schienen. Auf dem Weg zu Daniels Wohnung hatte Alex mir erzählt, dass Daniel eigentlich aus Simbabwe stammte und mit seiner Familie während einer der gewaltsameren politischen Aktionen nach England geflohen war. Das vorurteilbehaftete Schulsystem hatte ihn als einen ignoranten Eingeborenen betrachtet. Daniel hatte es jedoch allen Widrigkeiten zum Trotz geschafft, einer der stärksten britischen Belletristik-Autoren zu werden, und seine Bücher verkauften sich in den Vereinigten Staaten genauso gut wie in England.

Daniel saß stocksteif da. Ich beugte mich zum anderen Ende des Tischs hinüber und fragte: „Atmet er noch?“

Ein bellendes Lachen aus der dunklen Ecke bestätigte, dass Daniel immer noch bei uns war, aber Alex ließ sich von Kleinigkeiten wie einem Sinn für Humor nicht ablenken. Er drehte ein Weinglas in seinen langen Fingern. Er trank nichts davon, sah nur hin und wieder mit finsterem Blick in die goldenen Tiefen, als würde er nach einer Erkenntnis suchen. „Alix, ich habe dich vorhin schon gewarnt, dass es nicht fair ist, Daniels Rat zu einem Buchgenre zu erbitten, das er selbst nicht schreibt, und wie ich annehme auch nicht liest. Das ist wie Äpfel mit Orangen zu vergleichen.“

„Nein, ist es nicht", unterbrach ich ihn und lächelte in Alex' Interesse entschuldigend zu Daniels Schattengestalt hinüber.

„Das mag sein, aber trotzdem bringst du ihn in eine unhaltbare Situation."

Ich drehte mich wieder zu Alex um und kniff meine Augen zusammen angesichts seiner Bezichtigung. Zur Hölle mit diesem Mann! Konnte er nicht sehen, dass ich versuchte, eine Unterhaltung unter Autoren mit seinem Freund zu führen? Deshalb hatte er mich doch zu Daniel mitgenommen, oder nicht? Verstand er nicht, wie wichtig das hier für mich war? Und *worauf* wollte er hinaus? „Willst du sagen, dass ich ihn in Verlegenheit bringe, weil meine Arbeit schlecht ist?"

„Nein, natürlich nicht, aber du musst zugeben, dass es nicht besonders ... ähm ..."

Ich keuchte, als mich die volle Bedeutung seiner Worte traf. „Das willst du wohl! Genau das willst du sagen! Du denkst, meine Geschichte ist grässlich, nicht wahr, du aufgeblasener ... wichtigtuerischer ... Nicht-Leser!"

Seine Lippen verzogen sich zu einem Strich. „Du legst mir wieder Worte in den Mund, Alix. Aber dieses Mal habe ich nicht vor, mich von dir beleidigen zu lassen. Wenn du dich über so etwas Triviales aufregen möchtest ..."

„Trivial? *Trivial?* Meine Schriftstellerkarriere ist nicht trivial!"

„Das habe ich auch nie gesagt", knurrte Alex mir zu und stellte sein Weinglas mit Nachdruck auf den Tisch. Ich erwartete, den Stiel brechen zu sehen, aber es war gut gefertigt und vibrierte nur warnend.

„Für mich hörte es sich so an! Du sagtest, mein Buch sei trivial ...“

„Herrgott!“ Alex fuhr sich mit der Hand durch die Haare, die nun stellenweise abstanden. „Würdest du damit aufhören, deine Unsicherheiten und Selbstzweifel auf mich zu projizieren? Alles was ich gesagt habe, war, dass du dich über so etwas Triviales aufregst – nämlich über meine Meinung zu deiner Geschichte.“

„Deine Meinung ist nicht trivial, verdammt noch mal! Und welche Unsicherheiten und Selbstzweifel? Das ist wirklich beleidigend! Ich habe keine Unsicherheiten und Selbstzweifel! Ich bin die selbstsicherste Person, die ich kenne!“

Er nahm einen tiefen Atemzug und atmete langsam wieder aus. Ein Muskel in seinem Kiefer bewegte sich, als er seine Zähne lang genug voneinander löste, um zu sagen: „Alix, du nimmst das viel zu persönlich. Alles was ich gesagt habe, war, dass Daniel vielleicht nichts bewerten möchte, womit er sich nicht auskennt. Literaturkritik ist kompliziert genug ...“

„Ha!“ brach es aus mir hervor. Seine grausamen Worte hatten mich verletzt. Ich war nicht unsicher. Ich erkannte eben meine Fehler an, gab sie zu, anstatt sie zu verstecken. „Etwas gewagt von einem Mann, der möglicherweise nicht einmal seinen Weg aus einer Papiertüte hinauskritisieren könnte. Mach nur, erzähl uns alles darüber, Alex. Ich bin sicher, du hast einen Haufen Kritikerfähigkeiten, wenn es darum geht, Bilder von nackten Frauen anzuschauen, die sich selbst mit Gartenprodukten befriedigen!“

„Du bestehst also darauf, es persönlich zu nehmen.“ Alex schüttelte in gespielter Betrübnis seinen Kopf. Ich spuckte ein Schimpfwort aus und stand auf, ging zu ihm hinüber und stach ihm einen Finger in die Brust.

„Warum nicht, du hast mir gerade gesagt, dass meine Arbeit scheiße ist!"

„Habe ich nicht", knurrte er. Seine Augen glitzerten im Zwielicht als er sich aus seinem Stuhl erhob. „Aber wenn du weiter auf diesem Thema herumreiten möchtest, werde ich dir ganz genau sagen, was ich davon halte."

„Nun, wie du vielleicht bemerkt hast, fragt aber niemand nach deiner Meinung, Detective Inspector Herz-aus-Stein!" Ich piekte ihn noch mal in die Brust, nur um ihn zu ärgern. Es funktionierte.

„Und das ist auch verdammt gut so!", sagte er.

„Ach ja? Und was soll *das* jetzt wieder heißen?"

„Genau das, was du denkst, dass es heißt!"

„Aha."

Wir drehten uns beide zum Ende des Tischs um, wo unser Gastgeber saß.

Ich drehte mich wieder zu Alex, die Hände in den Hüften. „Ganz toll! Siehst du, was du getan hast? Du hast mich vor deinem Freund zum Ausrasten gebracht. Ich hoffe, du bist nun zufrieden, Mr. Mach-nie-eine-Szene!"

Ich marschierte zu meinem Stuhl zurück und brachte für Daniel ein kleines Lächeln zustande. „Du musst Alex vergeben. Sicher weißt du, dass er der anstrengendste aller Männer ist und sogar den Papst dazu bringen könnte, lästerlich zu fluchen."

„Alix …", kam ein warnendes Knurren vom anderen Ende des Tischs. Ich ignorierte es und hielt mein Lächeln fest auf Daniel gerichtet.

„Es ist deine Meinung, die ich hören wollte, Daniel. Ich bin ganz allein in London, verstehst du, und ich habe sonst niemanden, den ich um Unterstützung bitten könnte …"

„Herr im Himmel, ich hätte meine Geige mitbringen sollen."

Es kostete mich immense Anstrengung, aber ich reagierte nicht auf Alex' Stichelei. Ich wusste nicht, warum er in einer so unvernünftigen Stimmung war, aber ich konnte mir vorstellen, dass es etwas mit meinem Liebesgeständnis von gestern Abend zu tun hatte. Männer, das wusste ich, wurden immer nervös, wenn das Thema Liebe aufkam. „Wie ich bereits gesagt habe, habe ich sonst niemanden, den ich um Unterstützung für mein Buch bitten kann. Also würde ich es sehr schätzen, wenn du mir ein oder zwei Ratschläge geben und mich vielleicht wissen lassen könntest, was du als Problemzonen der Geschichte empfindest."

„Ich denke …" Die Worte rollten ebenso leicht aus der Ecke hervor, wie der Rollstuhl nach vorn ins Licht glitt. Ich war erleichtert, ein Lächeln auf Daniels Gesicht zu sehen. Gott sei Dank war er wegen Alex' Szene nicht beleidigt.

„Ja? Du denkst …? Was denkst du?" Er lächelte – das konnte doch nur Gutes bedeuten!

„Ich weiß, was *ich* denke …" kam ein Murmeln von der anderen Person im Raum.

Daniel schürzte seine Lippen. „Ich glaube …"

Ich hielt den Atem an. Sicher hatte er keine Kritik im Sinn, nicht mit diesem Glitzern in den Augen. Er verschränkte seine Finger unter dem Kinn und sah mich nachdenklich an.

„... und es hat mit der Fähigkeit bestimmter Leute zu tun, mir jedes Wort im Mund herumzudrehen ...“

Ich warf Alex einen schnellen und finsteren Blick zu und wandte mich wieder dem Mann zu meiner Linken zu. „Du glaubst ...?“

„Ich würde meinen ...“

Oh Gott, die Spannung brachte mich um! Ich klammerte mich an die Tischkante, lehnte mich nach vorn und wartete darauf, dass er es endlich sagte.

„... in dem Versuch, eine sich selbst erfüllende Vorhersage von Verderben zu rechtfertigen ...“

Ich wirbelte für eine Nanosekunde nach rechts herum. „Alex, halt den Mund!“ Daniel grinste, als ich mich wieder zu ihm zurückdrehte. „Was? Was würdest du meinen? Um Himmels willen, *was*?“

„... nur, weil sie Probleme hat, sich festzulegen, und es nicht zugeben will.“

„Oh!“ Ich sprang aus meinem Stuhl auf und schlug mit der flachen Hand auf den Tisch. Ich beugte mich zu Alex hinüber. „Ich habe keine Probleme, weder damit, mich festzulegen, noch sonst welche, du schrecklicher, nerviger Mann! Du bist der mit den ganzen Problemen! Du bist spießig und kontrolliert und du würdest Spontaneität nicht mal erkennen, wenn sie auf deinem dickschädeligen ... äh ... Schädel tanzen würde! Nur weil ich mich mit der Wirklichkeit auseinandersetzen will, während du in deiner behüteten kleinen Welt lebst, wo nichts und niemand dich je berührt, musst du nicht denken, dass du mir erzählen kannst, ich hätte Probleme! Du möchtest über Probleme reden? Gut, reden wir über Probleme. Du bist so verdammt steif, dass es ein Wunder ist, dass du überhaupt sitzen kannst!“ Ich richtete mich auf und funkelte Daniel an, der seinen Kopf schüttelte und leise vor sich hin lachte. Männer! Sie waren alle entnervend. Ich nahm einen tiefen Atemzug und versuchte, den Befehlston aus meiner Stimme herauszuhalten. Ich war nicht hundertprozentig erfolgreich. *„Nun, was zur Hölle wolltest du gerade über meine Geschichte sagen?"*

Daniel lachte lauter, tupfte sich seine Augen mit einer Ecke seiner Serviette ab und bedeutete mir mit einer Geste, mich wieder zu setzen. „Entschuldige Alix, ich wollte die Dinge nicht verschlimmern, es ist nur, du bist so …"

Er brach erneut in Gelächter aus. Ich nahm die kleine Garnelengabel vom Tisch auf, die über meinem Teller gelegen hatte, wog sie in der Hand und fragte mich, welchen Schaden man damit anrichten konnte. „Ich werde dich mit dieser Cocktailgabel umbringen, Daniel, wenn es sein muss! Glaube nicht, ich würde es nicht tun!"

Er wischte sich wieder die Augen und gab sich tiefem Gelächter hin, stotterte und zischte, als er versuchte, während des Lachens zu sprechen. „… du bist so *perfekt* für Alex!"

Ich starrte ihn einen Moment lang an und sah dann zu Alex. „Es tut mir leid, dir das sagen zu müssen, aber dein Freund ist ein Kandidat für die Klapsmühle."

Alex war immer noch wütend, weil ich ihn dickschädelig genannt hatte. Er ignorierte mich und warf Daniel einen säuerlichen Blick zu.

„Nein wirklich, ihr zwei seid perfekt füreinander. Ich kann mich nicht erinnern, Alex je so außer sich gesehen zu haben, wirklich außer sich, und über so etwas Lächerliches auch noch.“

Ich empörte mich erneut über den verleumderischen Kommentar. „Na, schönen Dank auch!“

Er bügelte seinen Fehler schnell wieder aus. Er nahm meine Hand in seine und küsste meine Finger. „Nein, nein, das war keine Beleidigung, süße Alix, es war ein Kompliment.“

Vom anderen Ende des Tischs war etwas zu hören, das verdächtig nach einem leisen Knurren klang.

Daniel legte seine Hand auf meine und drückte sie leicht. Ich lächelte, leicht verunsichert über seine Methode, Komplimente zu verteilen, aber unfähig, seinen schönen dunklen Augen zu widerstehen, die nun dicht vor mir waren. Wären unsere Geschlechter umgekehrt gewesen, hätte ich schwören können, dass er mir mit seinen Wimpern zugeklimpert hat.

„Jedoch bin ich nicht überrascht, dass eine so schöne Frau wie du nötig war, um zu ihm vorzudringen.“

Ah, Schmeicheleien. Die funktionierten bei mir immer. Ich steigerte das Strahlen in meinem Lächeln und entschied, Daniel von meiner Liste idiotischer Männer zu streichen und den ersten Platz an den Mann zurückzugeben, der auf der anderen Seite des Tisches merkwürdige Geräusche machte.

„Es würde eines stärkeren Mannes bedürfen, der verführerischen Kraft in deinen provokanten, tief-mysteriösen Augen zu widerstehen.“

„Oh“, sagte ich, ein wenig wuschig, als er meine Hand hob, um erneut meine Finger zu küssen. Verführerisch? Provokant? Mysteriös? Ich? Seine Lippen verweilten auf meinen Knöcheln und sein dunkler

Schnäuzer kitzelte an meiner Hand, während er mit Blicken mit mir flirtete. „Oh."

„Hör auf, sie zu misshandeln", knurrte Alex.

Daniel lächelte und zwinkerte mir zu, als er meine Hand losließ. „Er klingt eifersüchtig. Bist du eifersüchtig, weil ich die Hand deiner schönen Lady genossen habe, Alex?"

„Ich bin nicht eifersüchtig."

Wir beide sahen Alex an. Er *sah* eifersüchtig aus. Das brachte mein Herz zum Flattern, und es sang ein glückliches kleines Lied darüber, wie wunderbar es war, wenn hübsche grünäugige Männer mit ihren Zähnen knirschten und sich anhörten, als würden sie mit einem Mund voller Kies sprechen, weil sie vor Eifersucht buchstäblich schäumten.

„Bist du sicher?", fragte ich und legte meinen Kopf schief, als ich bemerkte, wie die Muskeln in seinem Kiefer zuckten. „Vielleicht sollten wir es noch mal versuchen, nur um sicherzugehen."

Ich streckte meine Hand in Daniels Richtung aus und bewegte einladend meine Finger.

„Alexandra!", bellte Alex und schlug mit der Faust auf den Tisch. Ich sah Daniel an und zog meine Hand zurück.

„Er ist eifersüchtig."

„Ja, definitiv", sagte Daniel mit einem zufriedenen Nicken. „Das ist ein gutes Zeichen. Nun, um wieder auf die – Alex, beruhige dich, wir sind mit unseren Experimenten mit deiner neu gefundenen Eifersucht fertig, steck es weg und kehre zur zivilisierten Menschheit zurück – um auf die Frage zurückzukommen, die du mir gestellt hast, Alix. Ich würde dir sehr gern meine Meinung, meinen Rat und meine Hilfe mit deinem Manuskript anbieten, aber ich muss es ganz lesen. Ich kann dir basierend auf nur einem Kapitel nicht helfen."

Die kleine Stimme in meinem Kopf wies mich darauf hin, dass es unvernünftig war, Zurückweisung zu empfinden, nur weil Daniel nicht gesagt hatte, dass mein Roman der Beste seit *Vom Winde verweht* war. Trotz dieses weisen Rates hatte ich Schwierigkeiten, meine Stimme nicht so enttäuscht klingen zu lassen, wie ich mich fühlte. „Oh. Ich schätze, das ist sinnvoll. Ich bringe dir das ganze Manuskript morgen vorbei, soll ich?"

„Wie du möchtest." Daniel nickte und drehte sich abrupt mit seinem Rollstuhl herum. Er führte uns aus seinem Esszimmer in ein elegant eingerichtetes Wohnzimmer. „Und nun, meine Freunde, habe ich einen Leckerbissen für euch – einen besonderen Film zu Alix' Ehren."

„Ein besonderer Film? Wie schön!" Ich nahm Alex' Hand, als wir Daniel folgten. Alex war immer noch beleidigt und versuchte, sie wegzuziehen, aber ich hielt sie fest. „Hör auf, dich so eifersüchtig aufzuführen", flüsterte ich.

„Ich ... bin ... nicht ... eifersüchtig", zischte er zurück.

„Schön", flüsterte ich und ließ seine Hand los. „Dann halte ich eben Daniels Hand. Ich mag ihn – er hat so einen Schlafzimmerblick. Ich bin sicher, er würde gern meine Hand halten. Er kann mit seinem Zeigefinger so schöne kleine Kitzelsachen machen ..."

Alex griff mich am Handgelenk. Ich grinste innerlich. Er war eifersüchtig.

„Sei nicht so verdammt vorhersehbar, Alix. Ich durchschaue deine kleinen Spielchen genau.“

„Spielchen? Und was für Spielchen sollen das sein? Ich spiele keine Spielchen. Ich weiß nicht, wovon du sprichst“, log ich. Und fragte mich, welches Spielchen er wohl bemerkt hatte – das Spielchen, ihn wahnsinnig eifersüchtig zu machen, das Spielchen, ihn dazu zu bringen, mir seine unsterbliche Liebe zu gestehen oder das Spielchen, das ihn wieder mit mir in die Dusche treiben sollte. Es konnte sich natürlich auch um jedes beliebige andere Spielchen handeln, das ich mit ihm spielte, aber diese drei waren die ersten, die mir in den Sinn kamen.

„Ich weiß, dass du nur mit Daniel flirtest, um eine Antwort von mir zu bekommen. Aber das wird nicht funktionieren. Ich bin unempfänglich für solche erbärmlichen Listen.“

Daniel war damit beschäftigt, ein Video auszusuchen, das er auf dem riesigen Fernseher abspielen wollte, der an der Wand befestigt war.

„Du hast recht“, sagte ich zu Alex und schüttelte seine Hand von meinem Knöchel. „Das ist erbärmlich von mir. Soll ich stattdessen mit dir flirten?“

„Nein“, sagte er eingeschnappt und ließ sich auf eine schöne, schokobraune Ledercouch fallen. „Ja. Ach, zur Hölle, mir egal, mach was immer du verdammt noch mal willst. Es ist ja nicht so, als hätte ich in meinem Leben noch irgendetwas zu sagen.“

„Mein Freund“, sagte Daniel und rollte herüber, um Alex kameradschaftlich auf die Schulter zu klopfen. „Du hast die erste Wahrheit einer jeden Beziehung gelernt: Dein Leben gehört nicht länger dir allein.“ Er sah mich neugierig an, als ich vor Alex stand. „Wenn du dich in diesen Sessel neben mir setzt, süße Lady, werde ich sehr gern deine Hand halten und schöne kleine Kitzelsachen mit meinem Finger machen."

„Das ist sehr aufmerksam von dir, aber ich denke, ich werde besser diesen Detective hier unterhalten. Er kann auch ein paar sehr schöne Dinge mit seinen Fingern tun."

Als ich mich neben Alex zusammenrollte, sah er schon ein bisschen weniger mürrisch aus. Er bewegte sich sogar, um einen Arm um mich zu legen und mich näher zu sich heranzuziehen. Ich legte meinen Kopf an seine Schulter und atmete seinen wunderbaren Duft ein, der ihn stets umgab. Ich fragte mich, ob Daniel es sehen würde, wenn ich meine Hand an Alex' Oberschenkel nach oben schob.

„Ja", hauchte Alex in mein Haar.

Ich legte meinen Kopf in den Nacken, um ihn anzusehen. „Hmm?"

„Er wird es sehen. Tu es nicht."

„Woher wusstest du, was ich gerade denke?"

Alex verzog die Lippen zu einem Grinsen, das ich gerade noch sehen konnte, bevor Daniel das Licht ausschaltete.

„Weil ich gerade daran gedacht habe, bei dir dasselbe zu machen", sagte er und legte seine Lippen auf meine.

Ich wurde schlaff in seinen Armen, unfähig, dem köstlichen Ansturm seiner Lippen zu widerstehen. Wäre ich ein Spion gewesen, ich hätte ihm alles erzählt, wenn er mich so geküsst hätte. „Deine Zunge sollte als gefährliche Waffe registriert werden", murmelte ich, als unsere Lippen sich trennten.

„Wenn ihr beide da drüben mit Knutschen fertig seid, zeige ich euch meinen besonderen Film. Alix, als dieser Mann hier mir erzählte, dass er eine Amerikanerin zum Abendessen mitbringen würde, war mir klar, dass ich eine echte kleine Besonderheit würde auftreiben müssen. Es kostete Paula – sie ist meine Forschungsassistentin – den ganzen Tag, mir den Film zu besorgen, aber sie hat es geschafft. Und nun können wir alle die Früchte ihrer Arbeit genießen. Alex, du wirst den Film auch mögen. Scotland Yard spielt eine Rolle darin.“

„Oooh, ich liebe Krimis“, hauchte ich und kuschelte mich an Alex. Ich war bereit, einen besonderen Film zu meinen Ehren zu sehen. „Geht es um die Geschichte des Black Museums? Ich würde so gern dort hingehen, aber Mr. Bricht-nie-die Regeln möchte mich nicht mitnehmen.“

„Es ist besser als das“, sagte Daniel und wedelte mit der Fernbedienung durch die Luft. Er drückte einen Knopf und auf dem riesigen Bildschirm vor uns erschien groß und rund der Mond. „Es ist *American Werewolf in London!*“

„So ist es.“ Ich schielte zu Alex.

„Werwölfe?“, fragte er Daniel.

„Werwölfe. Wart's ab, du wirst es lieben.“

Alex sah nicht sehr überzeugt aus.

Der Film war nicht so lang, wie ich ihn in Erinnerung hatte, und er hatte den Vorteil, dass er teilweise in London gedreht worden war. Ich kicherte bei manchen Einstellungen wie der, in der ein Mann durch die scheinbar endlosen, irrgartenartigen, gelb gekachelten Tunnel einer U-Bahnstation lief. Ich war in Stationen wie dieser gewesen – in der Tat waren Alex und ich an diesem Abend durch genau die aus dem Film gekommen – was den Spaß noch vergrößerte, den es mir bereitete, dass sie im Film leicht auf die Schippe genommen wurden.

Ich würde später für diesen Genuss bezahlen.

Der Rest unseres Abends bei Daniel verlief gut, mit nur kleinen Beschwerden von Alex' Seite aus. Es war sehr spät, als wir aufbrachen, und ich fühlte keine Reue, nachdem ich Daniel erlaubt hatte, mir mehrere Gläser eines besonders verführerischen Weißweins zu kredenzen, der stärker war, als ich es mir vorgestellt hatte. Als wir gingen, war ich glücklich und zufrieden und mir war ein wenig schwindlig. Alex wollte ein Taxi rufen, aber ich sagte ihm, er sei ein Weichei.

„Komm schon, hier ist deine Gelegenheit, mitten in der Nacht durch die Leicester Square U-Bahn-Station zu laufen, genau wie im Film. Du möchtest es dir doch nicht entgehen lassen, einen Werwolf zu sehen, oder?"

Alex starrte in den Nachthimmel hinauf und ließ sich von mir mitziehen. „Es ist kein Vollmond."

„Gut, dann wird es eben ein mickriger Werwolf sein. Einer, der durch den nicht ganz vollen Mond geschwächt ist. Du solltest leicht mit ihm fertig werden!"

„Willst du damit sagen, dass ich es nicht mit einem vollwertigen Werwolf aufnehmen könnte?", fragte Alex und zog mich an sich heran, sodass er an meinem Hals knabbern konnte. Er knurrte und schickte kleine Freudenschauer meine Arme hinauf und hinab.

„Du bist leichtsinnig", kicherte ich, glücklich mit ihm, glücklich mit London, glücklich mit der Welt.

„Bin ich nicht", sagte er mit großer Würde, als wir um eine Ecke bogen und die Straße in Richtung U-Bahn-Station überquerten. „Ich habe nur meine gefürchtete Kontrolle für dich gelockert."

Ich kicherte wieder. „Leichtsinnig."

An manchen Tagen, besonders an Sonntagen, schließen einige U-Bahn-Stationen spät am Abend. Das war auch bei der Leicester Square-Station der Fall. Wir kamen gerade noch hinein, bevor der Wächter das Eingangstor schloss.

„Ihr beeilt euch besser", sagte er und nickte uns zu, als Alex ein paar Münzen für den Ticketautomaten hervorkramte.

„Der letzte Zug kommt in vier Minuten."

Wir eilten die Treppen hinunter und liefen durch die unheimlichen leeren Korridore. Die gekachelten Wände warfen das Geräusch unserer Schritte zurück.

„Junge, ist das unheimlich", murmelte ich, klammerte mich an Alex' Hand, lief neben ihm her und rümpfte meine Nase, als ich den Gestank von altem Urin wahrnahm, der mit einem Hauch von Putzmitteln vermischt war. Die Luft schien um uns herum zu pulsieren, und ich stellte mir jemanden vor, der in unserem Nacken atmete, als wir durch die langen, schwach beleuchteten, gelb gekachelten Tunnel liefen, die die Bahnsteige miteinander verbanden. Ich sah mich nervös um, aber hinter uns war nichts als Schwärze, nachdem der Wächter die Außenbeleuchtung der Station gelöscht hatte. Ich schluckte und versuchte, ein aufsteigendes Gefühl von schlechter Vorahnung niederzukämpfen. Es gab keinen Grund, sich Sorgen zu machen, nur weil wir allein in einer U-Bahn-Station waren, oder? „Alex, außer uns ist niemand hier! Das gibt mir immer ein ungutes Gefühl, als wäre ich allein in einem Haus. Es ist genau wie im Film, nicht?"

„Junge ist ein weiteres Wort, das sich komisch anhört, wenn Amerikaner es sagen", antwortete er und fluchte dann, als wir um die Ecke bogen. Ein Metalltor versperrte den Weg auf den Bahnsteig. Meine Nackenhaare waren gesträubt, als die Deckenlampen im Tunnel hinter uns eine nach der anderen ausgingen. Es war fast, als käme eine unsichtbare Person auf uns zu und löschte die Lichter, während sie sich uns näherte. Ich sah schreckensstarr zu, als die undurchdringliche Schwärze auf uns zugekrochen kam. Mein Mund war plötzlich so trocken wie die Sahara. Alex zog mich in die andere Richtung. „Komm, wir nehmen den anderen Tunnel. Aber beeil dich, wir haben nur noch zwei Minuten!"

Er zog mich zu dem anderen Tunnel und grummelte etwas vor sich hin, weil ich lieber mit der U-Bahn fahren wollte, als ein Taxi zu nehmen. Ich glitt auf dem rutschigen Fußboden aus, als wir um eine Ecke hasteten, und wäre gefallen, wenn Alex mich nicht festgehalten hätte.

„Alles in Ordnung?", fragte er und zog mich weiter. „Mist! Ich höre den Zug!"

Ich hörte ihn ebenfalls. Das sonderbare Rauschen, dessen Echo von den Wänden zurückgeworfen wurde. Die Kombination aus der Abwesenheit von Menschen, den Lichtern, die hinter uns ausgingen, und dem unheimlichen Echo unserer Schritte jagte mir Gänsehaut die Arme hinauf. Das Allerletzte, was ich wollte, war, hier in dieser unheimlichen U-Bahn-Station festzusitzen. Nicht einmal, um allein mit Alex zu sein, würde ich das auf mich nehmen! Das Herz klopfte mir bis zum Hals. Ich ließ seine Hand los, zog meinen Rock hoch und rannte vor ihm den Korridor hinunter. Das Rauschen wurde lauter, als ich nach rechts abbog und auf den leeren Bahnsteig stolperte. Die Lichter am anderen Ende flackerten und begannen dann, langsam nacheinander auszugehen. Ich hörte Alex im Tunnel hinter mir rufen, aber das war es nicht, was meine Aufmerksamkeit fesselte. Die war gänzlich von dem zotteligen grauen Ding gefangen, das am anderen Ende des Bahnsteigs lauerte, neben einem Süßigkeitenautomaten zusammengerollt. Zuerst dachte ich, es wäre ein Haufen Müll, aber als es sich plötzlich bewegte, wurde mir erschreckend klar, dass ich ganz allein war. Auf mich selbst gestellt. Und die Lichter gingen aus. In einer U-Bahn-Station, die ich gerade in einem Film gesehen hatte. Eine U-Bahn-Station, die die Kulisse für einen schrecklichen Mord gewesen war, der von einem …

„*Werwolf!*", schrie ich, als das Licht über meinem Kopf flackerte und dann schwarz wurde. Meine Handtasche rutschte mir aus der Hand, als mein Herz aufhörte zu schlagen. „*Werwolf!* Aaaaaaaaaah!" Ich schnellte herum, als sich das grässliche graue Ding erhob und auf mich zusprang.

„*Werwolf! Werwolf!* Herr im Himmel, es ist ein Werwolf!" Alex' dunkler Schatten erschien in dem schwach beleuchteten Tunnel, aus dem ich gerade gekommen war. „Lauf!", kreischte ich und griff seinen Arm, als ich an ihm vorbeischoss. „Bei aller Liebe, lauf! Werwolf!"

„Warum zur Hölle schreist du so?" Alex riss seinen Arm zurück und mich zu sich herum. Ich linste über seine Schulter und zerrte in einem panischen Versuch an ihm, uns beide aus dem Korridor zu bekommen, wo das grauenhafte Ding uns zerfetzen würde.

„Lauf, Alex! Es war genau hinter mir! Bitte, bitte, bitte, bitte, lauf!" Ich zog ihn ein paar Schritte mit mir, in Richtung des Bahnsteigs auf der gegenüberliegenden Seite, wo das Rauschen nun lauter wurde.

„Zug! Werwolf! Los, Alex, ich möchte nicht sterben!"

Der Mann war zum Aus-der-Haut-fahren! Er stand vor mir, schüttelte seinen Kopf und legte mir beide Hände auf die Schultern. „In Zukunft wird es keine Horrorfilme mehr geben, wenn du Wein trinkst, Süße."

„Aaaaaaaaaah!", schrie ich, als ich den schrecklich mutierten Untoten aus der Schwärze auftauchen sah, der direkt auf uns zukam. Er hatte sich auf seine Hinterbeine aufgerichtet und zerteilte mit seinen rasiermesserscharfen Krallen dicht hinter Alex' Rücken die Luft. *„Werwolf!"*

Alex wollte sich umdrehen, um zu sehen, was ich anschrie, aber ich hielt ihn an beiden Armen und zog ihn mit mir auf die Plattform, indem ich eine Stärke aufbrachte, die ich bestimmt nie wieder besitzen würde. Ich sah mich verzweifelt nach einer Waffe um, aber da war nichts, niemand, der uns helfen würde, niemand, der als Opfer diente, während ich Alex und mich rettete.

Ein Luftstrom aus dem Tunnel kündigte den herannahenden Zug an und erfüllte mich mit der Hoffnung, dass wir einem frühen Grab noch entkommen konnten. Ich betete, wie ich noch nie zuvor gebetet hatte, dass er hier wäre, bevor das Monster vom Leicester Square unsere zarten Kehlen zerreißen würde. Alex versuchte mit mir zu sprechen, ohne Zweifel, um mich zu beruhigen, der dumme Mann. Aber das Rauschen des näher kommenden Zugs und meine eigenen schreckensgelähmten Gedanken – zusammen mit meinem „Bitte, lieber Gott, bitte, lieber Gott"-Singsang – machten mich taub für seine Worte.

Gerade als ich sicher war, dass die fürchterliche Bestie sich auf uns werfen würde, tauchte der Zug auf. Ein alter Mann, der auf einer Bank schlief, war der einzige Fahrgast. Ich sprang in den Zug, zog Alex mit mir und versuchte die Türen hinter uns mit Gewalt zu schließen.

„Was in Gottes Namen tust du denn? Alix, du hast nicht deine spitzblättrige Pflanze geraucht, oder?"

Aus dem Augenwinkel sah ich eine Bewegung im Korridor, aus dem wir gerade entkommen waren. Ich machte mir beinahe in die Hosen, als ich sah, was es war. Ein furchtbarer, rauer Schrei entrang sich meiner Kehle und ich warf mich in Alex' Arme. Feige vergrub ich meinen Kopf in seinem Shirt. „Es hat uns! Oh Gott, Alex, ich bereue alles, womit ich dich je geärgert habe. Wenn ich sterbe, möchte ich mit einem reinen Gewissen sterben. Ich liebe dich! Ich liebe dich mehr als alles auf der Welt, und du bist nicht steif und du hast keine Probleme – doch, hast du, aber nur kleine – aber ich liebe dich und ich will nicht sterben! Oh Gott, ich kann es hinter mir herumschleichen hören. Ist es hier? Kannst du es sehen? Siehst du Satans Höllenhund?"

„Das Einzige, was ich sehe, ist eine ältere Mitfahrerin in einem grauen Mantel, die deine Tasche hält. Hier, Madam, ich nehme das. Vielen Dank. Das ist für Ihre Mühe."

Alex musste mich mit sich ziehen, weil ich ihn nicht loslassen wollte. Nicht, wenn er verwirrt war und alte Damen mit Handtaschen sah, wenn Werwölfe hier waren. Ich zwang mich, die Augen zu öffnen und über seine Schulter zu linsen. Ich starb fast vor Scham.

„Na ja, sie *sah* wie ein Werwolf aus", sagte ich ein paar Minuten später zu meiner Verteidigung, als der Zug in Richtung Heimat rumpelte und schlingerte. „Sie war ganz grau und haarig und schmutzig. Woher sollte ich wissen, dass sie ein Mensch und kein Werwolf war? Menschen sollten keine ungepflegten Dreadlocks haben, wenn sie vorhaben, auf nichts ahnende Opfer zu springen, spät in der Nacht in leeren U-Bahnstationen. Das sollte verboten werden. Es muss ein Gesetz dagegen geben!"

„Sieh das Gute daran", sagte Alex und ein feines Lächeln umspielte seine hübschen, männlichen Lippen. „Wenigstens bist du jetzt wieder nüchtern."

Kapitel Elf

Lady Rowenas Hand glitt an der langen Härte von Raouls Schwengel hinab.

„Ups, Tippfehler. Das soll *Schenkel* heißen und nicht *Schwengel*.“

Lady Rowenas Hand glitt an der langen Härte von Raouls Schenkel hinab und sie spielte mit ihren Fingern in dem dichten Wald von Haaren, die sein Bein bedeckten.

„Ih!“
Ich sah von der Seite auf und runzelte die Stirn ob der Unterbrechung. „Was? Ich habe gesagt, *Schwengel* war ein Tippfehler.“
Die junge Frau, die am Nebentisch stand, schüttelte den Kopf, während sie ein weiteres Kleidungsstück aus ihrem Korb nahm. Sie faltete es sorgsam und legte es in einen großen grünen Seesack. „Ich verstehe das mit dem Schwengel, aber die Art, wie Sie seine Beinhaare beschreiben – das ist irgendwie eklig! Es hört sich an, als wäre er ein Affenmensch oder so was.“
Ich sah auf die Seite hinab. „Nun, er ist ein bisschen haarig – ist das abtörnend? Ich hatte schon immer eine Schwäche für eine behaarte Männerbrust.“

„Brusthaare sind in Ordnung. Aber haarige Beine!“ Sie schauderte gespielt und stopfte eine Handvoll Unterwäsche in ihre Tasche. „Es ist zu barb!“

Ich blinzelte. „Barb?“

„Barbarisch!“

„Oh. Entschuldige, dass es barbarisch ist. Ich werde mir darüber Gedanken machen. Ähm ... Ich fürchte, der Rest der Szene hat auch mit Körperbehaarung zu tun, aber ich kann diesen Teil überspringen und direkt zu ...“

„Es tut mir leid, aber ich muss jetzt gehen.“ Sie lächelte mich reumütig an und zuckte die Schultern. „Ich finde den Teil, den du mir vorgelesen hast, sehr gut. Obwohl Rowena ein bisschen zu unterwürfig ist, findest du nicht?“

Die Waschmaschine hinter mir piepte. „Behalte das im Hinterkopf“, sagte ich und beeilte mich, einen Becher Weichspüler hineinzugeben. „Unterwürfig? Du meinst, sie erscheint eingeschüchtert?“

Die junge Frau winkte jemandem auf der Straße zu und ging weg. „Unterwürfig, weil all ihre Freiheiten und Entscheidungen ihr von der männlich dominierten Gesellschaft abgenommen werden. Sie muss tun, was immer der Fürst ihr befiehlt. *Er* befiehlt ihr, ihn zu berühren, es ist nicht ihre Entscheidung.“

„Und das ist schlecht? Es *ist* ein historischer Fakt. Fürsten waren damals so, befahlen ihren Frauen ständig, sie zu berühren.“

Sie verzog den Mund. „Wer möchte eine Geschichte über eine geistlose, weinerliche Frau lesen, die nicht einmal für sich selbst einstehen kann?“

Ich nagte an meiner Unterlippe. Ja, wer eigentlich? „Ich glaube, ich verstehe, was du sagen willst. Du meinst, sie sollte die Dinge mehr in die Hand nehmen oder so? Die Geschichte ist zu Ende, aber ich denke, ich kann zurückgehen und noch ein paar Dinge ändern.“

Sie schulterte ihre Tasche und lächelte mich halbherzig an. „Es tut mir leid, aber meine Freunde warten. Ich muss gehen.“

„Trotzdem danke.“ Ich nagte noch ein bisschen an meiner Lippe und fragte mich, wie ich Rowena unabhängiger machen konnte und mich trotzdem nicht zu weit vom Zeitgeist entfernte. Die junge Frau schlängelte sich zwischen all den Menschen im Waschsalon durch, hielt an der Tür inne und drehte sich zu mir um. „Lass sie ihren Liebhaber zurückweisen. Das wird Wieheißt-er-noch-gleich lehren, sie nicht zu übergehen.“

„Raoul“, sagte ich traurig und stopfte das Manuskript zurück in meine Tasche. Ich betrachtete in Gedanken versunken Stephs Badetücher, die sich im Trockner vor mir drehten. Irgendwie passte eine unabhängige und starke Rowena einfach nicht mit meiner Vorstellung von ihr zusammen. Die alten Selbstzweifel kamen zurück, als ich dasaß und die Badetücher beobachtete. Was, wenn die Story nicht schlüssig war? Was, wenn meine Mutter recht hatte und ich als Schriftstellerin nichts taugte? Was, wenn Maureen die Geschichte nicht verkauft bekam, und ich letzten Endes nach Hause musste?

Meine Gedanken stoppten abrupt, als mir plötzlich klar wurde, was ich getan hatte: Ich hatte angenommen, ich würde in England bleiben. Genauer, am Beale Square 35. Bei Alex.

„Oh Mann, ich bin verloren", stöhnte ich.

„Wie bitte?", fragte ein Typ mit pinkfarbenen Haaren und Kopfhörern, der neben mir saß.

„Nichts", sagte ich mit einem schwachen Lächeln. „Nur eine Komplikation in meinem Liebesleben."

„Ah." Er nickte und sah mich von oben bis unten an. Er beugte sich zu mir und legte seine Hand auf mein Knie. „Brauchst du es?"

„Was?" Ich sah auf seine Hand hinab und schob sie dann von meinem Knie fort. „Oh, das. Nein, sorry, ich habe einen perfekten Mann, ich suche keinen anderen."

Er grinste lüstern und legte seine Hand wieder auf mein Knie. „Woher willst du das wissen, wenn du es nicht versuchst?"

Ich schaute nachdenklich drein. „Nun, das stimmt wohl. Ich schätze, ich sollte Alex fragen, was er dazu meint. Das ist mein Süßer. Alex Black. *Detective Inspector* Alex Black von Scotland Yard."

Mein pinkhaariger Romeo zog seine Hand weg und setzte sich ein paar Sitze weiter weg. Ein warmes Leuchten wuchs in mir, als ich an Alex dachte, daran, bei ihm zu sein und meine Tage und Nächte mit ihm zu verbringen. Er war anders als alle Männer, die mir je begegnet waren – er war liebevoll und nachdenklich und ein klitzekleines bisschen eifersüchtig, was wunderbar für mein Ego war. Er unterstützte mich auch. Es stimmte, er hatte ein paar wirklich hässlich kritische Bemerkungen gemacht, als wir bei Daniel waren, aber ich wusste, dass er das nur getan hatte, weil er viel von mir erwartete. Niemand hatte je viel von mir erwartet. Es war ein berauschendes Gefühl, zu wissen, dass er glaubte, ich würde es schaffen. Und das Beste: Die letzten sieben glücksseligen Nächte, die wir miteinander verbracht hatten, hatten gezeigt, dass er beständig war. Seine Aufmerksamkeit mir gegenüber schwankte nie, sein Begehren versiegte nicht, nicht einmal. Jeden Abend schlief ich in seinen Armen ein und jeden Tag rief er mich in einer Pause an, nur um mit mir zu sprechen. Wenn das keine Liebe war, war es eine überzeugende Annäherung. Ich badete in der Wärme seiner Zuneigung, fühlte mich sicher und zum ersten Mal in meinem Leben wirklich begehrt.

Der Timer meines Trockners klingelte und unterbrach meine glücklichen Gedanken. Ich sammelte meine Handtücher ein und lächelte dem jungen Mann mit den pinkfarbenen Haaren zu, als ich ging. Er wich meinem Blick aus. Ich notierte mir in Gedanken, Alex später von dem neu entdeckten Vorteil zu erzählen, den es hatte, mit einem Detective zusammen zu sein, aber nun, die Gelegenheit dazu sollte nicht kommen.

„Was meinst du damit, es fehlt an Stimmigkeit? Die Charaktere verhalten sich im gesamten Verlauf der Geschichte gleich. Das ist Stimmigkeit, oder?"

Daniel bedachte mich mit einem Blick, der so voller Qual war, dass ich mich unbehaglich in dem Sessel wand, den er mir zugewiesen hatte. Es war später Morgen. Eine Stunde zuvor hatte sein Assistent mich angerufen und mir gesagt, dass Daniel mit mir über meine Geschichte reden wollte. Mein jetziges Unbehagen hatte nichts damit zu tun, dass ich mitten im Sonnenlicht saß, das durchs geöffnete Fenster hereinfiel. Es war der Ausdruck von gequältem Mitleid in seinen tiefbraunen Augen, der mich nervös und unruhig machte.

„In diesem Fall nicht, nein, das ist nicht mit Stimmigkeit gemeint. Deine Geschichte ist … sie ist …"

Mein Herz blieb stehen. Es hatte sich zu so was wie Blei verdichtet und rutschte in meine Magengegend. Was immer nun auch folgen würde, das Urteil würde nicht gut ausfallen. Ich kämpfte mein Fluchtbedürfnis nieder und stählte mich. So lang das Problem sich leicht ändern ließ, war alles in Ordnung.

„Sprich weiter", sagte ich mit kratziger Stimme. „Ich kann die Wahrheit vertragen. Ich *will* die Wahrheit hören. Ich weiß, dass ich noch Arbeit hineinstecken muss. Wenn du mir also sagst, was damit nicht stimmt, werde ich es ändern."

Er verzog das Gesicht. „Es ist nicht so einfach. Ich kann dir keine bestimmten Fehler aufzählen, die du dann ausbügeln kannst."

Mein Magen sank in Richtung Fußboden. „Es ist furchtbar, oder? Du willst sagen, dass es schrecklich ist?"

„Nein, das nicht. Ich würde nicht sagen, dass es schrecklich ist …"

„Was stimmt dann nicht damit? Daniel, ich bin nicht blöd und ich habe auch kein zerbrechliches kleines Ego, das auseinanderbricht, wenn du mir die Abschnitte nennst, die ein bisschen poliert werden müssten, also sprich einfach – sei ehrlich. Sag mir was du denkst und was ich tun kann, um es besser zu machen."

Seine Schultern sanken herab. Ich wartete schweigend und nagte an meiner Unterlippe, während er seine Gedanken sammelte.

„Es geht nicht darum, nur ein paar holprige Stellen zu polieren, Alix. Du musst die Geschichte in ihrer Gesamtheit überdenken. Du erklärst nicht, welche Motivation die Charaktere zu ihren Handlungen treibt, du stellst ihre Handlungen nicht in einen kausalen Zusammenhang, es gibt keine Balance zwischen dem Plot und der Story, dein Erzähltempo ... Nun, dein Erzähltempo lässt dem Leser keine Atempause. Es tut mir leid, aber du wolltest, dass ich ehrlich bin, und meine ehrliche Meinung ist, dass deine Geschichte intensiv überdacht und mit neuem Handlungsschema neu geschrieben werden sollte."

Oh Gott, es war schlimmer, als ich es mir vorgestellt hatte! Ich konnte mich nicht entscheiden, ob sein Kommentar mich ärgerte oder verletzte. Ich entschied, dass Wut der sicherere Weg war. „Nun, es tut mir leid, dass du so denkst, Daniel. Aber ich habe eine Agentin, und sie denkt, dass die Geschichte großes Potenzial hat. Vielleicht hast du sie nur nicht verstanden."

Er runzelte die Stirn und rieb sich die Fingerknöchel. „Du hast mir nicht gesagt, dass du eine Agentin hast. Das sind wunderbare Neuigkeiten. Hat sie ... ähm ... die ganze Geschichte gelesen?"

Eine Welle der Übelkeit regte sich in meinem Magen, als meine Wut unter Daniels deutlich mitleidigen Blick schwand. Daniel war höflich, aber keine Höflichkeit der Welt konnte verbergen, was er dachte: Ich hatte es als Autorin nicht drauf. Er war zu nett, um mir einfach zu sagen, dass ich nicht gut genug war, aber ich konnte recht gut zwischen den Zeilen lesen. Das Versagen war mir nicht fremd.

„Na ja, nicht alles. Nur die ersten drei Kapitel. Aber sie hat jetzt das ganze Manuskript. Ich habe es abgegeben, als ich dir deine Kopie gebracht habe."

Er sagte nichts, sah mich nur an. Die Qual in mir wuchs, als ich verzweifelt nach Worten suchte, die ihn nicht anflehten, das Gesagte zurückzunehmen.

„Meinst du ..." Ich schluckte die Tränen hinunter, die mir in der Kehle brannten. „Meinst du, es ist so schlecht, dass sie auch möchte, dass ich es neu schreibe, wenn sie es ganz gelesen hat?"

Er antwortete nicht, sah mich nur aus seinen großen braunen Augen an, die vor Seelenschmerz in Tränen schwammen.

„Verstehe", sagte ich nach einem Moment tiefen Schweigens. Ich leckte meine Lippen und war erstaunt, als ich feststellte, dass sie ganz taub waren. Ich sah auf die Tasche in meiner Hand hinunter. Meine Hand war auch taub. Gefühllos. Es war komisch, wie der tiefe Schmerz manchmal den Effekt hatte, alles in seinem Weg zu betäuben – die Haut, die Muskeln, die Seele. Die Mischung aus Betroffenheit, Bedauern und Mitleid auf Daniels hübschem Gesicht zwang mich zum Sprechen, aber meine blutleeren Lippen wollten gern in ihrer starren Grimasse verharren. Ich musste etwas sagen. Es war nicht seine Schuld, dass ich als Autorin versagt hatte. Überschwemmt von Wut, Schmerz und Schuld, dass ich ihn in diese Position gebracht hatte, gab ich mein Bestes, so zu tun, als wäre alles in Ordnung. „Hey, Daniel, mach dir keine Sorgen! Ich bin in Ordnung. Du hast nichts gesagt, das vorher noch niemand zu mir gesagt hat."

„Alix, deine Geschichte hat wirklich einen Haufen Potenzial …“

„Aber die Ausführung ist mangelhaft. Ich verstehe, und ehrlich, es ist okay für mich.“ Seine Worte, die Wahrheit, hatten mein Innerstes in Fetzen gerissen, aber ich hatte nicht vor ihm zu sagen, dass ich gerade am Sterben war. Ich war schon immer der Meinung gewesen, dass nur die Würde blieb, wenn sonst alles verschwand. Ich hob die merkwürdige, schwere Hand, die ich als die meine erkannte, und befahl den Fingern, sanft Daniels Schulter zu drücken. „Ich habe dich um deine ehrliche Meinung gebeten. Es bedeutet mir sehr viel, also hör auf, dich fertigzumachen, weil du brutal zu mir sein musstest.“

„Oh Gott, Alix, ich wollte nicht brutal rüberkommen.“

Ich beugte mich vor und drückte ihm meine kalten Lippen auf die Wange. „Es ist in Ordnung“, wiederholte ich, die Worte kreisten in meinem Kopf. Mein Gehirn war wohl auch betäubt. Ich konnte meine Gedanken nicht greifen, aber mir war klar, dass ich hier rausmusste, weg von Daniels mitleidiger Qual, bevor das Gefühl in meinen Körper zurückkehrte und ich zerbrach. Ich wandte mich ab, ohne seinem Vorschlag Beachtung zu schenken, bei ihm zu bleiben und das Buch durchzusprechen.

Ich entfernte mich vom Lärm und der Geschäftigkeit des Leicester Squares. Außer der einfachen Freude des Rhythmus’ meiner Füße auf dem Asphalt nahm ich nichts wahr, als ich durch die Straßen von London lief. Ich wollte weinen, aber trotz der Hitze des hochsommerlichen Tages war mein Körper zu kalt, um Tränen zu produzieren. Ich wollte schreien, aber meine Worte waren stimmlose Heuler, die tief in mir gefangen waren. Plötzlich blieb ich stehen, zitternd trotz des Schweißes, der meinen Rücken hinabrann. Mehr als alles auf der Welt wollte ich von Alex' tröstlichen Armen umgeben sein, aber er war bei der Arbeit. Ich rieb meine Arme, um ein wenig von meiner inneren Kälte zu vertreiben. Ich sah eine Telefonzelle und eilte darauf zu. Alex war die Lösung für mein Problem. Ich wusste, dass er an diesem Morgen nicht in seinem Büro sein würde, aber er hatte mir für Notfälle seine Handynummer gegeben. Ich sah hinab auf meine blutleere, zitternde Hand. Das hier war ein Notfall.

„Alix! Ist alles in Ordnung mit dir? Daniel hat vor einer Stunde angerufen und gesagt, dass du sein Haus ziemlich aufgebracht verlassen hast. Ich habe in deiner Wohnung angerufen, aber du warst nicht da. Wo bist du?"

Ich sah mich um. Kannte ich diese Gegend? Sie sah nicht vertraut aus, aber ein Blick über meine Schulter lieferte mir eine Information. „Offenbar bin ich am Tower of London. Du bist nicht in deinem Büro?"

„Nein, wir sind unterwegs. Was meinst du mit *offenbar*? Weißt du nicht, wo du bist? Ich weiß, dass du wegen Daniels Kommentaren aufgebracht bist, aber das ist kein Grund, kopflos wegzurennen."

Alex' Stimme wurde leiser und nahm den leicht gedämpften Klang an, der entstand, wenn man eine Hand über die Sprechmuschel legte. So dumpf seine Stimme sich auch anhörte, wenn er auch mit jemand anderem sprach – der volle, warme Klang seiner Worte rollte über mich hinweg und erfüllte mich mit Verlangen. Begehren baute sich in mir auf, tief in mir, stieg aus den zerschredderten Teilen meiner Seele auf, die blutend im Käfig meines Herzens lagen. Ich brauchte Alex. Ich brauchte ihn so sehr, ich konnte die dunkle gähnende Lücke des Verlangens in mir fühlen. Ich brauchte seinen Trost, seine Wärme und seine Zärtlichkeit. Ich brauchte ihn, wie ich noch nie irgendetwas gebraucht hatte.

„Alex, wann kommst du nach Hause? Ich ..." Meine Stimme brach vor Anstrengung, nicht meinen ganzen Schmerz und meine Hoffnungslosigkeit, die meine Seele verzehrten, hinauszuschreien. „Ich muss wirklich bei dir sein. Könnten wir vielleicht gemeinsam zu Mittag essen oder so?"

Aus dem Hörer kamen stakkatoartige Funkgeräusche. „Alix, es tut mir leid, aber ich kann jetzt nicht reden. Wir machen eine Razzia und ich muss mein Handy jetzt ausschalten."

Ein Schluchzer bahnte sich seinen Weg meine Kehle hinauf. Ich umklammerte den schwarzen Plastikhörer des Telefons mit einem Griff, der meine gefühllosen Finger kribbeln ließ.

„Bitte, Alex. Ich muss wirklich mit dir reden. Ich würde nicht fragen, wenn es nicht wichtig wäre, aber ..."

„Es tut mir leid, aber ich muss jetzt auflegen. Ich rufe dich, so bald ich kann, zurück."

„Alex ..." Das Wort war ein Flüstern, ein Flehen aus meinem Herzen.

„Es tut mir leid, Liebling", wiederholte er mit einer tiefen Stimme. „Ich kann jetzt nicht weg. Wir planen diese Razzia seit sechs Wochen."

„Aber ich brauche dich!" Diese Worte hatte ich nie zuvor zu jemandem gesagt. Ich klammerte mich nun an sie, als wären sie eine Rettungsleine. „Ich brauche *dich*."

„Ich kann jetzt nichts tun, Alix." Er klang frustriert, aber das war nichts im Vergleich zu dem Schmerz, den er mir zufügte. „Diese Razzia ist wichtig."

Die Erkenntnis, dass Alex sich nicht von den anderen Männern aus meiner Vergangenheit unterschied, legte sich wie Blei auf meine Schultern. Ich krümmte mich vor Schmerz, lehnte meinen Kopf an das Telefon und ignorierte die neugierigen Blicke der Passanten. „Wichtiger als ich?", fragte ich sanft, so sanft, dass ich sicher war, dass er es nicht gehört hatte.

Aber er hatte es gehört. Seine Stimme, diese schöne Stimme, die nur aus gerundeten Vokalen und angenehmer Fülle bestand, die mir immer Schauer der Begeisterung über den Rücken jagten, diese Stimme, die ein Gefühl der verheißungsvollen Intimität heraufbeschwor, klang nun hart, als würde sie Worte in Stein kratzen. „Liebling, du weißt doch, dass ich ... Oh Gott, und jetzt? Terry, überwachst du den Funk? Ist das nicht unser Verdächtiger in dem blauen Mini, der da gerade das Gelände verlässt? Alix, ich muss jetzt wirklich ..."

Jemand klopfte an die Tür der Telefonzelle. Ich drehte mich um und starrte hinaus. Es war mir egal, dass die Fremde mein tränenüberströmtes Gesicht sehen konnte. Eine gestresst aussehende Frau mit zwei Kindern, die an ihren Einkaufstüten hingen, machte eine ungeduldige Geste. Ich nickte, aber als ich mich zum Telefon zurückdrehte, war die Leitung tot. Alex hatte aufgelegt. Ohne sich zu verabschieden hatte er einfach aufgelegt. Am schlimmsten Tag meines Lebens. So wenig bedeutete ich ihm.

Meine Stirn fiel nach vorn und kam auf dem Telefonapparat zum Liegen, als ich den Hörer auflegte. Mich gerade aufzurichten, erschien mir als zu große Anstrengung. „Tschüss", flüsterte ich, sicher, dass ich diesmal an meinem gebrochenen Herzen sterben würde.

Natürlich starb ich nicht – Menschen sterben nicht wirklich an derlei Dingen. Obwohl ich aus Erfahrung wusste, dass der Schmerz der Zurückweisung oft so groß ist, dass es durchaus möglich wäre. Aber ich war nicht so erbärmlich, dass ich mich einfach in einer Telefonzelle neben dem Tower zusammenrollte und starb. Stattdessen verfiel ich wieder in einen vertrauten Standbymodus, ein erprobtes und zuverlässiges Sicherheitsnetz. Ich machte in Gedanken eine Liste, als ich nach Hause tappte.

Ganz oben auf der Liste der Dinge von größter Wichtigkeit stand eine schöne lange Heulerei. Mindestens zwei Taschentuchboxen würde ich verbrauchen. Danach würde ich ein schönes Bad in Selbstmitleid nehmen und dann eine Weile schmollen. Sobald ich damit fertig war, würde ich meine Aufmerksamkeit darauf richten, Voodoopuppen von Alex herzustellen und diese dann fürchterlich zu quälen. Danach würde ich drei Pfund Schokolade essen, eine Woche lang krank sein und dann ganz langsam in die Welt der Lebenden zurückkehren – mit einer weiteren Schicht aus Narben auf meinem armen, verbitterten Herzen.

Nur war ich mir dieses Mal nicht sicher, ob ich mich wieder erholen würde.

„Heulen, Selbstmitleid, Schmollen, grässliche Qualen, Schokolade", ging ich die Liste noch einmal durch, während ich nach Hause ging. Listen sind wichtig im Leben. Listen sind gut. Sie helfen dir, organisiert zu bleiben, selbst wenn du nicht organisiert sein möchtest. Mich auf die Liste zu konzentrieren, beschäftigte meine Gedanken, fesselte sie in einer schönen, organisierten Weise und erlaubte ihnen nicht, über den schrecklichen Schmerz nachzugrübeln, den Alex' Betrug verursacht hatte ... nein! Ich würde nicht daran denken. Die Liste! Die Liste war wichtig! Ich musste an die Liste denken! „Stundenlang heulen, großes Selbstmitleidsbad, größere Schmoll-Session, grausame, unmenschliche Qualen, die einen einfachen Sterblichen in einen verdrehten, schmerzverzerrten Fleischball verwandeln würden, der absolut keine Zukunft hatte außer endloser Folter, und schlussendlich eine lebenslange Mitgliedschaft in Godivas Chockie Club."

Jemand hatte die Haustür geöffnet und fixiert, um eine Brise Luft hineinzulassen. Ich stolperte die Treppe hinauf, einen inbrünstigen Dank auf meinen Lippen. Ich war nicht für einen Streit mit dem widerspenstigen Türschloss aufgelegt.

Ray kam die Treppe heruntergehüpft, mit einem Müllbeutel in ihrer Hand.

„Du siehst furchtbar aus", sagte sie und hielt an, während ich weiter nach oben schlurfte. „Freemar?"

„Heulgelage, Selbstmitleidsbad, Schmoll-City, Folter, die die Spanische Inquisition wie ein Freudenfest aussehen lässt, genügend Schokolade, um ein Pferd umzubringen", erzählte ich ihr.

„Ein paar deiner Lieblingsdinge?", rief sie mir hinterher, als ich weiter hinaufging. Ich schüttelte meinen Kopf wegen des besorgten Klangs in ihrer Stimme. Ich wusste ihre Anteilnahme zu schätzen, konnte mich aber im Moment nicht damit befassen. Nur ein annähernd nettes Wort und ich würde zusammenbrechen und mich in einer großen alten Pfütze des Elends auflösen. Ich wusste zwar, dass das sowieso unvermeidlich war, aber ich wollte es allein tun und nicht auf der Treppe, wo jeder die bemitleidenswerten Überreste meines Lebens mit ansehen konnte.

„Freemar?"

Ich ignorierte sie und ging weiter.

„Alix, ist alles in Ordnung? Ist etwas passiert?" Ray rannte hinter mir die Stufen hoch und fasste mich am Arm. „Du siehst aus, als müsstest du kotzen."

Ich runzelte die Stirn. „Nein, das mache ich erst, wenn ich genügend Schokolade gegessen habe, um damit eine Badewanne zu füllen. Ich kann jetzt nicht kotzen. Ich habe eine Liste und an die muss ich mich halten."

„Eine Liste?" Ihre Stirn legte sich vor Besorgnis in Falten.

Ich nickte. Die Liste hatte in meinem armen überhitzten Gehirn eine allumfassende Wichtigkeit erlangt. Ich hatte eine Liste von Aufgaben, die ich abarbeiten musste. So einfach war das.

„Die Reihenfolge ist extrem wichtig", erzählte ich Ray. „Das Wichtigste zuerst, Ray. Zuerst werde ich achtzehn Stunden lang heulen, dann werde ich in Selbstmitleid verfallen und für ein oder zwei Jahre nicht mehr daraus auftauchen, dann werde ich mich mit Hilfe von Voodoo-Puppen an Alex rächen, dann werde ich derartige Mengen von Schokolade essen, dass jeder im Umkreis von fünf Meilen von mir Diabetes bekommt, und *dann* werde ich kotzen. Du verstehst nun, wie wichtig die Reihenfolge der Listenpunkte ist, nicht wahr?"

„Ähm ..."

Ich nickte ihr zu und lief die nächsten Stufen hinauf. „Zuerst weine ich ..."

„Bert!", rief Ray.

„... dann steige ich in die Selbstmitleidshölle hinab ..."

„Bert, komm raus!"

Ich ließ den Treppenabsatz hinter mir und nickte vor mich hin, während Ray, ihre Hände in die Hüfte gestemmt, durch ihre offene Wohnungstür schrie: „Bist du noch nicht aus dem Bad raus?"

Es tat mir leid, dass sie meinetwegen besorgt war, aber mich um andere zu kümmern, stand nicht auf meiner Liste, also konnte ich darauf jetzt keine Energie verschwenden.

„Es gibt einen Notfall! Freemar hat Männerprobleme!"

Später, wenn ich die Liste abgearbeitet hatte, würde ich ihr versichern, dass mit mir alles in Ordnung war.

„Das kannst du besser als ich. Sie brabbelt etwas davon, dass sie Black foltern will."

Ich ignorierte die Stimme, die aus dem Stockwerk unter mir heraufdrang, und ging in meine Wohnung. Hier sammelte ich die Dinge zusammen, die ich für meine erste Aufgabe benötigte. Ich schüttelte die Couchkissen auf, suchte vergeblich nach Taschentüchern, sammelte schließlich alle verfügbaren Toilettenpapierrollen und reihte sie auf dem Tisch neben der Couch auf. Ich sah mich im Raum um.

„Kissen zum Reinheulen, Couch zum Drauflegen, Toilettenpapier zum Naseputzen und Augenabtupfen … Ich denke, ich habe alles. Hervorragend. Das Jammern und Heulen kann beginnen. Oh zur Hölle, was denn nun?“ Das Telefon klingelte, und jemand hämmerte gegen die Tür. Ich stemmte die Hände in die Hüften und starrte Telefon und Tür böse an. Schließlich nahm ich mit der einen Hand das Telefon und öffnete mit der anderen die Tür. Ray stand im Türrahmen, eine Schachtel Taschentücher in der Hand. Sie hielt sie mir hin.

„Es tut mir leid, aber ich kann jetzt nicht reden. Ich habe eine Liste und es ist wichtig, dass ich den Zeitplan einhalte“, sagte ich zu wem auch immer ins Telefon. „Wenn ich zu spät mit der Heulzeit anfange, muss ich das Selbstmitleid und das Schmollen nach hinten schieben.“

„Ich dachte, du möchtest vielleicht reden“, sagte Ray zögerlich und hielt mir immer noch die Schachtel mit den Taschentüchern hin.

„Alix Freemar? Hier ist Maureen Tully. Ich möchte mit Ihnen über *Hungrige Begierde* sprechen.“

„Mein Buch?“ Ein schwacher Hoffnungsschimmer stahl sich durch die schwarzen Sturmwolken des Verderbens. Sie wollte über mein Manuskript sprechen? Das war gut, oder nicht? Das bedeutete, dass Daniels Beurteilung meines Autorentalents war falsch! Ich stellte meine Liste in Gedanken auf Pause, winkte Ray in die Wohnung, schloss die Tür und zog mit dem Fuß einen Stuhl an den Tisch heran. „Oh, hallo, Miss Tully. Sicher, ich würde sehr gern mit Ihnen über meine

Geschichte reden. Ich nehme an, Sie hatten die Gelegenheit, alles zu ..."

„Ich schicke Ihnen einen Scheck über die Hälfte meiner Kosten für das Editieren."

Ich blinzelte Ray zu, die sich auf die Ecke der Récamiere gequetscht hatte. War die Geschichte so gut, dass sie nicht weiter editiert werden musste? Nein, nicht einmal ich glaubte das. „Sie schicken mir einen Scheck? Ich verstehe nicht, warum schicken Sie mir ..."

„Ich berufe mich auf die Rücktrittsklausel in unserem Vertrag. Ich finde nicht, dass das gesamte Manuskript hält, was die ersten drei Kapitel versprochen haben. Da ich aber bereits daran gearbeitet habe, werde ich Ihnen nur die Hälfte der Kosten für das Editieren zurückerstatten."

Meine Knie gaben unter mir nach. Ich sackte mit einem hohl klingenden „Was?" auf den Fußboden.

Ray sprang auf und hielt mir die Schachtel mit den Taschentüchern hin. Weil ich nicht wusste, was ich sonst tun sollte, nahm ich sie.

„Es tut mir leid, Miss Freemar, aber Ihre Geschichte passt im Moment nicht zu meinem Angebot. Ich wünsche Ihnen trotzdem alles Gute damit. Ich werde Ihnen Ihr Manuskript mit dem Scheck zurückschicken. Guten Tag."

Sie wollte meine Geschichte nicht? Sie hielt sie nicht für vielversprechend? Mein Magen krampfte sich zusammen, als der faulige Gestank von noch mehr Zurückweisung mir in die Nase stieg.

„Alix?"

Ich blinzelte, um wieder klar zu sehen, und starrte eine besorgte Ray mit offenem Mund an. Ich gab ihr den Telefonhörer. Sie legte sanft auf und sah ihn einen Augenblick stirnrunzelnd an. Dann setzte sie sich neben mir auf den Boden und stupste mich mit der Schachtel.

„Ähm … Ich habe sie mitgebracht, damit du sie benutzt. Bert ist besser in diesen Dingen als ich, aber sie ist noch im Bad. Sie müsste gleich hier sein. Es wäre also am besten, wenn du den hysterischen Anfall zurückhalten könntest, bis sie hier ist."

Ich starrte die Schachtel an und bemerkte dann, dass mein Mund offen stand. Ich schloss ihn und schluckte einen Kloß in meinem Hals hinunter, dann gab ich Ray die Taschentücher zurück. „Danke, aber ich brauche sie nicht. Ich habe alle meine Toilettenpapierrollen fertig zum Benutzen aufgereiht."

Sie sah mich ungläubig an. Ich gab nach und nahm eines ihrer Taschentücher, um meine Nase zu putzen.

„Ich nehme an, das waren keine guten Neuigkeiten?"

Ich schüttelte den Kopf und betupfte meine feuchten Augen. „Nein, das waren keine guten Neuigkeiten. Es waren schlechte Neuigkeiten. Außerordentlich schlechte Neuigkeiten. Meine Agentin hat mich fallengelassen."

„Fallen gelassen?"

„Fallen gelassen. So wie in: Sie will mich nicht. So wie in: Meine Geschichte ist nicht gut."

Ray zog eine Grimasse und tätschelte meine Hand. Ich tätschelte ihren Arm als Antwort. „Ist schon in Ordnung. Zurückweisung ist nichts Neues für mich. Besonders heute nicht. Nicht an dem einen, schlimmsten Tag meines ganzen Lebens. Daniel hat mich heute auch zurückgewiesen."

Ray sah nervös zur Tür. „Daniel? Wer ist Daniel?"

„Alex' Freund. Er ist Autor. Er hat sich meine Geschichte angeschaut und mir gesagt, dass sie kacke ist. Richtig kacke."

Sie tätschelte mich wieder.

„Ganz und gar kacke ohne irgendetwas Gutes."

„Sicher ist es nicht so schlimm. Bert fand die Geschichte gut. Ich fand, sie klingt sehr anschaulich."

Ich schüttelte den Kopf. „Nein, er hat recht, sie ist kacke. Ich sehe das jetzt ein." Ein weiterer schmerzhafter Knoten stieg in meiner Kehle auf. Ich schluckte ihn hinunter und nahm zwei weitere Taschentücher aus Rays Schachtel. „Aber das ist nicht das Schlimmste an diesem schrecklichen Tag."

Ray nickte mitfühlend. „Black."

„Genau. Er hat mich auch fallen gelassen."

Ihre Augen wurden groß. „Das hört sich für mich nicht nach Black an."

„Nun, so ist es aber. Er ist ein unsensibler, selbstsüchtiger, egoistischer, arbeitssüchtiger Blödmann, der sich um niemanden kümmert, außer jemand erfüllt einen Zweck für ihn. Er ist so selbstverliebt, dass er sich mit niemandem sonst beschäftigen kann." Tränen stiegen mir in die Augen beim Gedanken daran, was für eine selbstsüchtige Bestie er war, und weil sein Mangel an Besorgnis mir gegenüber so weh tat. Wie hatte ich mich in ihm dermaßen täuschen können? Wie konnte ich nur so blind gewesen sein, dass ich nicht gesehen hatte, dass er nicht anders war als andere Männer? Warum konnte er nicht perfekt sein?

Sie runzelte die Stirn. „Du regst dich über ihn auf. Du bist emotional. Du denkst nicht vernünftig. Black ist nicht so."

„Er kann sich nicht einmal Zeit für mich nehmen, wenn ich in einer emotionalen Krise stecke!" Ich griff mehr Taschentücher und wischte meine tränenden Augen ab. „Ich habe ihn angerufen und ihm erzählt, was Daniel gesagt hat. Und alles, was er gemacht hat, war, mir zu sagen, dass er in einem blöden Auto sitzt und einen blöden Job macht und dass ich einfach nach Hause gehen soll und er mich später anruft."

Sie sah mir zu, als ich mir erneut die Nase putzte. Ihre Augen waren warm vor Mitgefühl. „Seine Arbeit ist wichtig. Das weißt du."

„Ich weiß, dass sie wichtig ist. Aber ich will wichtiger für ihn sein als ein dreckiger alter Schmutzfink! Wenn es andersherum wäre, würde ich alles stehen und liegen lassen, um ihn zu trösten! Die Wahrheit ist ..." Meine Stimme erstickte an einem Seufzer. Ich schob mich an der Wand nach oben und festigte meine Knie, bis sie nicht mehr zitterten. „Die Wahrheit ist, dass er einfach nicht genug für mich empfindet. Nicht wirklich. Ich habe mich geirrt, als ich dachte, er liebt ..." Das Wort blieb mir im Hals stecken. Ich schnappte mir die Schachtel mit den Taschentüchern und öffnete die Tür. „Es tut mir leid, Ray, aber ich kann jetzt nicht mit dir reden. Ich bin entschlossen, meine Liste abzuarbeiten. Und ich kann nicht heulen und jammern und meine Klamotten zerreißen, wenn du hier bist."

Ich schloss die Tür ungeachtet ihres Protests und ging auf das Bett zu, wobei ich meine Tränen trocknete. Wenn ich das durchzog, dann wollte ich es ordentlich

machen, und das schloss einen vollwertigen Heul-
krampf ein und nicht diese stillen, heißen Tränen, die
sich ihren Weg über mein Gesicht gebahnt hatten. Ich
warf mich auf das Bett und wartete darauf, dass das Gejammer begann. Es passierte nicht. Stattdessen lag ich
auf dem Rücken und starrte zu dem interessanten Netz
aus Rissen im Putz der Decke hinauf, meine Augen
heiß, aber plötzlich trocken. Ich fand, die Risse formten
sich zu einem Herz mit einem Dolch in seiner Mitte,
wenn ich die Augen zusammenkniff.

Ein Klopfen an der Tür unterbrach meine Betrach-
tungen des erdolchten Herzens.

„Alix, Ray sagte, du hast einen schlechten Tag." Berts
Ausdruck von Mitgefühl umgab mich wie ein warmer
Mantel. „Wie geht es dir?"

„Mir geht's gut. Ich heule mir hier nur meine Augen
aus dem Kopf. Das ist der erste Punkt auf meiner Liste."

„Ist das so?" Sie zögerte und sah sich in der Wohnung
um. Sie schnüffelte leicht. „Du tust ... äh ... nichts Unüberlegtes, oder?"

„Etwas Unüberlegtes?" Ich lehnte mich mit der Hüfte
an die Tür und dachte über die Frage nach. Ich tat
nichts Unüberlegtes, ich war gerade sehr geordnet und
produktiv. Ich hatte drei Tiefschläge erlitten, von denen jeder einzelne allein schon ausgereicht hätte, um
mich niederzustrecken. Zusammen besaßen sie genug
Zerstörungskraft, um eine Stadt mittlerer Größe dem
Erdboden gleichzumachen. Und trotz alledem hatte ich
meinen Verstand beisammen und eine Liste mit pro-
duktiven Aufgaben erstellt, die mich gut und sicher in
die Erholungsphase bringen würden.

Oder das hoffte ich zumindest.

„Nein, ich tue nichts Unüberlegtes. Ich kümmere mich nur um Punkt Nummer eins auf meiner Liste. Weinen."

„Verstehe." Bert schürzte die Lippen und sah über ihre Schulter. Ray wartete im Schatten des Treppenhauses. Ich winkte ihr zu. Sie winkte zurück. „Darf ich reinkommen?", fragte Bert.

Ich schüttelte den Kopf und versperrte ihr mit meinem gegen den Türrahmen gestemmten Arm den Weg. „Danke, aber nicht jetzt, Bert. Ich muss diese ganze Heulerei noch schaffen, verstehst du, und es ist jedes Mal beschämend, wenn man geschwollene Augen und eine Schniefnase hat und andere anwesend sind."

„Aber ..." Bert trat zur Seite und warf einen weiteren Blick über meine Schulter. Ich hätte schwören können, dass ich sie wieder schnüffeln gehört hatte. „Aber gerade weinst du gar nicht."

Ich blinzelte sie an. „Doch, das tue ich."

Sie biss sich auf die Lippe und legte sanft ihre Hand auf meinen Arm. „Nein, Alix, das tust du nicht. Deine Augen sind trocken. Blutunterlaufen, aber trocken."

Ich blinzelte wieder. Nun fiel mir auch noch mein eigener Körper in den Rücken. Jetzt, da ich ein paar Tränen gebrauchen konnte, wo waren sie da? „Ich ... äh ... ich weine innerlich."

Ihr Mitleid brachte mich fast um. „Oh Alix, es tut mir so leid. Es tut mir leid, dass deine Agentin sich als nicht verlässlich erwiesen hat, und es tut mir leid, dass Alex' Freund dein Buch nicht gut fand, aber es tut mir besonders leid, dass du Streit mit Alex hattest."

Ich zog in Erwägung, mit ihr zu reden, entschied aber, dass ich dafür keine Zeit hatte. Wenn Punkt eins abgehakt war, und meine trockenen Augen bedeuteten, dass er das war, zeichnete Punkt zwei sich schon bedrohlich am Horizont ab.

„Es tut mir leid, Bert, es ist so lieb von dir, dass du dir Sorgen machst, aber da ich mit dem Heulen offenbar fertig bin, muss ich nun in Selbstmitleid baden, und das ist kein schöner Anblick. Vielleicht können wir uns in ein paar Tagen zum Abendessen treffen? Oh …“ Ich unterbrach mich und rief mir die zeitliche Ausdehnung meiner Liste in Erinnerung. „Ich Blödmann. Ich werde in den nächsten Tagen depressiv und krank sein und mit Voodoopuppen beschäftigt, aber vielleicht nächstes Wochenende? Ja? Gut. Danke fürs Vorbeischauen.“

Ich schloss die Tür und betrachtete meine Wohnung. Was wäre der beste Ort für ein Bad in Selbstmitleid? Die Récamiere? Der dreibeinige Stuhl? Der kleine Esstisch für zwei Personen?

Jemand klopfte an die Tür.

„Geh weg“, rief ich, nicht unfreundlich. Ich setzte mich auf den Stuhl. Er war unbequem.

„Alix? Ich bin's, Isabella.“

Ich hätte es wissen müssen. Ray und Bert hatten sie möglicherweise zur Verstärkung gerufen. Ich machte gedanklich eine zweite Liste und notierte mir darauf, mich bei allen für ihre Unterstützung und Freundschaft zu bedanken.

„Hallo, Isabella. Wie geht es dir?“, rief ich zur Tür. Ich zog den Sessel zum Tisch und setzte mich. Er war nicht so unbequem wie der buckelnde Stuhl, aber ich war mir sicher, dass ich ein schönes Bad in Selbstmitleid zustande bringen würde, wenn der Tisch kahl und leer vor mir stand. Denn was war mein Leben, wenn nicht kahl und leer? Der Tisch schien zu passen.

„Alexandra? Willst du nicht die Tür öffnen?"

Ich stand auf und ließ mich auf die Récamiere fallen. Das Kissen war ein unbequemer Klumpen in meinem Rücken. Ich zog es hervor und legte mich hin. Meine Nase, die vom Weinen noch geschwollen war, füllte sich, und ich konnte nicht atmen. Ich setzte mich auf und rutschte ans Ende der Récamiere. Mein Hüftgelenk machte ein hässliches knackendes Geräusch, als ich aufstand.

„Nein, ich denke nicht, aber danke, dass du fragst. Ich bin ein kleines bisschen mit meinem Selbstmitleid beschäftigt. Es ist der zweite Punkt auf meiner Liste, weißt du. Ich habe mich mit dem ersten ganz schön beeilt, deshalb ist es wichtig, dass ich den zweiten ordentlich mache. Warum kommst du nicht nächstes Wochenende mit Ray und Bert und mir zum Abendessen? Du kannst dann nett zu mir sein."

„Ich muss darauf bestehen, dass du diese Tür öffnest, Alix. Bertrice sagt, dass du verzweifelt bist, und ich mache mir sehr große Sorgen wegen deiner Meinungsverschiedenheit mit Alexander."

Ich kickte ein Sitzkissen zur Seite und ließ mich auf einen sonnigen Fleck auf dem Teppich unter dem geöffneten Fenster sinken. Ich lehnte mich gegen die Wand und streckte meine Beine vor mir aus. Sie müssten mal wieder rasiert werden, fiel mir auf. Von meinen Zehennägeln blätterte der Nagellack ab. Die Kruste vom Teppichbrand auf meinem Knie sah aus, als würde sie bald abfallen.

„Alix? Bitte mach die Tür auf."

„Lieber nicht, Isabella. Mir geht's gut, ehrlich. Ich werde nichts Unüberlegtes tun. Ich werde weder mich selbst noch sonst wen umbringen, ich werde keine schlechten Omen an Alex' Tür nageln, ich schicke ihm nicht mal eine Mail mit bösen Wörtern. Ich möchte nur ein bisschen allein sein, um über alles nachzudenken."

Stille. Ich fuhr mit meiner Hand über meine Leinenshorts und entfernte ein paar Teppichflusen. Erstaunlich, wie hartnäckig das Zeug war. Ich könnte wetten, dass dieser orangefarbene Teppich in tausend Jahren noch genauso aussehen würde.

„Wie du willst. Wenn du reden möchtest – ich bin den ganzen Nachmittag zu Hause."

„Danke. Und danke auch an Bert und Ray."

Ganz schwach hörte ich ihre Schritte, als sie nach oben ging. Die üblichen Beale Square-Geräusche drangen durch das geöffnete Fenster herein, gemeinsam mit dem Duft der Mimosen, die Ray und Bert in einem Blumenkasten zogen. Ich schloss meine Augen und ließ die Geräusche und Gerüche über mich hinweggleiten, als ich so an die Wand gelehnt da saß, mein Oberkörper in der Sonne und meine Beine im kühlen Schatten. Es war friedlich hier in dieser Ecke der Wohnung, relativ ruhig und förderlich für besänftigende Gedanken. Ich drückte das Bodenkissen an meine Brust. Merkwürdigerweise störten nicht einmal die herzzerreißenden Geräusche meines Schluchzens meinen neu gefundenen Frieden.

Kapitel Zwölf

Am Ende erfüllte die Liste ihren Zweck nicht, mich von zu viel Nachdenken abzuhalten.

„Das ist doch Mist", erzählte ich meiner spitzblättrigen kleinen Pflanze später am Abend, während ich verdrießlich orangefarbene Teppichfusseln aufsammelte, zu Kugeln rollte und daraus eine Pyramide baute. „Ich möchte so nicht in Selbstmitleid baden. Ich habe keine Lust mehr zu weinen. Ich möchte noch nicht einmal mehr Alex foltern. Nun, schon, aber nicht so schlimm wie vorhin. Ich werde meine Liste wegwerfen und einfach mit meinem grässlichen Leben fertigwerden. Letzten Endes ist es ja nicht das erste Mal. Das ist es weiß Gott nicht. Ich habe es schon zu oft getan. Zu oft für meine geistige Gesundheit, die, wie ich zugeben muss, gerade fragwürdig ist, wenn man bedenkt, dass ich mit einer Marihuanapflanze rede."

Die süßen, kleinen, spitzen Blätter der Pflanze zitterten in der Brise, die durch das Fenster hereinkam.

„Sorry. *Angebliche* Marihuanapflanze. Ich glaube Alex' unbegründeten Vorbehalten gegen dich einfach nicht."

Ich ächzte ein bisschen, als ich vom Boden aufstand und barfuß hinüber zu meinem Manuskript tappte. „Ich muss mich entscheiden, was ich jetzt tun will." Ich wedelte mit der Hand in Richtung der Manuskriptseiten. „Hiermit. Und mit allem anderen. Alex. Meinem Leben. Meinem Herz – oder zumindest dessen zerschmetterten Resten. Mit diesem ganzen Kram. Oh zur Hölle, jetzt heule ich wieder. Das war's! Ich gebe auf! Ich gehe duschen. Vielleicht ertrinke ich dabei und beende mein Leiden."

Zwanzig Minuten später kam ich mit verschrumpelter Haut aus dem Badezimmer, rot wie eine Geranie und umgeben von einer Wolke aus Zitronenduft. Ich griff gerade nach meinem Oversize-Micky Maus-Shirt, das ich normalerweise zum Schlafen trug, als eine Bewegung in der Küche mich fast zu Tode erschreckte.

„Herrgott, Isabella!", sagte ich gereizt und presste beide Hände auf meine Brust. „Ich kriege deinetwegen einen Herzanfall! Was machst du hier?"

„Es tut mir leid, Alix, aber Alexander und ich haben uns Sorgen um dich gemacht. Ist das ein Tattoo?" Sie sah interessiert auf mein Schambein hinab.

Ich hielt schnell meine Hand davor. „Nein, das ist … äh … nur ein kleiner Knutschfleck."

„Aber er ist blau. Fast lila."

„Es ist ein sehr *aufwendiger* Knutschfleck."

Sie hob beide Augenbrauen, zog einen kleinen, verständnisvollen Schmollmund und ging zurück in die Küche. „Ich habe Wein mitgebracht. Oder hättest du lieber Tee?"

Ich hastete hinüber zu meinem T-Shirt und zog es an. „Am liebsten hätte ich, dass du nach Hause gehst, Isabella."

Sie war gerade dabei, die Weinflasche zu entkorken, und hielt nun inne.

„Mist. Ich wollte nicht, dass es so klingt. Ich freue mich immer, dich zu sehen, das weißt du, aber gerade bin ich ein bisschen emotional und würde wirklich lieber allein sein, damit ich die Dinge auf meine Art und in meinem Tempo regeln kann.“

Sie entkorkte die Flasche. Eine Augenbraue war fragend erhoben, als sie mir ein Glas hinhielt.

„Du wirst mich nicht allein lassen, bis du gesagt hast, was du sagen möchtest, oder?“

„Nein.“

Ich seufzte und streckte meine Hand aus. „Gut, aber nur ein Glas. Letzte Woche wurde ich von Bert und Ray zerpflückt und habe mich bei Mr. Gefühlskrüppel lächerlich gemacht. Ich lege keinen großen Wert darauf, diese Erfahrung zu wiederholen.“

Isabella trug die Flasche und ihr Glas zur Récamiere. Ich folgte ihr, plumpste nicht gerade anmutig auf das Sitzkissen und zog mein T-Shirt über meine Knie.

„Alexander macht sich große Sorgen um dich. Er sagt, du gehst nicht ans Telefon.“

„Alexander interessiert sich einen Scheiß für mich, und das weißt du“, korrigierte ich sie. „Nein, ich gehe nicht ans Telefon. Ich habe keine Lust, mit ihm zu sprechen. Ich habe keine Lust, mir seine Entschuldigungen anzuhören. Er wurde getestet und er hat nicht bestanden. Was gibt es da noch zu sagen?“

Sie nippte an ihrem Wein mit einem festen, unleserlichen Gesichtsausdruck. Ich schüttelte das coole Aussehen ab und nahm einen ordentlichen Schluck von meinem Wein. Er brannte schön auf seinem Weg nach unten.

„Warum machst du das?“

Ich nahm noch einen Schluck. „Weil ich Wein mag."

Ein leichtes Stirnrunzeln furchte ihre Brauen. „Nein. Warum bist du so unvernünftig im Bezug auf Alexander? Du weißt, welchen Job er macht, und du weißt, wie wichtig ihm seine Arbeit ist. Wieso bereitest du ihm ein schlechtes Gewissen, weil er Verpflichtungen hat, die er nicht wegen deiner Eitelkeit vernachlässigen möchte? Warum bist du so selbstsüchtig?"

Ich schwankte zurück, als wäre ich geschlagen worden. „Selbstsüchtig? Meine Eitelkeit? Nun, schönen Dank auch, Miss Heiliger-Als-Du! Vielleicht hattest du mit Alex eine so perfekte Beziehung, dass du die Antworten auf alles weißt, aber ich kann mich nicht erinnern, dich um Rat gefragt zu haben!"

„Ich habe deine Gefühle verletzt ..."

„Natürlich hast du meine Gefühle verletzt!" Ich verkniff mir den Wunsch zu schreien und sprach leiser weiter. „Wenn ich dir sagen würde, du seist selbstsüchtig und eitel, wärst du verletzt?"

„Nicht, wenn es die Wahrheit wäre", sagte sie, ihren Blick fest auf mich gerichtet. „Alix, für mich bist du mehr als nur eine liebenswürdige Mieterin. Ich betrachte dich als Freundin. Alexander ist mir sehr wichtig, und ich mag es nicht, Wut und Schmerz zwischen euch zu sehen. Schon gar nicht, wenn es keinen Grund dafür gibt."

Vielleicht war es, weil ich den ganzen Tag noch nichts gegessen hatte – oder es war einfach meine generell niedrige Alkoholtoleranz – jedenfalls haute der Wein mich um. Ich kämpfte mich mit so viel Würde wie möglich auf meine Füße, beeinträchtigt von dem T-Shirt, das nur bis zum Oberschenkel reichte. „Es tut mit leid, dass ich dir wegen deines teuren Alexanders Probleme bereite. Ich bin sicher, dass er genau so viel Trost braucht, wie du zu geben bereit bist – und ja, das bedeutet exakt das, was du denkst."

Ich stolzierte zur Tür und öffnete sie dramatisch. Ich stand mit versteinertem Gesicht im Flur und hoffte, dass sie nun ihr verdammtes Mitleid, ihr Verständnis und ihre Freundlichkeit nahm und ging. Ich wollte sie nicht. Ich brauchte sie nicht. Ich brauchte *sie* nicht. Das Leben hatte mir wieder und wieder und wieder die Tatsache eingeprügelt, dass niemand mich brauchte und ich ebenfalls niemanden. Es war an der Zeit, das einzusehen und aufzuhören, dagegen anzukämpfen. Ich war ein Fels! Ich war eine Insel! Ich kam ganz gut allein zurecht!

Ich brach in Tränen aus.

Zehn Minuten später saß ich neben Isabella auf der Récamiere. Sie besah neugierig das Toilettenpapier und riss dann einzelne Blätter davon ab und gab sie mir, während ich weinte.

„Es tut mir leid", entschuldigte ich mich, sobald ich in der Lage war zu sprechen. „Ich habe keine Taschentücher mehr. Alles, was ich habe, ist Toilettenpapier."

Sie hob ihre silberblonden Brauen. „Ich habe ein Taschentuch, wenn du das lieber möchtest."

Ich winkte ab. „Nein, ich würde es nur völlig durchnässen. Es tut mir sehr leid, was ich gesagt habe. Ich habe nichts von diesen schrecklichen Dingen so gemeint."

Sie reichte mir ein frisches Stück Toilettenpapier. Ich putzte meine Nase.

„Du machst gerade eine anstrengende Zeit durch. Ich verstehe, was du getan hast."

Ich ließ das so stehen. Ich hatte wirklich keine Lust, meine latenten Eifersuchtsgefühle psychologisch zu analysieren, die mich jedesmal überkamen, wenn ich an sie und Alex dachte. Ich schniefte feucht, wischte meine Nase ab und lächelte sie wässrig an. „Was hältst du davon, den Abend noch einmal von vorn zu beginnen?"

Sie lächelte zurück – so strahlend, dass es ausgereicht hätte, um den Beale Square zu erhellen. „Das hört sich nach einer exzellenten Idee an. Aber zuerst ..." Sie sah auf die Uhr an ihrem schmalen Handgelenk. „... sollte ich dich warnen ... Ah, da ist er."

Ich sah von ihr hinüber zu meinem Telefon, das gerade klingelte. „Da ist wer? Alex? Ich möchte nicht mit ihm sprechen."

„Alix, bitte, er macht sich Sorgen um dich."

„Ja genau! Wahrscheinlich macht er sich nur Sorgen, dass er mich zu sehr verärgert hat, als dass ich noch mit ihm Matratzensport machen möchte."

Sie sah mich von der Seite an und machte eine verzweifelte Geste mit ihrer anmutigen Hand. „Ich bin mir sehr sicher, dass seine Gefühle für dich tiefer sind als für einen gelegentlichen Sexpartner. Er macht sich große Sorgen. Bitte geh ans Telefon."

„Nein."

„Alix, bitte!"

„Ich will nicht."

„Du musst!"

„Einen Scheiß muss ich! Ich lasse mich nicht hier in meiner eigenen Wohnung herumkommandieren! Ich kann nicht glauben, dass meine Mutter gutes Geld bezahlt, damit du mich hier herumkommandieren kannst!"

Ein störrischer Ausdruck stahl sich auf ihr perfektes Gesicht. Ich knurrte eine Verwünschung, aber sie hob nur eine platinblonde Augenbraue. Sie hatte offenbar eine Art geheime mentale Kraft, die ich nie erwartet hätte, denn plötzlich hatte ich den Telefonhörer in der Hand.

Ich nahm einen tiefen Atemzug und beobachtete Isabella aus dem Augenwinkel. Sie zog ihre Brauen sogar noch höher. Ich kehrte ihr den Rücken zu. Vielleicht konnte ich ihren Kräften widerstehen, wenn ich mir aus Alufolie einen kleinen Helm bastelte, aber bis dahin ... „Wenn das Detective Inspector Schwarzes Herz ist, möchte ich nicht mit dir sprechen. Wenn es jemand anderes ist, werde ich morgen sehr gern mit Ihnen sprechen. Vielen Dank für Ihren Anruf. Leben sie lang und glücklich."

Bevor ich auflegen konnte, liebkoste seine Stimme mein Ohr und sandte Wellen der Lust durch meinen Körper. Durch denselben Körper, der mit meinem Verstand stritt, weil der eine nichts mehr wollte, als sich in seine Arme zu werfen, während der andere behauptete, ihn nie wiedersehen zu wollen. „Alix? Warte, leg nicht auf. Wo warst du? Warum bist du nicht ans Telefon gegangen? Isabella sagt, du bist aufgebracht ..."

Ich schnaubte. *Das* war die Untertreibung des Jahres.

„... und versteckst dich. Wenn du das tust, weil ich an einem Fall dran bin und nicht zu Hause sein kann, tut es mir leid, aber du weißt, wie wichtig diese Razzia ist. Wir haben mit einer Geiselnahme zu tun und es dauert länger, als ich erwartet habe, den Verdächtigen festzunehmen. Alix? Bist du noch dran?"

Ein unsicherer, zweifelnder Ton in seiner Stimme rührte an meinem Herzen, aber ich versuchte ihn zu ignorieren. Ich wollte ihm sagen, dass er etwas tun sollte, das er rein anatomisch gesehen nicht konnte. Ich wollte ihm sagen, dass ich ihn nicht wiedersehen wollte. Ich wollte ihn genauso verletzen, wie er mich verletzt hatte. Ich wollte wirklich, aber Isabellas Worte klangen noch in meinem Kopf nach. *Selbstsüchtig. Eitel. Unvernünftig.* Waren ihre Anklagepunkte begründet, oder wollte sie nur Alex übermäßig beschützen? In meinem verwirrten geistigen Zustand wusste ich es nicht so genau. Und plötzlich war ich zu müde, um mir darüber Gedanken zu machen.

„Ich bin noch dran. Ich bin müde. Ich möchte schlafen gehen. Ich hoffe, deine Razzia läuft gut."

„Liebling ..."

Ich schloss die Augen vor Schmerz bei diesem Wort. Es hatte einmal etwas bedeutet.

„... ich muss jetzt gehen. Wenn ich dich morgen früh anrufe, wirst du abnehmen?"

Ich sah fragend auf meine nackten Zehen hinab. Sie hatten keine Antwort für mich. „Ja."

„Gut." Ich hörte die Erleichterung in seiner Stimme. „Ruh dich aus. Morgen werden die Dinge schon wieder anders aussehen."

Ich murmelte etwas Unverbindliches. Nach meiner Erfahrung sahen die Dinge im Morgenlicht immer schlimmer aus, aber ich hatte bemerkt, dass Alex zu einer erschreckend fröhlichen Morgenlaune neigte, egal wie früh es war.

„Alix?“ Seine Stimme war nun ein samtenes Flüstern an meinem Ohr. Meine Nackenhaare sträubten sich. „Du weißt, dass ich ... Mist, ich muss jetzt gehen! Pass auf dich auf. Ich bin bei dir, sobald ich kann.“

Ich nickte in den Hörer und legte auf. Dann rieb ich mein Ohr, fühlte immer noch die Berührung seiner Stimme auf meiner Haut, die meine ganze rechte Körperseite in Wärme gebadet zurückgelassen hatte.

Isabella verkorkte die halbleere Weinflasche und trug sie in die Küche zurück.

„Gute Nacht“, sagte sie, als sie auf meiner Höhe war. Sie blieb stehen und legte ihren Kopf in dieser anbetungswürdigen süßen Art zur Seite, die bei jedem ziehen würde, und drückte mir einen Kuss auf die Wange.

„Wirklich gute Dinge sind die Arbeit dafür wert“, sagte sie mit einem kleinen Lächeln. Ich blinzelte ein paar Tränen zurück, schluckte und nickte. „Schlaf gut.“

„Wohl eher nicht“, murmelte ich, als ich die Tür hinter ihr geschlossen hatte. Ich schaltete das Deckenlicht aus und rollte mich im Bett zusammen. Ich würde nicht schlafen, das wusste ich. Ich war emotional zu ausgelaugt. Immer wenn ich extrem müde war, schlief ich nicht. Und gerade fühlte ich mich, als wären meine Nerven mit einer Käsereibe bearbeitet worden. Ich war nicht nur müde, ich war erschöpft. Ich zog ein Buch hervor und bereitete mich darauf vor, die Nacht hindurch zu lesen.

Sieben Stunden später schleppte ich mich aus dem Bett und blinzelte den Schlaf aus meinen Augen. Ich bezweifelte, dass ich auch nur einen Satz aus meinem Buch gelesen hatte, bevor ich ins Traumland hinübergeglitten war. Das überraschte mich ein bisschen.

Unter der Dusche beschloss ich jedoch, dass es egal war. Was *nicht* egal war, war, dass ich mein Leben wieder auf die Reihe kriegen musste. Ich hatte ein paar wichtige Entscheidungen zu treffen, und zwar am besten bald, bevor ich die Nerven verlor.

Zwei Becher Starbucks Espresso Blend später kam ich zu dem Schluss, dass mein Gehirn nun stark genug war, das Wirrwarr anzugehen, das ich aus meinem Leben gemacht hatte. Ich sah auf die Liste hinab, die ich geschrieben hatte.

1. *Hungrige Begierde* verschrotten. Verbrennen, um den bösen Geist auszutreiben, der darin wohnt.
2. Den Todesvertrag mit Agentin Tully kündigen (Auftragskiller = hohe Ausgaben).
3. Papier-Voodoopuppen von Alex zerstören. Alle Beweise von papiernen Entmannungen aufsaugen.
4. Drei Pfund Orangentrüffel kaufen. Für medizinische Zwecke.
5. Ein neues Buch schreiben. Mittelalterlich? Muss fesselnd und clever sein. Blinde Heldin? Blinder Held? Blindes Pferd?
6. Ans Telefon gehen, wenn Alex anruft. Höflich sein. Sichergehen, ihn nicht Detective Inspector Furzhose zu nennen. Auch wenn er es verdient hätte.

Meine Würdigung dieser umfassenden Liste wurde durch ein Klopfen an meiner Tür unterbrochen.

„Es geht mir gut, Isabella, alles gut", rief ich und warf einen letzten bewundernden Blick auf die Liste. Ich ging zur Tür. „Ehrlich, so wie du dich um mich sorgst, könnte man denken, ich hätte vor, von einer Brücke zu springen oder ..."

Es war nicht Isabella an der Tür.

„Den zahlreichen Anrufen zufolge, die ich gestern von Isabella, Ray und Bert bekommen habe, warst du kurz davor, zu springen", sagte Alex. Seine Augen funkelten düster, fast schwarz vor Erschöpfung, und es lagen dunkle Schatten darunter. Dunkelbraune Bartstoppeln bedeckten seinen Kiefer und seine Wangen. Sie ließen ihn müde, besorgt und sehr sexy aussehen. Ich focht mit meinem Körper ein kleines Gerangel aus, um ihn davon abzuhalten, sich auf Alex zu stürzen.

„Detective Inspector Black", sagte ich und hoffte, er würde das leichte Zittern in meiner Stimme nicht bemerken.

„Miss Freemar", gab er zurück, nicht die Spur eines Lächelns auf seinen schönen Lippen. Ich hielt seinem Blick ein paar Sekunden lang stand, trat dann jedoch zurück und winkte ihn in die Wohnung.

„Du siehst beschissen aus." Ich schloss die Tür und lehnte mich mit verschränkten Armen dagegen.

Er machte eine höfliche kleine Verbeugung. „Danke sehr, ich fühle mich beschissen. Rieche ich da Kaffee?"

„So ist es."

Er wartete.

Ich seufzte übertrieben und deutete auf den Tisch. „Setz dich. Möchtest du Sahne in deinem Kaffee?"

„Ja, bitte."

Ich ging hinter ihm in die keine Küche und kämpfte auf dem Weg mit mir selbst. Er sah so verletzt aus! So bedürftig! Wie ein kleiner verlorener Junge! Ich wollte nichts mehr, als diese Schichten von Trauer und

Erschöpfung von ihm abschälen und seinen männlichen Körper mit meinem weiblichen bedecken. Aber ich konnte nicht. Es gab Punkt Nummer sieben auf meiner Liste zu bedenken.

7. Alex sagen, dass es schön war, nun aber vorbei ist. Superkleber kaufen. Die Splitter meines Herzens zusammenkleben und weiterleben. *Wieder mal.*

Der Stuhl quietschte, als Alex sich darauf niederließ. Ich steckte das Kabel meiner Kaffeemühle in die Steckdose und mahlte ein paar Espressobohnen. Dabei versuchte ich, ihn nicht allzu offensichtlich zu mustern. Da waren tiefe Linien um seinen Mund, die gestern noch nicht da gewesen waren. Schuld wallte in mir auf, als ich sie sah. Selbst wenn der gestrige Verrat die Zerstörung unserer Beziehung bedeutet hatte, konnte ich mir nicht einreden, dass er auf einem fröhlichen Ausflug auf dem Land gewesen war; seine Aura von gedrückter Hoffnungslosigkeit strafte diesen Gedanken Lügen. Umsomehr wollte ich ihn trösten, meine Arme um ihn legen, seinen wundervollen Kopf an meine Brust drücken und seine Sorgen hinfortküssen ... Ich schüttelte das Bild aus meinem Kopf. Was tat ich da? Ich wollte *ihn* trösten? Er war derjenige, der mich aufs Grausamste zurückgewiesen hatte, als ich ihn brauchte!

Alex beugte sich nach vorn und schob meine Liste beiseite. Er zog ein Fitzelchen blaues Papier aus einem Stapel und hielt es sorgsam in seiner Hand. „Du hast Papierpuppen gebastelt?"

Ich sah auf das Papierstückchen in seiner Hand und errötete. „Vielleicht."

Er besah sich das blaue Ding genauer. „Das sieht aus wie ein … ähm …"

Ich goss kochendes Wasser in die French Press und setzte den Stempel ein. „Es ist einer."

„Warum schneidest du kleine blaue Penisse aus?"

Ich zuckte die Schultern. „Mir war gerade danach."

Alex sagte dazu nichts. Er wühlte wieder in dem Papierstapel herum und zog eine von den Alex-Voodoopuppen hervor.

„Auf diesem hier steht mein Name."

Ich tat beschäftigt und goss Sahne in ein schwarz-weißes, kuhförmiges Sahnekännchen. „Tatsächlich? Wie interessant."

„Jemand hat eine große haarige Warze auf das Kinn dieses Papier-Alex gemalt. Und eine dicke Brille. Und es sieht so aus, als wüchsen Hörner aus seinem Kopf."

Ich schürzte die Lippen und pfiff unschuldig vor mich hin.

„Wenn der Winkel, in dem die Beine wieder angeklebt wurden, nachdem sie abgetrennt worden waren, irgendeine Bedeutung hat, würde ich sagen, dass der Papier-Alex auch mehrere schwere Knochenbrüche erlitten hat." Er besah sich die Puppe genauer. „Sie wurde auch, in Ermangelung eines besseren Wortes, *kastriert*."

„Was weißt du denn darüber?", fragte ich und stellte Kaffee, Sahne und eine Tasse auf den Tisch.

Er bedachte mich mit einem Blick, der unmöglich zu entschlüsseln war, und nahm den Kaffeebecher entgegen.

„Und?", sagte ich im Plauderton und goss mir eine
weitere Tasse Kaffee ein. „Wie stehen die Aktien?"

Er stellte seinen Becher ab. „Was hast du gefragt?"

„Deine Aktien. Wie stehen sie?"

„Aktien? Wie stehen meine Aktien – hast du das gefragt?"

Ich nickte. Wenn er nicht so müde wäre, wenn mein
Herz nicht so gebrochen wäre, hätte ich seinen ungläubigen Gesichtsausdruck lustig gefunden. Aber so, wie
sich die Lage im Moment darstellte, stählte ich mein
Herz und rief mir meine vielen Probleme in Erinnerung, aber selbst das half mir nicht weiter.

„Alix, ich bin seit achtundzwanzig Stunden auf den
Beinen. Ich habe die Nacht in einer Brombeerhecke
kauernd verbracht für den Fall, dass der Verdächtige
die Frau freilässt – seine vierzehnjährige Frau – die er
als Geisel genommen hatte. Und dann hat er sich umgebracht, indem er herkömmlichen Haushaltsreiniger
getrunken hat. Die nächsten drei Stunden habe ich damit verbracht, meinem Vorgesetzten zu erklären, was
schiefgelaufen ist bei einer Aktion, die eine simple
Durchsuchung hätte sein sollen. Obendrein hat ein
Fall, an dem ich die letzten vier Monate gearbeitet habe,
nicht mit der Festnahme eines Pädophilen geendet,
sondern mit einem chaotischen und völlig unnötigen
Todesfall, der einen mindestens fünf Meter hohen Stapel von Aktenarbeit nach sich ziehen wird. In den letzten vierundzwanzig Stunden habe ich unzählige Anrufe von Einwohnern dieses Hauses beantwortet, die
besorgt waren, weil sie dachten, du und ich hätten eine
Art Krach gehabt, der dich in eine verzweifelte Lage gebracht hat. Ich war über alle Maßen besorgt, weil man

mir gesagt hatte, dass du zu Hause bist, aber keinen meiner vielen Anrufe entgegengenommen hast. Ich bin müde. Ich bin voller Kratzer. Alles juckt. Ich nehme an, ein Haufen Insekten hat verschiedene Stellen meines Körpers besiedelt. Wie stehen die Aktien? Die Aktien stehen reichlich beschissen, danke der Nachfrage!"

Sein Ton machte mich zornig. „Sprich nicht in diesem Ton mit mir! Ich habe dir eine einfache Frage gestellt, ich erwarte eine einfache Antwort. Wenn du so verdammt unglücklich mit mir bist, kannst du ja einfach deine Krabbeltiere nehmen und verschwinden!"

Er rieb sich mit der Hand über seine müden Augen. „Mein Gott, Alix, ich will nicht mit dir streiten."

Aber *ich* wollte mit ihm streiten. Wut war das Einzige, das mich davon abhalten konnte, mich auf ihn zu stürzen, ein Fußabtreter zu werden, der eine Einladung zum Drauftrampeln auf die Stirn gedruckt hatte.

„Gut", sagte ich. „Dann streite eben nicht mit mir. Trink deinen Kaffee und geh ins Bett."

Ein wehmütiger Ausdruck glitt über sein Gesicht, aber er biss die Zähne zusammen und schüttelte den Kopf. „Du sagtest, du musst mit mir sprechen. Hier bin ich. Ich nehme an, es geht um das, was Daniel zu deiner Geschichte gesagt hat?"

Oh, der innere Kampf! Ein Teil von mir wollte alles hinausheulen, schluchzend erzählen, wie Daniels Einschätzung meinen kreativen Geist zerstört hatte, über den Schmerz wegen meiner Agentin weinen, die mich verlassen hatte. Aber ein anderer Teil von mir, der Kämpfer-Teil, sagte nein. Ich hatte gedacht, Alex sei anders als die anderen Männer in meiner Vergangenheit, aber er hatte bewiesen, dass er es nicht war. Und aus harter Erfahrung wusste ich, dass ich für immer verloren wäre, wenn ich jetzt klein bei gab. Er würde mich niemals respektieren, mich niemals so behandeln, als würde ich ihm wirklich etwas bedeuten. Ich hatte keine Zukunft mit Alex, das wusste ich jetzt, aber ich konnte die Dinge immer noch in Würde beenden.

„Nein, das ist nicht mehr wichtig." Ich deutete zum Papierkorb, in dem mein Manuskript lag und darauf wartete, dass ich es hinunter in die Mülltonne brachte. „Ich habe die Geschichte weggeworfen. Ich werde eine neue schreiben, eine mittelalterliche diesmal, über einen Ritter und sein blindes Pferd. Es wird sehr ergreifend werden. Ich kann mir Rupert Everett in der Rolle vorstellen."

„Als blindes Pferd?"

Ich sah ihn mit zusammengekniffenen Lippen an, aber er war zu sehr damit beschäftigt, den Papierkorb finster anzusehen, um meinen stechenden Blick zu bemerken.

„Warum wirfst du deine Geschichte weg? Daniel hat gesagt, sie benötigt Arbeit, aber ist vielversprechend."

„Er sagte, sie muss komplett neu geschrieben werden. Vergiss es, Alex, es ist Müll. Ich fang von vorn an mit einer größeren und besseren Geschichte. Ich habe vielleicht nur einen Monat, um sie zu schreiben, bevor meine Zeit hier in der Wohnung vorbei ist, aber ich kann in einem Monat ein Buch schreiben. Und wenn ich einen Teil davon überarbeiten muss, wenn ich wieder zu Hause bin, ist das kein Problem." Ich hoffte, dass er meinen Hinweis auf meine Rückkehr nach Hause am Ende des Monats bemerkt hatte. Ich wollte, dass ihm klar war, dass unsere Beziehung vorbei war und dass wir keine gemeinsame Zukunft hatten außer vielleicht gelegentlichen Purzelbäumen im Bett. Alles andere, alles von beständigerer Natur, alles, was Gefühle außerhalb des Genitalbereichs einschloss, war ausgeschlossen. Unmöglich. Würde nicht passieren. Nicht mehr zumindest.

Er ignorierte meinen Hinweis und biss sich wie ein Terrier an einem Knochen am Grund meines Versagens fest. „Daniel sagte, er habe angeboten, dir zu helfen, die Geschichte zu restrukturieren. Warum gibst du sie so einfach auf?"

Ich knirschte mit den Zähnen und stand auf. „Hast du schon gefrühstückt?"

Er schüttelte den Kopf und nahm noch einen Schluck Kaffee. Aus seinen schönen müden Augen beobachtete er mich genau. Ich ging in die Küche und zog einen Beutel Mandelcroissants hervor, den ich zuvor gekauft hatte.

„Iss so viel du willst", sagte ich und legte die Croissants vor ihm auf den Tisch. Dann drehte ich mich um, um meine süße kleine spitzblättrige Pflanze zu gießen.

„Alix ..."

Ich wirbelte herum. „Gott! Du bist genauso schlimm wie Isabella! Nerv, nerv, nerv – ist das alles, was ihr hier so macht? Amerikaner auf Besuch ausfindig machen und sie zu Tode nerven?"

Mein Ausbruch hatte ihn wohl schockiert. „Ich wollte nur fragen, ob ich mehr Kaffee haben kann."

Oh. Kaffee. Er wollte mehr Kaffee. Der arme Mann, er sah so müde aus, so nach verletztem Held ... Ich schüttelte mich gedanklich und holte die French Press für ihn.

Er dankte mir. Ich murmelte eine Antwort. Wir sahen einander an, Alex blickte über den Rand seines Bechers zu mir hinüber. Ich stand neben dem Fenster und hatte meine Arme vor meiner Brust verschränkt. Ich hatte gehört, dass das eine „Hände weg!"-Haltung war. Die Stille war fast hörbar und angefüllt mit unausgesprochenen Fragen.

„Okay, okay! Ich beantworte deine verdammten Fragen! Ich kann dieses ständige Bedrängen nicht aushalten! Wie machen sie das, geben sie euch Detectives Unterricht darin?" Ich stampfte zum Tisch, ignorierte den überraschten Blick auf seinem hübschen, müden Gesicht und setzte mich. „Ich beginne eine neue Geschichte, weil es zu viel Arbeit bedeuten würde, die erste fertigzustellen. Auch ..." Ich hob meine Hand, um seinen Einwand abzuwehren. „... mit Daniels Hilfe. Ich müsste die Geschichte immer noch neu schreiben, und das möchte ich nicht. Rowena und Raoul hängen mir zum Hals raus. Also fange ich stattdessen eine neue Geschichte an, eine bessere, eine, die nicht so schwer zu schreiben sein wird. Ich werde alles vorher durchplanen, damit ich genau weiß, wohin die Geschichte geht und wer was tun und sagen wird und wie das blinde Pferd am Ende des Buchs sein Augenlicht wiederbekommt."

Alex stellte seinen Becher ab und lehnte sich auf dem Stuhl zurück. Mit seinem Daumen strich er seinen stoppligen Unterkiefer entlang. „Nur damit ich es richtig verstehe – du gibst das Projekt auf, in das du so viel Zeit und Arbeit gesteckt hast, um eine neue Geschichte zu beginnen, nur weil du auf die erste keine Lust mehr hast?"

Ich nickte, froh, dass er verstand, dass es wichtig war, seine Verluste hinter sich zu lassen und neu anzufangen. Das war weiß Gott eine der ersten Lektionen, die ich im Leben gelernt hatte. „Du hast es erfasst. *Hungrige Begierde* ist den Aufwand nicht wert, den es erfordern würde, es in Ordnung zu bringen."

Er saß ganz still. „Und was ist mit uns?"

Ich erstarrte ebenso, mein Blick gefangen von seinen dunklen Smaragdaugen.

Seine Worte waren genauso leise wie sanft. „Ist unsere Beziehung den Aufwand wert, sie wieder in Ordnung zu bringen?"

Ja! Ja, natürlich! Schrie eine Stimme in meinem Kopf. Das Glück, mit ihm zusammen zu sein, war jeden Aufwand wert, jedes Opfer! Ich liebte diesen Mann; ging es in der Liebe nicht darum, sich für das Glück deines Geliebten zu quälen? Zur Hölle mit meinem Ego. Zur Hölle mit meiner zerschmetterten Seele, meinen verletzten Gefühlen, dem Schmerz und dem Leid, das er mir zugefügt hatte, das er mir weiterhin zufügen würde, weil ich in seinem Herzen nicht an erster Stelle stand wie er in meinem. Alles was zählte war, dass er glücklich war, richtig? Ich holte tief Luft.

„Nein, sie ist den Aufwand nicht wert."

Die Stimme in meinem Kopf fiel in eine tiefe Ohnmacht. Ich wusste genau, wie sie sich fühlte. Ich hätte viel Geld dafür gegeben, gerade jetzt in Ohnmacht zu fallen. Ich hätte meine Seele gegeben – zerfetzt wie sie war – um nicht den aufflackernden Schmerz in Alex' Augen sehen zu müssen. Den Schmerz, den *ich* verursacht hatte. Ich schluckte schwer und fuhr fort. Es würde ein sauberer Schnitt sein, wenn ich mit dem Schlimmsten schnell fertig wurde.

„Es tut mir leid, Alex, aber es gibt einfach keinen netten Weg, das zu sagen." Ich kannte die Worte, kannte sie gut, aber ich war nie diejenige gewesen, die sie gesagt hatte. Merkwürdig, wie mit jedem Wort, das ich sagte, ein kleiner Teil von mir starb. „Was wir hatten, war schön, aber ..." Ich zuckte die Schultern. „Nun ja, diese Dinge passieren nunmal."

Er atmete nicht. Er rührte sich nicht. Er war eine Statue, geformt aus einer unglaublich naturgetreuen Substanz, aus den besten Teilen verschiedener griechischer Götter zusammengesetzt. Schön anzusehen, aber ohne den Hauch von Leben.

„Was für Dinge?"

Ich schwöre, dass seine Lippen sich nicht bewegt hatten. Ich hatte das starke Bedürfnis, einen Spiegel vor seinen Mund zu halten, um zu sehen, ob er noch atmete. Ich entschied, lieber außerhalb seiner Reichweite zu bleiben, nur für den Fall, dass er am Leben war und es ihn härter treffen würde, als ich gedacht hatte.

„Oh, du weißt schon ..." Ich zuckte wieder die Schultern. „Dinge halt. Wir. Unsere Beziehung. Unsere Zukunft, oder eher deren Abwesenheit. *Dinge.*"

Seine Schultern sanken hinab und ich blutete innerlich noch ein wenig mehr, als ich sah, dass er seinen Kopf gequält senkte. Wie konnte ich ihm das antun? Wie konnte ich den Mann willentlich verletzen, dessen Existenz mein Leben erhellte? Wie konnte ich? *Überleben,* sagte die kleine Stimme in meinem Kopf. *Entweder er oder du.*

„Es tut mir leid, Alex, aber auch wenn du unbestreitbar ein wilder Hengst im Bett bist, haben wir abgesehen von Sex nicht viel gemeinsam. Du bist ein Arbeitstier und ich bin ...“

„... eine unsichere Frau, die von Selbstzweifeln zerfressen ist und keine Ahnung von ihrem eigenen Wert hat.“ Alex' Kopf schnellte mit seinen Worten nach oben. Seine Augen funkelten vor Temperament, Wut und noch etwas anderem, das ich nie zuvor gesehen hatte. „Und ich bin gerade zu müde, um deine Spielchen zu spielen. Wenn du mich also entschuldigen würdest, ich gehe ins Bett. Du kannst gern mitkommen. Allerdings kann ich nicht versprechen, wie gut mein Hengst heute Morgen zu reiten sein wird.“

Ich schüttelte meinen Kopf und schluckte mein Elend hinunter. „Nein, danke. Du kannst selbst mit deinem Hengst ausreiten.“

Eine wunderbare, glänzende, kastanienbraune Augenbraue hob sich. Ich errötete aus purer Idiotie.

„Ich habe das nicht so gemeint, wie es sich angehört hat. Ich meinte nur, dass du allein ins Bett gehen kannst.“

Er hielt mich einen Augenblick mit diesem feurigen grünen Blick fest, ließ mich dann los und erhob sich müde vom Tisch. „Wir sind noch nicht fertig mit diesem Thema.“

„Doch, sind wir. Es ist vorbei, Alex. Es ist besser so, ehrlich. Ich werde in einem Monat zurück nach Hause fahren und aus deinem Leben verschwinden. Du findest sicher eine andere Frau.“ Ich verschloss meine Augen vor dem Schmerz, den dieser Gedanke mit sich brachte. „Jemanden, der alles hat, was du dir wünschst, jemanden, der zu deinem Leben passt, jemanden, den du wirklich willst und brauchst."

Der Türknauf klapperte, als er die Tür öffnete. Ich lehnte mit geschlossenen Augen an der Küchenwand und hoffte, dass meine Knie halten würden, bis er gegangen war.

„Ich habe die Frau, die ich will und brauche."

Die samtweiche Stimme, mit der er diese Worte gesagt hatte, schnitt durch mein Fleisch und kam zielsicher auf mein Herz zu. Die Tür fiel mit einem Klicken ins Schoss, und im selben Moment gaben meine Knie unter mir nach. Ich rutschte auf den Boden hinab und umklammerte mich selbst, um nicht zu sehr zu zittern.

Zwanzig Minuten später wurde ein Zettel unter meiner Tür durchgeschoben. Ich krabbelte darauf zu und hielt ihn für ein paar Minuten in der Hand, bevor ich genügend Tränen weggeblinzelt hatte, um ihn lesen zu können. Es war eine ausgedruckte E-Mail, die an einen Account geschickt worden war, den Alex für mich eröffnet hatte, damit ich mit meiner Mutter korrespondieren konnte. Auf die Rückseite hatte Alex gekritzelt: *Wir können beim Abendessen darüber reden. 18 Uhr. Stella's.* Ich schüttelte den Kopf und drehte den Zettel herum, um die Nachricht meiner Mutter zu lesen.

Es war eine Drohung von ihr, mein Manuskript, das ich ihr ein paar Tage zuvor geschickt hatte, der Generalstaatsanwaltschaft als unanständige Literatur zu übergeben. Ich hatte keine Ahnung, dass meine Mutter so viele Wörter für „Schmutz" kennt. Sie musste irgendwo ein Wörterbuch gefunden haben, denn ich konnte mir nicht vorstellen, dass sie Wörter wie *unzüchtig* und *wollüstig* in ihrer täglichen Konversation benutzte. Die Tirade über meinen Roman ging nahtlos in eine Bewertung meines Schreibstils, meines Charakters und meines Lebens im Allgemeinen über und endete mit der Aufforderung, umgehend nach Hause zu kommen und damit aufzuhören, ihr Geld zu verschwenden. *Wenn du darauf bestehst, Pornografie zu schreiben,* schrieb sie, *kannst du das auch aus Großmutters Wohnwagen tun. Dorthin gehört diese Art von Müll!*

Ich knüllte den Zettel zusammen und sah mich in der Wohnung um. Manchmal konnte man einfach nicht gewinnen. Manchmal kam man dem Ziel nicht mal nahe.

Kapitel Dreizehn

„So lebt denn wohl, Sir Christopher! Möge Gott Euch Flügel schenken auf Eurem Weg ins Heilige Land."
Mit einem kurzen Nicken seines männlichen Kopfes setzte Sir Christopher seinen konischen Helm auf und wendete sein mächtiges Schlachtross. Er gab dem Pferd die Sporen. So wünschte Lady Fenella ihm also göttliche Flügel, nicht wahr? Ha! Er würde ihre schneidende Bemerkung darüber, wie weise es war, Black Demon weiterhin zu reiten, nicht so bald vergessen. Als ob er sein liebstes Streitross aufgeben würde, nur wegen des kleinen Problems mit seinem Augenlicht. Nun, jeder konnte sehen, in was für einer guten Stimmung der Dämon war, als sie durch den Burghof auf die Zugbrücke zugaloppierten. Sein Kopf war erhoben, die Nüstern gebläht und seine ebenholzfarbene Mähne flog nach hinten über Sir Christophers Hände – ein ruhmreiches Schlachtross wie aus dem Bilderbuch.

„Mist!" Ich sah hinüber zu meinem klingelnden Telefon, das mich störte, als ich gerade so richtig in meiner Geschichte drin war. Ich wusste, wer es war. Oh ja, ich wusste, wer mich anrief, wer mich schon den ganzen Morgen unter irgendwelchen Vorwänden anrief. Und ich spielte ihr Spiel mit. Ich hatte nicht vor, mich tyrannisieren zu lassen und mir eine weitere Gardinenpredigt über das Chaos in meinem Leben anzuhören. Das Telefon klingelte weiter und brachte mich schließlich dazu, den Hörer abzunehmen und zu knurren: „Isabella, ich bin beschäftigt!"

„Oh ... Alix? Guten Morgen. Hier ist Bert. Ich wollte nur hören, wie es dir heute morgen geht. Ich weiß, es geht mich nichts an, aber Ray und ich waren besorgt."

Gerührt von der ehrlichen Freundlichkeit in Berts Stimme hörte ich auf, das Telefon böse anzustarren. „Danke, es geht mir viel besser. Tatsächlich habe ich gerade an meiner neuen Geschichte gearbeitet, als das Telefon geklingelt hat. Ich wusste nicht, dass du zu Hause bist. Warum kommst du nicht zum Mittagessen vorbei? Ich mache mittelmäßige Sandwiches mit gegrilltem Truthahn, Schinken und Käse."

Ein Lächeln erwärmte ihre Stimme. „Es freut mich zu hören, dass du wieder schreibst. Ich weiß, wie sehr ein solcher Rückschlag die Kreativität beeinflussen kann. Ich würde sehr gern mit dir Mittag essen, aber ich bin bei der Arbeit und nicht zu Hause. Ich habe mit Isabella gesprochen, und sie erwähnte, dass du immer noch ein bisschen traurig bist. Also dachte ich, ich rufe mal an."

Ich grunzte ungläubig. „Bert! Du überraschst mich!"

„Ich ... warum?"

„Du gibst dich für Isabellas Rachepläne her! Oder in diesem Fall eher für ihre Neugier!"

„Oh, aber ich ..."

„Isabella ist sauer auf mich, weil sie mich in den letzten zwei Stunden zum Mittagessen, zum Tee und zum Abendessen eingeladen hat. Sie hat auch angeboten, eine gute Unterhaltung zu führen oder im Hyde Park spazieren zu gehen. Ich habe abgelehnt, weil ich keine Lust habe, mir von ihr anzuhören, was ich mit *Alexander dem Großen* falsch mache."

Bert entschuldigte sich, wodurch ich mich sofort schuldig fühlte, weil ich sie angeblafft hatte. Also entschuldigte *ich* mich, und nachdem wir uns noch ein paar Minuten lang gegenseitig versichert hatten, dass es uns gut ging, legte ich auf.

„Gut", sagte ich zu meinem Laptop. „Wo war ich?"

„Entschuldigt, Sir Rennick", rief Sir Christopher, als Black Demon plötzlich schlingerte und gegen den Schimmelwallach seines Ritters prallte. Er drückte kräftig mit seinem rechten Knie und murmelte dabei: „Nach links, Demon, links! Nein, nein, zurück auf den ... Herr im Himmel, entschuldigt, Sir Henry. Die Sonne muss Demon geblendet haben. Ihr wurdet nicht verletzt? Ausgezeichnet. Vorwärts, meine Ritter! Vorwärts zum Ruhme Gottes!"

Ich stieß eine passende mittelalterliche Verwünschung aus, als das Telefon wieder klingelte. Es war Isabella, da war ich mir sicher, die anrief, um sich dafür zu entschuldigen, dass sie Bert auf mich angesetzt hatte. „Hallo?"

„Freemar. Ray Binder hier. Habe gehört, dir geht's besser. Du heulst Black nicht mehr hinterher, oder?"

„Hi Ray. Nein, ich verschwende seinetwegen keine weiteren Tränen. Ich schreibe gerade an einer Szene, wenn es dir also nichts ausmacht, würde ich gern weitermachen, solange die Geschichte noch frisch in meinem Kopf ist."

„Ah. Gut. Steig wieder auf, wenn du runtergefallen bist. Wir sehen uns am Freitag."

Ray legte auf, während ich verbissen versuchte, das Bild aus meinem Kopf zu kriegen, wie ich Alex' Hengst zu einem Ausritt herausholte. Es war von jetzt auf gleich aufgetaucht, aber letztendlich schaffte ich es, meine Gedanken von seinem Unterleib wegzukriegen und mich wieder auf meine Geschichte zu konzentrieren.

Lady Fenella verdrehte ihre Augen, als ihr eigenwilliger, störrischer „Immer richtig, niemals falsch"-Verlobter seine Männer auf einem deutlichen Zickzack-Kurs hinfortführte. Immerhin würde sie sein selbstgerechtes Bestehen darauf, dass sie alle Entscheidungen ihm überließ, nicht länger dulden. Sie war immernoch die Herrin von Rosehill! Er war nur ein Ritter niedrigen Ranges. Ja, sie würde seine heimlichen Besuche in ihrer Schlafkammer in der Dunkelheit der Nacht vermissen, aber sicher war seiner nicht der einzige Hengst im Stall.

„Nun habe ich Hengste im Kopf", murmelte ich und drückte die Löschen-Taste. Ich machte ein verärgertes Geräusch, als das Telefon schon wieder klingelte. „Wer bin ich? Die Auskunft, oder was? Hallo, ja, hier ist Alix."

„Alix, wie schön, deine Stimme zu hören!"

Ich seufzte. „Guten Morgen Karl. Wie laufen die Dinge in der wilden und verrückten Welt der Zahnärzte?"

„Ganz wie erwartet, Alix, ganz wie erwartet. Wie geht's dir? Isabella sagte mir, dass du eine Krise mit Alex hattest und ein bisschen durch den Wind bist."

„Ist es nicht unglaublich süß von Isabella, jedem Bescheid zu sagen, den ich in London kenne, mich anzurufen und zu checken, ob ich okay bin", knirschte ich zwischen zusammengebissenen Zähnen heraus. „Es geht mir gut Karl, sehr gut. Ich bin nicht selbstmordgefährdet, weine nicht ob meines gebrochenen Herzens, sondern versuche nur, mit meinem Leben weiterzumachen, indem ich eine neue Geschichte schreibe. Wenn du mich also bitte entschuldigen würdest ..."

„Ah. Natürlich, sicher. Ganz wie du willst. Vielleicht möchtest du mal abends mit mir ins Theater gehen?"

„Das wäre wirklich wundervoll. Danke, dass du angerufen hast. Tschüss!"

Ich legte den Hörer mit der Vorsicht einer Manguste, die ein rohes Ei in den Händen hält, auf den Apparat zurück. Nach zehn Sekunden, in denen das Telefon nicht wieder klingelte, kehrte ich zu meiner Geschichte zurück. Wer war an Anrufern noch übrig außer Isabella selbst und Alex? Alex arbeitete sich wahrscheinlich gerade seine gefühlvollen langen Finger ab und konnte wohl nicht mit einem Anruf bei mir belästigt werden, selbst wenn er gewollt hätte. Sicher wollte er aber nicht, nachdem ich ihm gesagt hatte, dass es mit uns vorbei war. Isabella hingegen war zweifelsohne damit beschäftigt, sich neue Foltermethoden für mich auszudenken, damit ich einknickte und mir von ihr die Leviten lesen ließ.

Edythe, die gertenschlanke Magd mit dem flachsfarbenen Haar, platzte in Lady Fenellas Sonnenbad hinein. Ihre naturgegeben schmalen Hände wedelten wild in der Luft umher und sie keuchte unverständliche Worte hervor. „Meine Dame! Oh, meine

Dame! Ihr müsst schnell kommen! Es geht um Sir Christopher!"

Lady Fenella blickte auf den Strahl Sonnenlicht, der durch die geöffneten Läden hereinfiel. Es war doch erst wenige Augenblicke her, dass sie ihren Verlobten fortreiten gesehen hatte. „Was ist mit Sir Christopher, Edythe?"

Die Magd wedelte hilflos mit den Händen. „Sein Pferd ist in den Burggraben gestürzt, meine Dame! Mit Sir Christopher auf seinem Rücken! Und nun ... oh, nun, meine Dame ..." Edythes Hände beendeten ihre wilden Bewegungen lange genug, um ihre Augen zu bedecken, als sie plötzlich schluchzte und weinte.

„Was? Erzähl mir nicht – nun kann das Pferd sehen?"

Das Telefon klingelte. „Ja?", knurrte ich in den Hörer, bereit, Isabellas oder Alex' Ohr zu attackieren, wer auch immer von beiden es wagte, mich zu stören. Mit all diesen Unterbrechungen würde ich die Geschichte nie fertig kriegen!

„Hallo, Alix", hauchte eine sanfte Stimme.

„Äh ... Hallo." Ich erkannte weder die Stimme noch den Akzent. Da der Mann aber meinen Namen kannte, ging ich davon aus, dass ich ihn kennen musste. Vielleicht war es einer von Daniels Freunden? Jemand aus Maureen Tullys Büro?

„Hier ist Philippe. Philippe aus dem zweiten Stock."

Philippe? Philippe rief mich an? Warum? „Hi, Philippe. Wie schön von dir zu hören. Ich nehme an, du hast versehentlich Post für mich bekommen?"

„Ja. Nein, ich meine, ja, es ist ebenfalls schön, von dir
zu hören. Aber nein, ich habe keine Post für dich. Isabella ...“

„Aha!“ Ich wusste es! Ich wusste, dass sie hinter Philippes Anruf stecken musste. Warum sonst sollte er
mich mit dieser abwesenden, besorgt klingenden
Stimme anrufen? Nun, das würde ich im Keim ersticken! „Danke für deinen Anruf, Philippe. Isabella liegt
falsch, ich bin nicht depressiv oder traurig oder verzweifelt oder sonst was. Es geht mir gut. Gut und hervorragend und supertoll, wenn du es genau wissen
willst. Du kannst also mit deinem Tag fortfahren in
dem sicheren Wissen, dass du alles getan hast, was du
konntest, um mich vor der Zerstörung zu bewahren.“

„Ah“, hauchte er. „Ah. Verstehe. Ja. Dann lege ich jetzt
auf.“

„Danke“, sagte ich glatt und plante einen Rachefeld-
zug gegen eine gewisse aufreizende Hausbesitzerin.
„Ich wünsche dir einen schönen Tag.“

„Ah“, sagte er noch einmal, bevor ich auflegte. Ich sah
das Telefon an. Es starrte zurück. Ich wartete. Ich wartete noch ein bisschen. Ich wurde das Warten nach fünf
Minuten satt und kehrte zu meiner Geschichte zurück.

Edythe linste durch ihre Finger hindurch, ihren
Mund vor Erstaunen zu einem O geformt. „Wie
konntet Ihr das wissen, meine Dame? Ja, sie sagen,
dass das große schwarze Ungeheuer nun wieder
sehen kann. Aber oh, meine Dame, zu welchem
Preis? Zu welchem Preis?“
„Ich habe keine Ahnung, zu welchem Preis, Edythe“, sagte Fenella schnippisch, die die ganze Aufregung um ein Pferd leid war. Dazu noch um ein
hässliches! „Sprich!“

„Oh, meine Dame, das Pferd kann sehen, aber ...
aber ... Sir Christopher hat sich seinen Kopf an einem Stein angeschlagen, als man ihn herausgezogen hat, und jetzt ... jetzt ist er blind!“

Ich stürzte mich auf das Telefon, bevor es sein erstes
Klingeln beendet hatte. „Isabella?“

Es entstand eine kurze Pause. „Nun, ja, ich bin's, Alix.
Wie hellsichtig von dir, das zu wissen. Ich räume gerade ein bisschen auf und habe dabei eine Schachtel
mit belgischen Pralinen gefunden, die ich niemals essen werde. Ich dachte, du würdest sie vielleicht gern ...“

Es war sinnlos, und ich wusste es. Isabella wusste es
auch. Ich konnte die Belustigung in ihrer Stimme hören. „Ich bin um vier zum Tee bei dir. Earl Grey. Hähn-
chensandwiches mit Curry. Die Pralinen. Okay?“

„Was für eine hervorragende Idee! Ich freue mich so,
dass du zum Tee kommen möchtest. Du kannst mir von
deinem neuen Buch erzählen. Bis später!“

„Ich verstehe nicht, wie du ein Buch schreiben
kannst, in dem eine der Personen blind ist.“

„Die Personen sind nicht blind“, schnaubte ich. „Das
hat es vorher schon gegeben. In meiner Geschichte ist
nicht der Held blind, sondern das Pferd. Nun, tatsächlich ist auch der Held für kurze Zeit blind, aber nicht
lang. Gerade lang genug, damit die Heldin ihn vor dem
gefürchteten Indigoritter retten kann.“

„Ah.“ Isabella rückte eine wunderschöne Steingut-
vase mit lachsfarbenen Rosen darin zurecht und zog
den farbenfrohen Tischläufer auf ihrem Esstisch glatt.
„Warum ist das Pferd blind?“

Ich öffnete meinen Mund ein- oder zweimal auf der Suche nach einer Antwort. „Es ist ... äh ... einzigartig. Ein einzigartiger Aspekt der Geschichte.“

„Und einzigartig ist gut?“

„In der Welt der Belletristik schon, manchmal. Nun, gut, nicht oft, wenn du nicht Stephen King oder jemand Berühmtes wie er bist. Aber ich bin entschlossen, dass das Einzige, was für mich spricht, der Wunsch ist, meine Herzensgeschichte zu schreiben. Und das tue ich gerade.“

Sie hielt inne und rückte ein paar Zierfiguren zurecht, die auf dem eleganten Rosenholzschränkchen standen. Sie warf mir einen unauffälligen Blick zu. „Tatsächlich? Und deine Herzensgeschichte dreht sich um einen Mann und sein blindes Pferd?“

Ich nickte und wartete darauf, dass sie endlich ausspuckte, was sie wirklich sagen wollte.

„Tatsächlich“, sagte sie wieder und ging ins Wohnzimmer hinüber, um sich mit dem Teetablett zu beschäftigen. Ich tappte ihr hinterher und fühlte mich so fehl am Platz wie ein Elch in einem Kleiderschrank. Es musste an ihren Gedanken liegen, die sich pausenlos mit mir beschäftigten. Ich setzte mich, wohin sie mich dirigierte, und nahm eine Tasse mit dampfendem Tee entgegen, obwohl draußen ein weiterer heißer Augusttag war.

„Erzähl mir mehr über deine Herzensgeschichte.“

Ich nahm mir zwei winzige Curry-Hühnchen-Sandwiches von der Servierplatte und lehnte mich zurück. „Du möchtest mehr über die Handlung der Geschichte wissen?“

„Nein, ich möchte nur verstehen, was eine Geschichte zu einer Herzensgeschichte macht."

„Oh, das bedeutet nur, dass die Geschichte mir sehr lieb und teuer ist."

Sie fuhr mit einer rosa lackierten Fingerspitze über den Goldrand ihrer Teetasse. „Also bedeutet dir die Geschichte etwas? Sie hat eine Verbindung zu dir, die über eine Handlung hinausgeht, von der du glaubst, dass die Leser sie mögen werden?"

„So ist es." Ich beobachtete ihren Finger, der weiterhin langsame Kreise um den Rand ihrer Teetasse zog. Ein leichter Anflug eines schlechten Gewissens manifestierte sich in meinem Kopf. Ich hatte keine Ahnung, wodurch er hervorgerufen worden war, aber ich mochte ihn nicht. Ich ignorierte ihn und fuhr fort. „Ich habe darüber in einem Autorenmagazin gelesen. Eine Herzensgeschichte ist mehr als nur eine gewöhnliche Geschichte. Es ist eine, deren Quelle das Herz und die Seele des Autoren sind. Sie ist sehr persönlich und basiert oft auf echten Gefühlen und Geschehnissen im Leben des Autors."

„Ja, das verstehe ich. Also hat diese Geschichte, die du dich entschieden hast zu schreiben, die mit dem starrsinnigen Ritter, der sich weigert, die Liebe seiner Dame anzuerkennen, weil es ihm wichtiger ist, auf einen Kreuzzug zu gehen, als sie vor umherziehenden Rittern zu beschützen – diese Geschichte hat eine tiefere Bedeutung für dich?"

Ich kniff meine Augen zusammen. Plötztlich wurde mir klar, worauf sie hinauswollte – sie wollte, dass ich zugab, dass mein neuestes Buch eine nur schlecht verborgene Anspielung auf Alex und mich enthielt. Ha!

Abgesehen von ein paar oberflächlichen Ähnlichkeiten konnte nichts weiter von der Wahrheit entfernt sein!

„Das ist nicht ganz richtig. Dieser neue Roman, *Hurenliebe*, ist meine Herzensgeschichte, weil ich ... äh ... nun ja, ich weiß, wie Lady Fenella ... also, ich kann nachvollziehen, welchen ... äh ... Zwängen sie unterliegt ... äh ... wenn sie versucht ... nun, du wirst mir einfach glauben müssen, dass es sich nicht um das handelt, was du gesagt hast. Es ist einfach meine Herzensgeschichte und das ist alles.“

Isabella hob eine Augenbraue, weil sich irgendwie ein angriffslustiger Ton in meine Stimme geschlichen hatte. Ich preschte vorwärts, bevor sie meine Geschichte noch weiter zerpflücken konnte. „Du kannst es also gleich wieder vergessen, Parallelen zwischen Sir Christopher dem Dickköpfigen und Sir Alex, dem Dussel, zu ziehen. Und wenn wir gerade von Alex sprechen, warum tust du es nicht einfach?“

Nun waren beide Augenbrauen erhoben. „Was tun?“

Ich kaute an meinem winzigen dreieckigen Sandwich und leckte ein wenig Curryhühnchen von meinem Finger. „Mir die Leviten lesen. Los. Du weißt, dass du mir unbedingt erzählen musst, was ich mit Alex falsch mache. Na los, versuch gar nicht erst, überrascht auszusehen! Du weißt genau, dass das der einzige Grund ist, aus dem du wie verrückt versucht hast, mich hier hochzukriegen. Damit du mir erzählen kannst, dass ich zu ihm zurückkriechen und ein schöner kleiner Fußabtreter für ihn sein soll, der Seine Herrlichkeit bei Laune hält, während er über mich hinwegtrampelt. Nun, Schwester, ich sage dir jetzt, dass das nicht passieren wird. Weder in diesem Leben, noch sonst wann!“

„Alix, wirklich, ich wollte dich nicht treffen, um dich wegen deiner Probleme mit Alexander zu kritisieren. Und ich würde dir sicher niemals raten, ein Fußabtreter zu sein.“

Ich sah sie misstrauisch an. Sie klimperte in einer verdammt guten Imitation von Unschuld mit den Wimpern.

„Wenn du mir nicht erzählen wolltest, was ich mit Alex machen soll, warum warst du dann so versessen darauf, mich hier heraufzubekommen?“

Sie verzog ihren Mund zu einem warmen Lächeln. Dieser Anblick löste bei mir noch mehr Misstrauen aus.

„Weil du meine Freundin bist und weil du Probleme hast. Ich dachte einfach, du wärst gern für eine Weile abgelenkt und bräuchtest vielleicht eine Schulter zum Ausweinen.“

„Hm“, machte ich ungläubig. „Nun, es tut mir leid, dass ich dich beschuldigt habe, mich hierher gelockt zu haben, um mich anzubrüllen, und ich schätze das Angebot mit deiner Schulter wirklich sehr. Das ist sehr selbstlos von dir.“

„Alix, du bist meine Freundin“, sagte sie nur und hob ihre Teetasse. Ich schüttelte den Kopf und schlürfte meinen nun lauwarmen Tee.

Stille umgab uns. Nur das entfernte Rauschen eines Ventilators war zu hören, als wir beide dasaßen und den Ausblick über den Platz mit der kleinen Grünfläche genossen. Eine alte Dame mit einem vom Alter gezeichneten Corgi ging vorüber, während mitten auf dem Rasen eine Gruppe von Teenagern lag. Die Jugendlichen befanden sich in verschiedenen Stadien der Nacktheit und sahen aus wie Schwarten in der Auslage einer Metzgerei.

„Aber wenn du das Thema schon erwähnst …"

Ich stöhnte und schloss die Augen. Ich wusste, dass sie nicht widerstehen konnte!

„Ich glaube, du hast einen falschen Eindruck von Alexanders Absichten dir gegenüber."

Es hatte keinen Sinn, man konnte sich einfach nicht gegen sie wehren. Ich stellte meine Tasse ab, unterdrückte den Seufzer, der meiner Kehle entschlüpfen wollte, und lehnte mich auf dem goldenen und rosafarbenen Sofa zurück. Resigniert bereitete ich mich auf das nun Kommende vor. Ich notierte mir in Gedanken, Isabella nicht mehr zu besuchen, ohne einen Schutzhelm aus Alufolie dabeizuhaben, und setzte ein Grinsen auf. „Na los, ich höre zu."

Sie warf mir einen fragenden Blick zu und beugte sich dann nach vorn, um ein Stückchen Schokolade von einem Kristallteller zu nehmen.

„Möchtest du lieber die höfliche Version meiner Gedanken hören oder die ehrliche?"

„Höflich", sagte ich schnell. Ein Hauch von Enttäuschung glitt über ihr Gesicht, war aber schnell wieder verschwunden. Sie öffnete ihren Mund, um zu sprechen, aber ich unterbrach sie, bevor sie beginnen konnte. „Nein, nein, das hab ich nicht so gemeint. Los, gib mir die volle Ladung."

„Nun gut. Alix, du weißt, dass ich dich für eine sehr kluge Frau halte."

Ich lockerte meinen Klammergriff um die Sofalehne. Vielleicht war die Wahrheit nicht so schlimm, wie ich befürchtete.

„Du bist witzig, gescheit und hast ein großes Herz. Ich weiß, dass deine scherzhafte Art mit Alexander ein paar ziemlich tiefe Gefühle für ihn verbirgt, und ich weiß, dass er genauso für dich fühlt.“

Ich schnaubte und griff nach der Teetasse.

„Du glaubst mir nicht, aber ich bin in der Position, es zu wissen. Ich weiß, wie er mit seiner Ex-Frau war, verstehst du – und natürlich, wie er sich bei mir benahm.“

Ich hielt inne, als ich mir gerade einen Orangenlikörtrüffel in den Mund schieben wollte. „Seine was?“

Mein Aufschrei überraschte sie. „Seine Ex-Frau. Jill. Hat er sie nicht erwähnt? Sie war eine Freundin von mir an der Uni. Du solltest das essen, Liebes. Du kleckerst Likör auf deine Bluse.“

Ich sah auf die zerdrückte Praline in meiner Hand hinab. Er war verheiratet gewesen und hatte es mir nie erzählt? Ich hatte ihm von meinem Ex-Mann erzählt, warum hatte er mir nicht von seiner Ex erzählt? Tränen prickelten hinter meinen Augenlidern, als ich mir meine eigene Frage beantwortete. Er hatte es mir nicht erzählt, weil ich ihm nicht so viel bedeutete. Ich war nur ein warmer Körper zum Zeitvertreib gewesen, aber niemand, mit dem er gefühlsmäßig verbunden sein wollte. Niemand, mit dem er wirklich sein Leben teilen wollte, niemand, dem er sein Herz schenken wollte.

Der Bastard.

„Es tut mir leid, Alix, da bin ich wohl in ein Fettnäpfchen getreten. Ich nahm an, er hätte dir von Jill erzählt.“

Ich schluckte ein paar unvergossene Tränen hinunter und steckte mir die klebrige, zerquetschte Praline in den Mund.

„Nein", sagte ich undeutlich mit meinem Mund voll plötzlich fade schmeckender Schokolade. Ich zuckte zusammen, als die kleinen Splitter, die alles waren, was von meinem Herzen noch übrig war, von diesem weiteren Beweis, dass Alex dachte, ich sei seiner Liebe nicht würdig, zu Pulver zermahlen wurden. Wie konnte er mich lieben, wenn er mir nicht einmal vertraute? Wenn ich es zuvor nicht geglaubt hatte, tat ich es jetzt – ich war einfach kein nennenswerter Teil seines Lebens. „Nein, er hat mir nicht von ihr erzählt."

Isabella sah für einen Moment unangenehm berührt aus; dann hatte sie ihre Sicherheit zurückgewonnen. „Ich bin sicher, er hatte einen Grund, es dir nicht zu erzählen. Außerdem ist er seit fast zehn Jahren geschieden. Es sind also keine aktuellen Neuigkeiten. Der einzige Grund, warum *ich* es erwähnt habe, ist, weil ich dir klarmachen wollte, dass ich Alexander wirklich sehr gut kenne. Und ich sehe den Unterschied zwischen seiner Art, mit allen Frauen umzugehen, die er je getroffen hat, und der Art, wie er mit dir umgeht."

Ich bedeutete ihm nichts. Ich bedeutete ihm weniger als nichts, ich existierte nicht einmal. Ersetzbar, unwichtig, trivial. Ein Schmerz breitete sich in mir aus, tief in meinem Bauch, tief in all jenen geheimen inneren Stellen, die nur er wirklich berührt hatte. „Oh, schön! Er hat nicht nur mein Herz gebrochen, vollkommen zerstört, sodass es nie wieder ganz sein wird, nun hat er auch noch meine weiblichen Organe kaputtgemacht!"

Isabellas Mund stand vor Überraschung für eine Nanosekunde offen, bevor sie sagte: „Ich glaube nicht, dass ich je vom Ende einer Liebesbeziehung gehört habe, das mit einem kaputten Uterus einherging."

Ich rieb meinen Bauch mit meiner Hand. „Du unterschätzt Alex' Zerstörungskraft. Nein." Ich hob meine Hand, als sie Einspruch erheben wollte. „Ich nehme es zurück. Er hat nicht die Macht, Krämpfe zu verursachen. Und ich bin sicher, dass es nichts weiter ist. Wäre es in Ordnung, wenn du dir deinen Vortrag für später aufhebst? Ich glaube, ich würde mich gern mit einer Wärmflasche hinlegen."

Sie zögerte eine Minute, dann stellte sie ihren Teller ab und faltete ihre Hände hübsch in ihrem Schoß. „Nun gut. Ich werde sagen, was ich zu sagen habe und lasse dich dann in Ruhe. Du bist eine außergewöhnliche Frau, Alix, mit vielen guten Eigenschaften. Aber du bist womöglich die selbstsüchtigste und egozentrischste Person, die ich je getroffen habe."

Ich glotzte sie ungläubig und mit offenem Mund an. Mein Mund war nicht nur ein bisschen geöffnet – mein Kiefer lag auf meinen Knien. Selbstsüchtig? Egozentrisch? *Ich?*

„Alles, was dich anscheinend interessiert, ist, was Alexander für dich tun kann, wie er dir helfen kann, dich besser zu fühlen, wie er deine Bedürfnisse befriedigen kann. Hast du dir je Gedanken darüber gemacht, was *er* braucht? Hast du je versucht, die Dinge aus seinem Blickwinkel heraus zu betrachten und die Entscheidungen zu verstehen, die er trifft? Ist dir nie in den Sinn gekommen, dass du diese Beziehung eingegangen bist mit der Absicht, dir zu nehmen, was du kriegen kannst, und solange du es kriegen kannst, weil du nie vorhattest, bei Alexander zu bleiben, wenn der Sommer vorbei ist? Begreifst du nicht, welche Macht du hast, ihn zu zerstören? Siehst du nicht, wie du ihn *gerade* zerstörst mit deinem unüberlegten, selbstsüchtigen Handeln?"

Tränen traten mir in die Augen, aber ich blinzelte sie weg, zu betäubt von Isabellas Worten, um eine angemessene Antwort zu formulieren.

„Alix." Sie legte ihre Hand auf meine und drückte sie. „Ich weiß, die Wahrheit kann grausam und verletzend sein, aber Alexander und du seid meine Freunde. Ich sehe die Liebe, die ihr beide füreinander empfindet, und ich sehe den Schmerz, den die Steine, die du in euren Weg gelegt hast, verursacht haben. Wenn du das nur auch sehen könntest, wärst du eine sehr glückliche Frau, die verliebt ist und geliebt wird, davon bin ich überzeugt. Willst du nicht versuchen, deine Augen zu öffnen und zu sehen, was ich sehe?"

Ich schluckte mein Leid hinunter und stand auf. Ich tupfte meine Augen mit der Leinenserviette ab, die ich immer noch zusammengeknüllt in meiner Hand hielt. „Vielen Dank für den wundervollen Tee, Isabella. Ich fürchte, es geht mir nicht besonders gut, aber vielleicht können wir das an einem anderen Tag wiederholen."

Vielleicht, wenn die Hölle zugefroren war.

Sie griff nach meinem Arm, bevor ich verschwinden konnte. „Alix, bitte tu das nicht. Ich möchte dir nur helfen …"

Mir helfen? Wollte sie das wirklich? Vielleicht hatte sie recht und ich lag falsch … aber nein, das konnte nicht sein. Jedes Ereignis der letzten paar Tage war ein vertrauter Wegweiser in Richtung Zurückweisung. Ich kannte sie gut, ich konnte sie nicht als etwas

Freundlicheres missverstehen. „Ich weiß, dass du mir helfen möchtest, und ich schätze deine guten Absichten, aber das hier ist etwas, womit ich allein fertigwerden muss."

Sie schüttelte ihren Kopf und ihr platinblondes Haar schwang mit, als sie mit einer anmutigen Bewegung aufstand. „Siehst du? Du denkst nur an deine eigenen Probleme, als gehörten die Probleme nur dir allein und gingen nicht euch beide etwas an. Solange du dich weiter vor ihm versteckst, solange du dein Herz vor dem Schmerz bewahrst, den die Liebe eben manchmal so mit sich bringt, wirst du nie in der Lage sein, ihn wirklich zu lieben. Und, oh, Alix, er verdient es, von ganzem Herzen geliebt zu werden und nicht nur von dem winzigen Stück, das du ihn sehen lässt."

Ich wirbelte herum, rasend über ihr sanftes Flehen. „Entschuldige mal! Mein Herz beschützen gegen den Schmerz, Alex zu lieben? Hast du nichts gehört von dem, was ich gesagt habe? Mein Herz ist gebrochen! Zermalmt! Komplett zerstört von Alex, wegen Alex und allein durch Alex' Schuld! Wenn ich ihn nicht so sehr lieben würde, hätte er gar nicht diese Art von Macht über mich!"

Sie schüttelte wieder den Kopf. „Du denkst, dein Herz sei gebrochen. Du beschwörst das herauf, was du aus deinen bisherigen Erfahrungen mit Männern weißt. Du durchlebst die Gefühle, die folgten, wenn du in der Vergangenheit zurückgewiesen wurdest, die Gefühle, klein und unwürdig zu sein. Aber das ist keine Liebe, Alix. Vielleicht liebst du Alexander – ich glaube tatsächlich, dass du das tust – aber du behütest dein Herz, indem du ihn von dir stößt, bevor er auch nur die Chance hat, diese Liebe zu verraten. Oh, Alix, wenn du nur seine Augen sehen könntest, wenn er dich ansieht. Dann würdest du verstehen, dass du keinen Grund hast, ihn zu fürchten."

Ich starrte sie an, entsetzt über ihre Worte. Tränen traten so schnell in meine Augen, dass ich sie nicht mehr wegblinzeln konnte. „Ihn fürchten? Jetzt fürchte ich ihn also?" Ich hob meine Hände und ließ sie hilflos wieder sinken. „Nun, danke für diese erhellende Analyse, Doktor Isabella! Schick mir einfach eine Rechnung für deine Zeit, ja?"

Ich wollte gerade gehen, entschied mich dann aber anders. Ich konnte ihre Anschuldigungen gegen mich nicht einfach im Raum stehen lassen, ohne darauf zu antworten. Ich marschierte ihren Flur hinunter und baute mich vor ihr auf, die Hände in die Hüfte gestemmt. „Nur damit du es weißt, nur damit es in deinem Kopf völlig klar ist, ich beschütze mich *nicht* vor Alex. Vom ersten Augenblick an, als ich ihn das erste Mal gesehen habe, hat er mich umgehauen. Er hat mich wirklich umgehauen. Ging mir unter die Haut, sodass ich keine Wahl hatte – ich musste ihn haben. Und ich wusste, *ich wusste* was passieren würde! Ich wusste, dass es für mich kein glückliches Ende geben würde, weil es niemals eins gibt! Sag mir, wie es mein Herz beschützen soll, wenn ich eine Beziehung eingehe, von der ich weiß, dass sie verdammt ist und mit einem gebrochenen Herzen enden wird, Isabella! Sag es mir bitte, weil ich es wirklich gern wissen würde!"

„Alix ..."

„Nein!" Ich drehte mich auf dem Absatz um und stürmte ein paar Stufen hinunter, bevor ich wieder zu ihr herumwirbelte. „Ich liebe ihn. Das werde ich immer tun. Er bedeutet mir alles, verstehst du? *Alles!* Ihn zu verlassen, wird mich umbringen!"

Sie war für ein paar Sekunden still und beobachtete mich wütend, wie ich mir mit ihrer verdammten Serviette die Augen abwischte. „Ich verstehe nun, dass ich falsch lag."

„Ja, du lagst verdammt noch mal richtig falsch!" Ich schniefte und drehte mich wieder zur Tür um, hielt aber inne, als sie mir hinterherrief.

„Alix? Würdest du mir bitte eine Frage beantworten?"

Ich knirschte mit den Zähnen, als ich vor der Tür stand und den Türknauf schon in der Hand hatte. Ich wollte keine weitere ihrer Anschuldigungen beantworten. Ich wollte meine Gründe nicht genauer ansehen, als ich es bereits getan hatte. Ich wollte nur flüchten und in Ruhe gelassen werden, um mein zerschmettertes Herz in Frieden zu pflegen.

„Welche?", knurrte ich.

Der schwache Duft ihres Parfüms, leicht und blumig und vollkommen Isabella, umgab mich, als sie hinter mich trat.

„Wenn du Alexander liebst, wenn du ihn wirklich von ganzem Herzen liebst, ist es dann nicht ein Opfer wert, mit ihm zusammen zu sein?"

Mein Magen rutschte in meine Kniekehlen. Ich grub meine Fingernägel in meine Handflächen, um mich davon abzuhalten, hinauszubrüllen, dass ich ihm nicht geben konnte, was er wollte, dass alles in einem Desaster enden würde, wenn ich vorgab etwas zu sein, das ich nicht war. Egal wie sehr ich ihn liebte, ich würde nie die Frau sein, die er brauchte. Also sagte ich gar nichts. Ich biss mir auf die Lippe, bis ich Blut schmeckte. Dann drehte ich den Türknauf und verließ Isabella ohne ein weiteres Wort.

Kapitel Vierzehn

„Wenn Ihr Euch 'n bisschen näher zum Laird stellt, meine Dame, könntet Ihr sein armen fiebrigen Kopf erreichen, ohne das ganze Wasser über ihn zu schütten."

„Er ist kein Laird, McReady, er ist ein Ritter. Ein einfacher Ritter. Ein sehr einfacher Ritter", gab Lady Fenella selbstzufrieden zurück. Sie tauchte das Tuch in die Wasserschüssel und langte über Sir Christophers breite Brust, um das triefende Stück Stoff auf seine Stirn zu klatschen. Im Groll davonlaufen? Auf einem Pferd davonreiten, das seine Hufe vor seinem Gesicht nicht erkennen konnte? Nicht auf ihren Rat hören? Nun, er würde es bereuen, sobald er sein Bewusstsein wiedererlangt hatte. Und sie würde da sein und beobachten, wie er es schlucken musste!

Ich stellte meinen Laptop beiseite und murmelte: „Mist. Es ist alles Mist. Ich bin verdammt." Ich kam zu dem Schluss, dass es nicht die Geschichte war, mit der etwas nicht stimmte. Ich war es. Ich hasste den monatlichen Besucher.

Oh, schon klar, wer mochte ihn schon? Aber ich hasste *wirklich* die Krämpfe. Ich konnte mit jeder anderen Art von Schmerzen leben – Kopfschmerzen, Rückenschmerzen und verschiedene andere Schmerzen –

aber mit Krämpfen konnte ich nicht umgehen. Tatsächlich hatte ich mich immer gefragt, wenn ich historische Romane las oder schrieb, wie die Frauen damals damit klarkamen. Tränke aus Weidenrinde und heiße Milch mit Wein hätten für mich nicht ausgereicht.

Nein, meine Art, damit umzugehen, war weitaus effektiver: Ich schluckte Schmerztabletten, wärmte das Heizkissen auf und zog mich mit einer Sammlung leicht zu lesender Bücher in mein Bett zurück. Dazu gab es ein großes Glas des sprudelnden Zitronengetränks, das die Briten Limonade nannten, und Schokoladenpralinen, die ich für Notfälle versteckt hatte.

Wenn ein gebrochenes Herz und vor Schmerz pochende Reproduktionsorgane kein Notfall waren, wusste ich auch nicht, was sonst.

Eine Stunde später fühlte ich mich sehr viel menschlicher und hielt es für weniger wahrscheinlich, dass ich unschuldige Passanten anfallen würde. Ein kurzer Blick auf die Uhr brachte mich ins Grübeln. Es war sieben Minuten vor sechs Uhr. Alex wollte mich um sechs Uhr im Restaurant an der Ecke treffen. Natürlich würde ich nicht hingehen. Ich hatte diese Entscheidung lange vor Isabellas ungerechtfertigtem Angriff auf meinen Charakter getroffen, der mich so rasend gemacht hatte, dass ich immer noch nicht wieder daran denken konnte. Nein, ich hatte nicht vor, mit Alex zu Abend zu essen. Es würde ihm recht geschehen, ganz allein dort zu sitzen und auf mich zu warten. Alle im Restaurant würden vor sich hin lächeln über den armen Mann, der allein essen musste, würden ihn bemitleiden, weil er eindeutig auf jemanden wartete, auf jemanden, dem er nicht wichtig genug war, um eine

Verabredung mit ihm einzuhalten. Ich stellte mir ihr süffisantes Lächeln bildlich vor. Und wie sie hinter vorgehaltener Hand über ihn redeten und zweifellos spekulierten, was er wohl getan haben mochte, um seine Verabredung zu vergraulen. Ich fragte mich, wie lang er wohl dort sitzen würde, bis er begriff, dass ich nicht käme. Eine Stunde? Eine halbe? Zehn Minuten?

„Selbstsüchtig und egozentrisch! Die hat vielleicht Nerven!", beschwerte ich mich und schob das Heizkissen von meinem Bauch. Ich tappte hinüber zum Kleiderschrank. „Ich bin die am wenigsten egozentrische Person, die ich kenne. Und selbstsüchtig? Ha! Dass ich nicht lache!"

Ich zog ein leichtes blaugrünes Batikkleid aus Baumwolle hervor, das so weich war, dass es sich auf meiner Haut wie Seide anfühlte. In diesem Kleid fühlte ich mich sexy und verführerisch und attraktiv, und nicht im Mindesten aufgedunsen und schrullig. Ich war davon überzeugt, dass in den Stoff Pheromone eingewebt worden waren.

Es war ein schönes Kleid. Genau das Kleid würde ich tragen, wenn ich zum Abendessen ausginge. Aber das tat ich nicht. Und Alex, der sensible und intelligente Alex, würde allein im Restaurant sitzen und das Gewicht all dieser Blicke und des Gekichers spüren. Er wäre beschämt, dass er im Fokus so vieler Spekulationen stand. Er würde sich schlecht fühlen, weil ich durch meine Abwesenheit eine bemitleidenswerte Person aus ihm gemacht hatte.

Ich schlüpfte in meine mitternachtsblauen Sandalen mit den tollen glitzerbesetzten Knöchelriemen.

Es geschah ihm recht. Für wen hielt er sich, mein Herz zu brechen und mich dann zum Essen zu bestellen, ohne auch nur zu fragen, ob ich wollte oder nicht?

Ich fuhr mit einem Kamm durch meine Haare und sprühte ein wenig Haarspray darauf, damit sie fabelhaft blieben und mir nicht ins Gesicht fielen.

Was würde er tun, wenn er begriff, dass ich nicht auftauchen würde? Würde er sein Essen allein zu sich nehmen, eine traurige, erbärmliche und einsame Figur in einem Raum voller glücklicher, sich unterhaltender Menschen? Würde er verärgert abhauen?

Ich begutachtete mich im Spiegel und trug eine Schicht roten Lippenstift auf. Würde er jemanden anrufen und ihn zum Essen mit ihm bitten? Jemanden, der nicht weit weg wohnte? Jemanden, den er gut kannte – sehr gut kannte? Jemanden, den er auf intimer Ebene kannte? Jemand Blondes, Kühles, Elegantes, die möglicherweise niemals ihre Stimme gegen ihn erheben würde?

Ich wusste nicht, was schlimmer war: das Bild eines gedemütigten Alex', der in einsamer Pracht im Restaurant saß, oder die Vorstellung von ihm, wie er gemütlich mit Isabella aß, wie sie ihre Köpfe zusammensteckten und sich über die blöde Amerikanerin kaputtlachten, die dachte, sie hätte ein Recht auf Liebe.

„Verdammt!", sagte ich zu meinem Spiegelbild, nahm meine Handtasche und schaltete den Ventilator aus. „Gut, ich werde zum Restaurant gehen, aber ich werde nicht mit ihm essen. Ich werde einfach nur hingehen und ihm sagen, dass ich nicht komme. So kann er gehen, wenn er möchte, oder allein essen."

Ich nickte mir zu und sah noch einmal auf die Uhr, bevor ich zur Tür hinausrannte. Was auch passiert war, ich wollte ihn nicht verletzen. Ich wollte nur, dass er verstand, dass wir nicht mehr zusammen waren. Ich konnte das auch tun, ohne grausam zu sein. Mir würde sicher kein Zacken aus der Krone brechen, wenn ich einfach zum Restaurant ginge und ihm sagte, dass ich nicht mit ihm essen würde. Eigentlich war es sogar ein ganz guter Beweis dafür, wie *nicht* zusammen wir waren. Ich könnte ihm sagen, dass ich nicht mit ihm essen würde, mich dann an einen anderen Tisch setzen und allein essen. Das sollte wirklich alles klarstellen! Ja, ja, das war eine gute Idee!

Fünf Minuten später stand ich im Eingang des Restaurants und sah mich um. So gut wie alle Tische waren besetzt, aber ich bemerkte Alex sofort. Er saß an einem Ecktisch und studierte die Speisekarte, als hätte er keine anderen Probleme in seinem Leben als die Wahl zwischen dem Galletto alla di Avola und dem Petto di Pollo al Pepe Verde.

Der Schuft.

Ich marschierte zu seinem Tisch hinüber und stemmte die Hände in die Hüfte. So stand ich, bis er aufsah.

„Ich hatte beinahe erwartet, dass du mich sitzen lässt", sagte er mit einem bescheidenen Lächeln.

Seine teuflisch heiße Stimme löste eine Gänsehaut auf meinen Armen aus. Ich ignorierte sie und auch sein Lächeln. „Warum hast du mir nicht erzählt, dass du verheiratet gewesen bist?"

Er sah für einen Moment überrascht aus, stand dann auf und zog einen Stuhl für mich heran. „Ich fand nicht, dass es von Bedeutung ist."

Ich schob den Stuhl zurück und sah ihn böse an. „Ich esse nicht mit dir, Alex."

Er zog eine seiner reizenden Augenbrauen hoch. Gott, wie ich diese Augenbrauen liebte! Ich liebte es, wie er sie so einfach hochzog. Wenn er das tat, kribbelten meine Finger vor Verlangen, ihre feine Wölbung nachzuziehen. Schlimmer noch, sie weckten in mir immer den Wunsch, diesen Ausdruck von Ungläubigkeit, Überraschung und unausgesprochenen Fragen direkt von seinem Gesicht zu küssen.

„Du isst nicht? Warum bist du dann hier?"

„Ich bin hergekommen, um dir zu sagen, dass ich dich sitzen lasse, damit du nicht hier sitzt und alle dich bemitleiden, weil du so ein schrecklicher Mann bist, dass niemand mit dir essen will. Das ist alles. Ich werde jedoch etwas essen. Nur nicht mit dir."

Er klopfte für ein paar Sekunden mit dem Finger auf den Tisch und dachte über meine Aussage nach. „Hat das damit zu tun, dass ich dir nicht erzählt habe, dass ich mal verheiratet war, oder bist du immer noch sauer, weil ich gestern arbeiten musste?"

Ich nahm die Speisekarte von dem Platz, der meiner gewesen wäre, und nahm sie mit an den Nachbartisch. Ich setzte mich und winkte den Kellner herbei. „Giorgio, ich werde heute Abend allein essen. Und ich möchte meinen Tisch mit niemandem teilen."

Giorgio, ein kleiner Mann mit einem ordentlichen Bart und den schönsten schwarzen Locken, die ich je gesehen hatte, sah für einen Moment verwirrt drein. Er schaute zu Alex hinüber, dann zu mir zurück. Er zuckte die Schultern und fragte, ob ich bereit wäre, meine Bestellung aufzugeben. „Noch nicht. Gib mir fünf Minuten", sagte ich lässig und blickte in die Karte, als wäre sie das faszinierendste Objekt, das ich je gesehen hatte.

Zu meiner Linken seufzte Alex gequält, nahm seinen Drink und seine Speisekarte und setzte sich zu mir an den Tisch. Ich sah ihn über meine Karte hinweg böse an. „Ich werde nicht mit dir essen!"

„Schön. Dann werde ich eben mit dir essen. Lässt sich das mit deinem Stolz vereinbaren?"

Ich stand auf. „Nein." Ich nahm mein Wasserglas und meine Karte und setzte mich auf den Stuhl, den Alex gerade geräumt hatte. Ich sollte verdammt sein, wenn ich mit ihm essen würde! Er musste verstehen, dass wir miteinander fertig waren. Aus. Vorbei. Finito.

Er sah mich verärgert an, kippte seinen Drink hinunter und stand auf, als würde er wieder zu mir herüberkommen wollen. Ich stand ebenfalls auf, bereit zu jedem Tisch zu gehen, an dem er nicht war. Sein Kiefer verkrampfte sich. Seine Augen verengten sich. Seine Finger klammerten sich an den Tisch vor ihm. Mit einem grimmigen Lächeln zog er ihn zur Seite und schob ihn gegen den, den ich gerade besetzte.

Ich sah mich im Raum um. Die restlichen Tische waren besetzt. Alle außer einem großen in der Mitte des Raumes, auf dem ein Reserviert-Schild stand. Mist! „Darf ich fragen, was du da machst? Du reißt dir meinen ehemaligen Tisch unter den Nagel und hast die Nerven, dich mir ungewollt aufzudrängen."

Alex' Lächeln verlor ein wenig seiner Grimmigkeit und erwärmte sich gerade genug, um in meinem

Innern mehrere kleine aber starke Feuer zu entzünden. Ich rief meine innere Feuerwehr und setzte mich wieder.

„Offenbar kannst du dich nicht entscheiden, an welchem Tisch du sitzen möchtest. Ich versuche nur, es dir leichter zu machen."

„Wie auch immer. Hauptsache, du kapierst, dass ich dich versetzt habe und *nicht* mit dir zu Abend esse."

Er setzte sich an meinen ehemaligen Tisch. „Ja, das ist mir klar. Darf ich sagen, dass ich es sehr schätze, dass du persönlich erschienen bist, um mir zu sagen, dass du mich versetzt?"

Ich nickte ihm kurz zu und griff nach der Speisekarte. „Ich dachte, das wäre die höfliche Art."

Er winkte nach dem Kellner, deutete auf mich und machte diese merkwürdige telepathische Drinkbestellung, die Männer beherrschen. Ich sah ihn finster an. „Ich mag keinen Whisky."

„Ich trinke keinen Whisky."

„Ich trinke auch keinen Wodka."

„Ich trinke auch keinen Wodka."

Ich richtete meinen finsteren Blick auf sein Glas. Die kleine Pfütze, die noch darin war, war farblos, was sämtliche Roggen- oder Bourbon-Whiskys ausschloss. Was war sonst noch farblos?

„Ich mag auch keinen Ouzo."

„Ich auch nicht."

Mein finsterer Blick wanderte von seinem Glas zum Kellner, der sich mit zwei Drinks auf einem Tablett näherte. Gin? Mist. Ich mochte Gin. Der Kellner schürzte seine Lippen und sah uns mit einem Blick an, der Bände sprach, stellte aber auf jeden Tisch einen Drink und gab nichts weiter von sich als ein unverbindliches Knurren.

Ich stocherte nach der Limettenspalte in dem Drink und leckte dann meinen Finger ab. „Gin Tonic? Woher weißt du, dass ich Gin Tonic mag?"

Alex sah von seiner Speisekarte auf. „Verzeihung, bitte? Haben Sie gerade mit mir gesprochen, einem Fremden, der hier ganz allein an seinem Tisch sitzt?"

„Oh, sehr witzig." Ich zog meine Karte hervor und starrte hinein. Ich fragte mich, was zur Hölle ich hier eigentlich tat, wie ich so hier saß und versuchte, mich nicht auf ihn zu stürzen. Vielleicht war es nicht die beste Idee, ihm zeigen zu wollen, wie sehr wir nicht zusammen waren. Er schien nicht allzu bestürzt zu sein über meine Weigerung, mit ihm zu essen. Tatsächlich saß er nicht einmal am selben Tisch wie ich. Zusammengeschoben oder voneinander getrennt – es waren immer noch zwei verschiedene Tische. Nun, schön, wenn das Ende unserer Beziehung ihn nicht im Mindesten zu stören schien, war das toll! Das war fabelhaft! Das machte mein Leben so viel einfacher! Ich würde einfach hier sitzen und ihn ignorieren und allein zu Abend essen. Und wenn wir gegessen hatten, würde er seinen Weg gehen und ich meinen, und das war's dann.

Abgesehen davon natürlich, dass ich mich niemals von diesem Verlust erholen würde, aber das war mein Problem und nicht seins, egal, was Isabella darüber dachte. *Selbstsüchtig? Egozentrisch?* Sicherlich dachte Alex nicht, ich sei selbstsüchtig und egozentrisch. Oder vielleicht doch?

Ich sah zu ihm hinüber. Er studierte die Rückseite der Karte, sah aber auf, als er meinen Blick spürte. „Isabella

sagte, du hast angefangen, an einer neuen Geschichte
zu arbeiten."

Oh, er wollte also höfliche Konversation spielen? Ich
zog in Erwägung, ihn komplett zu ignorieren, kam
dann aber zu dem Schluss, dass ich über den Dingen
stand. Ich legte meine Karte ab und fischte die Limette
aus meinem Glas, um daran zu lutschen. Alex beobachtete mich mit einem unbeschreiblichen Ausdruck des
Schreckens auf seinem Gesicht. Ich kaute die schönen
weichen Teile aus der Frucht heraus und wedelte dann
lässig damit durch die Luft. „Nun ja, wie es aussieht, hat
Isabella recht." Ich presste meine Lippen zusammen.
„*Damit* hat sie recht. Sie ist sehr, sehr im Unrecht, was
andere Dinge betrifft."

„Ist das so? Es würde mich nicht wundern. Im Gegen-
satz zu deiner Wahrnehmung ist Isabella nicht perfekt."

„Große Worte aus dem Mund ihres früheren Partners
beim Salamiverstecken."

Alex blinzelte zweimal. „Gott, erzähl mir nicht, dass
du auf Isabella auch eifersüchtig bist?"

Was? Eifersüchtig? Ich? Er scherzte wohl. „Du machst
Witze, oder? Du denkst ich bin eifersüchtig? Auf Isabella? Und was zur Hölle meinst du mit *auch*? Dass ich auf
mehr als eine Person eifersüchtig bin? Ist es das, was du
denkst? Du denkst ich bin eifersüchtig? Auf Isabella
und noch jemanden? Eine mysteriöse Person? Wer?
Bert? Ray? *Philippe?*"

Er bedachte mich mit einem Smaragdblick, einem,
der sich seinen Weg bis hinunter zu meinen rotlackier-
ten Fußnägeln brannte. Ich liebte diese Blicke, ich
hasste nur, dass sie mich dazu brachten, über den Tisch

rutschen zu wollen, um jeden Quadratzentimeter seiner Haut zu lecken. „Ich denke tatsächlich, dass du auf meine Ex-Frau eifersüchtig bist."

Ich glotzte ihn an. Es gab kein anderes Wort dafür, ich glotzte. Seinetwegen, seiner lächerlichen Ideen wegen, seiner Vermutung wegen, ich könnte auf irgendwen eifersüchtig sein, aber vor allem glotzte ich wegen seines mitleidigen Gesichtsausdrucks. Er meinte es ernst! Er dachte, ich sei eifersüchtig!

„Du hast deinen verdammten Verstand verloren!", brachte ich schließlich hervor. „Voll und ganz den Verstand verloren! Eifersüchtig auf deine Ex-Frau? Oh, ich gebe zu, ich bin vielleicht ein winziges bisschen neidisch auf Isabellas perfektes Gesicht und ihr perfektes Haar, auf ihre perfekten Kleider, ihr perfektes Leben und ihre perfekte Beziehung mit dir, aber du denkst, ich bin eifersüchtig auf deine Ex-Frau? Eine Frau, die ich noch nicht einmal kenne? Warum sollte ich auf sie eifersüchtig sein?"

Das hatte ihn stark genug getroffen, um den mitleidigen Ausdruck aus dem Gesicht zu kriegen. Er sah stattdessen finster drein. „Alix, meine Beziehung mit Isabella ..."

Ich hob eine Hand und unterbrach ihn. „Nein! Erzähl es mir nicht! Ich will es nicht wissen! Es interessiert mich nicht! Ich will nichts darüber wissen, wie Isabella und du zusammen wart, nicht wie sehr du sie geliebt, gemocht, angebetet hast, nicht wie lang ihr zusammen wart, nicht wie sie nachts in deinen Armen lag und sich mit dir über alle möglichen interessanten und intelligenten Dinge unterhalten hat – die Art von Dingen, über die wir nie gesprochen haben, weil wir nie lang genug aufgehört haben, es zu tun, um Zeit zum Reden zu haben – nichts davon! Ich möchte nichts über dich und Isabella hören!"

„Meine Beziehung mit Isabella ..."

„Alex, nein!", sagte ich laut und ignorierte die überraschten Blicke der Menschen, die um uns herum saßen. Verdammt noch mal, verstand er nicht, dass ich keine Einzelheiten über ihn und die Eisprinzessin ertragen konnte? Nicht in dem fragilen Zustand, in dem ich mich befand, schönen Dank.

„... war nie ..."

Er war ein sturer, sturer Mann. Ich wusste, er würde darauf bestehen, mir Dinge über sich und Isabella zu erzählen, und ich wollte sie nicht hören. Ich konnte sie nicht hören. Noch ein Schuss in mein Herz wie der letzte, den er mir verpasst hatte, und ich war durch. Erledigt. Mausetot. Mir fiel nur eines ein, was ich sagen konnte, damit er seinen Satz nicht beendete. Ich holte tief Luft.

„Habe ich dir gesagt, dass ich nicht schwanger bin?", brüllte ich, um den Klang seiner knieerweichenden Stimme zu übertönen.

Nun, ich hatte recht, es funktionierte, er war sofort still. Unglücklicherweise waren auch sämtliche Gäste des Restaurants still. Ich wusste es, weil sie in diesem Moment alle mit großem Interesse und fragenden Gesichtern zu uns herübersahen. Alex hingegen sah aus, als würde er mich gern erwürgen.

Ich hob die Hand und winkte Giorgio herbei. „Die Rechnung, bitte!"

Alex holte mich an der widerspenstigen Eingangstür ein.

„Wenn ich jemanden frage, ob er mit mir essen geht, gehe ich normalerweise davon aus, irgendwann etwas zu essen", kommentierte er und nahm mir den Schlüssel ab, den ich ins Schloss zu stecken versuchte. Er drehte ihn sanft und die Tür öffnete sich. Ich wusste nicht, wen ich im Moment mehr hasste, die Tür oder ihn. Ich hatte keine Zeit, darüber nachzudenken, weil er mich am Ellbogen packte und nach oben drängte.

„Hey!", protestierte ich, als wir an meiner Wohnungstür vorbei weiter nach oben gingen. „Was glaubst du, was du da machst? Ich gehe nicht mit dir in deine Wohnung!"

„Warum nicht?", fragte er und hatte den verdächtigen Klang von zusammengebissenen Zähnen. Ich sah durch die Dunkelheit des Treppenhauses zu ihm auf, aber ich konnte nichts anderes sehen als seinen entschlossenen Kiefer.

„Wenn ich erst einmal dort bin, wirst du dich nur schnell ausziehen wollen und mich dazu bringen, deinen ganzen Körper zu küssen und vielleicht wirst du sogar das Zitronenmassageöl holen, das ich so liebe, und du wirst wollen, dass ich dich einöle, oder schlimmer, du wirst mich einölen wollen und dann wirst du …"

„Alix", knurrte er und zog mich an seine Seite, während er seinen Schlüssel herausholte.

„Was?", fragte ich ein bisschen schnippisch und ärgerte mich darüber, dass er die wundervolle Szene hinfortgewischt hatte, die ich mir gerade in Gedanken ausgemalt hatte.

„Ich habe dich hier heraufgebracht, um zu reden, und nicht, um mit dir zu schlafen. Obwohl ich Letzteres nicht von der Liste der Dinge streichen möchte, die ich heute Nacht noch fertigbringen will.“

„Nun, streich es ruhig, Junge“, knurrte ich, drückte ihn von mir und stolzierte durch die Tür in seine Wohnung. „Denn der monatliche Besucher ist da und ich habe Krämpfe und bin aufgebläht und ich möchte nicht, dass du mich irgendwo südlich meines Kinns berührst, okay?“

„Ah. Ich hätte aus deiner gereizten Stimmung schließen können, dass du indisponiert bist.“

Ich wirbelte zu ihm herum. „Oh, *das* hast du nicht wirklich gesagt! Lass einfach meine Hormone und Launen da raus!“

Er ließ seine Schlüssel auf einen kleinen Tisch fallen und hob seine Hände in einer Geste der Kapitulation. „Verzeihung. Würdest du dich bitte setzen?“

Ich setzte mich, plötzlich müde, die endlose Schlacht in meinem Innern zu kämpfen, um die Liebe, die ich für ihn fühlte, zu leugnen. Er setzte sich auf einen Sessel neben der Couch und drehte ihn so, dass er mich ansehen konnte. „Jetzt können wir vielleicht alles in Ruhe besprechen, ohne intime Details an öffentlichen Orten herauszuposaunen.“

Eine dezente Röte stieg meinen Hals hinauf und erhitzte meine Wangen. „Das tut mir leid. Mir war nicht klar, dass alle es hören würden.“

Er nickte ernsthaft und lehnte sich zurück, seine schönen langen Finger unter seinem Kinn gefaltet. Oh, wie ich dieses Kinn liebte!

„Ich glaube, dass wir aneinander vorbeigeredet haben, und ich möchte gern ein paar Dinge klarstellen. Als Erstes: Deine gestrige Verzweiflung war nicht allein deshalb, weil ich nicht mit dir reden konnte, oder?“

Ich hatte es so satt. Hatte es satt, mich schrecklich zu fühlen, satt, ihn zu wollen und dabei zu wissen, dass er nie mehr mein sein würde, hatte es satt, mir zu überlegen, wie ich mich ändern könnte, damit ich wäre, was er wollte. Mein Körper fühlte sich an wie von Zement umgeben, wie ich so in den Kissen von Alex’ Couch lag, ohne Hoffnung, mich je wieder zu bewegen.

„Warum denkst du, dass es nicht deine Zurückweisung war, die mich aus der Bahn geworfen hat?“

Er rutschte auf seinem Sessel hin und her. „Alix, ich habe dich nicht zurückgewiesen, ich konnte mich zu dieser Zeit nur einfach nicht um deine Probleme kümmern. Du bist die Einzige, die meine Verpflichtung meinem Job gegenüber als Zurückweisung auffasst.“

Ich starrte auf meine Finger hinab, die schlaff auf meinen Beinen lagen, und sagte nichts. Es gab nichts zu sagen. Seine Arbeit stand an erster Stelle.

„Ich möchte gern wissen, warum du so fest entschlossen bist, zu zerstören, was zwischen uns ist.“

Ich sah ihn überrascht an. Er beugte sich vor und nahm eine meiner Hände in seine. Ich schloss die Finger um seine.

„Warum hast du beschlossen, mich zu verlassen? Was habe ich getan, das dich veranlasst zu denken, diese Beziehung sei genauso wie die in deiner Vergangenheit?“

Ein vertrautes Prickeln hinter meinen Lidern kündigte Unheil an. Ich schluckte den Kloß in meinem Hals hinunter.

„Was versuchst du da? Willst du mich zum Weinen bringen, indem du so nett zu mir bist? Ich warne dich, es ist nicht schön, wenn ich weine. Meine Augen schwellen an und werden rot, meine Nase läuft und manchmal bekomme ich Schluckauf. Also würde ich an deiner Stelle zweimal nachdenken, ob du mich zum Weinen bringen willst."

Er ließ sich auf seine Knie nieder und zog mich zu sich hinab, bis ich an ihm lehnte. Ich war wie Gummi, als hätte ich keine Knochen im Körper. Ich wollte nicht so nah bei ihm sein, nah genug, um seinen wunderbaren, würzigen Duft zu riechen, der nur ihm allein gehörte. Aber ich war zu schwach, um ihn wegzuschieben. Es war so viel leichter nachzugeben, als meine Empörung krampfhaft aufrechtzuerhalten.

„Liebling, ich will dich nicht zum Weinen bringen. Ich möchte nur verstehen, was ich falsch gemacht habe. Ich möchte wissen, warum du so sehr leidest, und was ich tun kann, damit es aufhört. Ich möchte wissen, was ich tun muss, um dir zu beweisen, dass ich dich niemals verlassen werde, egal wie schlimm du dein Leben gerade findest."

Die Tränen sammelten sich wieder hinter meinen Lidern, füllten langsam meine Augen, als ich mich an seine Brust lehnte und spürte, wie meine Haare sich wegen seiner sanften Stimme sträubten.

„Ich möchte dich lieben, Alix, aber du lässt mich nicht." Seine Lippen, warm und zart und unbeschreiblich köstlich, liebkosten meinen Nacken. Mein Atem kam als Schluchzer heraus, als ich meine tränenden Augen schloss. Es war falsch, zuzulassen, dass er mich dermaßen weichkochte, aber ich konnte ihn nicht aufhalten, nicht einmal wenn ich gewollt hätte. Trotzdem sollte ich zumindest einen scheinbaren Versuch starten.

„Alex, bitte ..." Die Worte vertrockneten auf meiner Zunge, als ich meinen Mund zum Sprechen öffnete.

„Bitte was, Liebling? Bitte hör auf, oder ..." Er bog meinen Kopf nach hinten, und ich konnte seinen Atem auf meinen Lippen spüren. All die kleinen Stücke meines zerschmetterten Herzens glühten plötzlich weiß auf, als seine gefühlvollen Lippen über meine glitten, sie liebkosten, neckten und verführten. Meine Augen öffneten sich kurz, als er meine Lippen für seine Zunge öffnete, aber sein Smaragdblick war zu heiß, um ihm länger standzuhalten. Er versengte meine Augen, ebenso wie sein Mund den meinen. „... oder bitte schlaf mit mir? Was möchtest du, Liebling?"

„Dein Speichel ist irgendwie magisch, oder?", murmelte ich und zog mich lang genug von ihm zurück, um meine Lungen mit Luft zu füllen. „Du bist kein Mensch – du bist eine Art Gott mit magischem, verführerischem Speichel, der Frauen mit nur einer Berührung seiner Zunge in die Knie zwingt."

Belustigung, Begehren und Wärme tanzten in seinen Augen und er grinste, bevor er seinen Kopf beugte und von meinem Kiefer aus eine Linie küsste und knabberte, die mich zu einer großen Pfütze des Verlangens schmelzen ließ. Alarmglocken schrillten in meinem Kopf, aber ich war machtlos dagegen. Trotz unserer ruinierten Beziehung, trotz der Tatsache, dass das, was zwischen Alex und mir existierte, nicht halten würde, konnte ich das Gefühl der Richtigkeit, das ich mit ihm hatte, nicht bekämpfen. Ich ließ meine Hände über seinen wunderbaren Rücken gleiten und vergrub mein Gesicht in seinen Haaren, diesen wundervollen, weichen, seidigen, kastanienbraunen Haaren, die so sehr nach Alex rochen. Er knabberte einen Pfad meinen Nacken hinunter zum Ausschnitt meines Kleids und schob seine Hände an meinen Seiten nach oben. Er umfasste meine Taille und knabberte an der Stelle meines Schlüsselbeins, bei der ich immer zitterte.

„Alex", flüsterte ich in sein Ohr und biss sanft in dessen Rand. „Alex, du musst aufhören."

Seine Hände streichelten für einen Moment die Unterseiten meiner Brüste, bevor sie an meinen Rücken glitten. Ich spürte seine Finger heiß auf meiner Haut, als er den Reißverschluss hinunterzog.

„Warum? Du bist doch nicht immer noch böse auf mich?" Er sagte diese Worte dicht an meinen Lippen und schob seine Zunge dann wieder in meinen Mund. Dabei zog er mir sowohl das Kleid herunter, als auch den BH aus. Flammen folgten seinen Fingern, als sie meine Wirbelsäule hinabglitten, an meinen Rippen entlang, während sein Mund mich nicht ein einziges Mal freigab von diesem schrecklichen, unaufhörlichen, gedankenlosen, wundersamen Chaos, das er anrichtete.

„Was?" Ich bekam keine Luft, konnte nicht atmen und meine Gedanken nicht beisammen halten. Ich nuckelte an dieser herrlichen Stelle, unterhalb seines Ohrs und hörte ihn stöhnen.

Er zog zwei Kissen von der Couch herunter und legte mich behutsam auf sie. Dann küsste er mich wieder, bevor er mir antwortete. „Warum soll ich aufhören?"

Ich zog an seinem Hemd, bis er lang genug aufhörte, mich zu küssen, damit ich es ihm ausziehen konnte. Ein Seufzer der Befriedigung entfuhr mir, als ich meine Finger in sein Brusthaar krallte und mit ihnen kleine Kreise um seine heißen Nippel zog. Seine Hände glitten an meinem Körper hinab und zogen mein Kleid mit sich, bis ich nichts als meine Unterwäsche und meine Sandalen trug. Er hob einen meiner Füße und besah sich die Sandale mit dem glitzernden Knöchelriemen, sah mich mit hochgezogener Augenbraue an und küsste dann den Schuh. „Sollen wir schmutzig sein und die Schuhe anlassen?"

Ich zitterte, als ich den Blick in seinen Augen sah, erinnerte mich aber an meinen Einwand, als seine Hände sich an meinen Oberschenkeln hinauf zu meiner Unterhose bewegten.

„Ich kann nicht, Alex. Der monatliche Besucher, erinnerst du dich?"

Er bedeckte meinen Bauch mit einer Reihe von Küssen. „Es macht mir nichts aus, wenn es dir nichts ausmacht."

Ich konnte nicht anders, als bei diesem Angebot eine Grimasse zu ziehen.

„Hast du Schmerzen?", fragte er und hörte auf, meinen Bauch zu streicheln.

„Nein, aber ich denke, ich möchte lieber nicht."

Er saugte an einem meiner Hüftknochen. Sein seidiges Haar und die Hitze seines Mundes machten mich verrückt. „Es gibt mehr als nur eine Art, Liebe zu machen", murmelte er und knabberte sich zum anderen Hüftknochen voran, um dann eine nördliche Richtung einzuschlagen.

„Das ist nicht fair", beschwerte ich mich und rieb mein Bein an seinem, während ich an seinem Gürtel herumfummelte. Mein Leben, wie ich es kannte, mochte vorbei sein, mein Herz zerstört, ohne Hoffnung auf Wiederherstellung, und ich war nicht fit genug, um unser übliches Zwischen-den-Laken-Spiel zu spielen, aber das sollte nicht heißen, dass ich keine schlimmen Dinge mit seinem Körper tun wollte. Mit seinem ganzen Körper. Mit jedem süßen Zentimeter.

Er war gerade drauf und dran, meine Brüste zu bearbeiten, als er aufstand und sich schnell auszog.

„Besser?", fragte er und kniete wieder neben mir.

„Viel besser", hauchte ich und fuhr die lange Linie seiner Oberschenkelmuskeln entlang. Ich legte eine Hand auf seine Brust, um ihn aufzuhalten, als er sich über mich beugte. „Alex, dir ist klar, dass das hier nur ein vorübergehendes Strohfeuer ist, das nur brennt, weil ich gegen deinen magischen Speichel nicht immun bin. Und es bedeutet auf keinen Fall, dass wir wieder zusammen sind. Das verstehst du, oder?"

„Nein", sagte er und ignorierte meine Hand, die ihn zurückhielt, lehnte sich über mich und saugte an einem meiner Nippel.

Die Worte blieben mir im Hals stecken, als sich die Hitze aus meinem Bauch in meinem ganzen Körper ausbreitete, um sich dann wieder in den tief in mir versteckten Kern zurückzuziehen. Ich öffnete meinen Mund, um ihn darauf hinzuweisen, um sicherzugehen, dass er verstand, dass das hier nichts bedeutete. Aber anstelle von Worten kamen keuchende Laute der Lust aus meinem Mund, Laute, die sich schnell in Stöhnen verwandelten, als eine seiner Hände meine Brust hinunterglitt, über meinen Bauch und noch weiter hinab. Sie zupfte an meinem Höschen und streichelte sanft diese winzig kleine Stelle außerordentlichen Glücks.

„Alex!“, protestierte ich und bog mich unter der Wirkung seiner Finger. „Du kannst nicht …!“

„Lass mich dich lieben, mein Herz“, murmelte er dicht an meinem Nippel und zog dann sanft mit seinen Zähnen daran. Ich keuchte wieder und wölbte mich unter ihm nach oben. „Ich tu dir nicht weh, ich verspreche es.“

Ich wollte hinausschreien, dass der Schmerz, den er tief in mir hervorgerufen hatte, zu viel für mich war, aber die heißen, dunklen Worte, die er zwischen meinen Brüsten flüsterte, fegten alle Gedanken aus meinem Kopf, die sich nicht um den Zauber drehten, den er mit seinen Händen und seinem Mund wirkte. Die Lust in mir verdichtete sich, bis ich sie nicht mehr von dem Schmerz des Verlangens unterscheiden konnte, den er in mir erschaffen hatte; dann waren seine Lippen plötzlich auf meinen und ich schrie meine Lust in seinen Mund. Ich zitterte, weil mich die Macht der Begierde, die er mir gab, überwältigte. Tränen quollen unter meinen Lidern hervor, als er mich festhielt und meine Wangen küsste, meine Augen, meinen Mund.

Äonen später hatte ich die Scherben meiner Selbst zusammengesammelt, die unter seinem Verführungszauber entstanden waren, und hatte mich so weit erholt, dass ich sprechen konnte. Alex lag neben mir und sah mich an. Er hatte einen muskulösen Oberschenkel zwischen meine Beine geschoben, liebkoste mit seinen Lippen meine Schläfe und streichelte meinen Rücken.

Ich riss mich zusammen und zwang meinen Mund, zu funktionieren. „Warum?"

„Hmm?"

Ich schluckte, um den Schmerz in meiner Kehle zu unterdrücken. „Warum hast du das gemacht nach allem, was ich dir gesagt habe? Nachdem ich dich sitzen gelassen habe? Warum wolltest du ..." Ich schluckte ein Stöhnen hinunter, als er mir sanft in den Nacken biss und dann bis zu meinem Ohr hinaufleckte.

„Weil ich wollte."

Ich schubste ihn, bis er auf den Rücken rollte. Auf einen Ellbogen gestützt, sah ich ihn stirnrunzelnd an. „Aber warum wolltest du, nachdem ich dir erklärt hatte, dass es mit uns vorbei ist? Nachdem ich dir gesagt hatte, was ich fühle?"

Seine schönen Lippen bogen sich nach oben, und seine gefährlichen grünen Augen spiegelten Belustigung, Geduld und etwas Warmes, Weiches, das ich nicht weiter benennen wollte. „Alix, Liebling, es ist an der Zeit, dass du begreifst, dass ich nicht vor einer Herausforderung zurückschrecke. Das habe ich noch nie gemacht, und selbst wenn ich es täte, würde ich dich sicher nicht wegen so etwas Lächerlichem gehen lassen, wie ..."

Oh, wie ich diesen Mann liebte! Ich legte meine Hand auf seinen Mund. „Sag es nicht."

„Mmmarf?"

„Weil", sagte ich und hob meine Hand an, um mit meinen Fingern über seine wunderbar warmen Lippen zu gleiten, „wenn du es tust, wirst du mich böse machen, und das wäre schade. Sag stattdessen Onkel."

„Onkel?“ Seine Brauen zogen sich in Verwirrung zusammen, während ich meine Finger über seine bemuskelte Brust gleiten ließ. Ich spielte mit einem Finger in seinem Bauchnabel. Seine Bauchmuskeln zogen sich zusammen.

„Warum sollte ich Onkel sagen?“

„Du musst es jetzt sagen, weil du später nicht mehr dazu in der Lage sein wirst.“

Sein Stirnrunzeln verstärkte sich, als ich von ihm fortglitt und seiner Hand auswich, die nach mir griff. Ich schob seine Beine auseinander und kniete zwischen ihnen nieder, meine Hände neben seiner Hüfte. Erkenntnis spiegelte sich in seinen Augen und Verlangen färbte sie fast schwarz, als ich mich nach vorn beugte und meine Wange an der vollen Pracht seiner Männlichkeit rieb.

„Oh Gott“, hauchte er, seine Stimme heiser und kratzig. Ich lächelte überlegen und leckte meine Unterlippe, während ich mich über ihn beugte. Sein Körper zuckte und er ließ seinen Kopf zurückfallen und stöhnte. Er umklammerte den Teppich unter sich. Ich drehte meinen Kopf und leckte ihn der Länge nach.

„Gott, Alix, du wirst mich umbringen, wenn du ...“ Ich ließ meine Zunge an seiner empfindsamen Unterseite spielen. Seine Hüfte wölbte sich nach oben und er atmete wahrscheinlich die Hälfte der Luft im Raum ein. „Ah, großer Gott. Onkel! *Onkel!*“

„Mmm, nicht gut genug. Du kannst noch sprechen.“ Ich schloss meine Hand um seinen Schaft und rieb ihn. Ein Zittern durchlief ihn, als ich den Rhythmus gefunden hatte, den er mochte.

„Schauen wir mal, ob das hier hilft." Ich ließ meine Zunge schnell um seine Spitze kreisen, nahm ihn dann tief in meinen Mund, und entfesselte meine Zunge vollkommen. Alex verlor die Fassung und begann zu brabbeln.

Ich lächelte vor mich hin. Ich hatte ihm *gesagt*, dass er nicht mehr in der Lage sein würde, zu sprechen! Es war immer schön, wenn sich herausstellte, dass man recht hatte.

Kapitel Fünfzehn

Sir Christopher schoss mit leuchtenden Augen und abstehendem Haar nach vorn und warf sich auf den hinterhältigen Feigling, der Black Demon einen Schlag gegen die Seite seines Kopfes verpasst hatte.

„Räudiger Hund!"

Stahl krachte auf Stahl, als der tapfere Krieger sich dem Indigoritter entgegenstellte.

„Du pockennarbiger Wurm!"

Wie konnte der Bastard es wagen, ein unschuldiges Pferd anzugreifen? Sir Christopher hätte vor Qual heulen können, als er diesen schrecklichen, leeren Ausdruck in die Augen des tapferen Demon zurückkehren sah. Für so eine kurze Zeit! Für so eine kurze Zeit hatte das edle Streitross sein Augenlicht wiedererlangt, und nun hatte dieser stinkende, feige Hundsfott Demon in seine blinde Dunkelheit zurückgestoßen.

„Du ungehobelter, nichtsnutziger Esel! Ich werde dich ausweiden wie den sabbernden, räudigen Köter, der du bist, und deine Eingeweide an die Kröten verfüttern! Stirb!"

„Was hältst du bis jetzt davon?"

Alex sagte nichts. Er lag auf der Seite, unsere Beine waren ineinander verschlungen, und er spielte mit seinen Fingern in meinen Haaren, drehte müßig einzelne

Strähnen, während er mir zuhörte, als ich vorlas. Ich blickte von seiner Brust auf, auf der ich gelegen hatte, und sah sein Stirnrunzeln.

„Was? Warum siehst du mich so finster an?“

Sein Smaragdblick wich mir aus und er nahm seine Hand aus meinem Haar. Er zog den Vorhang zurück. „Es wird spät. Ich sollte gehen.“

Ich schob mein Manuskript zur Seite und hinderte ihn mit meiner Hand auf seiner Brust am Aufstehen. „Nein. Nicht bevor du mir gesagt hast, warum du die Stirn gerunzelt hast, als ich dich gefragt habe, was du über meine neue Geschichte denkst.“

Alex versuchte sich unter mir herauszuwinden, aber ich hing wie eine Klette an ihm. Nach unserem leidenschaftlichen, wenn auch verkehrsfreien Intermezzo der vergangenen Nacht hatten wir die Entspannungspolitik fortgesetzt, indem wir in meine Wohnung übergewechselt waren, wo ich uns eine Kleinigkeit zu essen zubereitet hatte. Nachdem meine Willenskraft und meine guten Absichten zum Fenster hinausgeschwebt waren, durch das gerade mein Verlangen nach Alex hereinkam, bat ich ihn, über Nacht zu bleiben, auch wenn wir unserem üblichen Zeitvertreib nicht nachgehen konnten. Er stimmte zu, und ich nutzte die Stunden bis zum Zubettgehen, um über all die Dinge nachzudenken, die ich ihm sagen wollte, und über einige, die er mir vielleicht sagen würde. Ich verbrachte wundervolle fünfzehn Minuten in seinen Armen, genoss das Gefühl, einfach nur bei ihm zu sein, ihn berühren, streicheln und fühlen zu können. Am meisten genoss ich jedoch die Vorfreude darauf, endlich mit ihm reden zu können, wirklich reden, genau erklären, warum wir die Dinge nicht klären könnten, und ihn zu der Einsicht bewegen ... Aber dann schlief ich ein. Als ich am nächsten Morgen aufwachte, hatte ich nur Zeit, ihm schnell ein paar Seiten meiner neuen Geschichte vorzulesen, bevor er zur Arbeit gehen musste.

„Nun?" Ich stupste ihn an. „Was denkst du?"

Er seufzte einen seiner patentierten Alex-der-Märtyrer-Seufzer und ließ zu, dass ich ihn in die Kissen zurückdrückte. „Lass mich dir eine Frage stellen."

Ich kniff meine Augen zusammen. Was sollte das? „Gut. Frag."

Er legte mir seine Hände auf die Schultern und gab mir einen Kuss auf die Nasenspitze. „Warum ist es wichtig, was ich über deine Geschichte denke?"

„Nun ..." Verdammt! Nun hatte er mich. Ich konnte ihm nicht sagen, dass seine Meinung sehr wichtig war, weil das gleichbedeutend mit dem Eingeständnis war, dass er immer noch unentbehrlich für mich war, und damit, dass wir noch ein Paar waren und noch eine Zukunft hatten. Das waren wir nicht und das hatten wir nicht. Und doch musste ich ihm irgendetwas sagen. „Äh ... ich bin nur neugierig, ob du diese Geschichte besser findest als die letzte."

Er strich mir eine Haarsträhne aus dem Gesicht, die an meiner Lippe klebte. „Und wenn ich dir sagte, dass ich denke, dass es deiner Geschichte an den Beweggründen deiner Heldin für ihre Handlungen mangelt, was würdest du dann tun?"

Ich küsste seine Finger und glitt von seiner Brust. „Ich würde wahrscheinlich die Geschichte überarbeiten und ein paar Hintergründe hinzufügen."

„Wirst du die Geschichte deinen Freunden zeigen? Isabella vielleicht?"

Isabella war immer noch so etwas wie ein wunder Punkt für mich, aber ich schätzte, ich würde ihr die Geschichte zeigen, wenn sie Interesse daran hatte. Ich hielt es für das Beste, diese Gedanken für mich zu behalten. Nicht dass ich Alex ermuntern würde, mir weitere Vorhaltungen über Eifersucht zu machen. „Sicher. Wenn sie es hören möchte, lese ich es ihr vor."

„Und wenn sie sagt, dass sie die Dialoge schwach findet?"

Ich zuckte mit den Schultern und zog meinen fusseligen Bademantel hervor. „Dann würde ich wohl versuchen, sie ein bisschen besser zu machen. Warum stellst du mir solche Fragen?"

Alex lag immer noch auf dem Bett, die Hände hinter dem Kopf verschränkt, und beobachtete mich, wie ich zur Küche tappte, um Kaffee zu mahlen. „Es interessiert mich nur, warum du an zerstörerischen Mustern festhältst."

Ich ließ den Beutel mit dem Kaffee fallen. „Was tue ich?"

Er setzte sich auf und schob die Laken von seinen langen, langen Beinen. Ich zwang mich, meinen Blick von seinem besten Stück abzuwenden und ihm fest ins Gesicht zu sehen. Ich würde mich nicht von seinem großartigen Körper ablenken lassen. Nicht, wenn ich fühlte, dass ein Streit herannahte.

„Alix, wenn du einen Fehler hast, dann fehlt es dir an Mut."

Ich warf das Handtuch auf den Boden, das ich in der Hand gehalten hatte, und stampfte zu ihm hinüber, als er gerade ins Bad gehen wollte. Ich stellte mich ihm in den Weg, die Hände in der Hüfte, einen finsteren Blick im Gesicht. „In den letzten Tagen wurde ich selbstsüchtig, egozentrisch und eifersüchtig genannt. Nun bin ich auch noch ein Feigling?"

Er schob meine Hände von meiner Hüfte, hielt mich fest und versuchte mich aus dem Weg zu schieben. Ich grub meine Zehen in den orangefarbenen Teppich und blieb stehen, wo ich war.

„Ich habe nicht gesagt, du wärst ein Feigling. Ich habe gesagt, dir fehlt es an Mut. Und so ist es."

Ich klatschte ihm mit der flachen Hand auf die Brust. Er rührte sich nicht. „Erklär mir das, Detective Inspector Oberrichter!"

Er versuchte wieder, mich zur Seite zu schieben. Ich stemmte mich mit beiden Händen in den Türrahmen und weigerte mich, mich zu bewegen.

„Alix, ich muss auf Toilette." Er sah auf den Teil seines Körpers herab, der oft als Barometer für solche Dinge diente. Ich sah ebenfalls hinunter, schürzte meine Lippen und umgriff ihn mit meiner Hand.

Er knurrte eine Warnung. Ich grinste böse und trat zur Seite. „Oh, na gut, geh schon. Aber du musst dich mir erklären, sobald du da drin fertig bist!"

Er brauchte zwanzig Minuten, aber nur, weil er meine Dusche benutzte, meine Ersatzzahnbürste und sogar den Rasierer, mit dem ich meine Achselhöhlen rasierte. Er machte laute Bemerkungen über den Zustand der Klinge, die ich allesamt ignorierte. Ich stupste ihn vor die Brust.

„Okay. Du hast das Bad benutzt und alles, was darin ist. Jetzt erklär mir diese hässliche kleine Bemerkung, die du gemacht hast.“

Er schob mich hinüber zu einem Stuhl, wechselte dann die Richtung und drückte mich in den Sessel. Er ging neben mir in die Hocke, meine Hände in seinen.

„Liebling, ich habe das nicht als Beleidigung gemeint.“

Ich schnaubte und versuchte meine Hände wegzuziehen. Seine Finger schlossen sich fester um sie.

„Nein, ich werde deine Hände nicht loslassen. Nicht bevor ich gesagt habe, was ich sagen möchte. Und ich möchte, dass du mir versprichst, dass du mir zuhörst, ohne mich zu unterbrechen.“

„Warum? Ist es etwa so schlimm, dass du nicht glaubst, dass ich ohne Einwände zuhören kann?“

„Versprich mir einfach, dass du mir fair zuhörst.“ Seine Augen, diese wunderschönen Augen, sahen mich wachsam an. Ich nagte ein wenig an meiner Unterlippe, bis mir auffiel, dass er meinen Mund mit einer Begierde ansah, die vertraute Feuer in mir entzündete. Ich hatte keine Zeit mehr für diese Feuer. Ich presste meine Lippen aufeinander und nickte. Mit verschränkten Armen und gehobenem Kinn bereitete ich mich auf das vor, was sicher eine weitere detaillierte Analyse meiner Schwächen werden würde.

Ich wurde nicht enttäuscht.

„Alix, als ich sagte, dir fehle es an Mut, meinte ich nicht, du seist ein Feigling. Während des letzten Monats, den wir miteinander verbracht haben, habe ich erkannt, dass du ein signifikantes Problem mit deiner Selbstwahrnehmung hast.“ Ich öffnete meinen Mund, um dieser hinterhältigen Behauptung zu widersprechen, aber er drückte warnend meine Hände. Ich sah ihn stattdessen böse an. „Ich nehme an, dass dein Gefühl der Unzulänglichkeit aus deiner Jugend und aus dem Verhältnis zu deiner Mutter stammt und später von den negativen Erfahrungen verstärkt worden ist, die du mit deinen Lebensgefährten gemacht hast."

Ich knirschte mit den Zähnen. Er mochte einen Abschluss in Psychologie haben, aber gab ihm das das Recht, meine Psyche zu sezieren? Seine Daumen malten federleichte kleine Kreise auf meine Handrücken, aber das reichte nicht, um mich von den schrecklichen, verletzenden Dingen abzulenken, die er sagte.

„Als ich dich das erste Mal getroffen habe, nahm ich an, dir wäre bewusst, dass du dein Versagen aufrechterhältst, indem du dieselben Muster von zerstörerischem Verhalten ständig wiederholst. Es hatte für mich den Anschein, dass du die notwendigen Schritte unternommen hattest, dieses Muster zu durchbrechen – als Erstes, indem du deine Familie verlassen hast und allein um die halbe Welt gereist bist, dann indem du dir selbst ein Ziel gesetzt hast, das du gut hättest erreichen können. Aber es wurde schnell offensichtlich, dass du dir der Gründe für dein vorheriges Unglück nicht bewusst warst. Ich hatte gehofft, dass unsere Beziehung und dein Erfolg ein Projekt zu beenden, diesen Kreis des Versagens unterbrechen würden, den du immer als Entschuldigung dafür benutzt hast, aufzugeben, wenn das Leben mal schwierig wurde. Aber deine Entschlossenheit, hinter jeder Ecke Zurückweisung zu sehen, hat diese Hoffnung zerstört."

Eine nie gekannte, rasende Wut erfüllte mich bei diesen Worten. Ich entzog ihm meine Hände und schubste ihn. Fest. Er fiel auf seinen Hintern. Ich sprang vom Sessel und rannte zur Tür, riss sie auf.

„Raus. Raus hier." Meine Stimme war tief und hässlich, erfüllt von all dem Hass, den ich in diesem Moment für ihn fühlte.

„Alix, du hast versprochen, mich anzuhören." Er stand langsam auf und hob seine Hände, die Handflächen nach oben gerichtet.

„Verschwinde aus meiner Wohnung." Ich sah ihn die ganze Zeit an, wollte, dass er den Schmerz und die Wut und jede andere Emotion sah, die mich quälte.

Er schüttelte den Kopf und kam zu mir herüber. Er legte seine Hände auf meine Arme. Ich schüttelte sie ab. Er griff erneut nach meinen Armen, seine Finger umklammerten mich. „Nein, Alix. Du läufst jetzt nicht wieder davon. Du kannst mich rauswerfen, wenn du willst, aber du wirst dir erst die Wahrheit anhören."

„Ich werde dir nicht weiter zuhören!", presste ich hervor, meine Stimme erhoben von der Panik, die mich überschwemmte.

Er schüttelte mich, aber nicht wirklich kräftig. „Du wiederholst dasselbe Muster, wenn sich irgendeine Gelegenheit von Glück bietet, Alix. Ob es die Beziehung zu einem Mann ist, oder ein Job. Du bereitest dich auf dein Versagen vor, und dann benutzt du das als Ausrede, um alles hinzuschmeißen, wenn es kompliziert wird. So funktioniert das Leben aber nicht. Du musst für das kämpfen, was du willst."

„Verschwinde ... aus ... meiner ... Wohnung!", brüllte ich ungeachtet der offenen Tür, ungeachtet der Tränen, die mir übers Gesicht strömten, ungeachtet des Ausdrucks von Trauer und Wut auf Alex' Gesicht.

„Du sagtest, du liebst mich. Bin ich es nicht wert, dass du um mich kämpfst? Sind wir die Anstrengung nicht wert, zusammenzubleiben? Oder ist deine Liebe für mich nichts als billige Lust, nichts als ein oberflächliches kleines Abenteuer? Ich sehe das jeden Tag, Alix. Ich dachte, wir hätten mehr als nur Sex."

Ich wollte ihn schlagen. Ich hatte noch nie zuvor den Wunsch verspürt, einen anderen Menschen zu schlagen, nicht einmal meine Mutter, wenn sie mich mal wieder auf die Palme gebracht hatte, aber, Gott bewahre, es juckte mich in den Fingern, Alex zu schlagen, ihn zu verletzen, ihn zu verscheuchen, damit ich allein sein konnte, und vor allem damit er aufhörte, mich mit diesen Smaragdaugen anzusehen, die direkt in meine Seele blickten.

„Nein, es ist nicht nur Lust. Ich habe dich geliebt. Ich liebe dich noch, aber das heißt nicht, dass ich dich auch mag. Ich möchte, dass du gehst, Alex. Ich möchte dich nicht wiedersehen. Es ist aus zwischen uns. Du kannst über mich denken, was du willst, aber glaub mir – es ist vorbei."

„Ach Liebling, du magst uns vielleicht so einfach aufgeben, aber ich bin dazu nicht bereit." Er trat vor, um mich zu berühren, aber ich stolperte von ihm fort. Ich ging zum Telefon. Ich hatte meine aufgewühlten Emotionen wieder im Griff und brachte es sogar fertig, in normaler Lautstärke zu sprechen. Wenn meine Stimme nun rau und schneidend klang, konnte ich es nicht ändern. „Wenn du jetzt nicht gehst, rufe ich die Polizei."

Er sah mich ungläubig an.

Ich nahm den Telefonhörer auf und wählte 999, die Notfallnummer, über die ich mit der Polizei verbunden werden würde. Ich sah ihn die ganze Zeit lang an.

Er hob besiegt die Hände und ließ sie fallen, als ich den Hörer wieder auflegte. „Du hast gewonnen. Ich gehe. Aber ich möchte, dass du das hier weißt: Niemand kann dir das Glück nehmen. Man kann dir nur Steine in den Weg legen. Wie du diese Hindernisse überwindest, bestimmt, wie glücklich dein Leben sein wird." Er machte zwei Schritte auf mich zu, hielt jedoch inne, als ich mich aufrichtete, den Telefonhörer immer noch an meine Brust gedrückt. „Alix, du bist eine gescheite, witzige und attraktive Frau. Du brauchst weder mich noch sonst irgendeinen Mann, um aus dir einen Erfolg zu machen, das kannst du ganz allein. Du hast alles in dir, was du brauchst, um zu sein, wer immer du sein willst – eine berühmte Schriftstellerin, eine Weltreisende, oder sogar eine Gehirnchirurgin, wenn es das ist, was du willst. Alles, was du tun musst, ist, dir selbst diesen Erfolg zuzugestehen."

Er hob eine Hand, als wollte er mich berühren, ballte sie dann aber zur Faust, drehte sich ohne ein weiteres Wort um und ging. Ich schlurfte nach vorn, um die Tür zu schließen, für den Fall, dass er zurückkehrte.

Ich erinnerte mich kaum an die nächsten paar Stunden. Sie schienen vorbeizufliegen, während ich stillstand. Aber nachdem ein paar Stunden vergangen waren, machten sich grundlegende körperliche Bedürfnisse bemerkbar, und ich fand mich selbst in einem Sessel an meinem kleinen Tisch sitzend wieder, mit einer unberührten Kaffeetasse vor mir. Mein Magen knurrte laut, ich musste ins Bad und meine Hände waren steif und schmerzten, weil ich mich so lange an den Tisch geklammert hatte. Ich massierte meine Finger, während ich die notwendigen Dinge erledigte. Die ganze Zeit war ich mir einer außergewöhnlichen Zerbrechlichkeit meiner Selbst bewusst. Es fühlte sich an, als wäre ich aus zerbrechlichem, eierschalendünnen Porzellan. Bei der leisesten Berührung würde ich zerbrechen, würde sich mein Körper in feinen, kreideartigen Staub verwandeln.

Langsam, als würde es aus einer großen Entfernung kommen, kehrte das Bewusstsein zu mir zurück und mit ihm ein Schmerz, der so tief war, dass ich erst nicht glaubte, ihn überleben zu können. Ich rollte mich zu einem kleinen Ball auf dem Bett zusammen, aber an den Laken hing noch Alex' würziger Geruch. Also fand ich mich schließlich in einer Ecke des Raums wieder, ein Fußbodenkissen umklammernd. Das Kauern in Fetalposition verlor bald seinen Charme. Als der Schmerz auf ein erträgliches Maß abgeebbt war, entrollte ich mich, setzte mich auf und betrachtete das Wrack, das mein Leben war. Aus dem wirren Chaos meiner Gedanken begannen sich erkennbare Muster zu formen. Ich drückte das Kissen an meine Brust, um den Schmerz zu ersticken, und dachte darüber nach, was Isabella gesagt hatte. Ich dachte auch über die Dinge nach, die Alex gesagt hatte, obwohl die Erinnerung daran mich fast in die Fetalposition zurückdrängte. Ich dachte an die Wärme und Anteilnahme, die ich von Bert und Ray – sogar von Philippe – erfahren hatte. Ich dachte an meine Mutter, meinen Ex-Mann und jeden grässlichen Job, den ich je gehabt hatte. Ich dachte sogar an die Typen, die es für sexy hielten, Chips über den Körper einer

Frau zu reiben. Ich betrachtete mein Leben aus jedem möglichen Winkel, aber kein Weg führte an meiner Schlussfolgerung vorbei: Was auch immer ich versucht hatte, ich war gescheitert. Gescheiterte Jobs, gescheiterte Beziehungen, gescheiterte Bitten nach Aufmerksamkeit und Liebe – sie alle wirbelten zu einem dichten Klumpen seelenzerfressender Schwärze zusammen, der sich in mir manifestierte.

Diese Selbsterkenntnis brachte eine sofortige Unruhe mit sich. Ideen und Gedanken rasten in meinem Kopf umher, unzusammenhängend und verwirrend. Aber bald bekamen sie eine Art Ordnung. Und aus dieser Ordnung wurde ein heller, strahlender Wunsch geboren. Ich konnte an der Vergangenheit nichts ändern, aber ich konnte von vorn anfangen, ganz neu, und diesmal würde ich dafür sorgen, dass ich alles richtig machte. Wie ein Phönix würde ich aus der Asche meines Versagens aufsteigen und frisch und sauber neu geboren werden.

Ich machte eine Liste mit Schritten, die ich unternehmen würde, um diesen Wunsch wahr werden zu lassen. Ich saß mit meiner Liste am Tisch, bis die Schatten länger wurden, ihre tintenschwarzen Finger in der Wohnung ausstreckten und sie von einer Zuflucht in ein Gefängnis verwandelten.

Ich schielte auf meine Liste, ging zum Telefon und wählte Daniels Nummer.

„Alix! Ich bin erfreut, dass du mir meine Sünden vergeben hast und mir erlaubst, mich ein weiteres Mal für meinen Kommentar zu entschuldigen."

„Mach dich nicht lächerlich, Daniel", sagte ich mit einem schwachen Lächeln. Ich war ein wenig überrascht.

Ich hatte nicht angenommen, dass die neue, seriöse, zielgerichtete Alix viel lächeln würde. Nicht bevor sie sich durch ihre Liste gearbeitet hatte. „Alles, was du sagtest, hatte seine Berechtigung. Nein, hör auf dich zu entschuldigen, ich will es nicht hören. Ich würde allerdings gern auf dein Angebot zurückkommen, mir zu helfen. Ich möchte dich etwas fragen."

„Es ist mir eine Freude, meine Liebe. Möchtest du den Namen eines guten Lektors? Ich kenne einen, der ..."

„Nein, danke, das ist lieb von dir, aber ich brauche keinen Lektor. Ich möchte dich etwas zu meinem Manuskript fragen."

Ein Anflug von Vorsicht schlich sich in seine Stimme. Armer Mann, er dachte wahrscheinlich, ich würde ihn festnageln wollen und von ihm verlangen, dass er mir beim Neuschreiben half. Ein warmes Gefühl von Sinnhaftigkeit erfüllte mich, als ich auf meine Liste hinablächelte.

„Stell deine Frage, holde Dame, und ich werde sie, so gut ich kann, beantworten."

„Als du sagtest, der Geschichte mangele es an Stimmigkeit, meintest du da die Handlung oder den Schreibstil?"

Daniel räusperte sich. Ich hörte zu, wie er am anderen Ende der Leitung herumfummelte, bevor er schließlich sprach. „Ich würde sagen, Letzteres ist der größere Schwachpunkt, aber ich muss sagen, dass beides durch eine ernsthafte Überarbeitung verbessert werden könnte."

Das warme Glühen in meinem Bauch breitete sich in meinem gesamten Körper aus und erfüllte mich mit Hoffnung. Trotzdem brauchte ich Klarheit. „Läge ich falsch, wenn ich sagte, dass das Stimmigkeitsproblem in der Tatsache begründet ist, dass jedes Kapitel den Ton der Geschichte verändert?"

„Nein." Daniels Stimme klang warm vor Erleichterung. „Du lägst nicht falsch, wenn du das sagtest. Du hast den Nagel auf den Kopf getroffen. In Bezug auf Stimmigkeit und Klarheit wäre jedes Kapitel für sich allein in Ordnung, aber als sie aneinandergereiht wurden, wurden die Unterschiede deutlich."

Ich nickte, obwohl ich wusste, dass er mich nicht sehen konnte. Zumindest damit hatte Alex also recht gehabt. Worauf er vorhin hinauswollte, was er mir zu verstehen geben wollte, stimmte. Indem ich einen Rat zum Schreibstil meiner Geschichte gesucht hatte und diesen Rat ohne Beachtung seiner Auswirkung auf die Geschichte angewendet hatte, hatte ich mehr Schaden angerichtet, als sie zum Besseren verändert. „Eine schmerzhafte Lektion, aber eine wichtige", sinnierte ich vor mich hin.

„Schreiben ist niemals einfach", stimmte Daniel mir zu. Ich dankte ihm für seine Zeit, versicherte ihm, dass ich an keinen übermäßigen Auswirkungen seiner Meinungsäußerungen litt, und legte den Hörer mit dem sicheren Gefühl einer Errungenschaft auf.

Ich strich den ersten Punkt auf meiner Liste und grub dann das Manuskript von *Hungrige Begierde* aus meinem Weidenpapierkorb. Ich warf die gedruckten fertigen Kapitel von *Hurenliebe* weg und strich zwei weitere Punkte von meiner Liste.

Bewaffnet mit einem Blumenstrauß, den ich in Kamils Lebensmittelladen gekauft hatte, klopfte ich am nächsten Morgen an Isabellas Tür. Ich hielt ihn ihr entgegen, als sie die Tür öffnete, gesund und strahlend in einer pfirsichfarbenen Bluse und dazu passender Hose. Ihr Gesichtsausdruck war jedoch wachsam. Ich bemerkte feine Linien um ihre Augen, die vorher nicht da gewesen waren. Da war ich mir sicher.

„Ich bin gekommen, um mich zu entschuldigen."

Ihr Mund verzog sich zu einem entspannten Lächeln, und sie nahm die Blumen an.

„Es tut mir sehr leid, dass ich dich neulich so angegangen bin, obwohl du nur versucht hast, mir zu helfen. Wenn du mir verzeihen kannst, möchte ich dich gern um deine Hilfe bitten."

Ihr Lächeln wurde breiter, und sie trat zurück, um mich in ihre Wohnung zu winken. „Alix, natürlich werde ich dir helfen, aber du musst dich nicht für dein Verhalten entschuldigen. Wenn überhaupt, muss ich mich entschuldigen, weil ich mich ungebeten eingemischt habe. Ich hoffe, du verstehst, dass ich von meiner Zuneigung zu euch beiden getrieben war, und dass ich nicht die Absicht hatte, dir zu sagen, was du tun oder wie du dein Leben leben sollst."

Ich nickte und folgte ihr in das sonnige Wohnzimmer. „Ich weiß und ich schätze das sehr, obwohl das jetzt irrelevant ist."

Isabella setzte sich langsam in einen antiken Schaukelstuhl mit handbestickten Kissen. Ich bewunderte den Schaukelstuhl, seit ich ihn das erste Mal gesehen hatte, hatte aber gedacht, er sei zu zerbrechlich, um ihn zu benutzen. Sicher war er zu fragil für meine Amazonenknochen, aber Isabella hatte einen Fuß untergeschlagen und saß ganz selbstverständlich darin. Ich schob den kleinen Nadelstich des Neids angesichts ihrer scheinbaren Perfektion beiseite. Die neue Alix würde sich nicht von erbärmlichen Eifersüchteleien und unwürdigen Gefühlen ablenken lassen. Die neue Alix hatte eine Aufgabe zu erfüllen und das würde sie auch tun!

„Was ist nun irrelevant?"

Ich wedelte mit der Hand und versuchte sie von den schweren Themen fortzulocken. „Alex und ich. Wir sind irrelevant. Aber dabei brauche ich nicht deine Hilfe. Ich brauche einen Rat und einen großen Gefallen."

Isabella schaukelte ein paar Minuten schweigend. Dann legte sie ihre Hände auf ihr Knie und legte ihren Kopf schief. „Ich sollte dir sagen, dass ich gestern Abend ein langes Gespräch mit Alexander hatte. Nein, du musst dir keine Sorgen machen, ich habe nicht vor, dir die Leviten zu lesen oder dir einen ungewollten Rat aufzudrängen. Ich möchte nur, dass du weißt, dass ich den Abend mit ihm verbracht habe. Wir waren essen."

Es hatte seine Vorteile, neu geboren zu sein. Die alte Alix hätte angesichts dieser Tatsache vor Eifersucht gekocht, ihre Zähne hätten geknirscht und ihre Augen Blitze geschossen. Die alte Alix wäre verletzt gewesen und hätte sich betrogen gefühlt, aber die neue Alix, die Phönix-Alix, ging locker damit um.

Ich lockerte meinen Kiefer. „Wirklich?" Das Wort kam ein bisschen kratzig und knirschend heraus. Ich räusperte mich, sortierte meine Gedanken und versuchte es noch mal. „Wie schön für euch beide. Ich hoffe, ihr hattet einen schönen Abend. Nun zu meinem Problem. Ich bräuchte zwei Dinge von dir, wenn du mir helfen würdest."

Sie blinzelte verwirrt, nickte aber und bedeutete mir, fortzufahren.

Ich holte tief Luft. Dieser neue Weg war nicht leicht, aber auf der anderen Seite war alles, was man besitzen wollte, es wert, dafür zu kämpfen. Das hatte mir ein weiser Mann einst gesagt. „Ich möchte gern, dass du mich aus dem Mietvertrag entlässt, den du mit meiner Mutter abgeschlossen hast, und mir das Restgeld auszahlst."

Sie hörte auf zu schaukeln, ihr Gesicht glatt und ausdruckslos.

Mein Herz schlug wie ein Presslufthammer, aber das Schlimmste hatte ich noch zu sagen. „Ich bräuchte auch deine Hilfe dabei, eine neue Wohnung zu finden. Eine billigere, in der ich für ein paar Monate mit dem restlichen Geld leben kann."

Sie hob ihre Brauen. Ich rieb meine feuchten Handflächen über mein Sommerkleid und versuchte, nicht auf meiner Lippe zu kauen.

„Du möchtest weg von hier?", fragte Isabella endlich.

Ich nickte. „Ich muss weg. Ich kann hier nicht mehr bleiben. Nicht mit ..." Ich machte eine Geste in die Richtung von Alex' Wohnung. „Ich brauche Abstand von der Situation. Von Alex. Ich muss mir ein neues Leben aufbauen und das schaffe ich einfach nicht, wenn ich hier bleibe. Ich weiß, dass ich viel von dir verlange, wenn ich dich um die Auflösung des Mietverhältnisses und die Rückgabe des Geldes für diesen Monat bitte, aber ich bin verzweifelt. Ich habe nur ein paar hundert Pfund übrig, selbst wenn meine Ex-Agentin mir meine Editierungsgebühr zurückschickt, und meine Kreditkarte ist am Limit."

Isabellas Gesicht blieb glatt und ausdruckslos, doch ich nahm einen Anflug von Missfallen in diesen hellblauen Augen wahr, bevor sie zu ihrem normalen ruhigen und gefassten Ausdruck zurückkehrten. „Ich bin nicht sicher, dass ich verstehe, was du vorhast, Alix. Natürlich werde ich dich aus dem Mietvertrag entlassen und dir das Geld für diesen Monat zurückgeben, aber ich verstehe nicht, dass du umziehen musst. Es ist nicht nötig, dass du das Haus verlässt, nur weil du es vermeiden möchtest, Alexander zu sehen.“ Sie zögerte einen Moment. Ihre Finger glätteten den Stoff über ihrem Knie. „Aus dem, was er mir gestern Abend erzählt hat, schließe ich, dass du es ernst meinst und deine Beziehung mit ihm nicht weiterführen möchtest?“

„Ja. Das ist Vergangenheit. Ich kann nicht zurück. Es war von Anfang an zum Scheitern verurteilt. Aber ich schaue nach vorn, Isabella. Wie ein Phönix steige ich aus der Asche auf und fange von vorn an, und ich brauche deine Hilfe, um sicherzustellen, dass ich meine Federn nicht verliere und auf die Erde zurückfalle, bevor ich meine Flügel auch nur ausprobieren konnte.“

Ein sanftes Lächeln umspielte ihre Lippen. „Das war schön gesagt, Alix. Ich verstehe, warum du Romane schreiben willst. Ich verstehe immer noch nicht die Notwendigkeit wegzuziehen, aber ich werde tun, was ich kann, um dir zu helfen, dein Nest zu verlassen.“

Ich lächelte sie ebenfalls an. „Danke schön. Für die warmen Worte und deine Bereitschaft, mir zu helfen. Vor allem brauche ich eine billige Wohnung.“

Sie schürzte ihre Lippen zu einem kleinen nachdenklichen Schmollmund. „Ich glaube, du hast mehr Glück, wenn du nur ein möbliertes Zimmer suchst und keine ganze Wohnung. Das ist ein Zimmer mit einem Bett, aber ohne eigenes Bad", erklärte sie angesichts meines verwirrten Gesichtsausdrucks. „Die sind weit weniger teuer – obwohl, Alix, alles, was du dir in der Stadt anschaust, ist sehr viel teurer als in einer kleineren Stadt. Möchtest du gern in London bleiben?"

Ich nickte. Ich wollte mich nicht zu weit von meinem Ziel entfernen.

„Nun gut. Wenn du nach billigen Unterkünften suchst, würde ich vorschlagen, du schaust nach Studentenzimmern."

„Studentenzimmer?" Ich dachte darüber nach. „Aber hier wohnen auch Studenten, und – nicht böse gemeint, Isabella, aber deine Wohnungen sind nicht einmal im Entferntesten billig."

Ihr Madonnengesicht nahm einen ganz leicht schelmischen Ausdruck an. „Es stimmt, dass Miss Goolies und Mr. Skive Studenten sind, aber Miss Goolies ist auch das einzige Kind des britischen Botschafters in China."

„Ah. Viel Kohle also?"

„Ziemlich."

„Nun gut, ich verstehe, dass die meisten Studenten recht günstig leben, aber da gibt es ein Problem – ich bin keine Studentin."

„Ich glaube, du wirst herausfinden, dass die meisten Studentenwohnheime nicht zu streng sind, was die Einschreibung an einer Universität betrifft."

„Ah", sagte ich wieder und dachte nach. Ich konnte ohne eigenes Bad und eigene Küche leben, wenn es bedeutete, dass ich in London bleiben und schreiben konnte. „Okay, wo soll ich am besten gucken?"

Sie erwähnte ein paar Stellen, die wahrscheinlich günstige Zimmer anboten, und schlug vor, mir beim Umzug zu helfen.

„Danke, Isabella, du bist ein Schatz. Ich weiß es wirklich zu schätzen, dass du all das für mich tust, nachdem ich so eklig zu dir gewesen bin."

Sie wischte meinen Dank beiseite und brachte mich zur Tür. „Denk nicht mehr daran. Ich verstehe, wie verletzt du warst." Ein Finger mit rosa lackiertem Nagel lag auf ihrem Kinn, als wir vor ihrer Wohnungstür standen. „Wenn du wirklich mit Alexander gebrochen hast, was möchtest du dann am Freitag machen?"

„Freitag?"

„Alexanders Geburtstag."

Oh Gott, ich hatte seinen Geburtstag total vergessen! Auf einen Schlag war alles wieder da – die Pläne, die Isabella und ich letzte Woche gemacht hatten, das Geld, das ich von meinem Budget abgezwackt hatte, um Operntickets für sechs zu kaufen, das Dinner in einem eleganten Restaurant, das Isabella als Geschenk für ihn arrangiert hatte, und … ich schloss die Augen vor Entsetzen, als ich mich an die kleine Überraschung erinnerte, die ich für später vorbereitet hatte. Was sollte ich tun? Ungeachtet meiner Zuhörerin nagte ich an meiner Unterlippe. „Ich schätze nicht, dass ich mein Geld zurückbekommen kann, oder?"

„Für die Karten für *Madame Butterfly*? Doch, sicher. Sie sind gerade sehr gefragt, wie du vielleicht noch von dem Aufwand weißt, den es dich gekostet hat, sie zu bekommen."

„Es war kein Aufwand, nur ein kleines Bestechungsgeld für den Schwarzhändler. Ich habe allerdings nicht von der Oper geredet. Du und Karl und Bert und Ray und Daniel und sein Date könnt die Karten haben und mit Alex hingehen. Nein, ich habe davon gesprochen, ob ich das Geld für ... du weißt schon ... die *Unterhaltungseinlage* zurückbekommen könnte."

Begeisterung kam auf. „Die Tänzer meinst du? Hmmm. Ich bezweifle, dass du dein Geld zurückbekommst. Diese Art von Unternehmern mögen Stornierungen nicht besonders."

„Mist, das habe ich mir schon gedacht." Ich nuckelte an meiner Lippe, während ich über verschiedene Ideen nachdachte.

„Ich habe einen Vorschlag", sagte Isabella in einem milden Ton, der mich sofort aufhorchen ließ.

Ich bedachte sie mit einem bezwingenden Blick. Er hatte keinen Effekt auf sie. Ich notierte mir in Gedanken, noch an diesem Blick zu feilen, bevor ich ihn erneut anwandte, und bereitete mich auf das Unvermeidliche vor. „Du meinst, ich sollte die Dinge einfach so lassen, wie ich sie geplant habe?"

Sie lächelte und klopfte mir auf die Schulter. „Wie ich bereits sagte, du bist eine intelligente Frau."

Ich sah die Tür finster an, als ich über die eine Option nachdachte, die ich hatte vermeiden wollen. „Das würde bedeuten, ich muss den ganzen Abend mit Alex verbringen."

„Aber mit sechs anderen Leuten, die wie ein Puffer wirken werden. Wenn du das möchtest, natürlich. Vielleicht ..." Sie ließ den Satz offen.

„Nicht schon wieder, Miss", schalt ich und streckte ihr meinen erhobenen Finger entgegen, bevor ich die Tür erreichte.

„Nachher wirst du noch eine Kupplerin.“

Ihr Lächeln vertiefte, sich bis es als silbriges Lachen aus ihr hervorbrach. „Oh Alix, du bist näher an der Wahrheit dran, als du denkst.“

Ich versteifte mich. „Bin ich das?“

Sie lachte wieder und umarmte mich dann. „Erinnerst du dich, als du eingezogen bist und ich dir gesagt habe, dass ich den perfekten Mann für dich habe?“

Wie konnte ich das vergessen? Karl war alles außer perfekt, aber er hatte sich trotzdem als netter Typ herausgestellt, mit dem ich gern Zeit verbrachte, auch wenn ich nicht an seinen Unterhosen interessiert war wie bei … Das Blut wich aus meinem Gesicht. Sie meinte nicht … „Du … nicht … Alex?“

Sie lachte noch lauter, als sie das Entsetzen auf meinem Gesicht sah.

„Aber natürlich Alexander! Ihr zwei seid perfekt füreinander.“ Ihr Lächeln wurde ein wenig schwächer. „Vielleicht habe ich mich geirrt, aber ich dachte, ihr wärt es.“

„Aber … Karl …“

„Ich hatte mich entschieden, Karl als eine – wie heißt das noch? – falsche Fährte hinzuzuziehen, um dich davon abzulenken, dass Alexander der Mann war, den ich für dich vorgesehen hatte. Du hattest nicht viele nette Dinge über ihn zu sagen, wenn du dich erinnerst, und du warst nicht an einer ernsthaften Beziehung interessiert, während ich wusste, dass Alexander sich nicht mit weniger zufriedengeben würde …“

Wieder endete ihr Satz im Nichts, aber dieses Mal war keine Schüchternheit oder Freude in ihrem Gesicht. Ich öffnete meinen Mund, um Dinge zu sagen, die mich nichts angingen – nicht mehr, seit die neue Alix die alte begraben hatte. Stattdessen schloss ich meinen Mund und drückte leicht ihre Hand, bevor ich aus der Tür schlüpfte. Ich konnte nicht anders, als kurz zu Alex' Tür hinüberzusehen. Sie war genauso dunkel und gefühllos wie das riesige leere Loch in meinem Herzen. Ich zwang meinen Blick von der Tür fort und erinnerte mich an meine Liste. Heute war Montag. Wäre ich imstande, meine Lenden im Zaum zu halten, mein Herz zu stählen und meinen Gürtel eng genug zu schnallen, um einen Abend mit Alex zu überleben, der in vier Tagen stattfinden sollte? Ich hob mein Kinn. Natürlich würde ich das schaffen. Es war nur ein Abend. Die neue Alix konnte alles tun, was sie wollte. Alex selbst hatte das gesagt.

„Wegen Freitag ... Wir lassen die Dinge so, wie sie sind. Ich weiß noch nicht, wie ich den Abend überstehe, aber das ist mein Problem." Ich drehte mich um und lächelte meine nun Ex-Vermieterin halbherzig an. „Danke noch mal, Isabella. Ich weiß deine Hilfe zu schätzen." Mein Blick wanderte zu Alex' Tür zurück. „Mit allem."

Kapitel Sechzehn

Lady Rowena keuchte, als Lord Raoul langsam die Knöpfe seiner Weste öffnete. Der leichte Wollstoff glitt an seinen muskulösen Armen hinab. Ihre Augen wurden groß, als der Sohn des Fürsten mit einem Blick, der unausgesprochene Freuden versprach, sein Hemd aufknöpfte und es langsam über seinen Kopf zog. Er gab ihr Zeit, sich an den Anblick seines nackten Körpers zu gewöhnen.
Ihr stockte der Atem. Rowena dachte, sie würde ohnmächtig werden, als er langsam auf sie zukam. Sie kämpfte die aufsteigende Panik nieder, die seine starken Muskeln in ihr hervorriefen.
„Gnade!", bettelte sie. „Bitte, mein Herr, es ist zu viel. Es ist unmöglich. Ich kann nicht ..."
„Nichts ist unmöglich, Liebste", knurrte Raoul und wiegte die Zartheit ihres schlanken Körpers an den harten Kanten des seinen. Sie hatte Grobheit erwartet, denn wie konnte ein so starker Mann sie anders als grob berühren? Seine Finger waren jedoch nur ein bloßes Flüstern auf ihrer Haut, als er die Haare in ihrem Nacken streichelte.
„Wenn Ihr hierfür noch nicht bereit seid, geliebtes Weib, werden wir warten, bis es so weit ist. Ihr habt von mir nichts zu befürchten. Niemals. Das schwöre ich." Sein Atem war heiß an ihren Lippen. Sie seufzte vor Lust durch seine Berührung und angesichts der Versprechen in seinen Augen. Sie lehnte sich an seine gestählte Brust und bot ihm

ihre Lippen dar. Endlich hatte sie einen Mann gefunden, dem sie ihr Leben anvertrauen konnte.

„Wo willst du das hinhaben, Freemar?"
Ich sah vom Manuskript auf, um zu schauen, was Ray
in den Händen hielt. Auf der Seite der Kiste stand
„Zeug". Hilfreich. Ich linste in den Karton.

„Oh, das sind meine Souvenirs von den Sehenswürdigkeiten. Stell sie bitte einfach da drüben neben das
Bett, Ray."

Sie grunzte zustimmend und bahnte sich ihren Weg
um einen ein Meter großen Stoff-Beefeater, den ich auf
mysteriöse Weise irgendwoher bekommen hatte.

Ich runzelte die Stirn, legte das Manuskript auf die
Bücherkiste zu meinen Füßen und fragte mich, wo ich
die Bücher hinräumen würde. Die Auswahl war nicht
groß, da meine neue Unterkunft eher von kleiner Natur war. Von winziger Natur, um genau zu sein. Es gab
genug Platz für ein spartanisches Einzelbett, einen ab-
genutzten Schrank, einen noch heruntergekommene-
ren Schreibtisch mit einem Stuhl ohne Lehne, und einen Fenstersitz neben einem Fenster, das auf die viel-
befahrene Straße hinausging. Ich deklarierte eine Ecke
als Stauraum und stellte meine Bücherkiste gerade
dort ab, als Bert den Raum betrat, sich ihre Finger an
einem Tuch abwischte und es dann in ihre Tasche
steckte.

„Ich habe deine Kiste mit Essen in der Küche gelassen,
Alix. Ich schlage vor, du gehst hinunter und stellst
schnell klar, dass sie dir gehört. Da hingen mehrere
hungrig aussehende Männer herum."
Ich zog ein Gesicht. „Sie können alles haben außer der
Schokolade. Und die habe ich zu meinen Kleidern

gepackt. Und wenn wir gerade von meinen Kleidern sprechen …" Ich drehte mich einmal um die eigene Achse. „Hat jemand eine Kiste mit der Aufschrift „Kleider" gesehen?"

„Ich habe sie", kam eine gedämpfte Antwort hinter Bert hervor.

„Danke, Isabella. Du kannst sie hier auf den Stuhl stellen. Gut!" Nicht annährend so anmutig wie Bert wischte ich meine schmutzigen Hände an meiner Jeans ab. „Ich schätze, das war dann alles. Ich kann nicht glauben, dass ich in nur einem Monat so viel Zeug gekauft habe!"

„Du bist in London, Liebes; Shopping ist unvermeidlich", tadelte Isabella sanft und sah sich in meinem neuen Domizil um. Ich sah mich mit ihr um, zog eine Grimasse und zwang mich zu einem Lächeln. Die neue Alix jammerte nicht und beschwerte sich auch nicht.

„Ich kann euch allen nicht genug dafür danken, dass ihr mir geholfen habt, hier anzukommen. Ich schätze eure Unterstützung mehr, als ihr glaubt."

Ray hämmerte an das Fenster, um es weiter zu öffnen als fünfzehn Zentimeter. „Es klemmt", warf sie über ihre Schulter ein und drehte sich wieder zur Straße um. Sie winkte Bert zu sich heran, während ich mich zu Isabella umdrehte.

„Dir möchte ich ganz besonders danken, weil …" Ich sah schnell zu Bert und Ray hinüber und senkte meine Stimme. „…. du so freundlich warst und mich aus dem Mietvertrag entlassen hast. Mit diesem Geld kann ich drei weitere Monate hier leben."

Isabella versuchte ihr strahlendes Lächeln, aber es hatte nicht seine normale Leuchtkraft. Vielleicht war es nur die schäbige Umgebung. Sie sah sich besorgt um.

„Es ist in Ordnung, Isabella. Wirklich. Ich weiß, es ist nicht so gut wie ein möbliertes Zimmer in einem Privathaus, aber es wird mir gut gehen. Alles, was ich brauche, ist ein bisschen Frieden und Ruhe, damit ich schreiben kann. Und hier wird mich nichts ..." Mein Blick traf ihren. Ich ignorierte das Mitleid in ihren Augen und hielt an meiner Bewunderung für sie fest. Die neue Alix badete nicht in Selbstmitleid. „... *ablenken*."

Sie drückte meinen Arm mitleidig oder ermutigend, ich war mir nicht sicher.

„Alix?"

„Hmm?" Ich drehte mich zu Ray und Bert um, die am Fenster standen. Ray sah wütend aus. Bert machte einen besorgten Eindruck und schickte eine Art von Augenbrauensignal an Isabella.

„Hast du ... ähm ... deine Nachbarn schon kennengelernt?", fragte Ray.

Warum war sie wegen eines Haufens Studenten so beunruhigt? Für mich sahen sie in Ordnung aus, wenn auch ein bisschen jung.

„Nur die beiden Frauen von nebenan. Es gibt noch einen Raum auf dieser Etage und das Bad. Ich nehme an, es wird also recht ruhig sein."

Eine Art wortloser Geheimunterhaltung fand zwischen Isabella und Bert statt. Rays Stirnrunzeln verwandelte sich in ein finsteres Starren. Was in aller Welt stimmte mit ihnen nicht? Ich nahm ein fast unmerkliches Kopfschütteln von Isabella wahr, bevor Bert sprach.

„Eigentlich meinte ich die Leute, die beiderseits des Studentenwohnheims leben."

Ich ging zum Fenster hinüber und schaute hinaus. Ich
konnte nichts Beunruhigendes erkennen, nur eine ge-
schäftige Londoner Straße mit einem Fish-and-Chips-
Laden auf der anderen Straßenseite (bequem!), einem
Piercingstudio daneben und einer Spielhalle.

„Nun, die Spielhalle wird nachts vielleicht ein bisschen laut sein, aber Alex hat meinen CD-Player repariert und ich habe Kopfhörer, also wird es schon gehen."

Ray räusperte sich. „Mann nebenan. Großer, bulliger
Typ. Glatze. Rasiert sich möglicherweise den Kopf. Hat
Schlangentattoos am Hals. Du hältst dich von ihm
fern."

Mein Mund klappte auf. „Wirklich?" Ich linste hinunter, um zu sehen, ob ich einen Blick auf ihn werfen
konnte. „Schlangen? Auf seinem Hals? Cool!"

„Alix."

Ich presste meine Wange an das nicht ganz so sau-
bere Fenster und versuchte zu erkennen, wer im Eingang zum Nachbarhaus stand. Ich hatte dem Gebäude
neben dem Wohnheim keine besondere Beachtung geschenkt, also wusste ich nicht, ob es ein Geschäft war
oder ein weiteres Studentenwohnheim. Aber ich
konnte die Spitzen eines Paares schmutziger Tennis-
schuhe erkennen, die aus dem Eingang hervorlugten.

„Alix."

„Was?"

Isabella zog an meinem Ellbogen. „Alix, ich möchte
dich nicht beunruhigen, aber King's Cross ist nicht die
sicherste Wohngegend."

Ich nahm meine Wange von der Fensterscheibe, drehte mich um und sah zwischen ihr, Bert und Ray hin und her.

„Was? Nicht sicher? Das hier ist London – natürlich ist es sicher! Ich meine, schaut, der Bahnhof ist gleich hier, ihr könnt ihn sehen, wenn ihr aus dem Fenster guckt. Natürlich ist es sicher!"

Ray verdrehte die Augen.

Ich nahm die unvermeidlichen Einwände vorweg. „Oh, ich weiß, hier gibt es auch Kriminalität, aber das ist nichts im Vergleich zu zu Hause, glaubt mir! Ich war schon mal in Studentenvierteln, ich bin nicht blöd."

Die drei Frauen wechselten zweifelnde Blicke.

„Ihr seid alle Glucken, wisst ihr das?" Ich scheuchte sie zur Tür, dankte ihnen erneut für ihre Hilfe und verabschiedete sie, nachdem ich ihnen versprochen hatte, nachts nicht auf die Straße zu gehen und nicht mit dem Herrn mit den Schlangen zu sprechen.

Ich ging hinunter in die Küche im Erdgeschoss, räumte meine mageren Essenvorräte ins Regal, das meine Raumnummer trug, redete einen Moment mit den Menschen, die sich gerade in der Küche aufhielten, und eilte vier Treppenabsätze mit unebenen, schmalen Stufen nach oben in mein neues Zimmer.

Eine Stunde später hatte ich alles verstaut, mein Bett mit den neuen Laken bezogen und war nun bereit, mit meiner Arbeit zu beginnen. Ich holte die Liste hervor, die ich zwei Tage zuvor angefertigt hatte, und strich einen weiteren Punkt. Meine Liste wurde kürzer, obwohl das Hinzufügen aller notwendigen Schritte, um Freitagabend zu überleben, sie beträchtlich verlängert hatte. Trotzdem war ich stolz darauf, dass ich nun endlich vorankam und nicht weiter auf der Stelle trat, wie ich es so viele Jahre getan hatte.

Ich zog *Hungrige Begierde* hervor, notierte mir in Gedanken, dass ich einen neuen Titel finden musste, und sah mir das erste Kapitel genau an, das ich am Abend zuvor fertig überarbeitet hatte. Während ich es las, trug Lord Raoul Alex' Gesicht und erfüllte mich mit Begierde und Pein und all den vielen Gefühlen, die ich am gestrigen Tag niedergekämpft hatte. Ich schloss meine Augen gegen die aufwallenden Tränen und rief mir in Erinnerung, dass ich nicht zurückkonnte. Ich war neu geboren worden, und ich würde nicht zu meiner vorherigen Existenz zurückkehren. Ich öffnete meine Augen und griff nach meiner Liste.

Ich war stark. Ich konnte es schaffen. Ich hatte einen Plan und ich würde daran festhalten, egal wie sehr mein Herz schmerzte.

In dieser Nacht traf ich Beryl. Ich war zum Fish-and-Chips-Laden hinübergegangen, um zu Abend zu essen. Trotz meines neuen, extrem schmalen Budgets gab ich doch wieder Geld aus. Nachdem ich mir meinen Weg durch all die Menschen auf dem Bürgersteig gebahnt hatte, überquerte ich die Straße und ging zurück in mein Wohnheim. Als ich die dunkelblau und purpur gestrichene Fassade des Nachbarhauses passierte, trat ein Mann aus dem Eingang. Er war mindestens zwei Meter groß und wahrscheinlich gute neunzig Zentimeter breit, aber was auf den ersten Blick auffiel, war nicht sein riesiger Körper, sondern es waren die blauen und roten Schlangen, die sich um seinen Hals wanden und an den Seiten seines kahlen Kopfes nach oben krochen.

Überraschend schöne graue Augen blickten aus einem Gesicht heraus, das der Gestapo Albträume beschert hätte. Unglücklicherweise waren diese Augen vor Misstrauen verengt und auf mich gerichtet, da ich zu ihm zurückstarrte. Zwei massive Arme, die den Umfang meiner Oberschenkel hatten, verschränkten sich vor seiner Brust. Er lehnte sich nach vorn und Bedrohlichkeit umgab ihn wie Staub ein Weizenfeld.

„Und was machst du hier?"

Wer, ich? Ich musste zweimal schlucken, bevor meine Zunge funktionierte. „Äh ... hi. Ich wohne ... äh ... gleich hier." Ich zeigte zögerlich über seine Schulter auf die pinkfarbene Tür zum Studentenwohnheim.

Er kniff die Augen noch weiter zusammen und musterte mich von Kopf bis Fuß. Plötzlich fiel mir auf, dass niemand sonst auf dieser Seite der Straße war, und die Leute auf der anderen Seite, der Seite mit den geschäftigen Läden, hatten alle angehalten und sich zu kleinen, stillen Gruppen versammelt.

Oh, toll, mein erster Tag in meiner neuen Wohngegend, und ich rannte auf direktem Weg dem Mörder aus dem Viertel in die Arme.

„Ich hab' dich noch nie gesehen."

„Ich bin gerade eingezogen. Heute. Heute morgen." Ich versuchte ihm auszuweichen, aber ein geparktes Auto blockierte meinen Weg auf der einen Seite, und er hinderte mich daran, auf der anderen Seite vorbeizugehen. Ich drückte meine Fish and Chips an meine Brust wie ein Kruzifix gegen einen Vampir. „Hör zu, ich würde wirklich gern hier stehen und mich mit dir unterhalten, aber ich muss … äh … ich muss meinen Freund anrufen. Er macht sich Sorgen um mich, weißt du." Ich hoffte, der Schlangenmann würde meine gekreuzten Finger nicht bemerken, wenn ich versuchte, an ihm vorbeizukommen. „Scotland Yard Detectives können wegen so was furchtbar komisch werden. Ha ha ha ha!"

Er stimmte nicht in mein Lachen ein. Stattdessen trafen sich seine beiden buschigen schwarzen Augenbrauen in der Mitte seiner Stirn und formten eine einzige lange Entität. Irgendwie trug der Anblick nicht zur Ausgelassenheit bei.

„Was sagst du? Scotland Yard?"

Mein Kopf bewegte sich auf und ab wie der eines Wackeldackels, den sich manche Leute hinten ins Auto stellten. „Ja. Scotland Yard. Mein Freund – wir werden bald heiraten, er ist sehr verliebt in mich, *sehr verliebt* – er arbeitet für Scotland Yard. Er ist ein Detective Inspector. Ein wichtiger Mann", fügte ich hinzu, nur für den Fall, dass dem Schlangenmann dieser Fakt nicht bekannt war. Der Bereitwilligkeit nach zu urteilen, mit der er den Weg freigab, kannte er den Fakt. Oder er dachte zumindest über meine Worte nach, bevor er mich umbrachte. Ich machte eine merkwürdige ruckartige Bewegung, die sich verdächtig wie ein Knicks anfühlte, als ich an dem Giganten vorbei in die Sicherheit des Studentenwohnheims huschte. Das Gewicht des Blicks meines Schlangenfreundes in meinem Rücken verursachte mir feuchte Hände, während ich nach meinen Schlüsseln suchte. Als ich mich durch die halb geöffnete Tür quetschte, warf ich ihm ein schwaches Lächeln zu.

„Heiliger Strohsack", keuchte ich, als ich die Tür sicher hinter mir geschlossen hatte. Ich lehnte mich mit zitternden Beinen dagegen und entschied, dass die neue Alix einiges war, aber nicht blöd.

Eine dünne Blondine mit schlechter Haut und einem aufmunternden Lächeln streckte ihren Kopf aus dem Fernsehzimmer heraus. „Sieht so aus, als hättest du gerade Genghis getroffen."

Ich stählte meine Beine und umklammerte mein Essen noch fester. „Genghis?"

Die Blondine grinste und nickte in die Richtung, in der ich das Monster von King's Cross zuletzt gesehen hatte.

„Der Typ mit den Tattoos. Sein richtiger Name ist Beryl, aber wir nennen ihn Genghis. Er ist barbarisch, oder?"

„Oh, barbarisch, ja. Total barbarisch. Der barbarischste Mann, den ich je gesehen habe. Und Gott bewahre, ich hoffe, ich sehe ihn nie wieder."

Sie lachte unbeschwert und stellte sich als Jasmin vor. „Der alte Genghis wird dich nicht belästigen, wenn er dich einmal um etwas erleichtert hat."

„Ähm ..." Mich um etwas erleichtert? Großer Gott, in was für eine Gegend war ich gezogen? „Was meinst du damit, mich erleichtert?"

Sie sah mich berechnend an. „Einen Joint. Geld. Hast du ihn nicht bezahlt?"

„Um auf dem Bürgersteig zu gehen? Nein."

Ihre Augen weiteten sich, bis sie fast ganz rund waren, und sie zog sich langsam zurück, als wäre ich ein tollwütiger Hund vor dem Angriff.

„Oh. Ich bin sicher … Ich meine, du hast wahrscheinlich … Nun, es war schön, dich kennenzulernen.“

Ich sah ihr nach, wie sie langsam wieder im Fernsehzimmer verschwand. Sie wandte ihren Blick nicht von mir ab, bis sie die Tür leise hinter sich geschlossen hatte. Ich überlegte, ob ich mein Abendessen in der Küche mit den drei dürren Typen essen wollte, die dort um den Resopaltisch herumhingen, oder in der Zurückgezogenheit meines Zimmers, oder ob ich alles fallen lassen und mich schreiend in Alex' Arme stürzen wollte.

Diese nervtötende, kleine innere Stimme, die darauf bestand, mir ihren Rat mitzuteilen, plädierte für die letzte Option, aber die neue Alix brachte sie zum Schweigen und gab mir die Kraft, die Treppen hinaufzusteigen, an der Toilette in der dritten Etage und der winzigen Dusche im vierten Stock vorbeizugehen und den sicheren Hafen meines Zimmers zu erreichen. Ich ließ die Rolläden runter, schob den klapprigen Schreibtisch vor die Tür und sank schlaff aufs Bett. Ich wusste, dass ich meine Liste auf meinem Laptop auf dem Schreibtisch sehen konnte, wenn ich meinen Kopf drehte, aber irgendwie war ihr Anblick nicht so tröstlich wie sonst. Trotz der Hitze des Tages wickelte ich mich in die Decke und rollte mich auf dem Bett zu einem Ball zusammen.

Meine Entscheidung, Beale Square zu verlassen, erschien mir plötzlich überstürzt und nicht besonders gut durchdacht. Ich betete, dass alles gut werden würde.

„Die neue Alix", erklärte ich Bert und Ray, als ich mich pflichtgemäß vor ihnen drehte, „ist vielleicht nicht perfekt, aber sie gestattet sich keine weiteren Zweifel betreffend der Richtigkeit ihrer Unternehmungen."

„Klingt unklug", knurrte Ray und spähte durch die Vorhänge hinunter auf die Straße.

„Nicht unklug, Liebes. Nur ambitioniert", korrigierte Bert sie, als ich stillstand. „Sich selbst neu zu erfinden, ist niemals leicht. Ich wünsche dir alles Glück mit deinem neuen Leben."

Ich schob den Gedanken an die Tränen beiseite, die ich in der warmen Dunkelheit der vergangenen drei Nächte nicht hatte zurückhalten können, und machte eine modelmäßige Pose. „Was denkt ihr?"

Bert lächelte. „Ich denke, du wirst die Blicke aller Männer auf dich ziehen. Und die eines bestimmten Mannes ganz besonders."

Mein Lächeln wurde nur ein kleines bisschen schwächer. „Nun, das ist nicht wichtig. Es steht nicht auf der Liste für heute Abend. Ich habe genug zu tun, ohne mich um Dinge zu kümmern, die nicht auf der Liste stehen."

„Alix, wegen deiner Liste ..."

„Sie sind verschwunden. Ich frage mich, was mit ihnen passiert ist."

Wir drehten uns beide zu Ray um, die aus dem Fenster auf die gegenüberliegende Straßenseite linste.

„Wer ist verschwunden?", fragte ich und ging zu ihr hinüber, um ebenfalls aus dem Fenster zu sehen. Ich sah nichts Ungewöhnliches, nur die üblichen Menschen, die in die Läden hinein und wieder heraus gingen, und im Allgemeinen das taten, was sie in den letzten drei Tagen nach meinem Einzug auch getan hatten. „Was ist wen passiert?“

„Wem“, verbesserte Bert sanft und folgte mir zum Fenster.

„Nutten“, sagte Ray knapp.

„Was?“ Ich schob sie zur Seite, um besser sehen zu können. „Wo ist eine Nutte?“

Ray sah mich ungläubig an. „Sie *waren* da. Direkt vor deiner Nase. Jetzt sind sie weg.“

Ich sah auf die Menschen auf der Straße hinab. Niemand sah wie eine Nutte aus. „Du machst Witze! Da waren Nutten auf der Straße? Wie konnte ich sie verpassen? Ich sehe gerade niemanden außer zwei Polizisten und ein paar Kindern in der Spielhalle.“

„Richtig.“ Ray sah mich erwartungsvoll an, aber ich wusste nicht, was sie von mir wollte. Ich drehte mich Hilfe suchend zu Bert um.

„Sicher hast du die große Geschäftigkeit bemerkt, die auf der Straße geherrscht hat, als du hier eingezogen bist?“, fragte Bert sanft.

„Nun, ja, aber ich dachte, es läge an der Spielhalle. Viele Leute hängen da rum ...“ Mein Mund klappte auf, als mir klar wurde, dass die Leute, die dort auf dem Bürgersteig herumgehangen hatten, fast ausschließlich Frauen gewesen waren. Frauen, die aufreizend gekleidet gewesen waren, und die ich zweifelsfrei als Flittchen identifiziert hätte, wenn ich zu Hause gewesen wäre. Irgendwie erschien mir der Gedanke an Nutten in London fremd. „Oh. Das waren Nutten?“

Beide Frauen nickten.

Stirnrunzelnd sah ich aus dem Fenster. „Aber ich habe sie nur am ersten Tag gesehen, an dem ich hier war. Ich erinnere mich, dass ich am nächsten Tag gedacht habe, wie schön es war, dass die Straße sich nun beruhigt hatte." Ich knabberte ein winziges bisschen an meiner Lippe. „Es waren einige Polizisten auf der Straße, obwohl ... oh Gott, Genghis!"

„Genghis?", fragte Bert und hob ihre Tasche und einen Seidenschal auf, der das blassgrüne, ärmellose Etuikleid aus Seide, das sie trug, komplettierte.

„Jep, Genghis. Der Typ von nebenan mit den Schlangen am Hals. Einer der Studenten hat mir gestern erzählt, dass er verschwunden ist, dass niemand ihn seit Dienstagabend gesehen hat! Das war vor drei Tagen, am Tag, als ich eingezogen bin. Ihr glaubt nicht, dass irgendein Jack-the-Ripper-Mörder in King's Cross Amok läuft, oder? Ich meine, die Nutten sind weg, der Obermacker, der unschuldigen Studenten Geld abknöpft, verschwindet, Polizisten laufen überall herum – großer Gott, das ist es! Da läuft so ein Irrer herum und räumt die Straßen auf! Und ich bin mittendrin!"

Ray lachte kurz auf und tauschte einen Blick mit Bert. „Einfachere Erklärung als das. Black hat seine Finger im Spiel."

Ich wurde wirklich langsam gut im Glotzen. Ich übte es nun an Ray und starrte sie an, als hätte sie vollkommen den Verstand verloren. „Black? Alex? Du glaubst, er ist der Irre?"

„Möglich", sagte sie mit einem fiesen Grinsen.

„Ray, ärgere Alix nicht, sie hatte eine schwierige Woche. Wir sollten jetzt wirklich gehen." Bert hakte sich bei mir unter und zog mich zur Tür. Ich weigerte mich. Ich würde den Raum nicht verlassen, bevor Ray wieder vernünftig war.

„Alex ist einiges, aber er würde nicht zu Selbstjustiz übergehen", argumentierte ich. „Er ist sehr gesetzestreu. Wenn es darauf ankäme, würde er einen Haufen Polizeikumpels losschicken, damit sie ..."

Rays Grinsen ließ mich innehalten. Eine kleine Welle der Aufregung durchlief mich – Aufregung und ein warmes Gefühl der Freude. „Oh. Ihr denkt, Alex beschützt mich? Aber warum? Und woher weiß er, wo ich wohne?"

Beide Frauen sahen mich nur an. Ich nickte. „Isabella. Isabella hat ihm erzählt, wohin ich gezogen bin."

Ray zuckte mit den Schultern. „Vielleicht ist er es auch nicht. Kann ein Zufall sein."

Könnte sein, aber wenn nicht ... Das warme Gefühl der Freude brannte ein wenig heißer. Trotz allem versuchte er mich zu beschützen. Niemand hatte mich je beschützt! Es war ein sehr berauschendes Gefühl zu wissen, dass Alex sich um mich kümmerte.

Berauschend, aber auf meiner Liste nicht erlaubt. Ich unterdrückte das warme Gefühl und schenkte meine Aufmerksamkeit Bert, die auf meinen Wecker deutete. „Wenn wir nicht zu spät kommen wollen, sollten wir uns auf den Weg machen."

Eine halbe Stunde später stiegen wir aus einem Taxi und standen vor den Glastüren des Ivy, einem von Londons angesagtesten Restaurants und auf jeden Fall dem angesagtesten in der Gegend um den Leicester Square, dem Herzen des Theaterviertels. Normalerweise musste man einen Tisch im Ivy sechs Wochen vorher bestellen, aber als ich in der vergangenen Woche meine Pläne erklärt hatte, aus Alex' sechsunddreißigstem Geburtstag ein unvergessliches Erlebnis für ihn zu machen, hatte Isabella erwähnt, dass sie mit einem der Inhaber befreundet war. Drei Telefonanrufe später war uns ein Wunder beschert worden.

„Wunder oder Plage, frage ich mich", murmelte ich, als ich vor den getönten Glastüren stand und unauffällig an meinem kleinen Schwarzen herumzupfte. Dasselbe Kleid hatte ich auch noch in Rot in meinem Schrank. Beide hatte ich in einem Outlet in Seattle gekauft. Sie waren von einer tollen Marke und passten einfach zu gut, um sie nicht mitzunehmen. Während ich mich in dem roten Kleid einfach nur unglaublich sexy gefühlt hatte, als ich bei Isabellas Abendessen Karl getroffen hatte, war mir gerade übel vor Anspannung.

Ich klammerte mich an die Fransen von Berts Seidenschal, den sie über ihrem Etuikleid trug. „Bert, ich fühle mich nicht gut. Ich glaube nicht, dass ich das schaffe."

„Alix, alles wird gut werden. Versuch dich zu entspannen."

Ich umklammerte die Fransen noch fester. „Was ist, wenn er nicht kommt? Was ist, wenn er mich so satt hat, dass er nicht kommt? Was ist, wenn er mich vor allen blamieren will? *Was ist, wenn er eine Frau mitbringt?*"

Sie lächelte und drückte ermunternd meinen Arm. „Rede keinen solchen Blödsinn. Isabella sagte, sie und Karl würden ihn mitbringen. Und er wäre nicht so taktlos, eine Frau mitzubringen. Jetzt hör auf, dir Sorgen zu machen, und versuch so auszusehen, als wärst du nicht kurz davor, dich zu übergeben."

Ich lockerte meinen Klammergriff um ihre Fransen für einen Moment und schlurfte dann hinter ihr her, als sie zur Tür ging.

„Warte! Vielleicht solltest du zuerst reingehen, nur um zu gucken, ob er da ist, und um zu sehen, wo er sitzt und ob er neben Isabella sitzt. Und ob er lacht und so aussieht, als würde er sich amüsieren, oder ob er sauer aussieht oder wütend oder verletzt oder so …“

Bert drehte sich um und wollte etwas zu mir sagen, aber ich erfuhr nie, was, weil Ray, die den Taxifahrer bezahlt hatte, mich am Ellbogen griff und mit mir auf die schwarz-weiße Tür zumarschierte. „Die neue Alix jammert nicht“, sagte sie bestimmt und schob mich hinein. Ich verfluchte sie für diese Erkenntnis. Sie grinste als Antwort.

Das Innere des Restaurants entsprach allem, was man darüber sagte: viel Holz an den Wänden, getöntes Glas und Altweltambiente. Ich nahm davon jedoch bewusst nichts wahr, als wir auf den großen runden Tisch am Ende des Raums zugingen.

Alex war da. Er saß mit seinem Rücken zum Raum und beugte sich gerade über den Tisch, um etwas zu Karl zu sagen. Isabella saß zwischen ihnen. Neben Karl saßen eine fröhlich aussehende Rothaarige und Daniel. Drei leere Stühle befanden sich neben Alex. Ich starrte auf den Stuhl neben ihm und spürte, wie sich mein Magen zu einem kleinen Ball zusammenzog, der ungefähr die Größe eines Neutrons haben musste.

„Bitte“, jammerte ich, als Ray mich herzlos vorwärts zog. „Bitte, Ray, wenn du nur eine Spur von Gnade in deinem Herzen hast, dann setzt du dich auf den Platz neben Alex.“

Sie gab ein wenig elegantes, grunzendes Geräusch von sich und schob mich nach vorn.

„Nein, ich meine es ernst", flüsterte ich, als wir uns dem Tisch näherten. Meine Hände waren feucht und mein Magen rebellierte bei jedem Schritt. Alex war im Begriff sich umzudrehen, um zu sehen, wen Karl und Isabella anlächelten. „Ich habe Geld! Ich bezahle dich! Nimm einfach diesen Stuhl und du kannst mir deinen Preis nennen! Jeden Preis!"

Zwei Smaragdpfeile durchdrangen die Rüstung, die die neue Alix angelegt hatte. Meine Knie gaben unter diesem Blick nach, und nur Rays Griff um meinen Ellbogen bewahrte mich davor, auf der Stelle zusammenzubrechen. Oder den Schwanz einzukneifen und abzuhauen. Ich war mir nicht sicher, was ich in diesem Moment lieber getan hätte, aber Ray knurrte eine Ermutigung in mein Ohr und ich schaffte es, meine Knie unter Kontrolle zu bekommen und Alex' Blick zu begegnen, als er und Karl aufstanden. Ich setzte ein Lächeln auf und absolvierte den Austausch der Höflichkeiten. „Guten Abend. Wie gut du aussiehst, Isabella. Karl, es ist eine Freude, dich wiederzusehen. Du musst Paula sein. Schön, dich kennenzulernen. Daniel, du siehst aus, als wärst du teuflisch gut drauf."

So, damit hätte ich jeden angesprochen außer dem Mann neben mir, der darauf wartete, dass Ray und Bert alle begrüßt hatten. Ich besann mich auf meine guten Vorsätze und drehte mich zu ihm um. Der Schock, wieder so dicht bei ihm zu stehen, diese grünen Augen, die mich so vertraut anfunkelten, ließen mich für einen Moment erstarren. Ich schaffte es jedoch, meine Gedanken von all den Dingen abzulenken, die ich gern mit ihm tun würde, und lächelte ihn an. „Herzlichen

Glückwunsch zum Geburtstag, Alex. Wie fühlt man sich mit sechsunddreißig?"

„Du siehst heute Abend bezaubernd aus, Alix." Mir stockte der Atem, als er das sagte, und ich drohte in die Tiefe seiner Smaragdaugen hinabzustürzen, aber er bewahrte mich vor dem Fall. Er grinste schief und sagte: „Sechsunddreißig fühlt sich genauso an wie fünfunddreißig – uralt." Alle lachten über seinen Scherz. Alle außer mir. Ich war zu sehr damit beschäftigt, mein Herz davon abzuhalten, sich aus meiner Brust herauszuhämmern, als ich diese Lippen sah, so quälend nah, dass ich meine Seele verkauft hätte, um mich ihnen hinzugeben.

Die neue Alix blickte nach vorn und erinnerte mich daran, dass ich das fast schon einmal getan hätte und es im Desaster geendet hatte. Der Plan, erinnerte mich die neue Alix; wir hatten einen Plan und wir mussten uns daran halten, und verdammt noch mal, Alex zu küssen stand nicht auf der Liste. Ich eiste meinen Blick von seinen Lippen los, sank wortlos auf den Stuhl, den er für mich bereithielt, und betete um die Kraft, die nötig war, um einen Abend lang neben dem Mann zu sitzen, den ich mit jeder Faser meines Seins liebte.

Champagner wurde gebracht und Speisekarten verteilt. Ich schaffte es, eine flüssige Unterhaltung mit allen aufrechtzuerhalten, obwohl mir ohne Champagner schon ein bisschen schwindlig war. Als der Kellner die Speisekarten einsammelte, bewegte sich Alex auf seinem Stuhl, und sein Bein berührte meines. Ich schoss aus meinem Stuhl hoch. Köpfe drehten sich, um mich anzustarren, aber ich sah nur die Frage in einem Augenpaar.

„Ich ... äh ... muss mal für kleine Mädchen“, stammelte ich und machte ein paar Schritte rückwärts. „Bin gleich wieder da.“

„Möchtest du, dass ich mit dir gehe?“, fragte Isabella.

„Nein, danke, ich gehe schon seit vielen Jahren allein auf Toilette“, versicherte ich ihr und ergriff mit einem letzten Blick auf Alex die Flucht.

Wenn ich gehofft hatte, auf dem Klo eine Zuflucht zu finden, lag ich falsch. Das Ivy war einer dieser Oberklasseläden, die eine Toilettenfrau beschäftigten, eine kleine weißhaarige Inderin mit einem höflichen Lächeln und schönen dunklen Augen. Sie nickte mir zu, als ich in den Raum stürmte. Ich nickte zurück und besetzte eine Kabine. Ich fragte mich, was sie wohl denken würde, wenn ich den ganzen Abend darin verbrachte.

Ich verhielt mich lächerlich und ich wusste es. Nur weil ich Alex wollte und ihn nicht haben konnte, hieß das nicht, dass ich nicht freundlich zu ihm sein, neben ihm sitzen und mich erwachsen mit ihm unterhalten konnte. Wegzurennen, nur weil sein Bein versehentlich meines berührt und dabei Flammen der Begierde über meine Haut gejagt hatte, war völlig daneben. Ich war eine erwachsene Frau. Ich hatte einen Plan. Alex mochte gedacht haben, es fehlte mir an Mut, aber ich war kein Feigling. Ich hob mein Kinn und trat aus der Kabine heraus. Ich wusch mir die Hände und legte eine Münze in den Korb der Klofrau, bevor ich ins Restaurant zurückging und Selbstsicherheit und Haltung ausstrahlte.

Alex erhob sich und rückte den Stuhl für mich zurecht. Karl begab sich in diese gebückte, halb aufrechte

Haltung, die Männer annehmen, deren Mütter ihnen beigebracht hatten, beim Eintreten einer Frau aufzustehen, nun aber zu aufgeklärt für solche Geschlechterstereotypen waren. Ich lächelte beide an und setzte mich, entschlossen, den Abend nicht nur zu überleben, sondern auch über mein verräterisches Herz und meinen Körper zu triumphieren. Ich fragte Alex, wie seine Arbeit lief. Er antwortete im selben höflichen, emotionslosen Ton, den ich benutzt hatte. Ich entspannte mich, als alle am Tisch über Banalitäten lachten und scherzten, und war zuversichtlich, dass ich mich endlich unter Kontrolle hatte.

Ich drehte mich zu Alex um und sah, dass er mich mit einem Ausdruck des Verlangens auf seinem Gesicht ansah, der mich fast fertigmachte. Die Worte erstarben auf meinen Lippen, als er sich dicht zu mir herüberbeugte und mit einem Finger an der Innenseite meines Unterarms entlangfuhr. Flammen folgten seiner Berührung und entzündeten den Rest von mir zu einem Großbrand aus Liebe, Lust, Begierde und Verlangen. Ich hastete zurück und warf beinahe den Stuhl um, als ich von ihm heruntersprang.

„Toilette", sagte ich zu Alex, der mich erstaunt ansah. „Ich muss ... äh ... entschuldigt mich, bitte."

Bert rief etwas hinter mir her, aber ich wollte es nicht hören. Ich stürmte in die Damentoilette, lächelte die Klofrau manisch an und verbarrikadierte mich in einer leeren Kabine. Ich rieb meinen Arm, um die Flammen zu löschen.

„Das ist inakzeptabel", murmelte ich vor mich hin, als ich in der Marmorkabine stand, die Arme fest um mich geschlungen, um das Zittern unter Kontrolle zu bekommen. „Es war nur ein Finger, nur ein Finger, nicht einmal eine ganze Hand, nur ein kleiner Finger auf einer nicht-erogenen Zone des Körpers. Hör auf, dich wie ein Topf Wackelpudding zu benehmen, und geh wieder da raus!“

Ich konnte nicht einfach die Toilette verlassen, ohne meine Hände zu waschen – die Klofrau würde denken, ich hätte eine unzureichende Hygiene – also wusch ich meine Hände, gab ihr eine weitere Pfundmünze dafür, dass sie neben mir stand und mir ein sauberes Handtuch hinhielt, straffte meine Schultern und ging zum Tisch zurück.

Sieben Augenpaare blickten mich besorgt an, als ich versuchte, unauffällig auf meinen Stuhl zu gleiten. Isabella beugte sich über Alex und flüsterte: „Gibt es ein Problem?“

Röte kroch meinen Hals hinauf und färbte meine Wangen. „Nein, danke. Es ist alles gut“, flüsterte ich zurück und schenkte Alex ein strahlendes Lächeln. „Alles ist gut“, wiederholte ich für ihn und richtete meine Aufmerksamkeit wieder auf den Tisch. Weil ich wusste, dass der Champagner mich aus den Socken hauen würde, bestellte ich ein Glas Wasser, um meinen trockenen Mund zu befeuchten. Der Kellner füllte mein Glas auf, als er eine zweite Flasche Champagner und die Appetithäppchen brachte. Ich hatte vor, mein Wasser in kleinen Schlucken zu trinken, als alle Alex zuprosteten, aber wenn ich nervös war, wurde ich durstig. Ich kippte das zweite Glas Wasser hinunter und winkte dem Kellner, mir nachzuschenken.

„Dir geht es nicht immer noch schlecht, oder?", fragte Ray ruhig und beobachtete mich, wie ich das dritte Glas Wasser trank.

„Nein, nur ein wenig ausgetrocknet."

„Ah." Der Blick, mit dem sie mich bedachte, sprach Bände, aber ich hatte keine Zeit ihn zu entschlüsseln. Ich war zu sehr damit beschäftigt, mein Knie von Alex' fernzuhalten, ohne dass er es bemerkte. Es war vergebens. Sie machten keine Menschen zu Detective Inspectors, die nicht beobachten konnten.

„Was stimmt nicht mit dir?", zischte Alex als ich versuchte, dem Druck seines Knies gegen mein Bein auszuweichen. „Warum benimmst du dich so?"

Ich gab mein Bein auf und ließ es eben in Flammen aufgehen. „Wie benehme ich mich denn?"

„Warum windest du dich auf deinem Stuhl? Ist es so verdammt schwierig, neben mir zu sitzen?"

Ich wurde wütend. Natürlich war es so verdammt schwierig! Meine Hände zitterten, weil ich mich davon abzuhalten versuchte, ihn niederzuringen und ihm vor allen Leuten die Kleider vom Leib zu reißen. Er konnte mir wenigstens helfen!

„Ja, wenn du es genau wissen willst, das ist es", sagte ich schnippisch. „Warum kannst du deine Gliedmaßen nicht bei dir behalten? Jedesmal, wenn du mich berührst ..."

Er beugte sich näher zu mir, bis ich die schönen schwarzen Umrandungen seiner Smaragdaugen sehen konnte. „Jedesmal, wenn ich dich berühre, passiert was?"

„Nichts", presste ich zwischen meinen Zähnen hervor. Ich hatte einen Plan. Mein Plan war gut.

Nirgendwo auf meiner Liste gab es einen Punkt, der vorsah, Alex in einem Restaurant zu verführen.

Ich drehte meinen Kopf von ihm fort und wollte Daniel eine Frage stellen, als Alex meine Eingeweide in Pudding verwandelte, indem er so nah an meinem Ohr sprach, dass sein Atem meine Haare durcheinanderbrachte. „Du bist eine schlechte Lügnerin, Schätzchen."

Ich schob ihn mit einer Hand zurück und stieß mich selbst mit der anderen Hand vom Tisch weg. Wieder war jedes Auge am Tisch auf mich gerichtet, wie ich so dastand, mit einer Hand auf Alex' Brust.

„Toilette!", quakte ich und rannte um mein Leben.

Fünf Minuten später war ich wieder da, um ein weiteres Pfund ärmer und mit weichen und duftenden Händen von der parfümierten Seife, die mir die Klofrau gereicht hatte.

„Entschuldigung", sagte ich und setzte mich wieder. Ich griff nach meinem Wasserglas und trank es halb aus, bevor ich bemerkte, dass alle mich ansahen.

„Was?", fragte ich sie und sah von einem Gesicht zum nächsten. „Warum seht ihr mich alle so an?"

„Alix." Isabella griff über Alex hinweg nach meiner Hand und drückte sie tröstend. „Du bist hier unter Freunden. Du kannst es uns sagen, wenn etwas mit dir nicht stimmt." Sie machte eine Geste in Richtung ihres Körpers. „Hier drinnen."

Ich blinzelte sie an. „Was?"

Sie sah Alex finster an, bis er sich wieder auf seinen Stuhl setzte; dann beugte sie sich über ihn. „Liebes, wir machen uns Sorgen um dich. Diese häufigen Toilettenbesuche können Anzeichen für einen ernsthaften Grund sein. Verspürst du ein Brennen, wenn du ...?"

Gott, ja, jedes Mal, wenn Alex mich ansah, ging ich in Flammen auf, aber ich schätzte, das war es nicht, wovon sie sprach. Meine Wangen brannten unter den mitleidigen Blicken, die mir alle am Tisch zuwarfen.

Ich starrte auf meinen Teller und vermied es, jemandem in die Augen zu sehen. „Es geht mir gut, Isabella. Es gibt keinen Grund zur Besorgnis."

„Blasenentzündungen können ziemlich ernst sein, weißt du", sagte Paula quer über den Tisch hinweg. Ihre roten Locken hüpften ernst, während sie sprach. Die Frauen am Tisch nickten alle weise. „Eine Arbeitskollegin hatte mal eine, und sie musste am Ende ins Krankenhaus, weil ihre Nieren geschädigt waren, weil sie sich nicht früher darum gekümmert hatte."

Meine Röte wurde noch einen Ton dunkler, als spekulative Blicke auf mich gerichtet wurden. Ich räusperte mich und versuchte mir etwas auszudenken, irgendein Thema abseits von Blasenentzündungen. „Danke, Paula, aber ich kann dir versichern, dass ich keine Blaseninfektion habe. So, freut ihr euch alle auf die Oper nachher? Haben wir Opern-Jungfrauen unter uns?"

„Wenn du keine Blasenentzündung hast, warum rennst du dann alle zwei Minuten zur Toilette?", fragte Isabella. „Hast du eine Lebensmittelvergiftung? Hattest du …"

„Nein!", kreischte ich und fragte mich, ob man vor Beschämung tot umfallen konnte.

„Nun, wenn es weder eine Lebensmittelvergiftung noch eine Blasenentzündung ist, das dich veranlasst, so häufig auf Toilette zu gehen, was ist es dann?"

„Geschlechtskrankheit", bot Ray an.

Ich betete, dass sich die Erde öffnen und mich verschlingen möge.

Alle sahen mich einen Augenblick lang an. Dann sahen sie Alex an. Er hielt ihren Blicken stand und zog nur eine Augenbraue hoch. „Seht mich nicht an. Ich habe nichts damit zu tun."

„Oh großer Gott im Himmel", stöhnte ich und ließ meinen Kopf in meine Hände sinken.

„Wenn sie eine Geschlechtskrankheit hätte, gäbe es noch andere Anzeichen. Einen Ausschlag oder Ausfluss", sagte Karl stirnrunzelnd. „Alex, ist dir aufgefallen, dass sie irgendeinen ..."

„Das reicht!" Ich stand auf, drückte meine Handtasche an meine Brust und sah alle am Tisch böse an. „Ich gehe. Aber bevor ich gehe, möchte ich euch allen sagen, dass ich weder eine Blasenentzündung noch eine Lebensmittelvergiftung habe, und auch keine sexuell übertragbare Krankheit. Danke, dass ihr gefragt habt. Schönen Abend noch!"

„Alix, setz dich."

Ich funkelte Alex an. „Nein. Wenn ich mich setze, werden sie meinen letzten Abstrich oder sonst was diskutieren."

Er ergriff mein Handgelenk und zog mich auf den Stuhl zurück. „Niemand diskutiert etwas, was du nicht diskutieren willst. Setz dich."

Ich setzte mich wieder, beschloss aber zu gehen, sobald irgendetwas erwähnt wurde, was mit meinem Reproduktionssystem zu tun hatte.

„Was ist ein Abstrich?", fragte Karl Isabella im Flüsterton, der in einem gut gefüllten Raum hörbar gewesen wäre. Daniel zwinkerte mir zu und bedachte mich mit einem heißblütigen Lächeln. Ray sagte zu Bert, dass sie sichergehen mussten, dass ich einen Arzt aufsuchte. Alex lächelte mich aufmunternd an und legte seine Hand auf meine.

Ich seufzte resigniert. Es würde ein langes, langes Abendessen werden.

Wir überlebten die Oper ohne weitere Spekulationen über die Gründe für meine häufigen Toilettenbesuche. Alex schien endlich meine subtilen Hinweise zu kapieren, die ihm sagten, dass ich seinen Bestrebungen zur Versöhnung nicht offen gegenüberstand. Ich glaube, es wurde ihm klar, als wir eine kleine Zankerei darüber hatten, wer ein Anrecht auf unsere gemeinsame Armlehne hatte. Es war nicht schön, es war nicht leise und ich war nicht stolz darauf, ihn in der Öffentlichkeit einen Schwachkopf genannt zu haben („Wie hast du mich genannt?" „Schwachkopf. Sie, Sir, sind ein Schwachkopf. Schwachkopf, Schwachkopf, Schwachkopf!"), aber der Streit erfüllte seinen Zweck. Er beanspruchte die Armlehne für sich, weil es sein Geburtstag war, und ignorierte mich während der Opernaufführung.

„Warum ist Alexander wütend?", fragte Isabella während der Pause. Ich sah zu ihm hinüber, wie er sich gerade einen Weg durch die Menge zur Bar bahnte.

„Er benimmt sich nur wie ein Baby, weil er keine Opern mag."

Ein winziges Lächeln verzauberte ihre Lippen, während sie an einem Wodka auf Eis nippte. „Ich muss zugeben, ich hatte mich schon über deine Programmauswahl gewundert. Aber ich dachte, vielleicht weißt du etwas über ihn, das ich nicht wusste."

Ich zuckte die Schultern. „Ich dachte, ein wenig Kultur täte ihm gut. Er ist so engstirnig und prüde. Neue Erfahrungen sollten seinen Horizont erweitern. Und nebenbei, das hier ist nicht das Unterhaltungsprogramm." Ich sah sie aus dem Augenwinkel an. „Das kommt später."

Ihr Lächeln wurde strahlender. „Also wirst du es tun?"

Ich glitt zur Seite, um Daniel und Paula vorbeizulassen, die zu unseren Plätzen zurückkehrten. „Ich weiß es nicht. Ich komme zu keinem Schluss. Jedesmal, wenn ich denke, ich mache es ... Nun, lass uns einfach sagen, ich ändere meine Meinung."

„Ich bin sicher, dass es ihm viel bedeuten würde, wenn du es tätest."

Genau das bereitete mir Sorgen. „Ich denke drüber nach. Ich habe immer noch den Rest der Oper, um mich zu entscheiden. Du machst es, oder? Egal, wie ich mich entscheide?"

Sie bedachte mich mit einem unergründlichen Blick. „Vielleicht."

„Isabella, ich habe die ganze Aktion deinetwegen vorgeschlagen! Du kannst jetzt nicht kneifen!"

„*Du* redest davon zu kneifen."

„Ja, aber Alex und ich sind ... nicht mehr zusammen. Und nebenbei, dein Kostüm ist besser als meins. Und du hast viel geübt. Ich sehe einfach nur trampelig aus."

Sie lachte ihr silbriges Lachen und stellte ihren Drink auf einen Tisch, bevor sie sich bei mir unterhakte. „Los, sie läuten gleich die Glocke, lass uns zurückgehen." Als wir uns durch die Tür quetschten, lehnte sie ihren Kopf dicht an meinen und sagte: „Alix, ich weiß nicht, was es mit deiner Liste und deinem Plan auf sich hat, aber ich

schätze, du wirst es wirklich bereuen, wenn du nicht
bei der Überraschung mitmachst, die du für später geplant hast.“

Ich dachte an das Bevorstehende und erbleichte.

schätzt, du wirst es wirklich bereuen, wenn du nicht
bei der Überraschung mitmachst, die du für später geplant hast.
Ich dachte an das Bevorstehende und erbleichte.

Kapitel Siebzehn

Sie hatte recht. Isabella hatte oft recht. Das war eines
der Dinge, die mich am meisten an ihr irritierten. Aber
ich wusste, ich würde es bereuen, wenn ich nicht den
Mut hätte umzusetzen, was ich geplant hatte. Deshalb
fand ich mich zweieinhalb Stunden später mit Isabella
und acht weiteren Frauen dicht gedrängt im feuchten,
kalten und schwach beleuchteten Backstagebereich eines sehr exklusiven Clubs wieder (mit Daniels Hilfe arrangiert – nicht, dass ich einem geschenkten Gaul je ins
Maul schauen würde). Ich zitterte, als ich mich in ein
knappes Ballettkostüm schob.

„Ich sehe aus wie ein Trampel", knurrte ich und
schloss die Haken am Oberteil des Outfits. „Schau,
meine Hupen quellen über den Rand dieses Westen-
dingsbums. Vermutlich springen sie während des Tan-
zes heraus und zeigen sich der Welt. Ich hoffe, dann
bist du glücklich! Ich hoffe, du kannst mit dem Wissen
leben, dass ich all deinen Freunden meine Brüste gezeigt habe, weil du mir nicht erlauben wolltest, meinen
Part in einem bequemen Kaftan zu tanzen."

Sie gab ein Lachen von sich, das bei einer geringeren
Person ein Kichern gewesen wäre, aber weil Isabella zu
elegant zum Kichern war, war das Resultat eher leicht
und sprudelnd als dämlich. „Du kannst in einem

Kaftan keinen Bauchtanz machen. Sei nicht so kompliziert, Alix! Das wird wunderbar!"

Ich warf einen neidischen Blick auf ihren schlanken, in Silber und Blau gehüllten Körper, knurrte und zog das niedrig sitzende Mieder etwas höher. Es brachte nicht viel; das Gewicht meines beträchtlichen Busens zog es wieder hinunter. Ich starrte mein Spiegelbild böse an. „Fleischig. Es gibt einfach kein anderes Wort dafür, ich sehe fleischig aus."

„Du siehst bezaubernd aus und du weißt es, also hör, auf um Komplimente zu betteln. Ich verstehe nicht, warum du dich so zierst; Alexander hat dich schon ohne Klamotten gesehen."

„Ja, Alex, aber niemand sonst hier außer dir und den anderen Tänzerinnen. In der Hitze des Gefechts hat es mir nichts ausgemacht, dass er mich nackt gesehen hat, aber im kalten Licht der Vernunft möchte ich lieber nicht allen jeden Zentimeter meiner Haut zeigen." Ich drehte mich um, um meine Rückansicht zu inspizieren. „Lieber Gott, man kann durch den Rock meinen ganzen Hintern sehen! Isabella, guck! Man kann meinen Hintern sehen! Ich werde nicht da hinausgehen und Hinz und Kunz meinen blanken Hintern sehen lassen!"

Sie sah mich an. „Wieso hast du die Unterhose nicht an?"

„Du hast gesagt, ich soll sie ausziehen."

„Nicht die Unterhose, die du anhattest, die, die extra für dieses Outfit gemacht ist. Du solltest sie anziehen."

Ich schaute in die Schachtel, in der ich das Outfit letzte Woche gekauft hatte. Da war sonst nichts drin.

„Zur Hölle, die haben mich übers Ohr gehauen!" Ich hielt die leere Schachtel hoch. „Ich werde nicht da rausgehen, wenn man meinen Hintern durch diesen durchsichtigen Stoff sehen kann!" Mir kam ein grässlicher Gedanke. Wenn mein Hintern sichtbar war, dann ...

Ich sah in den Spiegel.

„Schamhaare! Man kann meine Schamhaare sehen! Lieber Gott, jeder kann sie sehen! Ich weigere mich, das zu tun! Ich weigere mich, herumzuspazieren und jedem all meine Vorzüge zu präsentieren, und du kannst nicht von mir erwarten, es doch zu tun! Es ist gesetzeswidrig! Es ist eine grausame und außergewöhnliche Strafe!"

„Alix, beruhige dich."

„Alex ist Polizist! Er wird mich womöglich wegen unanständiger Zurschaustellung verhaften!"

„Wir finden eine neue Unterhose für dich."

„Und wenn er es nicht tut, wird jemand anderes es tun. Wahrscheinlich werden sie den Club durchsuchen und dann wird mein Bild in jeder Zeitung zu sehen sein unter der Überschrift *Ami-Möchtegernschriftstellerin in Sexclub-Skandal verwickelt*. Meine Mutter wird Wind davon bekommen, und dann wird sie mich enteignen, nicht, dass das viel bedeuten würde, weil sie mich sowieso nicht mehr mag, aber das wird der Tropfen sein, der das Fass zum Überlaufen bringt, aber was noch schlimmer ist, was noch viel schlimmer ist, ist, dass kein Verleger mich mehr in Betracht ziehen wird, nachdem ich meine ganze Fleischigkeit in sämtlichen Zeitungen ausgebreitet habe! Ich werde pleite und mittellos enden und in einem Auto leben müssen, weil ich mir keine Wohnung mehr leisten kann, verzweifelt werde ich einen Job suchen und am Ende werde ich für

Schandblätter für Männer posieren müssen, um nicht an Mangelernährung zu sterben, einsam, ohne Freunde und wahrscheinlich alkoholsüchtig obendrein." Ich hielt lange genug inne, um einen tiefen Atemzug zu nehmen. „Ich hoffe, du wirst damit zufrieden sein, Isabella, weil es genau das ist, was mich erwartet, wenn du mich zwingst, dort hinauszugehen und alles zu zeigen, was ich habe!"

„Alix, würdest du mir zuhören? Ich habe nicht vor, dich zu etwas zu zwingen, das du nicht willst!"

Der Anblick meines spärlich bedeckten Schamhügels verfolgte mich. Ich schloss meine Augen und schlang meine Arme um mein bis zum Rand gefülltes Mieder. „Es ist nicht fair von dir, von mir zu verlangen, so dort hinauszugehen. Es ist nicht fair von dir, mir ein schlechtes Gewissen zu machen, weil ich nicht hinausgehen und jedem mein Schamhaar und meinen blanken Hintern zeigen möchte."

Sie griff meine Hand und schob ein Stück Stoff hinein. Ich öffnete meine Augen und sah hinab. „Was ist das?"

„Eine Unterhose. Zieh sie an."

Sie hatte nicht dieselbe Farbe wie mein flammendrotes und orangefarbenes Outfit. Sie war pink. „Wo hast du die her?", fragte ich misstrauisch und hielt sie hoch, um zu sehen, ob sie passen würde.

„Sie gehört Susan."

„Susan?"

Ich sah in die Richtung, in die sie zeigte. Eine der Künstlerinnen, die ich engagiert hatte – eine Truppe von Frauen, die sich darauf spezialisiert hatten, verschiedene Tänze auf Männerpartys aufzuführen –

hatte ein pink- und türkisfarbenes Bauchtanzoutfit an. Sie lächelte und hielt den Daumen hoch. Ich starrte sie einen Moment lang an, dann schob ich das Höschen wieder Isabella zu.

„Ich werde nicht die Unterwäsche einer anderen Frau tragen! Das ist einfach widerlich!"

„Alix, es ist sauber ..."

„Nein!" Ich kramte in den Sachen, die ich getragen hatte, bevor ich in das hauchdünne Peepshow-Kostüm geschlüpft war. „Wenn ich nicht die Unterhose tragen kann, die für dieses Kostüm gemacht wurde, dann trage ich eben meine eigene." Ich zog einen schwarzen Spitzenslip hervor und zog ihn an.

Isabella betrachtete meinen Unterleib kritisch. „Es passt nicht zum Rest des Outfits. Tatsächlich ist es sehr auffällig."

Ich starrte sie böse an. „Ich habe dir gesagt, ich hätte einen Kaftan tragen sollen!"

Ich hoffte, dass der Hut mit dem Schleier ausreichen würde, um meine Identität zu verbergen, aber die drei Unterrichtsstunden im Bauchtanz, die Isabella mir gegeben hatte, waren nicht genug für mich gewesen, um mit den professionellen Tänzerinnen mitzuhalten. Als Bauchtänzerinnen mochten sie keine großen Nummern sein, aber sie kamen nach vorn und tanzten einen schlängelnden, aufreizenden Kreis um das Geburtstagskind herum, während ich mich im Hintergrund hielt und versuchte, mich hinter den anderen zu verstecken.

Es gab jedoch einen Moment, in dem ich das Rampenlicht suchte. Isabella, die Einzige von uns, die wirklich bauchtanzen konnte, wand sich vor Alex und umgab

ihn mit ihrem Groove. Offenbar genoss er die Show –
sehr, viel mehr, als ein Mann, der vorhin seine Hand
noch auf meinem Knie hatte, sie genießen sollte. Ich
knirschte mit den Zähnen und brachte die kleinen
Glöckchen mit Leidenschaft zum Klingeln, die an meinen Fingern befestigt waren. Langsam, aber sicher,
schob ich mich nach vorn, bis ich links von Alex stand,
direkt vor Daniel. Der versuchte gerade, die Kapriolen
einer langbeinigen Blondine, die vor ihm tanzte, nicht
zu offensichtlich zu genießen. Ich schubste sie beiseite,
zeigte Daniel meine Zähne und prallte versehentlich an
Isabella, die in Karls Richtung stolperte.

Ich sah zu Alex hinab, der mich mit seinen smaragdgrünen Augen ansah. „Lach und du stirbst“, warnte ich
ihn. Seine Mundwinkel zuckten, als er mich von oben
bis unten musterte. Ich klingelte mit den Glöckchen, als
er seine Inspektion unterbrach, um mein schwarzes
Höschen genauer anzusehen. „Blick nach oben, Bursche. Und hör auf, Isabella anzuschmachten. Es ziemt
sich nicht für einen Mann deines fortgeschrittenen Al-
ters.“

Er lachte darüber, und nach ein paar weiteren Warn-
glöckchen, die ich gefährlich nah an seiner Nase hatte
klingeln lassen, und einem dreifachen Hüftschwung,
den ich mir als Einziges hatte merken können, bewegte
ich mich von ihm fort. Bert wollte wissen, wie schwer
Bauchtanz war, und ließ sich von Isabella spontan ein
paar Dinge zeigen. Paula fiel bald mit ein. Ich schaute
böse, als die anderen Tänzerinnen Alex weiter umrun-
deten, und ließ mich auf den Platz neben Ray fallen.

„Das war eine beknackte Idee.“

„Ich finde sie großartig", gab sie zurück. Ihre Füße wippten im Takt der Bauchtanzmusik, die den Raum erfüllte. „Erforderte Mut."

Ich sah sie überrascht an und lehnte mich dann zurück, um darüber nachzudenken. Ich nahm an, dass es sehr wohl Mut erforderte, mich vor dem Mann, den ich liebte, zum Affen zu machen. Ich schielte nach links zu Alex hinüber. Er lachte über etwas, das Daniel gesagt hatte, und sah Isabella zu, die Bert und Paula ermutigte, mit den anderen Tänzerinnen zu tanzen.

„Nun, ich würde sagen, dass Alex offenbar Spaß hat. Er sieht glücklich und entspannt aus und nicht so, als würde er etwas tun müssen, das er nicht mag, wie in der Oper."

Ray nickte, klatschte im Takt der Musik in die Hände und feuerte Bert und Paula an, als sie in der Reihe der Tänzerinnen an uns vorbeitanzten.

„Ich war nicht sicher, ob er das mögen würde, aber ich denke ... *Hey!* Nicht anfassen! Ich habe euch extra gesagt, dass ihr ihn *nicht anfassen* dürft!"

Ich stand auf und stürmte auf Susan mit dem Unterhöschen zu, die vor Alex umherwirbelte und eine Art Hüftstoß gegen ihn vollführte, wobei sie ihre Finger in sein wundervolles Haar krallte.

„Hau ab, Schwester", knurrte ich. Ray ergriff meinen Arm, als ich an ihr vorbeiging, und zog mich auf meinen Stuhl zurück.

„Nicht."

Ich schüttelte ihre Hand ab. „Nicht was?"

„Setz dich nicht herab. Black ist nicht der Typ, der auf dem Tisch tanzt, wenn die Katze aus dem Haus ist."

Ich sah das Luder böse an. Sie hatte mir einen selbstgefälligen Blick zugeworfen, als Ray mich zurückgehalten hatte, und fuhr dann einfach damit fort, Alex tanzenderweise so ihren Schritt zu präsentieren, dass sie damit jede Nymphomanin beschämt hätte. Ich spielte mit dem Gedanken, ihr die Haare auszureißen, kam aber zu dem Schluss, dass Ray vermutlich recht hatte. Als ich den Bauchtanz bestellt hatte, waren Alex und ich noch ein Paar gewesen, und ich hatte mir ausgemalt, wie erfreut (und erregt) er von meiner Teilnahme wäre. Ich hatte keinen Moment daran gedacht, dass er gleichermaßen von den anderen Frauen, ja, auch von Isabella, angetörnt sein könnte. Nun war allerdings alles möglich, obwohl Alex ein bisschen peinlich berührt aussah von der Zwickel-Frau, die sich ihm ins Gesicht drängte.

„Oh ja“, knurrte ich vor mich hin und beobachtete die hungrige Wölfin, die sich vor dem Mann wand, dessen Kinder ich gehofft hatte, eines Tages auszutragen. „Verdammt gute Idee, Alix. Verdammt gut.“

Alex brachte mich nach Hause. Ich wollte nicht, dass er mich nach Hause brachte, und hatte es ihm in leicht verständlichen Sätzen gesagt, aber außer ihn an einen Stuhl im Club zu fesseln – etwas, das ich durchaus in Erwägung gezogen hätte, hätte ich Handschellen gehabt – gab es nichts, was ich hätte tun können, um ihn davon abzuhalten, mir zur U-Bahn-Station oder zu einem Taxi zu folgen. Also gab ich auf.

„Gut, aber du wirst dafür bezahlen“, warnte ich ihn und kletterte in eines der wunderbar geräumigen schwarzen Taxis, die einen durch die Stadt fuhren. Er gab dem Fahrer meine Adresse in der Pentonville Road und setzte sich neben mich.

Ich bedachte ihn mit meinem finstersten Blick. „Woher weißt du meine Adresse, Klugscheißer?"

Er sah mich nicht einmal an. „Isabella sagte mir, wohin du gezogen bist. War es ein Geheimnis?"

Nein, verdammt noch mal. Ich hatte ihr nicht gesagt, dass es ein Geheimnis war, und das wusste er.

„Nein, war es nicht. Alex, warum tust du das?"

„Dich nach Hause bringen? Ich wurde so erzogen, dass ich eine Frau nach einem Date immer nach Hause bringe."

„Wir hatten kein Date. Das heute Abend war eine Party, kein Date. Wir verabreden uns nicht. *Comprende?*"

Er sah mich kurz aus dem Augenwinkel heraus an, lehnte sich dann im Sitz zurück, verschränkte seine Arme und schloss die Augen. „Warum bist du jedes Mal aufgesprungen, wenn ich dich berührt habe?"

„Vielleicht mag ich es nicht, berührt zu werden." Ich verdrehte die Augen, sobald die Worte meinen Mund verlassen hatten. Gott, war ich manchmal blöd!

„Mmm. Weißt du, ich habe herausgefunden, dass es meist sehr einfach ist zu beweisen, ob ein Zeuge, der auf einer Behauptung besteht, die Wahrheit sagt oder nicht."

Oh oh, meinte er, was ich dachte? Er meinte doch nicht ... „Ah! Alex, lass mich los!"

„In einer Minute. Ich überprüfe deine Behauptung."

„Das tust du nicht, du begrapschst mich." Ich versuchte mich von seiner Brust abzustoßen, an die er mich gedrückt hielt, aber ich konnte nichts tun, außer ihn zu streicheln. Hilflos. Die neue Alix konnte manchmal eine schwache, schwache Frau sein, wie ich zu meiner Freude entdeckte.

Er küsste meinen Hals und steuerte zielsicher auf den Punkt zu, der mich in seinen Armen in Pudding verwandeln würde. Ich brannte und zitterte abwechselnd vor Lust, vor Verlangen, aber jedes Mal, wenn ich mich in seine Arme schmiegen wollte, rief ich mir meinen Plan in Erinnerung. Er war zu wichtig, um ihn über den Haufen zu werfen.

„Alex … wir sind nicht … du solltest nicht … oh, nur eine Haaresbreite weiter links … nein, nein, du musst aufhören … *Alex!* Der Fahrer kann dich sehen! Nimm deinen Mund sofort da weg!"

Er hob seinen Kopf gerade hoch genug, um sprechen zu können. „Nein, kann er nicht." Sein Mund kehrte zu meiner linken Brust zurück.

„Kann ich wohl, aber du tust nichts, was ich nicht schon gesehen habe, also mach weiter, Kumpel. Nein, ich lüge – in einem Taxi habe ich das wirklich noch nie gesehen. Ich dachte, hier wäre nicht genug Platz. Ist die Hand deiner Lady da, wo ich denke?"

Ich wandte den Blick nach vorn, sah über Alex' Haar hinweg ins grinsende Gesicht des Fahrers im Rückspiegel und zog gleichzeitig meine Hand von dort zurück, wohin sie sich bewegt hatte. Ohne mein Zutun, wie ich betonen musste.

„Alex, hör auf", bettelte ich und versuchte ihn von dort wegzuziehen, wo er sein Gesicht an meinem Mieder vergraben hatte. „Wir können das nicht in einem Taxi machen. Das ist falsch, es ist moralisch nicht richtig, und ethisch auch nicht und wahrscheinlich sogar noch gesetzeswidrig.“

„Sie wären überrascht, was Menschen in einem Taxi alles anstellen“, warf der Fahrer ein. „Alles Mögliche, und nicht einer hat sich bisher darum gekümmert, ob es illegal oder moralisch oder ethisch falsch war.“

Ich starrte sein grinsendes Spiegelbild böse an und zog meine freie Hand unter Alex’ Hemd hervor, vergrub meine Finger in seinen Haaren und zog daran, bis er zum Luftholen nach oben kam. „Alex, du musst aufhören! Du machst eine Szene!“

Er grinste und umfasste mit einer Hand meinen Nacken und hielt meinen Kopf still, um mich zu küssen. „Ich weiß. Eine nette Abwechslung, oder?“

Ich antwortete nicht, weil ich zu sehr mit seiner Zunge beschäftigt war, die in meinem Mund plündernd auf Beutezug war. Während er all meine Zähne mit seiner Zunge zählte – zweimal – waren meine Einwände verpufft, und das Einzige, was ich sagen konnte, als er seinen Mund von meinem nahm, war, dass ich ihm eine Augenklappe würde kaufen müssen.

„Warum?“

Ich versuchte seine Finger zu ignorieren, die einen feurigen Tanz auf meiner Wirbelsäule tanzten. „Du wärst ein verdammt guter Pirat.“ Ich zog das Mieder meines Kleids wieder hoch und schaffte es, eine vernünftige Distanz zwischen uns herzustellen. Die neue Alix nahm einige zittrige Atemzüge und erinnerte mich daran, dass ein derartiges Verhalten nicht gestattet war und zu Komplikationen führen könnte, mit denen ich aktuell nicht fertigwerden würde. Ich leckte meine Lippen, versuchte, ein letztes bisschen von seinem

Geschmack aufzunehmen, und befahl mir selbst tapfer zu sein. Einer von uns musste stark sein, einer musste vernünftig sein, und es sah so aus, als würde dieser Part mir zufallen, verdammt. „Okay, du hattest deinen Geburtstagsspaß. Jetzt muss Schluss sein."

Er sah verstimmt aus, wie er da in der Dunkelheit des Taxis saß und die Straßenlichter über seine markanten Gesichtszüge glitten. Seine Augen leuchteten wie die einer Katze in der Nacht. Ich wusste, wenn ich ihn jetzt nicht aufhielt, wenn ich ihn nicht von diesem Pfad der Verführung abbrachte, würde ich alles, wofür ich in den letzten fünf Tagen so hart gearbeitet hatte, aufs Spiel setzen. Und die Erinnerung an die alte Alix war genug für mich, um das zu verhindern. Ich schaute in Alex' feurige Smaragdaugen und wusste, dass ich verdammt war, wenn ich ihn nicht sofort stoppte. Mein Herz zerbrach ein kleines bisschen mehr, als mir klar wurde, was ich zu tun hatte. Ich wollte nicht grausam sein, aber seine Taten und der Ausdruck von Begierde in seinen wunderschönen Augen machten mir klar, dass ich keine andere Wahl hatte. Ich beschwor ein zittriges kleines Lachen herauf, das als unbekümmert durchgehen sollte.

„Wirklich, Alex, ich hätte gedacht, dass Knutschen in einem Taxi unter deiner Würde sei. Wie tief bist du gesunken?"

Zwei senkrechte Linien erschienen zwischen seinen Brauen. Schuld durchdrang mich, aber ich wusste, ich musste es tun oder ich würde alles verlieren. Und ich war nicht bereit, in mein altes Leben zurückzukehren. Nicht jetzt. Nicht da ich so dicht am Erfolg war. Für nichts würde ich zurückgehen.

Ich setzte ein falsches Lächeln auf und fuhr mit einem Finger seinen Unterkiefer entlang. „Weißt du, ich schulde dir eine Entschuldigung.“

„Du schuldest mir mehrere“, knurrte er und versuchte, nach meinen Fingern zu greifen, aber ich drückte ihn mit einer Hand auf seiner Brust zurück. Auf seiner starken Brust. Seiner männlichen Brust. Seiner Brust, die so heiß war, dass sie meine Finger versengte. Ich wollte diese Brust streicheln. Ich wollte mich mit meinem ganzen Körper an dieser Brust reiben. Stattdessen zog ich meine Hand zurück.

„Glaubst du, ja? Nun, die eine, von der ich glaube, dass ich sie dir schulde, ist weil ich dich verspottet habe, als du mir gesagt hast, dass ich alles tun könnte, was ich will, dass ich jede sein könnte, die ich will. Damals dachte ich, du wärst einfach überfreundlich, aber jetzt da ich Zeit hatte, um meine Pläne zu machen, sehe ich, dass du recht hattest. Ich *kann* machen, was immer ich will. Also danke schön, Detective Inspector Alex Black, dass du derjenige warst, der mich auf die Erfolgsspur gebracht hat. Wenn ich all den Ruhm und die Ehre erlange, werde ich mich daran erinnern, dass du mir die Augen geöffnet hast.“

Alex’ Blick wurde immer düsterer während meiner aufgeblasenen, egoistischen Rede. Ich konnte ihm den unglücklichen Blick, den er mir zuwarf, nicht verübeln. Hätte ich eine Nadel gehabt, hätte ich versucht, aus meinem eigenen Ego die Luft rauszulassen.

Er nahm meine Hand, rieb seinen Daumen über meine Knöchel und sah mich aus müden Augen an. Nie hätte ich gedacht, dass Knöchel erogen sein könnten, aber meine waren plötzlich hochempfindlich. Ich stählte mein Herz für einen letzten Angriff.

„Es freut mich, dass du dein Potenzial erkannt hast, Alix. Ich wusste immer, dass du Erfolg haben könntest, welches Ziel du dir auch immer setzt. Ich nehme an, dein Enthusiasmus ist ein Hinweis darauf, dass du mit deinem Buch gut vorankommst?"

„Oh, es geht nicht nur um das Buch", versicherte ich ihm mit einem Judaslächeln. „Ich habe diesen Plan, verstehst du, und jeder Schritt von diesem Plan ist auf einer Liste festgehalten. Bis jetzt war meine neue Strategie sehr erfolgreich. Ich bin mit meiner Liste fast am Ende und der Lohn wartet auf mich."

Sein Stirnrunzeln verwandelte sich in einen Ausdruck der Trostlosigkeit, der mich innerlich weinen ließ. „Gehe ich richtig in der Annahme, dass mein Name nicht auf der Liste auftaucht?"

Ich dachte, ich versuche es mal mit einem weiteren kleinen Lachen, aber ich konnte keines heraufbeschwören, nicht einmal mit dem ganzen Gewicht der neuen Alix in meinem Rücken. Ich konnte ihn nicht belügen, nicht meinen Alex, aber mich ihm zu erklären, würde bedeuten, dass mein Plan vor seiner Erfüllung scheitern würde, und das wäre das Ende von allem für mich. Also erzählte ich die Wahrheit und hoffte entgegen aller Umstände, dass er mich nicht für den Rest seines Lebens dafür hassen würde.

„Es tut mir leid, Alex, aber ich teile diese Liste mit niemandem."

Die Liebe in seinen Augen ließ mich tausend Tode sterben. „Nicht einmal mit mir?"

Ich musste zweimal schlucken, bevor ich die Worte hervorbrachte. „Nicht einmal mit dir. Ich muss meinen Weg allein gehen."

„Du musst überhaupt nichts allein tun", sagte er sanft, seine Stimme ein warmes Streicheln zartesten Samts auf meiner Haut. Ich zitterte, als sie mich berührte. Der Schmerz in mir steigerte sich auf ein Maß, das ich nicht für möglich gehalten hätte. „Du hast mich. Komm mit mir zurück, Alix. Sei bei mir. Lebe mit mir. Heirate mich."

Er war alles, was ich wollte. Er war der perfekte Mann für mich, er passte perfekt zu mir. Jede unserer Facetten ergänzte die des anderen. Er war mein Leben, mein Herz, meine Seele. Ohne ihn wäre ich niemals vollständig, aber mein Leben jetzt an seines zu binden würde im Desaster enden. Es war besser, ihn jetzt ein bisschen zu verletzen, als später unser beider Leben zu zerstören. Oder nicht?

Das Taxi hielt vor der grellen, pinkfarbenen Haustür des Studentenwohnheims. Ich blickte von der Tür zum Spiegel, aus dem heraus der Fahrer uns still beobachtete, dann zu dem Mann neben mir, der mir sein Herz angeboten hatte. Ich hoffte, dass er die Liebe in meinen Augen sehen würde, als ich die Worte sagte, die auch mein Verderben besiegeln konnten.

„Es tut mir leid, Alex. Es tut mir wirklich leid. Ich *muss* das tun. Es ist wichtig für mich."

„Wohingegen ich den Aufwand nicht wert bin."

Ich zuckte zurück, als er mir meine eigenen Worte ins Gesicht schleuderte, und streckte die Hand nach ihm aus, um ihn zu berühren, ihn zu trösten. Ich wollte mich an ihn klammern und ihm sagen, dass er recht gehabt hatte, dass ich endlich gesehen hatte, was für ein Chaos mein Leben gewesen war, bevor ich Schritte unternommen hatte, um es zu ändern. Aber er glitt von mir fort und hielt die Tür für mich geöffnet. Ich sprang aus dem Taxi, mein Herz kalt und tot, als er dem Fahrer ein paar Scheine zuwarf, sich dann umdrehte und in Richtung Bahnhof davonging, ohne sich noch einmal nach mir umzudrehen.

„Puh." Der Fahrer atmete lang aus und musterte mich von oben bis unten. „Ich wusste, dass ihr Amis ein aggressiver Haufen seid, aber ich hätte nicht gedacht, dass ihr so grausam seid."

Ich sah Alex nach, bis seine dunkle Silhouette im Eingang zur U-Bahn-Station verschwunden war. Ich war jenseits von Tränen, jenseits von etwas so Simplem wie einem tödlichen Schlag. Ich hatte nichts mehr übrig außer mir selbst. So sei es.

Ich hob mein Kinn und sah den Fahrer fest an. „Manchmal muss man eben grausam sein, um nett zu sein."

Kapitel Achtzehn

Die drei Wochen nach Alex' Geburtstag vergingen schnell, Gott sei Dank. Ich hängte meine Liste an die Wand und benutzte einen dicken roten Marker, um jeden Punkt wegzustreichen, den ich erfüllt hatte. Ich schrieb den ganzen Tag und verbrachte die meisten Abende bei Daniel, um zu reden, zu schreiben und zu lernen. Ich hatte ihn nicht zur Verschwiegenheit in Bezug auf meine Arbeit verpflichtet, und eines Abends erwähnte er, dass er mit Alex zu Mittag gegessen hatte.

Ich konnte es nicht ertragen, zu fragen, aber ich konnte es ebenso wenig ertragen, es nicht zu tun. Mein Elend musste sich in meinem Gesicht gespiegelt haben, weil er meine Finger mit seiner warmen Hand bedeckte. „Es geht ihm gut, Alix. Ein bisschen Herzschmerz, glaube ich, aber ansonsten gut."

Ich nickte, unfähig etwas zu sagen, als sich die Tränen in meinen Augen sammelten. Aber ich würde nicht aufgeben, nicht jetzt, nicht wenn ich so nah dran war, mein Ziel zu erreichen. In dieser Nacht beendete ich die Überarbeitung meiner Geschichte. Ich starrte blind auf den Laptop und sah die Wörter nicht. Ich fühlte die vertraute Leere, die mich dieser Tage überallhin begleitete und fragte mich, ob es das wert war, ob ich die richtige Entscheidung getroffen hatte. Ich erinnerte mich an

Alex, der im Bett lag, sein Körper entspannt und gesättigt, sein würziger Geruch rief Begierde in mir wach. Ich speicherte meine Datei, klickte *Drucken* und strich einen weiteren Punkt von meiner Liste.

Drei Wochen, nachdem Alex aus meinem Leben spaziert war, traf ich mich mit Maureen Tully, der Agentin. Sie war meine einzige Verbindung zur Verlagswelt, und nachdem ich mit Daniel die Möglichkeit diskutiert hatte, dass sie eine der skrupellosen Agenten sein könnte, die neue Autoren ausbeuten wollten, entschied ich, ihr noch eine Chance zu geben. Schließlich *hatte* sie meine Geschichte gemocht und sie *hatte* einen Teil meines Geldes zurückgezahlt, und es war sicherlich wahr, dass die Geschichte in ihrer Originalversion keiner genauen Prüfung durch einen Fachmann standgehalten hätte. Also verbrachte ich vier Stunden mit Maureen in ihrem verrauchten Büro, nachdem ich bei ihrer Sekretärin Jacquie um einen Termin gebettelt hatte. Maureen las mein überarbeitetes Manuskript vom Anfang bis zum Ende. Als sie durch war, hatte ich wieder eine Agentin.

„Ich hätte nicht gedacht, dass Sie das schaffen", sagte sie, als sie die letzte Seite umblätterte, und griff nach einem weiteren Taschentuch. Ich lächelte freundlich, als sie ihre Augen abtupfte und ihre Nase putzte, während sie mir eine große literarische Zukunft voraussagte. Später an diesem Tag strich ich einen weiteren Punkt von meiner Liste.

Eine Aufgabe war noch übrig. Ich kratzte ein paar Münzen zusammen und steuerte die nächste Telefonzelle an, von der aus man internationale Gespräche führen konnte.

„Hi Mom, ich bin's.“

„Alix? Wo warst du? Warum hast du deine E-Mails nicht beantwortet? Wo bist du? Du bist nicht mehr in England, oder? Ich habe dir gesagt, du sollst aufhören, Zeit zu verschwenden, und nach Hause kommen!“

„Doch, ich bin immer noch in London. Entschuldige, dass ich die Mails nicht beantwortet habe, aber ich habe Stephanies Wohnung verlassen und ich habe keine Möglichkeit mehr, auf meine E-Mails zuzugreifen.“

„Du hast die Wohnung verlassen? Wovon in aller Welt sprichst du? Du bist doch nicht betrunken, oder? Was ist mit dem Mann, mit dem du dich getroffen hast?“

Ich sah aus dem Fenster der Telefonzelle hinaus, wo ein Pärchen knutschend auf einer Bank am Russell Square saß. „Er ist noch da, Mom. Ich habe nicht viel Zeit zu reden, also wenn du mich einfach sagen lassen würdest, was ich zu sagen habe, wäre das …“

Sie gab ein grunzendes Geräusch von sich. „Ich wusste, dass das nicht halten würde. Kein Mann würde eine Frau wollen, die Pornografie schreibt!“

„Es ist keine Pornografie und du musst dir über die Version, die ich dir geschickt habe, keine Gedanken mehr machen. Ich habe es überarbeitet. Mom, ich habe noch ungefähr vierzig Sekunden zum Reden, also sage ich das hier jetzt einfach so: Ich komme nicht nach Hause.“

„Was? Was? Was sagst du? Du *bist* betrunken!“

„Ich bin nicht betrunken, aber ich werde nicht abreisen, nicht bis ich aus dem Land geworfen werde. Ich liebe diese Stadt, ich liebe alles an ihr, besonders …“ Ich sah zu dem Pärchen auf der Bank zurück. „... besonders Alex. Wenn er mich haben möchte, werde ich hierbleiben."

„Wenn das nicht das dämlichste, idiotischste Geschwätz ist, das ich je aus deinem Mund gehört habe – dich einem Mann an den Hals zu werfen, der dich wahrscheinlich rauswerfen wird, sobald er deiner überdrüssig ist. Nun, heul mir bloß nicht die Ohren voll, wenn du schwanger im Ausland festhängst!"

„Ich muss gehen. Ich habe nur noch zehn Sekunden, aber eines möchte ich noch sagen."

Sie war still und dachte wahrscheinlich über einen Haufen geeigneter Schimpfwörter nach, mit denen sie mich überhäufen könnte. Aber das hier war mein Geld, mein Plan, meine Hoffnung auf Erfolg.

„Ich liebe dich, Mom, und ich vergebe dir, dass du nicht an mich glaubst."

„Was? Was? Alix, wovon redest ..."

Das Telefon klickte zweimal, und es wurde still in der Leitung.

Ein großer Stein fiel mir vom Herzen, als ich den Telefonhörer in meiner Hand anstarrte. Ich war frei. Ich war ganz. Und am besten von allem, ich hatte zum ersten Mal in meinem Leben etwas richtig gemacht. Ich hatte für das gekämpft, was mir am wichtigsten war, hatte mich allein abgemüht und ich hatte nicht aufgegeben und den leichten Weg genommen. Das unbekannte Gesicht des Erfolgs starrte mich an, und ich empfing es mit offenen Armen. Ich legte den Hörer auf und tanzte einen kleinen Siegestanz direkt in der Telefonzelle, nachdem ich den letzten Punkt von meiner

Liste gestrichen hatte. Ich lachte mit einer Freude, die ich seit einem Monat nicht mehr gefühlt hatte.

Ich hatte es geschafft. Ich hatte alles getan, was ich mir vorgenommen hatte, und ich hatte es geschafft. Alles, was mir jetzt noch blieb, war, die Früchte meines Erfolgs zu ernten.

Ich ging zu meiner Wohnung, um die notwendigen Dinge zu holen, die ich brauchte, um meinen Preis in Empfang zu nehmen. Es würde nicht leicht werden, aber wie ein sehr weiser, sehr heißer Mann einst gesagt hatte: Die Dinge, die es wert waren, sie zu besitzen, waren es auch wert, dafür zu kämpfen."

Und er war wirklich jeden Aufwand wert.

Ich war mehr als ein bisschen nervös, als ich an Alex' Tür klopfte. Ich wusste, dass er zu Hause war. Ich hatte die Vorkehrung getroffen und Isabella angerufen und gefragt, ob er schon von der Arbeit nach Hause gekommen war. Sie rief mich zehn Minuten später zurück und sagte mir, dass er da sei, und wünschte mir Glück dabei, sein Herz zurückzugewinnen.

Ich lachte ob des wissenden Tons in ihrer Stimme. „Isabella, du bist eine Hexe!"

„Sicher nicht. Ich schätze nur meine Freunde und möchte, dass sie glücklich sind."

„Dann drück mir die Daumen. Ich werde einen Haufen guter Wünsche brauchen, um ihn zurückzugewinnen."

„Wenn irgendjemand es kann, dann du", sagte sie.

Ich lächelte einem Mann zu, der an der Telefonzelle vorbeiging. „Jep. Ich schaffe es."

Ich war nicht mehr so zuversichtlich, als ich tatsächlich vor Alex' Tür stand, aber ich war aufgeregt.

Aufgeregt und ängstlich und hin- und hergerissen zwischen meiner Liebe für ihn und der Angst, dass er mir die Tür vor der Nase zuschlagen würde.

Ich wollte gerade noch einmal klopfen, als die Tür geöffnet wurde.

„Hi Alex", sagte ich atemlos und biss mir auf die Lippe. Er sah sexy und müde aus, genau wie am ersten Tag, an dem ich ihn gesehen hatte. „Könnte ich vielleicht hereinkommen und mich ein bisschen mit dir unterhalten?"

Kein Ausdruck lag in seinen Augen; kein Gefühl spiegelte sich in seinem Gesicht wider. Er starrte mich nur einen Moment aus leeren Augen an.

„Ähm ... Alex, du machst mir Angst mit diesem Blick. Kann ich reinkommen? Bitte?"

Er sah mich ein paar weitere Sekunden auf diese eiskalte Art an, trat dann aber zurück und ließ mich in seine Wohnung.

Ich wusste, dass es nicht einfach werden würde, ihm meinen Plan zu erklären, aber ich hatte gehofft, dass er sich zumindest freuen würde, mich zu sehen. Wie er so dastand, an die Tür gelehnt, die Arme vor der Brust verschränkt und seine Augen ungefähr so warm wie die eines richtig angepissten Serienmörders, verhieß nichts Gutes für die glückliche Wiedervereinigung, die ich in Gedanken während der letzten drei Wochen geplant hatte.

Ich kaute einen Moment auf meiner Lippe und hielt ihm dann mein Päckchen hin. Er sah es nicht einmal an. Ich machte einen Schritt auf ihn zu und drückte es an seine Brust. „Ich habe dir was mitgebracht."

Er nahm es und erlaubte seinen desinteressierten Augen, es anzusehen.

„Es ist mein Manuskript", sagte ich hilfsbereit. „Ich habe es fertig überarbeitet."

Ich wartete darauf, dass er es erkannte. Ich wartete umsonst.

„Es ist die originale Story, Alex. Die, die Daniel so schlecht fand. Ich habe sie doch nicht aufgegeben, siehst du. Ich habe mir deine Worte zu Herzen genommen und sie so lange überarbeitet, bis sie eine viel bessere Geschichte geworden ist. Einheitlicher. Und ich habe niemanden um Rat gefragt ... na ja, fast niemanden. Daniel hat mir ein bisschen geholfen und mir Ratschläge bezüglich der Handlung gegeben. Und er hat viel mit mir geredet über das Schreiben, aber ich habe nicht einmal gefragt, was er von der Story hält. Verstehst du also, dass ich das ganze Manuskript dir zu verdanken habe?"

Nichts. Er starrte mich nur an, mit Augen so kalt, dass sie eine zweite Eiszeit hätten auslösen können.

Ich leckte meine Lippen, beugte mich vor und blätterte die erste Seite um. „Hier ist etwas, das du lesen solltest."

Sein Blick war immer noch an meinen geheftet. Ich biss meine Zähne zusammen und stieß mit dem Finger auf die Seite. „Alex, ich weiß du bist angepisst, aber du könntest wenigstens das hier lesen!"

Er verengte die Augen.

„Schön!", sagte ich schnippisch, stellte mich neben ihn und hielt meinen Kopf so, dass ich die Seite lesen konnte. „Ich werde es dir vorlesen, weil du so sehr damit beschäftigt bist, dich an deinen Stolz zu klammern und kratzbürstig zu sein und so. Es ist die Widmung. Sie heißt ‚*Für Alex, den einzigen Menschen, der meinen wahren Wert erkannt hat, mein Freund, mein Liebhaber, mein Alles, der Mann, der jeden Aufwand wert ist, solange er nur an meiner Seite ist. Ich werde dich immer lieben.*‘“

Hoffnungsvoll sah ich auf. Tränen verzerrten meine Sicht. „Ich weiß, du bist verletzt und wütend auf mich, Alex, und du hast jedes Recht dazu, aber wenn ein Mensch mich verstehen kann, dann du. Ich liebe dich. Ich liebe dich seit diesem ersten Tag, an dem du meine Marihuanapflanze geklaut hast, und das ängstigte mich mehr als alles, was ich bisher erlebt hatte. Ich habe noch nie für jemanden gefühlt, was ich für dich fühle, und ich dachte, es würde alles nur wieder wie ein Griff ins Klo enden, wie all meine Beziehungen, und deshalb ... Nun, Isabella hatte auch damit recht. Ich wollte mich selbst vor einer weiteren Verletzung bewahren, nachdem du mich fallen gelassen hast, und dir nicht mehr alles von mir geben. Und als du mich dann doch nicht fallen gelassen hast, wurde ich panisch und verängstigt und traurig. Willst du mich so weiterbrabbeln lassen, ohne *irgendetwas* zu sagen?“

„Du liebst mich nicht.“

Ich schniefte und wischte meine Tränen am Ärmel meiner Bluse ab. „Ich wusste, dass du das sagen würdest. Ich liebe dich, Alex. Ich liebe dich mit jeder winzig kleinen Faser meiner selbst. Ich liebe dich so sehr, dass mir klar wurde, dass ich etwas verändern musste, damit du mich auch liebst.“

„Du liebst mich nicht“, wiederholte er starrsinnig. „Du hast mich verlassen. Du hast mir gesagt, dass in deinem Leben kein Platz für mich ist.“

„Oh Alex." Ich drehte mich um, um ihn anzusehen, und glitt mit meinen Händen an seinen angespannten Armen hinauf zu seinem Nacken. Er war steif und unbeweglich unter meinen Fingern, aber es gab verdammt noch mal keine Chance, dass ich ihn jetzt aufgab. „Das habe ich nie gesagt, nicht einmal! Es gehörte alles zu meinem Plan, verstehst du – mein Plan, mich in die Frau zu verwandeln, die du willst."

„Ich wollte dich so wie du warst."

Ich schüttelte meinen Kopf und berührte seine Lippen mit meinen. Er küsste mich nicht zurück, aber er rannte auch nicht schreiend davon. Eins zu null für Team Alix. „Du wolltest mich nicht so wie ich war. Du wolltest eine Frau, die nicht von Unsicherheit und Fehlern gezeichnet war. Du wolltest eine Frau, die schätzt, was sie besitzt, die kämpft für das, was sie will, die weiß, dass die guten Dinge im Leben nicht umsonst sind. Ich musste dich verlassen, um diese Frau zu finden, Alex."

„Warum? Herrgott, Alix, ich habe angeboten, dir zu helfen ..."

„Ich weiß, Liebster – oh, denk nicht, ich hätte es nicht gewusst und wäre nicht in Versuchung gewesen, einfach einzuknicken und dich alles für mich regeln zu lassen, aber das konnte ich nicht tun, verstehst du nicht? Wenn ich nicht auf meinen eigenen Füßen gestanden und es allein geschafft hätte, hätte ich mich niemals respektieren können, und schlimmer noch, du hättest mich niemals respektieren können. Ich musste weggehen, damit ich mein Manuskript überarbeiten konnte. Ich musste weggehen, damit ich allein arbeiten konnte, ohne die Unterstützung meiner Freunde. Ich musste dich verlassen, um zu beweisen, dass ich die Frau sein konnte, die du verdienst. Verstehst du nicht? Ich musste dich verlassen, um meinen Weg zurück in deine Arme zu finden."

Ich drückte mich an ihn, mein Körper warm an seinem, meine Hände auf seinen angespannten Schultern. Er hatte sich nicht einen Zentimeter bewegt; seine Arme waren immer noch vor seiner Brust verschränkt, sein Kiefer war immer noch zusammengebissen. Aber in seinen Augen war wieder Leben, auch wenn es nur ein Ausdruck brennender Wut war.

Ich nahm es ihm nicht übel. Wenn es andersherum gewesen wäre, hätte ich ihn umbringen wollen. Mit einem schiefen Lächeln hob ich mein Kinn und trat einen Schritt zurück. „Na los, schlag mich. Direkt aufs Kinn."

Er gab eine verdammt gute Interpretation meines Glotzens zum Besten. „Was?"

Ich tippte an mein Kinn und drehte den Kopf leicht. „Schlag mich aufs Kinn. Ich verdiene es. Du wirst dich dann besser fühlen."

„Ich werde dich nicht schlagen, Alix."

Ich hielt mein Kinn weiter von ihm abgewandt. „Ich weiß, dass Gewalt nicht die Lösung für jedes Problem ist, aber manchmal muss man einfach jemanden schlagen. Ich nehme an, du bist ziemlich sauer auf mich, und du wirst dich viel besser fühlen, wenn du mit einem kleinen Körperkontakt ein bisschen Dampf ablässt."

„Du hast recht", sagte Alex nach einem Augenblick des Nachdenkens. Er kam auf mich zu. Ich riss meine Augen weit auf, als ich den emotionalen Ausdruck auf seinem Gesicht sah, und schloss sie dann sofort wieder, als ich mich für den Schmerz wappnete. Er berührte mein Gesicht nicht, sondern packte mich an der Hüfte und schob mich nach hinten zu seinem Computertisch. Mein Hintern stieß dagegen und er beugte sich nach vorn, um den Stapel Papiere, Notizbücher und Bücher hinunterzufegen, die darauf lagen.

Sein Blick ließ mich nicht daran zweifeln, dass er von einem starken Gefühl getrieben war, aber welches Gefühl war das? Er hatte mich nicht geschlagen, als ich ihn dazu aufgefordert hatte, aber er sah auch ganz sicher nicht so aus, als hätte er mir vergeben. Mein neu gewonnener Mut verließ mich plötzlich, als er diesen heißen, brennenden Blick auf mich richtete.

„Äh ... Alex, vielleicht sollte ich ein wenig später wiederkommen, wenn du nicht mehr so ...“

Die Worte erstarben, als er seine Lippen auf meine presste. Es war ein Kuss, aber so einen Kuss hatte er mir noch nie gegeben. Dieser war fordernd, unnachgiebig, ein dominierender Kuss, der besser als alle Worte ausdrückte, dass mir nichts anderes übrig blieb, als zu kapitulieren. Es kam mir nicht einmal in den Sinn, kritisch darüber nachzudenken.

„Du hast mich verlassen“, knurrte er und legte mir beide Hände auf die Hüfte, um mich auf den Tisch zu heben.

Seine Hände waren überall, in meinen Haaren, um mich für einen weiteren dieser wilden Küsse zu halten, auf meinen Brüsten, auf meinen nackten Beinen. Sie fuhren meine Oberschenkel hinauf und schoben mein Kleid hoch auf ihrem Weg ins gelobte Land. Mein Herz brannte bei seiner Berührung, beim Ausdruck reinen, unverfälschten Verlangens, der in seinen Augen loderte. Er mochte mir nicht vergeben, was ich getan hatte, aber auf jeden Fall wollte er mich.

„Ich musste dich verlassen", flüsterte ich und bot meine Lippen ein drittes Mal aufopferungsvoll und ohne den leisesten Einwand an. Ich fummelte an seinen Hemdknöpfen herum, aber er knurrte und drückte meine Hände weiter nach unten. „Ich musste dich verlassen, damit ich Verantwortung für mich und mein Leben übernehmen konnte. Ich musste wissen, dass ich es allein schaffen konnte."

„Du hast gesagt, ich wäre den Aufwand nicht wert."

„Ich war verletzt und wollte dich ebenfalls verletzen. Ich war ein Idiot! Ich war dumm! Ich war verrückt vor Trauer und wusste nicht, was ich sage!"

Meine Augen wurden wieder groß, als seine Hände beiderseits meiner Hüfte nach oben glitten und seine Daumen sich um mein aufreizendes Unterhöschen hakten – ein Unterhöschen, das ich speziell für diese Gelegenheit angezogen hatte. Ihm entging dieser Umstand nicht.

„Du bist vor mir davongerannt, als ich dich berührt habe", sagte er und grinste heiß, bevor er mir das Höschen buchstäblich vom Leib riss.

„Großer Gott, Alex!" Ich sah auf die zerrissenen Satinfetzen in seinen Händen hinab. „Ich musste vor dir davonrennen – du hast ja keine Ahnung, wie sehr ich aufgeben und mich einfach in deine Arme werfen wollte, aber du warst jeden Schmerz wert. Verstehst du nicht, ich musste rennen, oder ich wäre nie in der Lage gewesen, dich zu verlassen. Und wenn ich dich nicht verlassen hätte, hätte ich nie auf eigenen Füßen stehen können."

Mein Blick sprang von seinen Händen zu seinem Gesicht. Sein Gesichtsausdruck brachte mich zum Zittern vor Verlangen und Begehren und Anspannung und Liebe und einem Haufen weiterer Emotionen, die ich nicht entwirren konnte. „Du wirst doch nicht ... du meinst nicht ... Alex, ich sitze auf einem Schreibtisch!"

„Körperkontakt", grollte er und schob meine Hände fort, mit denen ich versucht hatte, seinen Gürtel zu lösen. Er riss seinen Gürtel fort und zog den Reißverschluss seiner Hose hinunter. „Ich habe dir in dieser Nacht im Taxi mein Herz angeboten und du wolltest es nicht."

Mit einer Hand spreizte er meine Beine und trat zwischen sie. Er drang auf direktem Weg zum Zentrum meiner Begierde vor, indem er einen Finger in mich hineinschob. Ich zitterte vor Lust bei seiner Berührung.

„Ich war so nah dran, mein süßer Alex. Ich musste an meinem Plan festhalten, um Erfolg zu haben, oder du hättest mich nie gewollt, wärst nie in der Lage gewesen, mich zu lieben, so wie ich dich liebe."

Ich spürte seine Spitze, die an genau der Stelle drängte, an der eben noch sein Finger gewesen war, und brauchte plötzlich die Gewissheit, dass er mich verstand. Ich fuhr mit meinen Fingern durch sein Haar und zog ihn näher zu mir heran. „Ich hätte nicht damit leben können, wenn du mich bemitleidet hättest, weil ich zu schwach und zu stumpfsinnig war, um mein volles Potenzial zu entfalten."

Er schloss seine Arme um mich, umfasste meinen Hintern und zog mich nach vorn, während er in mich hineinglitt. Ich schrie vor Lust seinen Namen.

„Du hast mich verlassen." Seine Stimme klang rau wie Granit und er zog sich so weit zurück, dass er meinen Körper fast verließ.

„Nein!", heulte ich angesichts seiner Anklage und des Verlustgefühls.

„Du hast mich beschimpft." Seine Finger schlossen sich um meine Pobacken, als er seine gesamte Länge wieder in mich hineinstieß.

„Ich wollte das nicht." Die Worte blieben in meiner Kehle stecken, als die vertraute Spannung sich in mir aufbaute. Ich küsste seine Lippen, seine Wangen, sein Haar, versuchte ihn näher heranzuziehen, tiefer in mich hinein, versuchte, uns beide verschmelzen zu lassen.

„Du hast mich zurückgewiesen." Er griff meine Beine und schlang sie um seine Hüften, bis ich meine Knöchel hinter ihm verschränkte.

„Niemals", schwor ich und zog meine Beine an, um ihn tiefer in mich hineinzuziehen. Er war so tief in mir drin, dass ich fühlen konnte, wie er mein Herz berührte. Aber das war noch nicht tief genug. Ich brauchte alles von ihm, sein Herz, seine Seele und seinen Verstand, genauso wie seinen Körper.

„Du liebst mich." Seine Stöße wurden schneller, und sein Atem klang laut an meinem Ohr.

Ich küsste seinen Hals sanft an der Stelle, an der eine Sehne hervortrat. „Immer."

„Du liebst mich." Sein Körper rammte meinen, als er verzweifelt versuchte, das Rennen zu beenden. Ich bog mich ihm entgegen und empfing ihn.

„Für immer."

Er hörte mein Keuchen und bog mich nach hinten, bis ich auf dem Tisch lag, festgehalten von dem Ausdruck in seinen Augen und seinem Körper, der in meinen eindrang. „Du liebst mich."

Ich umfasste sein Gesicht mit meinen Händen und zog seinen Kopf nach unten, bis meine Lippen an seinen flüstern konnten. „Ich liebe dich."

Er brüllte wortlos und stürzte vorwärts auf mich. Sein Körper war so voll und ganz mit meinem verbunden, dass es keinen Unterschied mehr zwischen uns gab. Er erfüllte mich mit seiner Liebe und sandte uns beide zusammen in einen blendenden Moment des Verstehens, der mich vor Lust schluchzend zurückließ.

„Tränen", sagte er ein wenig später sanft. Seine Stimme klang so warm an meinem Ohr, wie sein Körper, der neben mir auf der Couch lag, sich anfühlte. Seine Finger fuhren sanft über meine nassen Wangen. „Du weinst schon wieder, Alix. Habe ich dir wehgetan?"

Ich drehte mein Gesicht an seiner nackten Schulter und knabberte an seinem Muskel. „Nein."

„Gut." Er grinste selbstgefällig, als er das sagte, schloss seine Augen und zog mich an seine nackte Brust. Ich schob mein Knie an seinem Bein nach oben und entschied, dass ich nun genug vor ihm gekrochen war. Ich knabberte wieder an seiner Schulter.

Er grunzte. „Ich bin nicht mehr so jung, wie ich mal war, Liebling. Lass mich kurz zu Atem kommen und ich werde dir mit Freuden gehorchen."

„Du hast es nicht gesagt, Alex."

Zwei klare grüne Augen öffneten sich und sahen mich an. Ich fragte mich, wie diese wunderschönen Augen jemals leblos und kalt hatten erscheinen können.

„Was habe ich nicht gesagt? Dass ich immer wusste, dass du erreichen kannst, was du dir vornimmst, dass ich stolz auf dich bin, dass ich verstehe, wieso du nicht den einfachen Weg gewählt hast? Dass ich dich für eine starke und intelligente Frau halte und dass ich Gott jeden Tag für dich danke, auch wenn du ein nervenaufreibender Drache bist, der meinen Blutdruck nach oben jagt, wann immer ich in deiner Nähe bin?"

„Drache!" Ich setzte mich auf und sah ihn böse an. Ich fühlte mich sicher und warm im Schein seiner Liebe. „Drache! Das ist die Art Wort, die ein Romanautor benutzen würde und nicht ein wichtiger Scotland Yard Detective. Du weißt verdammt noch mal genau, was du nicht gesagt hast, also rede weiter!"

„Ah." Er schürzte für einen Augenblick die Lippen und ließ seinen Blick über meinen entblößten Oberkörper wandern; dann legte er beide Hände in den Nacken und hob unverschämt eine Augenbraue. „Du möchtest also, dass ich es sage, ja?"

Ich trommelte mit meinen Fingern auf seiner Brust. „Ja. Danach kannst du dich dafür entschuldigen, dass du mich einen Drachen genannt hast."

Ein langsames, sinnliches Lächeln breitete sich auf seinem Gesicht aus. Ich lehnte mich zurück, gefangen im Netz seines Lächelns, unfähig und unwillig, dem Köder zu widerstehen, den er ausgeworfen hatte.

„Na schön", hauchte er, als meine Lippen seine gerade berühren wollten. „Ich werde sagen, was du hören möchtest."

Ich hielt inne und neckte seine Mundwinkel mit meiner Zungenspitze, bis seine Augen dunkel wurden und seine Hände mich umfassten.

„Ich vergebe dir, dass du nicht genug Vertrauen in mich hattest, um mir deinen Plan zu erzählen."

Hä? Ich versuchte zurückzuweichen, damit ich ihn genau ansehen konnte, aber seine Arme waren hart wie Stahl hinter mir. Er saugte meine Unterlippe in seinen Mund und kaute einen Moment sanft darauf herum.

„Und ich vergebe dir, dass du nicht an mich oder an unsere Beziehung geglaubt hast. Und dass du daran gezweifelt hast, dass wir der Unvollkommenheit widerstehen könnten."

Ich krallte meine Finger in sein Brusthaar und zog daran. Nicht gerade sanft. Er zog eine Grimasse und umschloss mich fester mit seinen Armen, bis mein Mund auf seinem lag.

„Und ich vergebe dir, dass du mich Höllenqualen hast leiden lassen, indem du mich glauben gemacht hast, du würdest mich nicht mehr lieben."

Angriff ist die beste Verteidigung, sagte ich immer. Ich bekam meine Hände frei, die zwischen uns gefangen waren, und griff ihn bei den Ohren, leckte und knabberte an seinen männlichen Lippen, bis er mir gab, was ich wollte. Nun war ich an der Reihe, zu drängen und zu plündern. Und ich drängte und plünderte, schwelgte in seinem feurigen Geschmack. Meine Seele sang in dem Wissen, dass er mein war, und dass nichts mich wieder von ihm trennen würde.

„Sag es." Ich gab mein Bestes, um sein wütendes Knurren zu imitieren.

„Ich liebe dich, Alix."

Ich lächelte auf ihn hinab, als er mich auf seinen wartenden Hengst zog und ihn an die richtige Stelle brachte. Unsere Körper und Herzen und Seelen vereinten sich, als wären wir füreinander gemacht worden.

„Vollkommenheit", seufzte ich.

Mehr von Katie MacAlister

(K)ein Milliardär für eine Nacht
Katie MacAlister
E-Book-ISBN: 978-3-96087-824-7
TB-ISBN: 978-3-96087-856-8

Er ist reich, attraktiv und gewohnt, alles zu bekommen – doch er hat nicht mit *ihr* gerechnet ...

Als sich Eglantine „Harry" Knight die Möglichkeit bietet, als Managerin einer befreundeten Band spontan nach Griechenland zu fliegen, zögert sie nicht lange. Eigentlich hatte sie sich ein paar sonnige Tage voller Erholung vorgestellt, doch dann folgt ein Problem dem anderen und die größte Herausforderung wartet erst noch auf sie – der griechische Milliardär I-akovos Papaioannou. Der Playboy ist die Perfektion in Person, abgesehen vielleicht von seinem unaussprechbaren Namen und der Tatsache, dass Harry ihm sofort verfällt obwohl er ihr nur Ärger einbringt.

Iakovos wusste, dass seine Schwester eine Teenieband für ihren Geburtstag engagiert hat, ihm ist nur nicht klar, wie diese 180 cm große Frau mit den wilden Haaren und dem stürmischen Temperament da hinein passt. Oder wie sie so schnell in seinem Bett gelandet ist – Harry ist nämlich überhaupt nicht sein Typ. Sie ist genauso anstrengend wie faszinierend und anscheinend kann sie die Finger nicht von ihm lassen ...